ÅSA NILSONNE
Wofür es sich zu sterben lohnt

Buch

Die aufstrebende junge Ärztin Mariam träumt davon, sich in Addis Abeba eine eigene Röntgenpraxis aufzubauen. Um ihr Ziel zu erreichen, fertigt sie für eine europäische Firma Gefälligkeitsgutachten an. Das Geschäft geht gut, und als sie sich in den attraktiven schwedischen TV-Moderator Salomon verliebt, scheint ihr Glück perfekt. Doch rasch muss Mariam erkennen, dass Salomon sie nur benutzt, um an die Daten ihrer Gutachten heranzukommen. Als er vor ihren Augen erschossen wird, erkennt Mariam, in welcher Gefahr sie steckt, und flieht mit ihrem Sohn Theo nach Schweden. Dort gerät Theo ins Visier der Polizei, als in seinem Umfeld ein Mord verübt wird. Mutter und Sohn tauchen unter. Kein leichter Fall für Monika Pedersen, die leitende Ermittlerin: Sie muss den beiden bis nach Addis Abeba folgen. Wie sich herausstellt, ist allerdings nicht nur sie auf der Suche nach Mariam und ihrem Sohn, sondern auch der Mörder von Salomon ...

Autorin

Åsa Nilsonne, sachkundige und »außerordentlich begabte Krimi-Autorin« (Dagens Nyheter), legt mit »Wofür es sich zu sterben lohnt« ihren fünften Roman um die humorvolle und ehrgeizige Polizistin Monika Pedersen vor. Für »Rivalinnen«, den dritten Krimi aus der Reihe, wurde sie mit dem renommierten »Poloni-Preis« ausgezeichnet. Åsa Nilsonne lebt in Stockholm, ist verheiratet und hat drei Söhne. Sie arbeitet als Psychiaterin und Forscherin am Karolinska-Institut.

Von Åsa Nilsonne außerdem bei Goldmann lieferbar:

Das Hotel am See. Roman (46099) · Das Mädchen ohne Namen. Roman (45618) · Was am See geschah. Roman (45848)

Åsa Nilsonne
Wofür es sich zu sterben lohnt

Roman

Deutsch
von Gabriele Haefs

GOLDMANN

Die schwedische Originalausgabe erschien 2006 unter dem Titel
»Ett liv att dö för« bei Forum, Stockholm.

FSC

Mix
Produktgruppe aus vorbildlich
bewirtschafteten Wäldern und
anderen kontrollierten Herkünften

Zert.-Nr. SGS-COC-1940
www.fsc.org
© 1996 Forest Stewardship Council

Verlagsgruppe Random House FSC-DEU-0100
Das FSC-zertifizierte Papier *München Super* für Taschenbücher
aus dem Goldmann Verlag liefert Mochenwangen Papier.

1. Auflage
Taschenbuchausgabe März 2008
Copyright © der Originalausgabe 2006 by Åsa Nilsonne
Copyright © der deutschsprachigen Ausgabe 2008
by Wilhelm Goldmann Verlag, München,
in der Verlagsgruppe Random House GmbH
Umschlaggestaltung: Design Team München
Umschlagmotiv: plainpicture / Folio Image
Satz: Buch-Werkstatt GmbH, Bad Aibling
Druck und Bindung: GGP Media GmbH, Pößneck
AM · Herstellung: MW
Printed in Germany
ISBN 978-3-442-46570-5

www.goldmann-verlag.de

PROLOG

Islamabad, Pakistan, 2004

»Ärzte sind sehr gut darin, anderen Menschen das Leben zu retten. Wenn sie sich selbst retten sollen, taugen sie nichts.«
So hatte sein neuer Arbeitgeber die Lage zusammengefasst.

Und seltsamerweise sollte sich diese Behauptung bewahrheiten.

Der junge Sicherheitsposten am Haupteingang des Krankenhauses hätte eine Hand ausstrecken und ihn anhalten können, so dicht war der Mann an ihm vorbeigegangen, aber der hatte nicht einmal aufgeschaut.

Die teuren Maschinen, die Leben retten sollten, blinkten nicht, als er vorbeischritt.

Er verlor sich unsichtbar im Strom von Patienten und Personal.

Es stimmt nicht, dachte er plötzlich, dass Krankheit und Armut überall gleich riechen. Er war zum ersten Mal in Pakistan, und die Körper, die sich gegen ihn pressten, hatten einen fremden Geruch. Er mochte diesen Geruch nicht, konnte auf solche Kleinigkeiten jetzt aber keine Rücksicht nehmen. Er wusste genau, wohin er musste. Zwei Treppen hoch, dann nach links. Er ging langsam, ließ sich mit dem Strom zur Röntgenabteilung treiben.

Er musste zur dritten Tür rechts, es war vierzehn Minuten nach drei. Vierzehn Minuten von Professor Deepak Chanandrapuris Telefonsprechstunde waren bereits vergangen.

Vierzehn Minuten, die der Professor mit Sicherheit in seinem Zimmer verbrachte und wo er nun mit sehr großer Wahrscheinlichkeit allein war. Vor dem Zimmer leuchtete ein rotes Lämpchen.

Er schaute noch einmal auf die Uhr. Um Punkt Viertel nach drei drückte er auf die Klinke und ging hinein.

Es war wirklich viel zu einfach.

Professor Chanandrapuri saß mit dem Telefonhörer in der Hand an seinem Schreibtisch. Der Besucher hatte sich gut vorbereitet. Er hätte eine detaillierte Skizze des Zimmers anfertigen können. Er registrierte, dass alles so aussah wie einige Tage zuvor, als das Zimmer für ihn auf Video aufgenommen worden war.

Der Professor schaute auf, runzelte die Stirn und sagte ins Telefon:

»Ja, er ist gerade zur Tür hereingekommen. Das ist doch überflüssig, warum sind die Bilder nicht wie sonst geschickt worden?«

Der Mörder mit den blauen Augen ging auf den Professor zu, grüßte und war überrascht, dass der Professor mit seinem braunen Teint leuchtend blaue Augen hatte, ebenso blau wie seine eigenen Augen hinter den braunen Kontaktlinsen. Er überreichte einen steifen Umschlag und staunte, weil der Professor noch immer keine Angst zeigte. Noch so ein arroganter Arsch.

Das würde er bald bereuen.

Der Professor sagte gerade:

»Wenn das wirklich nötig ist, kann ich sie mir sofort ansehen. Warten Sie einen Moment.«

Er legte den Hörer hin, zog aus dem soeben erhaltenen Umschlag einige Röntgenbilder, stand auf und klemmte sie an einen Leuchtschrank, der sie von hinten beleuchtete. Es waren gespenstische grauweiße Bilder von menschlichen Körperteilen.

Der Professor kehrte dem Besucher den Rücken, wie einem Bekannten. Als wisse er, dass er nichts zu befürchten habe. Er schien auf einem Bild ein interessantes Detail zu entdecken und beugte sich vor.

Währenddessen streifte der blauäugige Mörder rasch dünne Latexhandschuhe über.

Selbst schuld, dachte er, als er zu der grapefruitgroßen, geschliffenen Kristallkugel auf dem Schreibtisch des Professors griff – ein Preis der Internationalen Radiologischen Vereinigung. Er bewegte sich rasch, zielgerichtet, und der Professor konnte seine Bewegung nur noch kurz registrieren, ehe die schwere Kugel seinen Hinterkopf traf und er lautlos zusammenbrach.

Der Mörder mit den blauen Augen stellte die schwere Glaskugel vorsichtig zurück und zog dann eine noch verpackte Wäscheleine aus seiner Hosentasche. Mit zwei raschen Knoten knüpfte er zwei Schlaufen, eine kleine und eine große. Dann zog er die glatte weiße Leine durch die große Schlaufe und erhielt so eine Schlinge, die er dem Professor um den Hals legte. Er schob die rechte Hand durch die kleine Schlaufe, packte die Leine und zog daran. Die Leine glitt fast reibungslos an Ort und Stelle. Sie schnitt tief in die nach Rasierwasser duftende weiche Haut des Professors ein, sie zerquetschte die Ader, die lebenswichtigen Sauerstoff zum Gehirn transportierte, und langsam nahte der Tod des Professors.

Der Mörder wickelte die Leine noch einmal um den Hals des Professors und machte einen Knoten.

Er würde jetzt sieben Minuten warten müssen, um sich seiner Sache ganz sicher sein zu können.

Während er wartete, zog er ein kleines Bündel von Zehndollarscheinen aus einer Plastikmappe. Sie waren neue, ungefaltete Scheine, sie wiesen keinerlei Fasern aus seiner Tasche oder irgendwelche Fingerabdrücke auf. Er verstreute sie auf dem in sich zusammengesunkenen Körper des Professors. Er fand das unnötig theatralisch, aber sein Auftraggeber hatte eben zu bestimmen. Wenn dieser die Leiche mit Dollarnoten dekoriert haben wollte, ja, dann bekam er seine Dollarnoten.

Er nahm die Röntgenbilder vom Leuchtschrank, schob sie wieder in den Umschlag und zog die Handschuhe aus.

Dann ging er zum Telefonhörer. Mit dem Zeigefingernagel tippte er dreimal gegen die Sprechmuschel und hörte ein Klicken, als die Verbindung unterbrochen wurde.

Der Auftrag war ausgeführt.

Der Hörer sollte liegen bleiben. Der Anruf war über die Telefonzentrale gelaufen und konnte nicht zurückverfolgt werden.

Das Ganze hatte nur zehn Minuten gedauert, und es würde mindestens weitere fünfunddreißig Minuten dauern, bis jemand sich ins Zimmer des Professors wagte.

Er ging wieder hinaus auf den geschäftigen Gang und spazierte langsam zurück zu dessen Ende. Er musste sich Mühe geben, um langsame Schritte zu machen. Schließlich erreichte er den Fahrstuhl, und bald befand er sich draußen auf der Straße, auf dem Weg zum Flughafen.

Er hatte bisher nicht gewusst, dass es in seinem Metier Sinekuren gab, leichte und ungefährliche Arbeiten, für die sehr gut bezahlt wurde.

Genf, 2002

Zu spät.

Sie kam zu spät. Schon wieder. Sie unterdrückte den Impuls, sich zu beeilen – alle Ansprüche an sie mussten schließlich irgendwo eine Grenze haben.

Stattdessen schlenderte sie langsam in den dunkler werdenden Abend hinaus.

Als sie endlich die Wohnungstür aufschob, sah sie, dass die Luft drinnen grau vor Rauch und gelb vor Bier war.

Das war unmöglich. Der schwere Biergeruch konnte doch nicht sichtbar geworden sein?

»Mariam! Bist du das?«

Sie gab keine Antwort, sondern lief in die Küche und fing an, mit den Kochtöpfen zu klappern. Das würde ihn sicher beruhigen – das Geräusch einer Frau, die, wenn auch verspätet, Essen kocht.

Aber nein. Plötzlich stand er in der Tür, obwohl es im Fernsehen Fußball gab.

Ungewaschen, angetrunken, teilnahmslos.

»Und was zum Teufel war in diesem Scheißkrankenhaus diesmal wieder wichtiger als deine Familie?« Seine unsichere Stimme klang so verloren wie er selbst. »Brauchte Seine Hoheit der Professor deine Hilfe? Oder ein armer Trottel, der nicht in Ruhe sterben durfte? Irgendein hilfloses Wrack, das du noch bis zur letzten Sekunde quälen musstest?«

Er kam schwankend auf sie zu. Sie wich zurück. Er beugte sich zu ihr vor, redete auf sie ein, sein Gesicht war viel zu dicht an ihrem, seine Stimme viel zu laut.

»Du hast die Chance deines Lebens. Ich dagegen habe kein Leben. Ich muss den Babysitter eines Fünfzehnjährigen spielen, der nie zu Hause ist. Und dir ist das egal, denn du denkst nur an dich.«

Sie konnte nicht weiter zurückweichen, der Küchentisch bohrte sich in ihre Oberschenkel, in ihren Ohren kreischte es. Er kam noch immer auf sie zu, bald würde sich sein ganzer heißer, ungewaschener Körper an ihren drücken.

Sie brüllte zurück:

»Schrei mich nicht an. Und meine Schuld ist es nicht, dass du nichts zu tun hast. Kann ich dafür, dass du den ganzen Tag auf dem Sofa sitzt und rauchst? Und was glaubst du eigentlich, wie schön das Nachhausekommen ist?«

Wieder hatten sie eine oft betretene Sackgasse erreicht.

Sie versuchte, ihn wegzuschieben.

»Mach, dass du wegkommst. Du zerquetschst mich ja. Und du stinkst schlimmer als ein Penner.«

Sie sah seine Hand nicht kommen, sie spürte nur den Knall des Trommelfells, das tief in ihrem einen Ohr barst, merkte, wie die Kraft seines Schlages sie an die Wand presste. Ausnahmsweise war ihm ein Volltreffer gelungen.

Danach geschah etwas ganz Neues, etwas, das ihr größere Angst machte, als er selbst ihr einjagen konnte. Die Wut, die sie Monat für Monat unterdrückt hatte, überwältigte sie jetzt. Sie durchjagte sie, rasch wie elektrischer Strom, und riss die Herrschaft an sich.

Sie ließ sie den nächstbesten Gegenstand an sich reißen, ein Schneidebrett, und, so hart sie konnte, damit gegen seinen Kopf schlagen.

Die Schuldgefühle, die sie bisher abgehalten hatten, waren verflogen. Die Liebe war verflogen. Die Gedanken an Gesetze, Verbrechen und Strafe waren verflogen.

Sie wollte ihn nur noch vernichten. Wollte sein schweißnasses Gesicht loswerden, seinen abstoßenden Körper.

Sie versuchte, ihn zu erschlagen.

Aber der Schlag war schwach und schlecht gezielt. Das Brett war alt, es landete an seiner Wange, es zerbrach, und sie hörte sich mit neuer schriller Stimme schreien:

»Verschwinde! Verschwinde!«

Er stand ganz still da, überrumpelt. Dann hob er langsam die Hand an die aus einer Schramme blutende Wange.

Er betastete das heiße Blut zuerst mit den Fingerspitzen, dann mit der ganzen Hand, als könne er nicht glauben, was da passiert war. Sein Gesicht wurde mit Blut beschmiert. Der metallische, warme Geruch füllte die Luft.

Das Blut hob ihren Zorn für einen Moment auf. Sie sah sich von außen, an den Tisch gelehnt, keuchend, mit einem zerbrochenen Schneidebrett in der Hand, um noch einmal zuzuschlagen. Sie sah ihn dicht vor sich stehen, während das Blut über sein Gesicht strömte. Sie sah, wie das Blut schwer auf den Boden tropfte.

Das alles konnte doch einfach nicht möglich sein?

So schlimm konnte es doch einfach nicht kommen, für sie, für ihn und für sie beide?

Aber offenbar war es doch möglich, denn er packte ihre Oberarme, ihre hellrosa Bluse färbte sich mit seinem Blut, und sie versuchte, sich loszureißen.

Das ging nicht.

Wie konnte er noch immer so stark sein? Sie würde blaue Flecken bekommen, dachte sie noch, große blaue Flecken an den Armen.

Ihre Wut war in voller Stärke wieder da. Er stand so dicht vor ihr, dass sie ihn nicht treten konnte, sie konnte ihr Knie nicht in die Stelle rammen, wo es am schmerzhaftesten war. Sie konnte ihre Arme nicht bewegen.

Deshalb beugte sie den Kopf vor und bohrte die Zähne in seine Hand. Ihre Zähne versanken in der Haut, schlossen sich um das dünne Skelett der Hand. Sie biss mit aller Kraft zu. Er brüllte vor Schmerz und ließ los, trat einen halben Schritt zurück.

Sie spuckte aus – auch sie hatte jetzt Blut im Mund.

Dann stieß sie ihn so hart an, wie sie nur konnte – er taumelte rückwärts, knallte gegen den Herd, richtete sich auf, schaute verwirrt seine verletzte Hand an. Richtete dann seinen trüben Blick auf sie.

Und fiel wieder über sie her.

Diesmal war sie besser vorbereitet – sie bohrte ihm die Faust in den Bauch, er krümmte sich, und sie stieß ihn um.

Danach trat sie ihm in die Rippen. Sie balancierte auf dem rechten Fuß, zog den linken zurück und ließ ihn gegen seinen Brustkorb knallen, so hart, dass ihr Fuß knackte.

Sie hatte das Gefühl zu fliegen, den besten Rausch aller Zeiten zu erleben, sich aus einer Betonfessel befreit zu haben.

Aber er streckte die Hand aus, packte ihren Fuß und riss daran. Sie stürzte, und er wälzte sich über sie, drückte sie mit seinem Gewicht zu Boden.

»Ich bring dich um …«

Seine Stimme war heiser, heiß.

»Idiot! Das kannst du nicht, lass mich los.«

In ihrer Stimme lang nicht sehr viel Furcht, eher Verachtung.

Ihm fiel nichts Besseres ein, als zu wiederholen:

»Ich bring dich um!«

Und über seiner Schulter sah sie plötzlich Theo, ihren Sohn. Seine angstvollen Augen nahmen sein ganzes schmales Gesicht ein.

Wann war er nach Hause gekommen?

Theo packte Mikael an der Schulter und versuchte, ihn rückwärtszuziehen, aber Mikael war zu schwer.

Sie sah, wie Theo die Hand nach dem Messerblock ausstreckte und ein scharfes kleines Messer hervorzog, das im Licht funkelte. Sie sah ihn da stehen, voller Angst und unschlüssig mit dem Messer in der Hand. Sie versuchte ihm zuzurufen, er solle es weglegen, die Lage sei nicht so gefährlich, wie sie aussähe.

Ihre Stimme gehorchte ihr nicht.

Mikael erhob sich auf die Knie, schaute sich um, kehrte Theo ein Gesicht zu, das aussah wie eine rotbraune Maske, und schrie:

»Du bist also auch gegen mich!«

Und dann richtete er sich unsicher auf und versuchte,

Theo das Messer wegzunehmen. Theo wich zurück, noch immer das Messer in der Hand. Mikael packte Theos Hand, in der das Messer drohend funkelte. Theo versuchte sich loszureißen. Sein dünner Körper stemmte sich Mikael entgegen, der geriet ins Schwanken, und plötzlich hatte das Messer eine lange Wunde in Theos anderen Arm geschnitten.

Die Innenseite des Armes war, vom Ellbogen bis zum Handgelenk, aufgeschlitzt wie ein Fischbauch.

Jetzt geschah alles in Zeitlupe.

Niemand sagte etwas, niemand bewegte sich. Im ganzen Zimmer gab es nur eins, das sie sahen, nämlich Theos Unterarm. Der dunkelrote Muskel war freigelegt, kleine Blutperlen bildeten sich wie makabere Dekorationen an den Rändern der Wunde.

Mikael ließ langsam los, schlug die Hände vor sein blutiges Gesicht und sank zu Boden. Seine Schultern bebten.

Mariam erhob sich vorsichtig. Ihre eine Schulter tat weh, ihre Hüfte, aber alles schien zu funktionieren.

»Ist schon gut, Lieber«, log sie. »Ist schon gut.«

Aber Theo war wie gelähmt. Er hielt noch immer das Messer in der rechten Hand, der linke Arm war ausgestreckt, wie um ein Geschenk entgegenzunehmen. Er blutete überraschend wenig.

Das Einzige, was im Zimmer zu hören war, war Mikaels röchelnder Atem.

Ich muss etwas tun, dachte Mariam. Wie immer bin ich diejenige, die etwas tun muss.

Ich muss etwas finden, womit ich die Wunde verbinden kann. Sie hatten doch sicher Verbandszeug im Haus? Im Badezimmer?

Sie stürzte los und traf auf ein groteskes Spiegelbild. Sie hatte Blut am Mund, am Kinn, und ihre Zähne waren rosa. Sie nahm sich die Zeit, sich zu waschen, ehe sie in die Küche zurückging und Theos Arm verband.

Sie sprach zu ihm wie zu einem kleinen Kind.

»Das wird alles gut werden. Jetzt fahren wir ins Krankenhaus, da können sie alles in Ordnung bringen. Alles wird gut, Theo, Lieber. Mach dir keine Sorgen. Sag Bescheid, wenn es wehtut. Bin gleich so weit. Sehr gut. Jetzt rufe ich ein Taxi.«

Im Krankenhaus nähte ein Kollege Theos Arm. Er schien die Erklärung zu glauben, dass er geschnitzt und dabei mit dem Stuhl gekippelt habe, der Stuhl sei umgekippt, und er sei auf das Messer gefallen. Er schien zu glauben, dass Mariams Zähne klapperten, weil sie sich um Theo Sorgen machte.

Die folgenden zwei Tage verbrachten sie in einem Hotel. Mariam sorgte dafür, dass Mikael seine wenigen Habseligkeiten packte und nach Hause fuhr, zurück nach Addis Abeba. Sie sprach ebenso mit sich selbst wie mit Theo, wenn sie sagte, es werde jetzt besser werden, und auch Papa werde es besser haben, zu Hause, wo er Freunde und Familie hatte.

Theo selbst wollte nicht über das Vorgefallene sprechen. Er aß nicht viel, schien kaum zu schlafen, fügte sich aber all ihren Vorschlägen ohne Widerworte.

Später betrachtete Mariam das alles als schicksalhaften Wendepunkt. Warum hatte sie nicht die Wahrheit gesagt?

Warum hatte sie Theo in dem Glauben gelassen, sie gerettet zu haben? Die Wahrheit war, dass er eine traurige und unnötige Komplikation verursacht hatte.

Warum hatte sie Theo glauben lassen, dass sie sich vor Mikael fürchtete, wo die Wahrheit doch die war, dass sie Angst vor sich selbst hatte? Wo die Wahrheit war, dass sie bereit gewesen war, Mikael umzubringen. Nur für einen Moment, aber mehr als ein Moment ist ja auch nicht nötig.

Sie hatte diese Lüge für ungefährlich gehalten. Sie hatte geglaubt, die Lüge sei schonender als die Wahrheit und deshalb besser. Sie hatte geglaubt, die Lüge spiele keine Rolle.

Ohne Mikael wurde der Alltag ruhiger. Niemand wurde laut, niemand ließ Gegenstände fallen, die zerbrachen und daran erinnerten, wie zerbrechlich das meiste im Leben ist. Aber ganz verschwunden war er nicht. Niemand setzte sich in seine durchgesessene Ecke auf dem Sofa, und Mariam glaubte bisweilen, seine müden Umrisse in irgendeiner vom Licht nicht richtig erfassten Ecke zu ahnen. Sein Auszug schien so plötzlich gekommen zu sein, dass nicht der ganze Mikael hatte folgen können.

Sie hatte den Verdacht, dass auch Theo manchmal Mikael sah, aber sie stellte keine Fragen. Es war besser, das Geschehene hinter sich zu lassen.

Mit der Zeit würde alles besser werden.

Nach zehn Tagen wurden die Fäden gezogen. Die Wunde war verheilt, aber Theo musterte erschrocken seinen Unterarm, wo die Haut geschwollen war und die rote Narbe noch immer zu bluten schien. Mariam versuchte, ihn damit zu trösten, dass die Narbe mit der Zeit verblassen würde, wie das mit allen unseren Verletzungen geschieht. Sie wusste, dass sie log. Manche Narben wachsen nur, sie bilden am Ende dicke Klumpen aus blankem, stark durchblutetem Gewebe, das sich operativ nicht entfernen lässt.

Daran wollte sie nicht denken. Sie hatte jetzt keine Zeit zum Grübeln.

Sie sammelte Wissen mit der Besessenheit einer einsamen Goldsucherin. Voller Engagement, stur, so lange sie nur konnte und danach noch etwas länger. Sie näherte sich dem Ende ihres Dienstes an einer der bestausgerüsteten Röntgenabteilungen der Welt und musste jede Minute ausnutzen. Wenn ihr ab und zu der Gedanke kam, sie müsste mehr Zeit mit Theo zu Hause verbringen, tröstete sie sich damit, dass sie für ihn arbeitete. Für ihn und alle Kinder in ihrer Heimat, die eine Zukunft brauchten, an die sie glauben konnten.

Sie glaubte, dass Theo zurechtkam. Sie ging davon aus, dass er auf dem richtigen Weg war, trotz des Anrufs von Ulla Andersson, die zwei Stock weiter oben in dem Haus mit Dienstwohnungen wohnte und deren Sohn Theos bester Freund war.

Ulla hatte nach einigen Wochen gefragt, was eigentlich mit Theo los sei. Der sei seit dem Unglück nicht mehr er selbst, fand sie. Ob sie etwas tun könne?

Mariam fiel nichts ein, sie bedankte sich nur noch einmal dafür, dass Theo so oft bei Familie Andersson sein durfte. Das sei jetzt besonders wichtig, wo Mikael ja nach Hause gefahren war.

Und Ulla sagte, wie immer, Theo sei wirklich willkommen. Es sei ein Vergnügen, ihn bei sich zu haben. Sie erzählte, er habe jetzt angefangen, mit ihrem jüngsten Sohn, der kein Englisch konnte, Schwedisch zu sprechen.

Mariam versuchte, nicht an Mikael zu denken. Das machte sie nur wütend und war nutzlos. Er hatte seinen Teil der Verabredung nicht eingehalten. Sie würde arbeiten, er würde sich für anderthalb Jahre um Theo kümmern. Das wäre ja nicht zu viel verlangt gewesen.

Aber jetzt war alles langsam auf dem Weg der Besserung.

In einem der vielen teuer ausgestatteten Personalräume des Krankenhauses wischte sich die sommersprossige Assistenzärztin ungeduldig eine Träne ab und machte noch einen Versuch.

»Doktor Mariam, Sie waren die beste Lehrerin, die wir in diesem Jahr gehabt haben.«

Ihre Stimme wurde ein wenig stärker.

»Wir haben gesehen, wie hart Sie gearbeitet haben. Das war nützlich, vor allem für manche ...« Sie wartete, bis ihre Kollegen mit Kichern aufgehört hatten, dann fügte sie hinzu:

»Sie sind wirklich irgendwie unser Vorbild ...«

Und dann errötete sie und hielt Mariam ein Päckchen hin.

Mariam, die schon oft solche Danksagungen erlebt hatte, lächelte und umarmte die junge Kollegin.

Der Professor hatte schon einige freundliche Worte gesagt, die Röntgenassistentinnen hatten einen Blumenstrauß überreicht, der Abschied dauerte jetzt ein wenig lange.

Sie musste nur noch die Tasche aus ihrem Zimmer holen. Schon am Morgen hatte jemand das Schild weggenommen, das dreimal neu geschrieben hatte werden müssen, bis es endlich richtig gewesen war. Doktor Mariam Gebre-Selassie.

Das kleine Zimmer wartete jetzt in abgeschälter Neutralität darauf, durch den nächsten Stipendiaten aus der so genannten Dritten Welt mit Farbe und Persönlichkeit gefüllt zu werden. Wenn es eine Frage der Geschichte der Menschheit wäre, dachte Mariam oft, dann wären die USA ungefähr die 24. Welt. Und Äthiopien die erste, denn von dort stammten alle Menschen.

Sie wurde durch Mike aus ihren Gedanken gerissenen, einen philippinischen Kollegen, der ihr im Gang entgegenkam. Er ging, als gehöre ihm das ganze Krankenhaus.

»Du haust jetzt also ab. Stimmt es, dass dir ein Posten in Kanada angeboten worden ist und dass du abgelehnt hast?«

Mariam nickte kurz. Sie konnte eingebildete Menschen nicht leiden, schon gar nicht, wenn sie noch dazu inkompetent waren.

»Aber hast du denn den Verstand verloren? Das kannst du doch nicht machen.«

Sie wollte weitergehen, aber er trat ihr in den Weg.

»Wie kannst du in dein Drecksland zurückgehen, das noch nie einen Röntgenapparat besessen hat, der nicht anderswo schon längst als unmodern galt? Warum hilfst du einem erbärmlichen, korrupten Regime, das seinen Bürgern nicht einmal Wasser und Essen verschaffen kann? Für so dumm hätte ich dich nicht gehalten, Mariam.«

Mariam grinste so hämisch, wie sie nur konnte.

»Mike. Nicht alle wollen weg von zu Hause, bloß weil du das willst. Was mein Heimatland angeht, hast du offenbar keine Ahnung. Wenn du selbstkritischer wärst, wären auch deine Röntgendiagnosen von höherer Qualität. Und dann würde vielleicht auch dir ein Posten in Kanada angeboten.«

Einen sie zufrieden stellenden Augenblick lang sah er aus, als ob er sie niederschlagen wollte. Er riss sich mit sichtlicher Anstrengung zusammen und begnügte sich damit, mit aufgesetztem Pessimismus zu sagen:

»Du weißt nicht, was für einen Fehler du da machst.«

Dann ging er, blieb dann aber stehen, drehte sich halbwegs um und rief über seine Schulter:

»Du weißt nicht, wie sehr du das bereuen wirst!«

Mariam streckte ihm die Zunge heraus.

Darauf hatte er keine Antwort.

Addis Abeba, Äthiopien, 2004

Mariams Schreibtisch war aus Holz und ziemlich klein. In einem anderen Leben konnte er ein Esstisch gewesen sein, er hätte auch in einem Mädchenzimmer oder einem Laden stehen können. Aber jetzt beherbergte er eine bunte Mischung aus Krankenberichten, Büchern und Stiften in ihrem Büro in dem kleinen Krankenhaus, in dem sie jede Woche einen Tag arbeitete. Ihre Sekretärin brachte die Post und einen duftenden kleinen Macchiato.

Genf in allen Ehren, aber die Schweizer konnten ihren Ärzten einfach keinen guten Kaffee bieten. Und sie hatten vor ihren Fenstern auch keine schönen dunkelgrünen Eukalyptusbäume. Mariam öffnete das Fenster um noch einige Zentimeter. Auch das hätte sie im Krankenhaus in Genf nicht machen können. Die Fenster dort hatten sich nicht öffnen lassen.

Jetzt saß sie im Erdgeschoss. Durch das offene Fenster hörte sie das leise Stimmengemurmel aus dem großen Wartezimmer auf der anderen Seite des kleinen Innenhofes, sie hörte Vögel, die flirteten, lockten und warnten. Alle anderen Geräusche wurden übertönt vom schrillen Geschrei eines der vielen Esel der Stadt, der etwas zu sagen hatte, das nur seine Artgenossen verstehen konnten.

Sie schloss für einen Moment die Augen und lauschte. Sie war an genau dem richtigen Platz. Sie dachte an Mike, der sich so geirrt hatte.

Es war nämlich alles gut geworden. Fast vollkommen.

Sie sah ihre Post durch. Da lag wieder ein länglicher weißer Umschlag, mit ihrem Namen in großer, flüssiger Handschrift versehen. Sie lächelte, schüttelte ein wenig den Kopf und zog die Karte heraus, auf der geschrieben stand:

Mariam!
Mariam! Mariam! Mariam! Mariam!
Dein
S. A.
PS: So sieht es im Moment in mir aus. Iss mit mir zu Abend, oder zu Mittag, oder was immer du willst.

Sie drehte die Karte um und noch einmal um, las sie langsam und horchte auf ihre eigene Reaktion.

Zeigte sie Interesse?

S. A. war Salomon Assefa, und sie hatten sich zehn Tage zuvor auf einem Fest kennengelernt. Sie hatte gewusst, wer er war. Die Salomon-Assefa-Show war eine der meistgesehenen Fernsehsendungen des Landes. Wenn etwas passierte, war Salomon zur Stelle. Er war sympathischer gewesen, als sie sich vorgestellt hatte. Aber Abendessen? Mittag?

Warum nicht? Seit ihrer Rückkehr aus Genf verbrachte sie all ihre Zeit damit, zu arbeiten und ihr Leben zu organisieren. Sie hatte ihren Bruder ausbezahlt und das gemeinsame Haus hinter der britischen Botschaft übernommen. Theo war auf die beste Schule der Stadt gekommen.

Ihr Chef hatte recht gehabt – sie konnte jetzt mehr verdienen. Ihre neuen Kenntnisse hatten einen hohen Marktwert, und sie war immer schon bereit gewesen, hart zu arbeiten. Während dieser Zeit hatten Männer gelegentlich durchaus herauszufinden versucht, ob sie zugänglich sei. Aber sie hatte sich diese Männer durch Selbststeuerung vom Leib gehalten, ohne Engagement. Bei Salomon war das anders – er hatte ihr Interesse geweckt.

Aber sie wollte jetzt nicht an ihn denken, ein Assistenzarzt hatte sie um Hilfe gebeten, und sie hatte versprochen zu kommen, sowie sie ihre Post geordnet hätte.

Als sie die Röntgenbilder durchgesehen hatten, fragte der Assistenzarzt:

»Stimmt es, dass in Genf alle Apparate funktioniert haben?«

Mariam nickte.

In dem kleinen Krankenhaus waren viele Geräte defekt. Die schweren Apparate standen zumeist noch immer dort, wo sie ihren Geist aufgegeben hatten, teilweise auseinandermontiert, wie zerfallene Dinosaurierskelette. Der Assistenzarzt strich vorsichtig über eine Reihe von Hebeln, die an nichts mehr angeschlossen waren.

»Ich finde die schön«, sagte sie. »Auch wenn sie nicht funktionieren.«

Dann stellte der Assistenzarzt erwartungsvoll die allwöchentliche Frage:

»Gibt es etwas Neues über das Röntgenzentrum?«

Mariam lächelte.

»Ja. Ich habe jetzt einen Überblick über das Patientenpotenzial, und das sieht richtig gut aus. In fast allen Nachbarländern besteht großes Interesse. Es gibt Leute genug, die eine Untersuchung brauchen, die aber kein Visum für die Länder bekommen, in denen solche Untersuchungen durchgeführt werden. Es besteht kein Mangel an Leuten, die es sich leisten könnten, herzukommen und viel zu bezahlen.«

Der Assistenzarzt hob den Daumen.

»Wenn wir nur die Finanzierung schaffen«, sagte Mariam dann. »Später möchte ich Ausbildungsplätze an ausländische Röntgenärzte verkaufen. Dann hätten wir plötzlich Geld genug – wir könnten erweitern, mehr Leute mit Spitzenkompetenz einstellen. Jetzt suche ich gerade einen gutklingenden Namen. Was hältst du von ›The Black Lion Radiology Centre‹?«

Der Assistenzarzt nickte enthusiastisch, und Mariam lächelte. Jetzt würde sie bald hier an ihrem Heimatort erstklassige Röntgenausbildung anbieten können, eine international anerkannte Fachausbildung in Radiologie. Dann würde Geld ins Land strömen. Patienten und Kollegen in Ausbildung würden in den Hotels der Stadt wohnen, in den Restaurants essen. Sie würden Taxi fahren und Waren einkaufen. Arbeitsplätze würden geschaffen werden.

Mike, der neidische Filipino, hatte die Kraft von Visionen nicht vorausgesehen.

Am Abend fuhr sie durch die aufkommende Dämmerung nach Hause, bis die Lichter eingeschaltet wurden und Addis Abeba zu funkeln und zu glitzern begann. Die angestrahlten Früchte an den Verkaufsständen glühten in der weichen Dämmerung, und die Hunde fingen an, durch die Nacht zu streunen.

Das war ihre Lieblingstageszeit.

Wenn die hohen Bäume vor der britischen Botschaft sich als schwarze Löcher vor dem reich bestirnten Nachthimmel abzeichneten, wenn die Fledermäuse wie kleine Zipfel aus samtiger, geschmeidiger Dunkelheit herumflitzten.

Sie war auf dem Weg zu ihrem eigenen Haus mit fünf Zimmern und einem geräumigen Garten. Auf dem Weg zu ihrem Sohn, der abends größer wirkte als morgens.

Sie hatte außer Mikael fast alles im Griff. Er war zu seiner Familie nach Nasaret gezogen, nur einige Fahrstunden von Addis Abeba entfernt, aber sie hatten sich noch immer nicht wiedergesehen. Über gemeinsame Freunde hatte sie gehört, dass seine Familie fand, sie vernachlässige ihn. Sie hatte die Sache auf sich beruhen lassen. Tagsüber war sie voll ausgelastet, abends auch. Das andere hatte Zeit.

Es kostete zwar Energie, nicht an Mikael zu denken, aber es kam ihr viel komplizierter vor, sich allen alten Beleidigungen stellen zu müssen. Außerdem verabscheute Mariam Schuldgefühle. Sie dachte oft vage, dass zuerst die Zeit ihre Arbeit tun solle. Sie war doch die beste Ärztin, die geduldigste Vermittlerin von allen.

An diesem Abend dachte sie an Salomon und seine Briefkarten in den langen, schmalen Umschlägen.

Wie mochte ein Mensch sein, der über die Medien ein unbekanntes Publikum umwarb? Der verführerisch lächeln konnte, hingegossen auf seinem breiten Bett, für jeden Mann, jede Frau und jedes Kind, die die Zeitung aufschlugen? Salomon ließ sich mit rassigen jungen Frauen in Nachtclubs fotografieren, er pflegte ein Rockstarimage, das sie arrogant und albern fand. Sicher, er war sexy, aber es störte sie, dass er sich so schamlos anbot.

Und doch war er sympathisch gewesen. Bescheiden und witzig. Sie fand seine Sendungen außerdem sehr gut. Vielleicht arbeitete er an einem Image – einem Alter Ego für die Allgemeinheit? Vielleicht brauchte er eine Fassade, hinter der er sich verstecken konnte? Warum sollte er sich sonst plötzlich für sie interessieren, eine alleinstehende Mutter, die fast die Mitte des Lebens erreicht hatte und die in einer anstrengenden Arbeit aufging?

Als habe Salomon ihre Gedanken gelesen, kam die nächste Karte ins Universitätskrankenhaus, wo sie vier von fünf Tagen arbeitete.

Mariam!
Halte mich nicht für einen oberflächlichen Menschen, der von Glitzerkram verführt wird. Nicht ich habe dieses Bild erschaffen.
Ich sehne mich gerade nach Dir.
Dein S. A.
Würdest Du mit mir zu Abend essen? Lade mich ein. Lass mich Dich einladen!

Und sie überlegte, dass es doch nichts schaden könnte, mit ihm essen zu gehen. Dass sie nicht alles glauben wollte, was über ihn gesagt wurde, denn wie kann man sich vor Gerüchten schützen, die durch die insgeheim gehässigen Münder sickern?

Also nahm sie dankend an. Er war größer als in ihrer Erinnerung, er duftete und war frisch geduscht. Er war unterhaltsam, sprach aber nur wenig über sich.

Er interessierte sich für ihre Träume, ihr Leben, ihre Arbeit.

»Eine Röntgenärztin zu sein«, sagte sie und merkte, wie sie unter seinem aufmerksamen Blick aufblühte, »bedeutet, die Menschen im wahrsten Sinne des Wortes durchschauen zu können. Festzustellen, was ihnen fehlt, ohne sie auch nur kennengelernt zu haben.«

Sein schmales Gesicht war konzentriert, seine feuchten Augen auf sie gerichtet.

Sie erzählte von ihrer Zeit in Genf, von der Magnetkamera. Sie lachten gemeinsam darüber, dass sie Angst gehabt hatte, Europäer könnten von innen anders aussehen und sie würde sich deshalb in deren Anatomie verirren.

Und als sie das nächste Mal essen gingen, nahm er ihre Hand und hielt sie fest, und Schauer jagten über ihren Rücken. Sie ließ es geschehen, vielleicht war es an der Zeit.

Trotzdem hatte sie sich an seiner Seite wie eine Gazelle verhalten – bereit, davonzustürzen, sich bei der kleinsten Bedrohung in Sicherheit zu bringen.

Aber er hatte ihr keine Angst gemacht. Sie waren bei ihm gelandet, und dort stand wirklich das riesige Bett, das in der Presse zu sehen gewesen war. Es war bedeckt mit einer verschlissenen Tagesdecke aus Zebraimitat, die sich auf Fotos um einiges besser machte. Und da waren die Flecken auf der Oberdecke, die sie davon überzeugten, dass er ein Mann wie alle anderen war, keiner, vor dem sie sich fürchten müsste. Diese Flecken, die sie unter sich gehabt hatte, als sie entdeckte, wie anders sein Körper war als Mikaels. Sie strich über seinen langen Rücken, dessen Haut weicher war, seine Schultern, die schmaler waren, seine Arme, die länger waren.

Und er kniff die Augen zu, während Mikael sie angesehen hatte, und das war beruhigend und ungewohnt.

Ihr Körper überraschte sie mit seiner Begeisterung. Konnte es daran liegen, dass das letzte Mal so lange her war? Oder lag es an ihm?

Am nächsten Tag erreichte sie kein Brief, und sie war enttäuscht, aber am Tag darauf schrieb er:

Mariam!
Verbring den Rest deines Lebens mit mir. Oder ein Wochenende in Bishangari. Ich nehme, was ich bekommen kann.
Ungeduldige und erwartungsvolle Grüße!
S. A.

Und es folgten weitere Abende unter und auf der schwarzweißen Tagesdecke. Ihm wurde es nie zu viel, sie über ihre Arbeit sprechen zu hören, was für sie so neu war, dass sie ihn dafür fast liebte. Er konnte ihre Vision sehen, er teilte ihre Leidenschaft für die Veränderung, und er hatte keine Auswanderungspläne. Ihr Körper hatte sich seinen bereits voller Begeisterung angeeignet. Ihre Psyche war da schon abwartender, fühlte sich aber von seiner Energie angezogen, seinem Wunsch, mehr zu tun, als zu klagen.

Theo sagte sie nichts davon.

Am Ende lud sie ihn zum Essen zu sich ein.

Er hatte sie geküsst und gesagt, er wolle wissen, wie sie wohne, um immer an sie denken zu können. Er hatte traurig gesagt, sie sperre ihn aus ihrem Leben aus, während er ihr seins bedingungslos geöffnet habe. Also musste sie ihm ihr Zuhause zeigen, obwohl sie wusste, dass es zu früh war.

Der Abend war dann ein voller Erfolg.

Theo war höflich, aber abwartend. Salomon konnte durch Charme das bekommen, was andere kaufen, stehlen oder sich durch Drohungen aneignen mussten. Er hatte von den Vorentscheidungen zur Miss-Ethiopia-Wahl berichtet, die er leiten sollte, und am Ende hatte auch Theo sich vor Lachen ausschütten wollen.

Salomon, der ein rastloser Mensch war, wirkte ungewöhnlich entspannt. Nach dem Essen hatte er eine Runde durch den Garten gedreht und mit dem Wächter und dem Gärtner, die noch herumlungerten, Witze gerissen. Er hatte in die Küche geschaut und mit der strengen Köchin Ierusalem geschäkert. Mit den beiden schüchternen Mädchen, die im Haus halfen, hatte er so leise und behutsam gesprochen, dass sie sich am Ende getraut hatten, aufzuschauen, seinen Blick zu erwidern und zu antworten.

Am Ende hatte er sich auf Mariams fast neues Sofa gesetzt und sich zurücksinken lassen, wodurch das Sofa kleiner aussah als vorher.

»Vergiss nicht, mir dein Schlafzimmer zu zeigen. Ich will wissen, wo du schläfst, wenn du nicht bei mir bist. Ich muss deine Laken berühren, ich will wissen, wie das Zimmer riecht ... es riecht sicher gut, so wie du ...«

Sie hatte die Tür zu dem kleinen, in Weiß und Rosa eingerichteten Schlafzimmer aufgeschoben. Die Jungfrau Maria und das Jesuskind hinten an der Wand, über dem Schreibtisch, wo ihr Mac stand, das neueste Modell mit einem Zwanzig-Zoll-Flachbildschirm, dazu eine Reihe von radiologischen und anatomischen Fachbüchern.

»Klasse Rechner«, sagte er, und sie antwortete: »Vor allem sehr scharf und mit hoher Auflösung. Das ist wichtig, wenn ich Bilder beurteilen soll.«

Aber er hörte nicht zu, er fuhr mit der Hand über die Steppdecke aus Satin.

»Weich. Wie du ...«

Später hatte Theo Mariam keine Fragen über Salomon gestellt. Das war sicher richtig so, nahm sie an.

Mariam fragte auch Theo nicht nach seinen Beziehungen, nicht einmal, als ihre Schwester Halleluja einige Tage darauf anrief und wissen wollte, mit welchem hübschen Mädchen Theo zusammen sei. Sie hatte sie beide in einem

Café gesehen, Theo hatte sie aber nicht bemerkt. Das Mädchen hatte nur Shorts und ein kleines Hemd getragen – ein Mädchen, das sich nicht schämte, das zu zeigen, was es hatte, hatte Halleluja skeptisch gesagt, ein Mädchen, das aus dem Norden zu stammen schien. Ob Mariam wirklich nichts über sie wisse? Nichts, hatte Mariam wahrheitsgemäß gesagt, rein gar nichts.

Und wenn ich nichts über Salomon sage und Theo nichts über die Mädchen, mit denen er sich trifft, dann sind wir quitt.

Salomon schickte ihr eine Karte zum Dank, an sie und Theo. Er legte zwei VIP-Karten für die Miss-Ethiopia-Wahl bei. »Und kommt doch schon zur Generalprobe«, schrieb er. »Da gibt's am meisten zu lachen ...«

Einige Tage darauf rief er sie im Krankenhaus an.

»Mariam, kann ich dich um einen ganz großen Gefallen bitten?«

»Bitten kannst du auf jeden Fall ... und dann wirst du ja sehen, was ich antworte.«

Er schwieg einen Moment.

»Ich kann dich nur deshalb bitten, weil wir eine ganz besondere Beziehung haben. Ich brauche gerade Hilfe, und für mich ist das sehr wichtig, für dich aber eine Kleinigkeit.«

»Und was ist das für eine Kleinigkeit?«

»Bei mir im Büro ist der Internetzugang zusammengebrochen, und ich brauche zwei Stunden Zugang zum Netz. Es eilt, ich muss heute fertig werden. Also wollte ich fragen, ob ich kurz deinen Computer benutzen darf.«

»Wäre es nicht einfacher, du setzt dich ins nächstbeste Internetcafé?«

»Die Schattenseiten der Prominenz. Ich kann mich doch nicht mit Perücke dahin schleichen, und du weißt, wie solche Cafés sind, nichts bleibt verborgen. Und was ich gerade mache, ist eine überaus delikate Angelegenheit.«

Die Hotels sind zu teuer, dachte sie. Im Hilton oder Sheraton kann man ungestört sitzen, aber bei deinem Gehalt ist nicht daran zu denken. Salomon war zwar bekannt, aber besonders viel Geld hatte er nicht. Sie spielte mit dem Gedanken, vorzuschlagen, er solle ins Hilton gehen und sie bezahlen lassen, aber sie nahm an, dass ein solcher Vorschlag ihn verletzen würde.

Hatte sie kein Vertrauen zu ihm? Doch. Nein. Vielleicht. Nein. Sie vertraute niemandem, wenn es um ihren Rechner ging. Den durfte niemand anrühren.

Aber zugleich hatte Salomon recht, für sie wäre es eine Kleinigkeit, und für ihn war es offenbar wichtig. Vielleicht war es für sie an der Zeit, ein wenig von ihrem Misstrauen aufzugeben. Vielleicht sollte sie sich jetzt auf das unberechenbare Eis des Vertrauens wagen.

»Na gut. Ich rufe zu Hause an, damit sie dich reinlassen. Ins Internet kommst du über Safari, das findest du im Menü. Und du kannst ja anrufen, wenn du irgendwelche Fragen hast.« Sie hatte kein Passwort für ihre Patientendateien.

»Ich habe schon jetzt einige Fragen.«

»Welche denn?«

»Ob wir heute Abend zusammen essen können. Wann du endlich eine ganze Nacht bei mir verbringen wirst, damit wir zusammen frühstücken können. Wann du mich zu einem offiziellen Anlass begleiten wirst. Wann wir als Paar einen Raum voller Menschen betreten können.«

Mariam lachte.

»Lass uns eins nach dem anderen angehen. Bleib heute Abend zum Essen. Den Rest nehmen wir dann nach und nach. Viel Glück.«

Später, als sie in der zunehmenden Dunkelheit nach Hause fuhr, wanderten ihre Gedanken zerstreut von der Arbeit fort und widmeten sich ihrem Leben in diesem Moment. Ihr Leben in diesem Moment, das waren die kurvenreiche Straße und ihr rotes Auto, das nur drei Jahre alt und das neueste war, das sie jemals gefahren hatte, und Salomon, der zu Hause auf sie wartete.

Sie freute sich darauf, ihn zu sehen. Sie war bereit gewesen, ihm ihren Computer zu leihen – ihm ihre Zahnbürste zu geben wäre leichter gewesen, weniger intim. Das war wirklich wichtig und ein beängstigender und zugleich ermutigender Schritt. Sie kostete die Wörter und die Vorstellung aus – sie und Salomon. Salomon und sie.

Aber Salomon war nicht mehr da. Er hatte zu irgendeinem Auftrag fahren müssen, berichtete Ierusalem. Er hatte gefragt, ob er stattdessen am nächsten Tag kommen dürfe.

Sie war enttäuscht und zugleich erfreut über diese Enttäuschung. Vielleicht war sie dabei, echte Zuneigung zu entwickeln?

Sie hinterließ sofort eine Mitteilung auf seinem Anrufbeantworter – natürlich sei er ihr auch am nächsten Tag willkommen.

Theo war nicht zu Hause. Er hatte auf seiner internationalen Schule einen neuen Schweden kennengelernt und ging oft zum Essen zu Familie Ljunggren. Mariam war das recht. Jetzt konnte sie Arbeit aufholen. Der einzige kleine Nachteil bei Salomon war, dass es Zeit kostete, mit ihm zusammen zu sein.

Sie setzte sich an ihren Computer und sah sich an, was Professor Paterson ihr diesmal geschickt hatte. Es gab etliche Nachuntersuchungen nach Tumoroperationen, einige Lungen, von denen eine mit großer Wahrscheinlichkeit einen Tumor aufwies, und einen sehr kleinen Brustkrebs.

Sie brauchte zwei Stunden.

Danach schaltete sie den Computer aus und trat hinaus auf die Terrasse, die auf drei Seiten um das Haus lief. Die Luft war kühl und angenehm, und sie dachte an ihre Lunge.

Sie hatte das Gefühl, in sich hineinblicken zu können. Die Abendluft existierte um sie herum und in ihr, und sie kam ihr ein wenig vor wie Fruchtwasser, in dem sie sich ausruhen konnte, fast schwerelos, so, wie sie dort stand.

Der nächste Tag fing gut und schlecht zugleich an – Mariams Termin mit dem Krankenhausleiter, bei dem über die Räumlichkeiten für ihr radiologisches Zentrum gesprochen werden sollte, wurde abgesagt. Seine Schwester war gestorben, noch einer dieser vielen Todesfälle unter jungen Menschen, und er bat darum, den Termin in der folgenden Woche nachzuholen.

Sie schaute in ihren Terminkalender. Zwischen vierzehn und siebzehn Uhr gab es plötzlich drei freie Stunden.

Drei ganze Stunden.

Während sie sich die leeren Zeilen ansah, machte sie eine ganz neue Entdeckung. Zum ersten Mal seit vielen Jahren wollte sie ihre Zeit nehmen und damit fliehen. Sie aus dem Krankenhaus hinausschmuggeln und sie für sich selbst verwenden. Und warum auch nicht?

Salomon hatte ihre Prioritäten verändert, und sie dachte an ihn mit einem kleinen Schauer der Erwartung, als stecke die Erinnerung an ihn in ihrer Haut. Zugleich stellte sich ein warnender Gedanke ein: Sie brauchte ihre Kraft für ihre Arbeit. Sie durfte bei der Arbeit nicht nachlassen. Ihrer Haut waren diese Gedanken egal, sie fühlte sich an wie die Oberfläche eines Meeres, mit kleinen feinen Kräuselwellen, die kamen und gingen.

In einem Anfall von Großzügigkeit gab sie ihrer Sekretärin frei und schlenderte dann hinaus in die Sonne, die wärmte, obwohl es kühl war. Auch das hatte ihr in Genf gefehlt – die Nähe zur Sonne. Sie blieb für einen Moment stehen und genoss die Photonen, die ihre Haut bombardierten, die dort verharrten und Wärme erzeugten.

Jetzt würde sie ihr Auto holen, nach Hause fahren, sich mit sich selbst beschäftigen. Vielleicht ein Bad nehmen, mit Badeöl. Sich ausruhen. Sich auf das Essen mit Salomon vorbereiten.

Sie fuhr langsam über die holprige Straße zu ihrem Haus, das so geborgen hinter der hohen Mauer lag. Das Metalltor war frisch gestrichen, in hellem Sonnengelb, und sie hupte, damit ihr Zabagna, ihr Wächter, zum Öffnen kam.

»Salomon ist schon da«, teilte er mit, während er für das Auto das Tor öffnete.

Auf ihren überraschten Blick hin fügte er unsicher hinzu: »Er hat gesagt, er sei auch heute hier eingeladen …«

Sie nickte. Sicher. Es war zwar eine Einladung zum Abendessen, aber das konnte der Zabagna ja nicht wissen. Sie stieg aus dem Auto, hin- und hergerissen zwischen ihrem Körper, der lebendig geworden war, und ihrem Intellekt, der die Frage dagegenhielt, was hier eigentlich vor sich ging.

Sie fand ihn vor dem Computer, unbequem gebückt über ihren niedrigen Tisch.

Ein Teil ihres Gehirns reagierte blitzschnell auf seinen langen Rücken, auf seinen Hals, den sie so heftig geküsst hatte, dass er ein Polohemd hatte tragen müssen, auf seine langen schmalen Finger, die immer die richtige Stelle fanden. Dieser Teil ihres Gehirns schlug vor, zu ihm zu schleichen und ihn auf die glatte Haut unter dem Ohr zu küssen. Er wollte, dass sie ihn von hinten umarmte, dass sie langsam sein Hemd aufknöpfte, ihn streichelte, so dass er sich gegen sie sinken ließ, dieser Teil verlangte, dass ihre Hände zu seinem Gürtel weiterwanderten.

Ein anderer Teil ihres Gehirns registrierte, was auf dem Bildschirm zu sehen war.

Ihre Patientendateien.

Die großen Bilddateien konnte er nicht öffnen, aber sie

waren datiert und in bezahlt/nicht bezahlt eingeteilt. Dieser Teil ihres Gehirns verlangte, dass sie schrie: »Aber was zum Teufel machst du da! Das ist privat!« Dieser Teil wollte, dass sie ihn vom Stuhl riss, ihn an die Wand drückte, eine Erklärung forderte.

Die beiden Impulse kollidierten, lähmten sie für einen Moment.

Und er drehte sich um, sah sie mit undurchschaubarer Miene an, schien einen Entschluss zu fassen.

Sie spürte fast den Windhauch in ihren Haaren, als er plötzlich seinen ganzen Charme aufbrachte.

»Mariam – ich liebe dich. Ich werde dir helfen. Wir stehen das hier zusammen durch, du und ich!«

Er nahm ihre Hand und drückte sie auf seine Brust, so dass sie unter seinen Rippen seinen raschen Herzschlag hören konnte.

»Mariam! Ich weiß jetzt, was du durchgemacht hast. Ich habe dein Leid gesehen.«

Er sah sie an, mit einem ehrlichen Blick, der schon so viele seiner Interviewopfer getäuscht hatte.

»Mariam, hier liegt eine verdammt große und schwerwiegende Story. Eine international verwertbare Story. Wir können sie zusammen machen, du und ich. Du ...«, er zog sie an sich. »Und ich.«

Und ein Teil von ihr wollte sich an ihn lehnen, wollte mit ihm verschmelzen, wollte mehr als alles andere auf der Welt, dass es ein Du und ein Ich gäbe. Und zwar sofort. Seine Hand brannte, ihr Blut war umgelenkt worden.

Aber ihr anderer Teil trug den Sieg davon. Sie riss ihre Hand zurück und schrie:

»Hast du den Verstand verloren und dich unberechtigt in meinen Computer eingeloggt? Hast du meine privaten Dateien gelesen?«

Er schüttelte den Kopf.

»Ich habe mich nicht unberechtigt eingeloggt. Du hast mich eingeladen. Du hast mir den Computer geliehen. Vergiss das ja nicht, Mariam.«

Er fuhr mit dem Stuhl herum, bis sie sich von Angesicht zu Angesicht gegenüberstanden, und für einen Moment hatte sie das Gefühl, den Fernsehmoderator auf ihrem Schreibtischstuhl sitzen zu sehen. Er sprach gelassen und ernst weiter, den Blick in eine Kamera gerichtet, die nur er sehen konnte.

»Ich will eine Sendung über das alles machen. Ich will Professor Paterson als korrupten Lügner entlarven. Ich schicke einen Kollegen aus den USA mit versteckter Kamera und verborgenem Mikrofon zu Paterson. Ich lasse ihn aufnehmen, wenn er erzählt, was er für eine Untersuchung berechnet. Das wird die Reportage meines Lebens. Alle Welt interessiert sich für die neue westliche Ausbeutung Afrikas – die intellektuelle. Ich werde den Menschen Gesprächsstoff liefern – der ganzen Welt.«

Mariam kämpfte gegen den Impuls, ihn mit einem Kuss zum Schweigen zu bringen. Denn das hier konnte ja wohl nicht sein Ernst sein?

Offenbar doch, denn nun sagte er:

»Mariam, du bekommst zweihundertfünfzig Birr, was ungefähr dreißig US-Dollar ausmacht, für die Beurteilung eines Bildes von Paterson. Dann schreibt er seinen Namen unter die Beurteilung und kassiert vom Patienten tausend Dollar. Eigentlich müsstest du für jede Beurteilung fünfhundert Dollar oder über dreitausend Birr bekommen. Du hast die ganze Arbeit, erhältst aber nicht einmal ein Zehntel von dem, was er berechnet, ist das gerecht?«

Nicht möglich. Wie konnte er das alles wissen? Jetzt wurde Mariam von Angst gepackt. Sie versuchte, aus ihrer plötzlichen Unterlegenheit heraus zu kontern.

»Ich will nicht, dass jemand hinter mir herspioniert. Du

musst doch begreifen, dass meine Privatangelegenheiten dich nichts angehen.«

Er seufzte, als sei sie begriffsstutzig.

»Ich bin Journalist.«

»Das bedeutet ja wohl nicht, dass du bei anderen einbrechen und ihre privaten Unterlagen lesen darfst.«

Er sprach mit derselben geduldigen, pädagogischen Stimme weiter.

»Wir können in dieser Sache zusammenarbeiten. Das wäre für uns beide von Vorteil. Ich drehe die Reportage meines Lebens, wir beide tragen dazu bei, diese schmutzigen Geschäfte ans Licht zu bringen. Ich kann eine Reportage machen, die niemand je wieder vergessen wird.«

Sein Blick verlor sich in der Ferne.

»Ich will zeigen, wie du abends hier sitzt und dich mit Patersons Bildern abmühst. Ich werde zeigen, wie du darum kämpfst, moderne Geräte zu bekommen. Wie Patersons reiche Patienten seine Villa und seinen Swimmingpool und seine vier Autos finanzieren, während du, die die Arbeit leistet, mit Brotkrümeln abgespeist wirst. Das wird stark werden, du bist doch so schön … das wird eine international preisgekrönte Reportage werden.«

Mariam blieb in bedrohlichen Situationen fast immer ruhig. Diese Ruhe überkam sie auch jetzt. Sie antwortete gelassen:

»Zweifellos, Salomon. Aber ohne mich. Und jetzt geh bitte. Wenn du nicht gehst, dann rufe ich um Hilfe.«

Er schien nicht glauben zu können, was er da gehört hatte, und er erwiderte nachdenklich:

»Dann bist du also feige, genau wie alle anderen Arschkriecher, die sich heimlich bereichern und vor der Obrigkeit buckeln. Du wagst es also nicht, den Kampf aufzunehmen. Du überraschst mich. Ich hatte dich nämlich für solidarisch gehalten. Und moralisch. Aber du spielst mit. Lässt dich ausnutzen. Begreifst du denn nicht, dass du dich ebenso schuldig machst wie Paterson, wenn du mir nicht hilfst? Ich bitte dich, als Frau, als Ärztin und als Afrikanerin.«

Mariam musste um Fassung ringen. Es hätte die Sache nicht besser gemacht, ihm das Knie in den Schritt zu rammen, auch wenn die Vorstellung verlockend war.

»Hör dir doch mal zu. Die Reportage *deines* Lebens. *Du* wirst die Menschen zum Reagieren bringen. *Ich* soll dir helfen. Im Moment bist du es, der versucht, mich auszunutzen. Du bist über etwas gestolpert, das du verwenden kannst, und als guter Journalist versuchst du, eine Story zu bekommen.«

Er gab keine Antwort, und sie sagte weiter:

»Ich opfere mich nicht für die Träume anderer – ich habe meine eigenen. Und jetzt musst du gehen. Leb wohl.«

»Mariam, du musst einsehen, dass du keine Wahl hast. Ich kann meine Reportage mit dir oder ohne dich machen. Es wäre besser für uns beide, wenn du mitmachtest, aber nötig ist das nicht. Ich bitte dich, dir die Sache zu überlegen und mit mir zusammenzuarbeiten. Ich bitte dich, dich nicht dem auszusetzen, was passieren kann, wenn du das nicht tust.«

»Du solltest lieber überlegen, was dir passieren kann. Ich kann dich anzeigen, jetzt sofort. Hausfriedensbruch, Diebstahl vertraulicher Unterlagen, Verstoß gegen die Schweigepflicht.«

Er schüttelte den Kopf.

»Du kannst mich nicht anzeigen. Du hast mich eingeladen, vergiss das nicht. Du hast mir deinen Computer geliehen – wer hätte denn ahnen können, worüber ich stolpern würde? Und wer versteht nicht die Neugier eines Liebhabers auf die Briefe, die seine Frau an andere Männer schreibt? Die Polizei mischt sich nicht in Streitereien zwischen Liebespaaren, und so wird das hier aussehen. Dieser Weg ist abgeschnitten, Mariam, es war vorbei, als du deine Beine für mich geöffnet hast. Als du sie bereitwillig geöffnet hast, vielleicht kann man sogar sagen, hungrig.«

Sie wurde innerlich ganz leer – es gab keine Möglichkeit der Reaktion, weder mit Worten noch mit Taten.

Sie war ausgetrickst, unschädlich gemacht. An diesem Tag, der so gut angefangen hatte.

Er sagte gelassen wie ein Mann, der wichtigere Dinge vorhat und jetzt weggehen muss:

»Wir wollen uns heute nicht darüber streiten. Du kannst dich ja in deinem Computer ein wenig umsehen, und wir diskutieren später darüber. Ich möchte übrigens nach wie vor, dass du mit Theo morgen zur Generalprobe für Miss Ethiopia kommst – ich bin sicher, dass wir eine Lösung finden werden. Ganz sicher.«

Und dann verließ er ihr kleines Arbeitszimmer wie einen Boxring – aber ohne sich umzusehen, ohne einen Abschiedsgruß.

Mariam stürzte sich auf ihren Computer, um sich ein Bild von der Zerstörung zu machen.

Das Entsetzen wuchs in ihrem Brustkorb wie ein Schmerz, der anschwoll und alles auffraß, was sich ihm in den Weg stellte.

Sie war in die Falle gegangen. Sie hatte die Gefahr gesehen, hatte aber nicht darauf geachtet. Jetzt sah sie, wie effektiv Salomon gearbeitet hatte. Sie hörte ein Geräusch, das sie nicht kannte, und stellte fest, dass es ihr eigenes Zähneknirschen war.

Als Erstes hatte er festgestellt, wer den Computer gekauft hatte. Auf diese einfache Weise hatte er eine Firma in Alexandria gefunden.

BioMed Competence Ltd. stand dort als Rechnungsadresse; die Seriennummer des Computers und ein paar Kontakte hatten ihm ausgereicht, um sich den Namen und die

Adresse zu besorgen. Weshalb war das nur so einfach möglich gewesen?

Er hatte die Patientendateien nicht öffnen, aber kopieren können.

Mitten in ihrer aufgeregten Suche klopfte Ierusalem diskret an die Tür.

»Er kommt nicht zum Essen zurück, nehme ich an?«

Und Mariam antwortete verbissen:

»Wenn doch, dann serviere ihm etwas, das mit Rattengift gewürzt ist. Aber diese Chance hast du leider nicht, ich esse mit Theo allein.«

Ierusalem verschwand ohne ein Wort.

Mariams Hände zitterten jetzt so, dass sie die Tasten verfehlte. Kalter Angstschweiß lief über ihren Rücken. Wie weit war er gekommen? Was konnte er aus dem gefundenen Material machen? Wie konnte sie sich und ihr Projekt retten?

Es hätte kaum schlimmer kommen können. Er hatte sich Kopien von ungefähr allem selbst zugeschickt, das mit ihrer Arbeit für Paterson zu tun hatte.

Das Letzte, was sie fand, war eine kleine Mitteilung, getarnt als Entwurf für eine Moderation, die er an sich selbst gemailt hatte.

»Die Ägypter missbrauchen und nutzen äthiopische Frauen seit Jahrtausenden aus. Die frühen koptischen Patriarchen aus Alexandria verkauften die Frauen, für deren Seelen sie sorgen sollten, an ihr Heimatland im Norden. Diese Tradition lebt leider weiter. Ägyptische Firmen verkaufen jetzt nicht mehr die Körper der Afrikanerinnen, stattdessen wird deren Wissen ausgebeutet. Professor Mariam GebreSelassie (nicht mit dem Langstreckenläufer verwandt) gehört zu den führenden Radiologinnen Afrikas. Sie hat ihre Ausbildung in Genf absolviert, nachdem sie ein heiß begehrtes

Stipendium erhalten hatte. Derzeit baut sie in Addis Abeba Ostafrikas modernstes Röntgenzentrum auf.

Aber zugleich ist sie ein Opfer der zynischen modernen Ausbeutung Afrikas. Abends und an den Wochenenden arbeitet sie für einen reichen Amerikaner, der ihr ungefähr denselben Stundenlohn bezahlt wie seiner amerikanischen Putzfrau. Ein ägyptisches Konsortium vermittelt die Kontakte und bereichert sich an der Arbeit der Äthiopierinnen. Die Patienten in den USA glauben, der berühmte Professor Paterson habe ihre Röntgenbilder beurteilt. Da irren sie sich. Nicht er erklärt sie für gesund oder findet ihre Tumore, sondern Professor GebreSelassie. Professor GebreSelassie ist eine schweigende Mitläuferin bei diesem unethischen Schachern mit menschlichen Ressourcen. Professor Paterson gibt ihre Beurteilungen als seine eigenen aus, und Professor GebreSelassie bezahlt keine Steuern für das Geld, das auf ein geheimes Bankkonto geschleust wird ...«

Sie sank auf ihrem Stuhl in sich zusammen.

Ihr Name und ihr Ruf hatten das Röntgenzentrum betreiben und ihre Reputation hatte Patienten, Kollegen und Investoren anziehen sollen. Der Ruf, den sie sich durch jahrelange harte Arbeit erworben hatte, war so zerbrechlich wie jeder Leumund. Ein Fleck, und er platzte wie ein Ballon und sank als unbrauchbarer runzliger kleiner Haufen zu Boden.

Das durfte nicht passieren.

Ostafrika brauchte ihr Zentrum – es durfte nicht, konnte nicht daran scheitern, dass sie den falschen Mann in ihr Schlafzimmer gelassen hatte.

Sie kniff die Augen zusammen, versuchte ruhiger zu atmen, aber das gelang ihr nicht. Stattdessen fing sie an, das Positive aufzuzählen, das es in dieser Situation immer noch gab.

Sie war zu früh nach Hause gekommen und hatte ihn gestört – vielleicht hatte er nicht alles gefunden, wonach er suchte. Bei diesem Gedanken wurde sie ein wenig ruhiger. Der zweite positive Aspekt war, dass er sie am nächsten Tag treffen wollte. Also musste es Verhandlungsspielraum geben. Es wäre vielleicht möglich, noch ein oder zwei Jahre zu warten, bis ihr Zentrum den Betrieb aufgenommen hatte – dann würde sie weder Professor Paterson noch die Ägypter brauchen. Aber diese Hoffnung war sicher vergeblich – im Journalismus musste immer alles sofort stattfinden, so schnell wie möglich. Um zu verhindern, dass möglicherweise andere dieselbe Fährte verfolgten.

Und wie sollte sie ihr Selbstbewusstsein zusammenflicken? Sie war auf einen Heiratsschwindler hereingefallen. Auf den jämmerlichsten aller Tricks. Er hatte ihr einige genussvolle Stunden auf seiner verschlissenen, gestreiften Tagesdecke beschert, danach hatte er ihr Informationen gestohlen, die für Geld nicht zu kaufen waren.

Als Theo ihr die Hände auf die Schultern legte, fuhr sie zusammen. Sie hatte ihn nicht kommen hören.

»Wieder verspannt, Mütterchen?«

Er massierte sie ein wenig zum Scherz, wie er das oft machte, hörte aber sofort auf, als er ihr Zittern bemerkte.

»Ist etwas passiert?«

Sie brachte es nicht über sich, »nichts« zu sagen, deshalb antwortete sie:

»Die Sache mit Salomon ist schiefgegangen.«

»Ja, das habe ich gehört.«

»Jerusalem dürfte nicht klatschen.«

Theo musterte sie besorgt.

»Ist es ernst?«

»Es ist wohl nicht mehr gutzumachen – aber wenn du einen guten Rat haben willst, dann überlass deinen Computer niemals einem Journalisten. Was für ein Schwein!«

Als sie Theos verbissenes Gesicht sah, versuchte sie, die Stimmung durch eine neue Lüge aufzulockern.

»Keine Sorge. Das findet sich schon. Wir sehen uns morgen bei Miss Ethiopia, und dann werden wir das Problem schon klären.«

Sie versuchte, ein Vertrauen einflößendes Mutterlächeln zustande zu bringen, aber Theo erwiderte dieses Lächeln nicht. Sein Gesicht war noch verschlossener als sonst und nicht zu deuten, und das hätte ihr Angst gemacht, wenn sie nicht so darauf fixiert gewesen wäre, sich davor zu fürchten, was Salomon anrichten könnte.

Sie musste versuchen, ruhiges Blut zu bewahren – wenn sie das von Anfang an getan hätte, dachte sie, dann wäre das alles nicht passiert.

Aber das stand jetzt nicht zur Debatte, jetzt musste sie einen Plan entwerfen, und im Pläneschmieden war sie gut. Sie musste sich nur ein wenig beruhigen, dann würde sie auch dieses unerwartete Problem lösen.

Miss Ethiopia

Mariams Herz machte manchmal überraschenderweise eine ganz besondere kleine Bewegung, wenn sie Theo ansah oder an ihn dachte. Zum ersten Mal war das gleich nach seiner Geburt geschehen. Er hatte nicht geschrien, wie das ihrer Vorstellung nach alle Kinder taten. Er hatte sich nur neugierig und mit großen Augen umgeschaut, und sein Blick war an ihrem Gesicht haften geblieben.

Ach, so siehst du also aus, schien er zu denken. Du bist also meine Mama? Hallo. Hier bin ich endlich!

Als Kind hatte Mariam sich vorgestellt, dass es für Wesen aus dem All sicher das Überraschendste von allem auf der

Erde sein müsste – dass wir in unseren eigenen Körpern Kopien unserer selbst herstellen.

Seltsames System.

Gefährliches System.

Aber alles war gut gegangen, und als Theo sie mit seinen dunkelblauen Augen ansah, hatte ihr Herz etwas gemacht, was ihr vorkam wie eine geschmeidige kleine Rotation. Sie wusste, dass das Herz fest an die großen Schlagadern und die Lungenvenen gekoppelt war und dass es praktisch nicht von der Stelle bewegt werden konnte, falls man es nicht losschnitt, aber diesen Sprung hatte sie trotzdem gespürt. Sie kam zu dem Schluss, dass sie ihr anderes Herz bewegt hatte. Das andere Herz, das über Liebe und Trauer zu ihr sprach. Das manchmal schwer war und manchmal so leicht. Es war dieses Herz, das manchmal, ziemlich selten, in ihrem Innersten einen schönen, luftigen und gut koordinierten Sprung vollzog, wenn sie das Wunder Theo ansah.

Jetzt kam der Sprung, ganz unerwartet, als sie im Auto saßen, unterwegs zum Hilton Hotel und zur Miss-Ethiopia-Generalprobe. Das Schwein im Auto hieß Salomon, und ihre schlaflose Nacht hatte Salomon geheißen. Sie hatte morgens ihre Sekretärin angerufen und sie gebeten, alle Termine für diesen Tag abzusagen, sie hatte keine Erklärung gegeben und sich dann einem verzweifelten Versuch von Krisenmanagement gewidmet. Jetzt war es fast schon fünf Uhr nachmittags, und sie versuchte, sich ein wenig auszuruhen, indem sie an etwas anderes dachte. Indem sie an Theo dachte.

Er saß ganz still neben ihr und starrte vor sich hin. War er nicht unnatürlich still für seine siebzehn Jahre?

Als Kind hatte er seine Umgebung mit seinem bewegten, ausdrucksvollen kleinen Gesicht beeindruckt. Seine Gefühle waren in tausend Nuancen zu sehen gewesen. Jetzt hatte er sie abgeschirmt, ebenso wirkungsvoll, wie er sie früher allen gezeigt hatte, die sie sehen wollten.

Mariam wusste, dass sie selbst auf eine konventionelle Weise gut aussah mit ihren regelmäßigen Zügen, und Mikael war hübsch gewesen, wie viele junge Männer hübsch sind – aber in Theo hatten sich die Teile des Puzzles auf eine geheimnisvolle, magische Weise zusammengefügt.

Sie wünschte sich, dieser Moment würde ewig dauern. Gerade jetzt hatte sie die Kontrolle. Nur er und sie saßen in der sicheren Blase des Autos, und niemand konnte sie erreichen. Es goss jetzt, das Wasser war wie ein lebendes Wesen, das über die Autofenster jagte. Sie hatte für einen Moment Lust, auf das Hilton zu pfeifen. Und auf Salomon. Einfach mit Theo weiterzufahren, bis sie irgendwo in der Ferne einen Ort erreichten, wo alles gut wäre.

Aber einen solchen Ort gab es nicht.

Im Norden lag Eritrea mit seiner entflammbaren und streng bewachten Grenze. Im Osten lagen Somalia und Somaliland. Dorthin fuhr niemand, der Ruhe, Frieden und Sicherheit suchte. Im Westen lagen der Sudan und Darfur. Und im Süden? Wollte sie nach Kenia oder Tansania? Nein.

Es war außerdem nicht ihre Art, vor Schwierigkeiten davonzulaufen. Sie gab nie nach, nur um Ärger zu vermeiden.

Aber jetzt machte ihr Herz seinen Sprung, wegen Theos langer Beine, seiner harmonischen Proportionen, seines unbeweglichen Profils, und sie sagte zu seiner Überraschung:

»Theo, weißt du, wie froh ich darüber bin, dass es dich gibt?«

Er kehrte ihr sein Gesicht zu, und jetzt war es plötzlich zum Leben erwacht – erfüllt von Fürsorge und Licht. Wie das eines Heiligen, dachte sie.

»Ich liebe dich auch«, sagte er.

Und in diesem Moment war alles in Ordnung – im Wagen, in Addis Abeba, in Äthiopien, in Afrika, auf der Erde, im Universum.

Trotz Salomon.

Trotz Krieg und Hunger und Seuchen.

Der kurze Moment des Friedens nahm ein jähes Ende, als sie die Einfahrt des Hotels erreichten, und der Wächter höflich bat, einen Blick ins Handschuhfach werfen zu dürfen (das einfachste Versteck für eine Waffe, die zugänglich sein soll, aber nicht zu sehen). Theo öffnete seine Tür, und feuchte Luft schlug ihnen entgegen wie ein Atemhauch. Als der Wächter CDs und Papiertaschentücher und Kaugummi durchgesehen hatte, winkte er sie durch und salutierte – vielleicht aus Jux, das war schwer zu sagen.

Der Regen hatte ebenso plötzlich aufgehört, wie er angefangen hatte, und sauber gewaschene Luft, starke Gerüche und große rotbraune Pfützen auf Rasenflächen und Parkplatz hinterlassen.

Theo sprang aus dem Wagen und lief über den regenblanken Asphalt. Er winkte ihr über seine Schulter zu.

»Wir sehen uns drinnen.«

Mariam schaute hinter ihm her. Von hinten hätte er jeder beliebige Junge sein können in seinen Designerjeans, seinem weiten, langärmligen Pullover, seinen teuren Nike-Schuhen. Es war nur gut, dass er schon vorging, damit sie sich sammeln und konzentrieren konnte.

Salomon befand sich im Hotel, überzeugt, dass sie sich seinem Willen beugen werde.

Das Herz, das eben noch einen Sprung gemacht hatte, weil sie Theo so nahe gewesen war, verkrampfte sich jetzt vor Angst und Widerwillen, es zog sich zu einem kleinen, harten Schmerz im Brustkasten zusammen.

Schade, dachte sie, dass Salomon zielstrebig und eitel zugleich war. Schade, dass er nicht begriffen hatte, wie zielstrebig auch sie war. Dann hätte er ihr niemals diesen beleidigenden Vorschlag gemacht. Was bildete er sich eigentlich ein? Professor GebreSelassie, von einem schönen, ambitionierten Journalisten aus der modernen Sklaverei befreit?

Idiot!

In der Auffahrt standen die Autos Schlange, um ihre Insassen vor dem Hoteleingang abzusetzen. Von oben schützte ein Dach vor Regen und Sonne, und in den Blumenbeeten auf beiden Seiten versuchten die Gewächse, die hohen Ambitionen des Hotels zu erfüllen. Ein Portier in einer prachtvollen rotgrünen Uniform, die glitzerte, wenn er sich bewegte, empfing mit derselben zuvorkommenden Verneigung Diplomaten in eleganten Anzügen und verstaubte Abenteuerurlauber in schmutzigen Khakishorts. Er dirigierte seinen kleinen Stab aus Hotelboys, die Gepäckkarren hin und her fuhren, und seine breite Hand schloss sich diskret um die in sie hineingedrückten Banknoten.

Mariam blieb unter den kommenden und gehenden Gästen stehen. Sie musste sich sammeln

Wer hätte geglaubt, dass etwas so Banales wie ein kleiner Flirt mit einem feschen Journalisten solch katastrophale Folgen haben könnte, dachte sie und registrierte sofort, wie dumm das klang. Fesche Journalisten waren vermutlich so ungefähr das Gefährlichste, was einer Frau über den Weg laufen konnte, und sie war voll in die Falle getappt.

Aber was geschehen war, war geschehen. Jetzt musste sie nach vorne denken. Sie sog die feuchte Luft ein, um aus Sauerstoff und Düften Kraft zu holen.

Ihre geräumige Tasche war schwer beladen wie gewöhnlich, und die Riemen schnitten in ihre Schulter ein. Als ein hoch beladener Gepäckkarren vorüberrollte, legte sie die Tasche dazu. Sie reckte sich. Nach einer kurzen Weile spazierte sie langsam zum Eingang, legte ihre kleine Handtasche auf das Band vor dem Durchleuchtungsapparat und ging mit einem freundlichen Lächeln Richtung Sicherheitspersonal durch den Metalldetektor.

Im Hotelfoyer hatte die Generalprobe schon begonnen. Mitten im Raum war eine Bühne aufgebaut. Sie war etwa einen halben Meter hoch und umgeben von kilometerlangen Leitungen, die sich zwischen Steckdosen, Lampen, Mikrofonen, Kameras und Verstärkern hindurchschlängelten. Oben thronte Salomon in einem eleganten hellgrauen Anzug und einem grau und rosa gestreiften Hemd. Er lächelte und winkte, als er sie entdeckte.

Idiot.

Mariam lächelte und winkte zurück. Sie holte ihre Tasche, die mit dem übrigen Gepäck bei der Rezeption abgeladen worden war, wo gerade eine Reisegruppe eincheckte.

Sie sah sich um. Das Foyer war dekoriert mit Plakaten und Fotos der zehn Bewerberinnen um den Titel der Miss Ethiopia. Die Bewerberinnen drängten sich auf der Bühne zusammen, frisch frisiert und nervös, kichernd wie eine Schulklasse auf einem Ausflug.

Salomon war in seinem Element. Ab und zu lief er mit großen Schritten umher. Dirigierte Frauen, Techniker und Musiker mit Lächeln und Kopfschütteln.

»Nein ... noch mal ... gut!«

Um die Bühne hatten sich einige Zuschauer versammelt, vor allem Männer, die die Gelegenheit nutzten, um sich die bildschönen Frauen in ihrer knappen Bekleidung ausgiebig anzusehen.

Mariam stellte sich an die Querseite der Bühne.

Salomon sprach mit dem Beleuchter, zwinkerte Mariam verschwörerisch zu, als wüssten nur sie und er, was er wirklich von Schönheitswettbewerben allgemein und diesem hier ganz besonders hielt. Dann gab er dem Beleuchter, dem es schwerfiel, sich zu konzentrieren, weitere Anweisungen.

»Ich werde mit der jungen Dame, die auf dem dritten Platz landet, hier stehen.«

Er zog die nächststehende junge Frau dicht neben sich.

»Und jetzt werden die anderen Lichter ausgemacht, und nur wir werden noch angestrahlt.«

Jetzt gab es kein anderes Ziel mehr für die Blicke. Salomon und die anonyme Miss-Bewerberin beherrschten das Foyer.

»Danach holen wir das arme Mädchen, das fast gewonnen hätte«, sagte Salomon jetzt. »Sie steht dann hier auf meiner anderen Seite, und es gibt eine Fanfare für sie.«

Ein weiterer Scheinwerfer wurde eingeschaltet, das Licht traf einen fast glatzköpfigen Trompeter, wurde aber schnell so gedreht, dass auch ein junger Schlagzeuger hinter seinen Trommeln zu sehen war. Sie setzten zu einem Crescendo an, fast gleichzeitig. Der Schlagzeuger, der ins Hintertreffen geraten war, starrte den Trompeter wütend an, und der Trompeter verdrehte die Augen, während er voll loslegte. Der Lärm war ohrenbetäubend, und der Tontechniker jagte zu seinem Mischpult.

Vor Mariams Füßen fiel mit dem dumpfen Dröhnen von solidem Metall auf Stein ein schwerer Gegenstand zu Boden. Sie schaute nach unten, sah die Waffe und entdeckte dann Theo.

Er war hereingekommen und in der Dunkelheit neben sie getreten. Sie hatte ihn nicht kommen sehen, aber jetzt sah sie sein Gesicht, und es sah aus wie damals in Genf. Er starrte sie ängstlich an, und sie spürte, wie ihr eigenes Gesicht seins widerspiegelte. Wie die Augen sich erweiterten, um besser sehen, sich besser verteidigen zu können. Wie das Gesicht erstarrte, wie der Mund sich öffnete, damit sie schneller atmen konnte.

Sie beobachtete ihn wie in Zeitlupe. Sie sah seinen Fuß, der aussah wie irgendein Teenagerfuß, der die Waffe wegschob – denn es war eine graue Pistole, die da zwischen ihnen auf dem Boden lag, in der Dunkelheit kaum zu erkennen. Sie sah die Pistole über den Marmor gleiten und unter einer kleinen Plattform vor der einen Wand verschwinden, wo eine junge Frau in Tracht die Kaffeezeremonie vorführte. Sie sah, dass die Pistole sich wie ein Propeller drehte, wie sie über den glatten Boden unter der weiß gekleideten Frau glitt, die Salomon aus weit aufgerissenen Augen anstarrte.

Denn Salomon war zusammengezuckt und sank jetzt langsam in sich zusammen. Seine Knie gaben nach, und er drehte der nächststehenden lächelnden Missbewerberin ein überraschtes Gesicht zu. Die zuckte zuerst zurück. Dann ging ihr auf, dass etwas nicht stimmte. Ihr Gesicht wurde weicher, sie versuchte, ihn auf den Beinen zu halten, was ihr aber nicht gelang, und dann ging sie mit ihm zu Boden.

Am Ende kniete sie da in ihrem kurzen glitzernden grünen Kleid und hatte die Arme um Salomon gelegt, während sein Kopf an ihre Schulter gesunken war.

Sie drehte vorsichtig sein Gesicht um, seine Augen und sein Mund waren offen. Als sie den roten Fleck auf seinem Hemd sah, schrie sie:

»Er ist verwundet! Er ist angeschossen worden!«

Sie hob hilfesuchend den Blick, der Blick irrte durch das Dunkel, das sie umgab.

Der Trompeter verstummte jäh. Der Schlagzeuger trommelte gelassen weiter, seine nächsten Schläge betonten, wie still es im Hotelfoyer geworden war.

Dann geschah alles auf einmal.

Jemand schaltete die Lichter ein, Sicherheitsleute kamen mit gezogenen Waffen angestürzt, eine Frau schrie. Der Arzt, der die Miss-Wahl betreute, ein fetter Europäer mit schütterem Haar, der sich hinter einem Sofa versteckt hatte, kam langsam hervorgekrochen, richtete sich auf und ging zögernd auf Salomon zu. Er fühlte ihm mit beleidigter Miene den Puls, als halte er es für einen Stilbruch, dass Salomon bei einer Veranstaltung erschossen worden war, bei dem der Arzt doch eigentlich nichts Gefährlicheres erwartet hatte als Blasen an schönen Füßen.

»Holt einen Krankenwagen«, sagte er völlig überflüssigerweise. »Aber das hat keinen Zweck mehr. Er ist tot.«

Theo und Mariam standen dicht nebeneinander, schweigend, bewegungslos.

Einige Stunden darauf saßen sie wieder im schützenden Gehäuse des Autos.

Bisher war alles gut gegangen.

Die Polizei hatte mit allen Anwesenden gesprochen. Sie hatten sich Namen und Adressen geben lassen. Sie hatten um kurzgefasste erste Zeugenaussagen gebeten.

Leider, hatte Mariam gesagt, wir haben nichts gesehen, nur, dass er erschossen worden ist. Das war ein schrecklicher Schock, wir kannten ihn flüchtig. Er hatte uns hierher eingeladen.

Die junge Polizistin, der es gelang, ihrer Uniform Glamour zu geben, hatte mit ihnen gemeinsam gesprochen, mit Mutter und Sohn. Theo hatte allem zugestimmt, was Mariam gesagt hatte.

Mariams zwei Herzen hatten sich so chaotisch aufgeführt, dass sie keinem von beiden vertrauen konnte. Sie hatte Angst gehabt, in Ohnmacht zu fallen oder in Panik zu geraten. Aber sie hatte sich auf den Beinen halten können, war ruhig geblieben, jedenfalls ruhig genug. Eine Ärztin darf nicht in Ohnmacht fallen, wenn jemand erschossen wird, nicht einmal, wenn es sich dabei um einen Bekannten handelt.

Die junge Polizistin hatte nicht misstrauisch gewirkt. Sie hatte ihre Fragen vorsichtig gestellt, fast freundlich. Wussten sie, ob Salomon Feinde gehabt hatte? Natürlich hatte er Feinde, das war doch sicher allgemein bekannt, aber wer ihn gerade jetzt zum Schweigen hatte bringen wollen – nein, das wussten sie wirklich nicht. Sie waren privat mit ihm bekannt gewesen, nicht beruflich.

Wo genau hatten sie gestanden? Das war schwer zu sagen. Ungefähr hier. Oder eher hier. Mariam hatte sich gefragt, ob eine schwere Waffe Spuren hinterlässt, wenn sie auf einen Marmorboden fällt.

Sie war daran gewöhnt, in Koordinaten zu denken. Sie hätte vermutlich auf den Zentimeter genau zeigen können, wo sie gestanden hatte, aber das tat sie nicht, sie zeigte auf eine Stelle, die ungefähr zwei Meter davon entfernt war.

Sie erinnerte sich daran, wie sie den kleinen Jungen in Genf gerettet hatte. Sie hatten sechsunddreißig Liter Blut in den kleinen Körper gepumpt, der schneller ausblutete, als sie nachfüllen konnten. Sechsunddreißig Liter Blut reichen, um Decke und Wände zu färben. Sie reichen, um Operationskleidung, Laken und Verbandsstoff zu durchtränken. Schon bald hatte es ausgesehen wie nach einem Massaker. Die Luft war gesättigt gewesen von Verwünschungen, Schweißgeruch und dem widerlichen schweren Duft des Blutes. Mariam hatte genau wie Chirurgen, Operationsschwestern und Narkosepersonal weitergearbeitet. Überall war Blut gewesen, nur nicht in dem bleichen kleinen Körper, der einem in Panik geratenen Nachbarn mit einem frisch geschliffenen Jagdmesser in die Quere gekommen war. Es war ein Nachbar gewesen, der sich gegen Feinde zu wehren versuchte, die nur er sehen konnte.

Sie hatten sich auf das konzentriert, was getan werden musste, sie hatten alles außer Acht gelassen bis auf ihre unmittelbare Aufgabe. Und am Ende, wie durch ein Wunder, hatten sie die durchtrennten Gefäße flicken können. Sie hatten den Strom des Blutes anhalten und schließlich versiegen lassen können, und der kleine Körper war von dem neuen roten Blut frisch und rosig geworden.

Sie hatten der Panik nicht die Herrschaft überlassen.

Und jetzt musst du so funktionieren wie damals, hatte sie sich gesagt. Ruhig sein, effektiv, ohne dich in den Umständen zu verfangen.

Nicht an die Waffe denken.

Nicht an Theos verzerrtes Gesicht denken.

Dich nur auf den Moment konzentrieren.

Auf das Gesicht der Polizistin, auf ihre Worte, ihr zuhören, obwohl es in deinen Ohren rauscht.

Sie hatte es geschafft. Jetzt saßen sie wieder im Auto, und das Schweigen, das Salomon hieß, war so groß und so dunkel geworden, dass es sie ersticken könnte. Es könnte anschwellen und sich ausbreiten, und sie würden am Ende als dünner Film aus Menschlichkeit an die Innenseiten des Autos geschmiert werden.

So durfte sie nicht denken.

Jetzt musste sie nach Hause fahren, durfte nicht zu sehr zittern, keine rote Ampel und keine Fußgänger übersehen, die gerade die Straße überquerten.

Nur fahren. Schalten, bremsen, Gas geben.

Das Schweigen, das Salomon hieß, presste gegen ihr Inneres – es drückte ihre Lunge zusammen, und sie bekam kaum noch Luft, es umklammerte ihr Herz. Es trennte sie von Theo, der so dicht bei ihr saß, der aber genauso gut in einem anderen Auto hätte sitzen können, in einer anderen Stadt, auf einem anderen Planeten. In dem Schweigen, das Salomon hieß, gab es nur eisige Einsamkeit.

Als sie zu Hause ankamen, spürte sie ihren Körper fast nicht mehr. Arme und Beine schienen verdorrt zu sein, aber seltsamerweise funktionierten sie wie immer. Sie konnte das Auto verlassen, sie konnte auf das Haus zugehen.

Theo folgte ihr, sie hörte seine Schritte und ihre eigenen. Die Schritte brachen die Macht des Schweigens, und sie konnte sagen:

»Alles wird gut, mein Junge. Alles wird gut.«

Es musste gut werden. Und wie immer musste sie dafür sorgen, dass eben auch das hier gut wurde.

Noch vor wenigen Stunden hatte sie geglaubt, ein schreckliches Problem zu haben, aber dieses Problem verblasste, verglichen mit der Herausforderung, der sie jetzt gegenüberstand.

Sie fragte sich, ob Theo wusste, wie ein Gefängnis aussah. Vermutlich nicht. Aber sie wusste es, im Rahmen ihrer Ausbildung war sie dort gewesen.

Sie fragte sich, ob Theo wusste, dass ein Mörder schlimmstenfalls zum Tode verurteilt werden kann.

Sie musste ebenso klaren Kopf behalten wie damals in dem blutverschmierten Operationssaal.

Am nächsten Morgen wollte die Polizistin, die sich wie eine Ballerina bewegte, zu ihnen nach Hause kommen, um ihre Aussagen zu vervollständigen. Und dann würde sie sicher die Fragen stellen, zu denen bisher die Zeit gefehlt hatte. In welcher Beziehung stand Mariam zu Salomon? Sie würde mit Ierusalem und dem Wächter sprechen, und danach würde sie dann Mariam und Theo einem richtigen Verhör unterziehen. Und der schöne, nervöse Theo, der nachts noch immer nicht ruhig schlief und dessen Körper fast die ganze Zeit angespannt war, würde sich nicht wehren können.

Dieses eine Mal war Mariams Priorität eindeutig. Theo, nur Theo war jetzt wichtig. Nur er.

Sie war an allem schuld, was in seinem Leben schwierig war – aber jetzt würde sie ihre Verantwortung auf sich nehmen. Und das musste schnell gehen.

Schweigend gingen sie ins Haus.

Sie lief hin und her, überlegte, fand nur eine Lösung, nur eine teure, aber mögliche Lösung.

So mussten sie es machen.

Sie rief Halleluja an, ihre Lieblingsschwester.

Halleluja sagte natürlich ja, selbstverständlich könnten Mariam und Theo die schwedischen Pässe leihen. Sie werde sie heraussuchen, ob es eile?

Ja, ja, es eilte.

Halleluja war zwei Jahre älter als Mariam. Sie hatte vier Jahre wachsender Enttäuschung in Schweden verbracht. Danach hatte sie den schwedischen Entwicklungshelfer verlassen, der ihr so viel mehr versprochen hatte, als er halten konnte, und war nach Addis Abeba zurückgekehrt. Ihr Sohn war zwei Jahre jünger als Theo, sah ihm aber so ähnlich, dass auf dem Passfoto niemand den Unterschied entdecken würde. Es würde klappen.

Es musste klappen.

Mariam löschte einiges auf der Festplatte ihres Computers, suchte ihre Geldreserven zusammen, packte ein wenig Unterwäsche in eine kleine Tasche.

Sie wollte nicht darüber nachdenken, wie lange sie fortbleiben würde.

Sie saß auf ihrem Bett, ihrem schönen Bett, und rief noch einmal Halleluja an. Sie bat sie, mit den Pässen zu ihrem gemeinsamen Lieblingscafé zu kommen. Sie würden sich auf der Straße treffen. Halleluja würde ihr die Pässe schnell geben, unmerklich. Und sie würde niemandem etwas davon erzählen.

Zehn Minuten darauf spazierten Mariam und Theo vom Grundstück, als ob sie in kurzer Zeit zurückkehren wollten. Mariam blickte zu den Bäumen auf, die die Dunkelheit anzuziehen schienen, und sie hatte schon jetzt Sehnsucht nach ihnen.

Plötzlich nahm Theo ihre Hand. Das hatte er zuletzt als kleines Kind getan. Sie packte seine Hand, als herrschte jetzt die größte Gefahr, dass er in der Menschenmenge verloren gehen könnte. Dann liefen sie weiter, Hand in Hand, unauffällig im Gewühl. Als Halleluja mit raschen, nervösen Schritten auf sie zukam, umarmten sie einander nur ganz kurz, während der steife Umschlag mit dem unbezahlbaren Inhalt überreicht wurde.

Denn denen, die den richtigen Pass und Geld haben, steht die Welt offen.

»Jetzt teilen wir uns auf, Theo. Wir fahren mit getrennten Taxis zum Flughafen.«

Mariam buchte für Theo einen Flug nach Frankfurt am Main und für sich selbst einen nach Dubai. Das waren die beiden nächsten Maschinen. Theo bekam eine Kreditkarte und sollte so schnell wie möglich nach London weiterfliegen. Dort würden sie sich in einem Hotel treffen, in dem sie einmal ein Wochenende verbracht hatten, das würde er doch schaffen? Er nickte. Danach würden sie nach Schweden weiterreisen, das wirkte wie die einfachste Lösung, wo sie jetzt die schwedischen Pässe hatten.

Die Frau an der Passkontrolle warf einen Blick auf Hallelujas Foto, verglich es mit Mariams Gesicht, und nickte. Auch Theo, der in einer anderen Schlange stand, hatte keine Probleme.

Und so geschah es, dass sie einige Tage darauf auf dem Flughafen Arlanda bei Stockholm landeten, in einem Land, das Mariam nur aus Hallelujas Erzählungen kannte. Sie nahm an, dass Schweden sich nicht sonderlich von der Schweiz unterscheiden würde, und in gewisser Weise hatte sie ja recht.

Polizeirevier auf Kungsholmen,
Stockholm, Mai 2006

»Zwei Teilzeiten werden eine Vollzeit«, sagte Daga optimistisch. Sie lächelte ohne besondere Überzeugung und fügte hinzu:

»Monika und Bosse, ihr müsst euch in der nächsten Zeit die Arbeit teilen. Wir sind sehr froh darüber ... wirklich sehr froh«, wiederholte sie, um ihr freudloses Lächeln auszugleichen, »dass ihr wieder da seid. Alle beide. Willkommen.«

Monika Pedersen sah überrascht den Mann an, der neben ihr saß. Dieser erwiderte ihren Blick nicht. Er war vielleicht Mitte vierzig, hatte kurze, dichte blonde Haare, die senkrecht aus seinem Kopf herauszuwachsen schienen, dicke hellblonde Augenbrauen über hellblauen Augen und eine abwartende Haltung. Seine bleiche Haut war rotgefleckt und sah ungesund aus.

Sie kannte ihn nicht.

Wie konnte er wieder da sein, wo er doch noch nie auf diesem Revier gearbeitet hatte?

Wenn Monika an ihren ersten Arbeitstag gedacht hatte, hatte sie sich ein langes vertrauliches Gespräch mit Daga vorgestellt. Ein privates und persönliches Gespräch über die Arbeit und das Leben.

Aber in Wirklichkeit beherrschte an diesem ersten Arbeitsmorgen ein unbekannter Mann namens Bosse Dagas Büro mit seiner negativen Körpersprache. Monika sagte deshalb nur, sie sei froh darüber, wieder da zu sein, was stimmte. Bosse seufzte, als finde er diese Bemerkung ganz besonders blödsinnig.

Ein unbehagliches Schweigen senkte sich über die Anwesenden. Daga schien sich dafür verantwortlich zu fühlen, das Gespräch in Gang zu halten. Sie strich sich die lange blonde Mähne aus dem Gesicht, kniff die blau umschatteten Augen zusammen und sagte:

»Bosse ist ebenfalls Kriminalinspektor, er war ein Jahr als Verbindungsmann in Amman.« Auf Monikas verständnislosen Blick hin fügte sie, nachdem sie einen Blick in ihre Unterlagen geworfen hatte, hinzu: »In Jordanien.«

Das machte für Monika die Sache nicht leichter. Sie konnte Jordanien ebenso wenig unterbringen wie Amman.

Daga wandte sich jetzt an Bosse:

»Und Monika hat sich unmittelbar vor Weihnachten eine scheußliche Beinverletzung zugezogen.«

Bosse schien das egal zu sein.

Daga musterte sie besorgt, wie zwei Schulkinder, deren Streit aus dem Ruder gelaufen ist.

Monika nahm an, dass Daga, wie so oft, an die Zeitungen dachte. Der letzte Angriff von Seiten der Presse hatte mit Rehabilitation zu tun gehabt. Krankgeschriebene Polizisten würden nicht ausreichend rehabilitiert, hieß es, und schuld daran sei die Polizeileitung.

Jetzt saß Daga hier mit zwei Rehabilitationsfällen, bei denen sie nicht so recht wusste, was sie mit ihnen machen sollte. Und die Stimmung war nicht gut. Schon nach wenigen Minuten war sie einwandfrei rehabilitationsunfreundlich.

Daga versuchte, wie eine Chefin zu wirken, die alles unter Kontrolle hat.

»Ihr müsst das Arbeitszimmer teilen, bis ihr wieder in die Vollzeit zurückkehrt. Und macht euch erst einmal einen ruhigen Anfang. Monika, du führst Bosse herum und …«

Monika nickte.

»Und was machen wir jetzt? Soll einer von uns nach Hause gehen?«, fragte Bosse. Seine Stimme klang ausdruckslos und zeigte eine Spur von irgendeinem Akzent.

Dagas Lächeln wurde noch steifer.

»Ihr könnt euch vielleicht als Erstes ein wenig miteinander bekannt machen und die Arbeit planen. Im Moment wimmelt es da unten von Menschen, also könnt ihr vielleicht einspringen und euch um ein oder zwei von den Wartenden kümmern. Und dann seht ihr ja, wie das läuft. Aber trinkt doch erst einmal gemeinsam einen Kaffee.«

Und mit diesen vagen Instruktionen wurden sie losgeschickt, zurück ins Arbeitsleben.

Bosse ergriff die Initiative, sowie sie vor der Tür standen.

»Wo gibt's Kaffee?«

Er fragte, als wolle er wissen, wo die Reservekarabiner versteckt seien oder wer das Gelände vermint habe, das sie passieren mussten.

Monika überraschte sich damit, dass sie freundlich antwortete:

»Ich zeig es dir. Wo hast du gearbeitet, ehe du in … im Ausland warst?« Sie hatte bereits vergessen, wo er gewesen war.

»Göteborg.«

Die Antwort kam mürrisch, widerwillig.

Warst du krank? Verletzt? Lange weg? Warum bist du nach Stockholm gezogen? Diese Fragen tauchten auf als mögliche nächste Schritte im Gespräch, das Bosse aber vermied, indem er vor ihr herging. Wenn Monika etwas gesagt hätte, dann hätte sie zu seinem breiten Rücken gesprochen.

Dumme Strategie, dachte sie, da er den Weg nicht kannte. Er musste immer wieder langsam werden, wenn sie an eine neue Ecke kamen. Aber die Botschaft war immerhin deutlich: Er war ein Mann, der nicht plaudern wollte, jedenfalls nicht über sich selbst.

Auf dem Weg nach unten zeigte sie ihm das kleine Büro, das sie teilen sollten. Ein Schreibtisch, ein Schreibtischstuhl, ein Besuchersessel.

In der Kantine ging es weiter wie bisher. Er holte sich eine Tasse Kaffee und kehrte ihr den Rücken zu, so lange das überhaupt möglich war.

Sie stellte fest, dass sie mehr Geduld hatte als sonst. Sollte er doch machen, was er wollte. Bestimmt hatte er Probleme, aber da sie sich eben erst kennengelernt hatten, konnten die ja wohl nichts mit ihr zu tun haben. Er stellte keine Fragen, schien weder auf seinen neuen Arbeitsplatz noch auf seine neue Chefin neugierig zu sein. Schweigend tranken sie ihren Kaffee.

Sie versuchte, ihn ein wenig von der Seite zu betrachten. Kein Trauring. Keine sichtbaren Schmuckstücke. Keine sichtbaren Narben. Und dann merkte sie, dass er es genauso machte, dass sein Blick ihren nackten Ringfinger, ihre alten Schuhe streifte. Danach wandte er sich eilig ab.

Wie so oft war sie von der Realität überrumpelt. Das hatte sie sich nun wirklich nicht vorgestellt, obwohl sie so oft an diesen Tag gedacht hatte. Offenbar sollte sie mit einem ausrangierten Kommandosoldaten zusammenarbeiten, der sich weigerte, mit ihr zu sprechen. Schlimmstenfalls würde sie sich bei Daga beklagen müssen. Aber es würde sicher besser werden, vielleicht war er nur schüchtern, und er war an einem neuen Ort, in einem neuen Milieu. Es würde sich schon alles finden.

Sie hatte nicht vor, sich von ihm irritieren zu lassen. Diese Macht wollte sie ihm nicht zugestehen.

Nach und nach kamen sie Dagas Bitte nach, sie gingen nach unten, um sich der montäglichen Schar von hilfesuchenden Menschen zu widmen und um für die leidende Menschheit etwas zu tun.

Für Monika bestand die leidende Menschheit an diesem Morgen in einer jungen Frau mit langen schwarzen Haaren und Jeans, die eine Nummer kleiner waren, als ihr ziemlich korpulenter Leib es eigentlich erlaubte.

Die junge Frau brauchte Schutz, wie sie bereits zu Protokoll gegeben hatte. Schutz vor ihrem Mann.

Monika setzte sich und war bereit zuzuhören.

Die junge Frau fing mit einer Frage an.

»Mein Mann kann mich doch nicht zum Sex zwingen, nur weil wir verheiratet sind?«

Diese Frage ließ sich immerhin beantworten.

»Nein, ob man verheiratet ist oder nicht, es ist immer verboten, jemanden zum Sex zu zwingen. Wie lange sind Sie schon verheiratet?«

»Seit vorgestern.«

Monika hob die Augenbrauen.

»Sie haben vorgestern geheiratet. Er will Sex, Sie wollen nicht. Sie kommen hierher, um polizeilichen Schutz anzufordern. Können Sie mir erklären, wie es so weit kommen konnte?«

Die junge Frau rutschte auf ihrem Stuhl hin und her. Ihre kohlrabenschwarzen Haare waren weich und dünn, ihre hellblauen Augen ließen darauf schließen, dass sie die Haare gefärbt hatte. Ihre Jeans waren neu und saßen tief. Sie zeigten eine Tätowierung auf der speckigen Hüfte.

Sie wandte sich ab.

»Ich weiß nicht.«

»Sie wissen nicht, wieso Sie Schutz vor einem Mann brauchen, den Sie erst vorgestern geheiratet haben. Haben Sie sich die Sache anders überlegt?«

»Nein ...«

Sie schwieg eine Weile.

Monika machte einen neuen Versuch:

»Sind Sie schon lange mit ihm zusammen?«

Die junge Frau wand sich und sagte mechanisch:

»Seit zwei Jahren.«

»Und Sie hatten Sex?«

»Schon ...«

»Aber jetzt wollen Sie nicht mehr?«
»Nein …«
»Und das versteht er nicht?«
Die junge Frau, die Anna hieß, schüttelte den Kopf. »Können Sie begreifen, dass er davon ausging, Sie würden auch nach der Hochzeit noch ein Sexualleben haben?«
»Nein! Der ist doch einfach ein Schwein.«
»Sie sind also seit zwei Jahren zusammen mit einem Schwein, mit dem Sie keinen Sex haben wollen. Dann haben Sie ihn geheiratet. Jetzt sitzen Sie hier und wollen, dass wir Sie vor ihm beschützen. Das müssen Sie mir erklären, ich verstehe überhaupt nichts.«
Anna sprang auf und lief im Zimmer hin und her.
»Ich bin nicht hergekommen, um ausgefragt zu werden. Das ist mir schon oft genug passiert. Ich bin gekommen, weil ich Hilfe brauche. Es ist ja wohl Ihre Aufgabe, mir weiterzuhelfen.«
Und plötzlich fand Monika den Faden, der die verschiedenen Teile der Geschichte miteinander verband. Plötzlich kam ihr die Sache geradezu unterhaltsam vor. Jetzt musste sie sich nur noch davon überzeugen, dass sie richtig geraten hatte. Sie beugte sich vor.
»Anna, wann sind Sie ausgefragt worden?«
»Darauf können Sie ja wohl scheißen. Ich brauche jetzt Hilfe.«
»War das beim Ausländeramt?«
»Ich sag doch, scheißen Sie drauf. Das hier bringt nichts.«
Anna bewegte sich auf die Tür zu, aber Monika war schon zur Stelle und versperrte ihr den Weg.
»Anna! Jetzt werde ich Ihnen sagen, was ich glaube, und dann werden wir ja sehen, ob ich recht habe. Und danach überlegen wir, wie wir Ihnen helfen können. Ich glaube nicht, dass Sie jemals mit diesem Mann zusammen waren.

Ich glaube, Sie haben Geld bekommen, um zu heiraten – und Sie haben schon Kleider gekauft und Ihre Haare färben lassen. Ich glaube, Sie haben nicht damit gerechnet, dass er mehr will als eine Ehe auf dem Papier. Aber da haben Sie sich geirrt. Und deshalb sind Sie hier.«

Anna blieb stehen, starrte zu Boden und hörte zu. Sie nickte nicht, widersprach aber auch nicht.

Monika wusste, dass es verboten war, eine solche Scheinehe einzugehen. Dieses Mädchen hatte etwas verkauft, das nicht ihm gehörte – das Geld der schwedischen Steuerzahler. Ihr Mann würde jetzt Krankenversicherung, Polizeischutz, Essen und eine Wohnung bekommen und irgendwann seine restliche Familie herholen können.

Am Ende schaute Anna mit einem Blick auf, der verriet, dass sie keinerlei Hoffnungen mehr in dieses Gespräch setzte.

Monika wusste sehr gut, dass sie Polizistin war und keine Sozialarbeiterin. Das hinderte sie nicht daran, Anna vorsichtig den Arm um die Schultern zu legen und sie zu dem Sessel zu führen, den sie eben verlassen hatte.

Als Anna sich gesetzt hatte, fragte Monika leise:

»Ich habe recht, Anna, nicht wahr?«

Und Anna nickte, so leicht, dass Monika zunächst fast glaubte, sich diese kleine Geste eingebildet zu haben.

Nicht schlecht, dachte Monika. Kein schlechter Anfang, nachdem ich so viele Monate fort war.

Sie setzte sich hinter ihren Schreibtisch und sagte:

»Anna! Sie machen das jetzt so. Sie sagen Ihrem Mann, dass man in Schweden seine Frau nicht zum Sex zwingen darf und man mindestens zwei Jahre verheiratet sein muss, um nicht mehr ausgewiesen werden zu können. Sagen Sie ihm, dass Sie bei der Polizei gewesen sind und dass auf die geringste Klage Ihrerseits hin Schluss ist. Sagen Sie, dass ich mit Ihnen verwandt bin. Ich schreibe Ihnen etwas auf.«

Und diese Worte reichten, damit Anna sich gerade aufrichtete, verschwörerisch lächelte und dann ihre Schultern sinken ließ.

Monika schrieb:

In Sweden it is illegal to:
Threaten your wife
Beat your wife
Force your wife to have sex with you or with anyone else.

Sie unterschrieb mit gewaltigem Schwung und knallte einen Stempel auf das Papier.

»So, jetzt müsste er sich ruhig verhalten. Sonst kommen Sie wieder – und falls es herauskommt, dass er Sie bezahlt hat, dann fliegt er raus, und Sie können das Geld behalten.«

Was sie sonst noch dachte, behielt sie für sich: Wenn er Sie nicht vorher umbringt, wenn er mit seinem Kontaktnetz Ihr Leben nicht zur Hölle macht.

Anna schien solche Befürchtungen nicht zu teilen. Sie musterte zufrieden ihren Zettel.

»Das ist einfach toll, Danke!«

Monika lächelte noch immer, als sie in ihr Zimmer zurückging.

Bosse war schon dort – er saß hinter dem Schreibtisch, weshalb sie sich mit dem Besuchersessel begnügen musste.

»Wie war das bei dir?«, fragte sie.

»Routinesache.«

Sie wartete ab, ob er noch mehr erzählen wollte. Als er das nicht tat, hoffte sie, dass eine kurze Schilderung ihres eigenen Einstandes eine Art Verbindung zwischen ihnen schaffen würde.

»Ich hatte ein junges Mädchen, das für die Eheschließung

Geld bekommen hat. Und jetzt hat sie schreckliche Angst, weil der Mann glaubt, bei dem Handel müsste auch Sex herauskommen. Und damit hatte sie nicht gerechnet.«

Bosse sah ihr zum ersten Mal ins Gesicht und fragte: »Und was hast du gemacht?«

»Ich habe ihr offiziell bestätigt, dass er sie nicht schlagen oder bedrohen und keinen Sex gegen ihren Willen mit ihr haben darf. Das wird wohl reichen, hoffe ich.«

»Und das hat Spaß gemacht? War es lustig, Gott zu spielen?«

»Wie meinst du das?«

»Du spielst Gott. Du amüsierst dich damit, das Gesetz von Ursache und Wirkung aufzuheben. Du versuchst dafür zu sorgen, dass diese Frau nicht für ihre Taten die Verantwortung tragen muss. Du schließt nachsichtig die Augen, obwohl sie die Gesetze missachtet hat, an die wir uns hier in dieser Gesellschaft alle zu halten haben. Du pfeifst auf die Regeln, für deren Überwachung du bezahlt wirst.«

Er ließ sich im Sessel zurücksinken.

Monikas Lächeln war verflogen. Der Mann war doch einfach unmöglich – wollte er sie wirklich gleich heruntermachen? Er würde schon sehen, dass sie sich wehren konnte.

»Bist du so phantasielos, dass du dich nicht in ihre Lage versetzen kannst? Hast du je davon gehört, dass der Mensch an erster Stelle stehen muss? Hast du je von vorbeugender Arbeit gehört? Lass mich auf dem Sessel sitzen.«

Er ließ sich noch weiter zurücksinken und erwiderte gehässig:

»Und hast du je von Professionalität gehört? Du führst dich auf wie eine Gesellschaftskuh, die gute Taten begehen möchte. Wir sollen hier keine guten Taten vollbringen, sondern unsere Arbeit tun. Und unsere Arbeit besteht darin, die Gesetze einzuhalten, nicht darin, blöde Gören, die irgendeinen ihnen unbekannten Scheißpsychopathen heiraten, zu verhätscheln, wenn sie dann sehen, was sie angerichtet haben.«

Er schien ihr den Sessel nicht überlassen zu wollen, er wollte offenbar kein rehabilitationsfreundliches Klima entwickeln, vielleicht wollte er sie ganz einfach bestrafen?

Monika lächelte freundlich.

»Na gut, behalt den Sessel, wenn das für dich so wichtig ist. Ich gehe wieder runter und spiele noch eine Runde die Gesellschaftsklassenkuh, wer weiß, vielleicht weiß das ja jemand zu schätzen.«

Und als sie das Zimmer verließ, hörte sie seine Stimme, schon leiser:

»Es ist nicht unsere Aufgabe, geschätzt zu werden, so was führt nur dazu ...«

Monika bedauerte nicht, den Rest des Satzes nicht gehört zu haben.

Gymnasium Tallhöjden

An dem Freitagmorgen, als Monika Pedersen endlich gesund genug war, um in den Dienst zurückzukehren, saß Theo in der Aula des Gymnasiums Tallhöjden im südlichen Stockholm.

Die Lehrer standen wie Linienrichter an den Wänden. Ihre wachsamen Blicke schweiften über alle 476 Schülerinnen und Schüler, die weder schwänzten noch krank waren. Auf dem Podium sprach eine Frau mittleren Alters, und hinter ihr wanderte der Rektor langsam hin und her. Körper und Seele waren im Gleichklang, sein langer Körper beugte sich hierhin und dorthin, mit derselben Biegsamkeit, die seine Meinungen und Prioritäten kennzeichnete.

Diesmal war sein Projekt ausnahmsweise ein Stück weiter

gediehen. Es ging dabei um einen Vortrag über fehlenden Respekt. Die Rednerin war eine Vertreterin der UNESCO. Des Rektors wissendes und weltgewandtes leichtes Lächeln führte sein eigenes Dasein unter einem spärlichen Schnurrbart. Diese Veranstaltung hier würde sich im bevorstehenden Wochenbericht an die Eltern gut machen. Er verdrängte widerwillig diese erhebende Vorstellung und hörte wieder zu.

Die Stimme der Rednerin klang jetzt ein wenig schrill.

»… und dazu gehört natürlich auch, mit Respekt behandelt zu werden. Und nicht zum Beispiel als Hure bezeichnet zu werden.«

»Und wenn eine eine Hure ist?«

Die Lehrer versuchten vergeblich, die Herkunft der Stimme zu lokalisieren. Es gab einfach zu viele, die mit über das halbe Gesicht gezogenen Baseballmützen auf ihren Stühlen hingen.

Die Frau auf dem Podium stellte sich taub. Überdeutlich, als mutmaßte sie, Erklärungen seien leichter zu verstehen, wenn sie langsam wiederholt würden, sagte sie jetzt:

»W… wir alle müssen uns darum bemühen, den Menschen in unserer Umgebung Respekt zu erweisen …«

Respekt.

Respekt war ein wichtiges Wort für Juri. Er wurde respektiert. Und es war kein Respekt, der ihm sozusagen als gnädiges Geschenk entgegengebracht wurde. Es war Respekt, für den er hart gearbeitet hatte.

In diesem Moment bereute er, nicht zu Hause geblieben zu sein. Er zog sich die Mütze tiefer ins Gesicht und zupfte zerstreut durch ihr dünnes Hemd hindurch an Helenas BH-Verschluss herum. Sie saß wie immer neben ihm, die langen Beine ein wenig zur Seite genommen. Auf der anderen Seite saßen wie immer Sebbe und Jamal. Der rothaarige Sebbe, der sich immer in Bewegung befand, rutschte hin und her. Jamal, der breit war, wo Sebbe schmal war, lang, wo Sebbe kurz war, und gesammelt, wo Sebbe fahrig war, saß wie immer ganz still da. Nur sein Blick verriet, dass er alles in seiner Umgebung beobachtete.

Hinter ihnen registrierte Theo, wie Helena sich ein wenig vor Juris breiter Hand zurückzog, die über ihren Rücken kroch. Theo starrte die Finger an, die am Rand des BH entlangwanderten, die sich um den Verschluss schlossen, die ihn drehten und wendeten. Er sah das nicht zum ersten Mal. Es war eine kleine Bewegung, aus der ganz bestimmt Abneigung sprach, Abscheu vor der Berührung durch Juri. Es war eine Frage von Millimetern, aber Theos Rücken spiegelte sich in ihrem, Juris grobe Finger ließen seine eigene hilflose Haut brennen.

Juri selbst schien das alles egal zu sein. Er sprach noch immer Zeichensprache auf Helenas stummem Rücken: Sie gehört mir. Die tollste Frau der Schule, und ich bin ihr Besitzer.

Theos Magen krampfte sich zusammen. Er versuchte, sich von Juris Hand abzulenken, indem er der nun verbissen lächelnden Frau auf dem Podium zuhörte. Das war unmöglich. Ihre Stimme war zu monoton, ihr Haar zu grau, ihr Hintern zu breit.

Deshalb schaute er sich Sebbe an, dessen schmächtiger Körper keine Ruhestellung zu kennen schien. Sebbe seinerseits blickte auf den erschöpft wirkenden Juri.

Die Frau auf dem Podium hatte nun ein verschwommenes Bild unter den Overhead geschoben. So zerkratzt, wie es war, war es sicher schon oft gezeigt worden: »Kinderkonvention 1989«.

Dann fing Sebbe Juris Blick auf, und sein schmales Gesicht öffnete sich zu einem überdimensionalen Lächeln. Er starrte das Mädchen vor ihm mit weit aufgerissenen Augen an, als habe er soeben eine ungeheuer spannende Entdeckung gemacht. Juri und Jamal folgten seinem Blick. Sie sahen ihre engen, auf den Hüften sitzenden Jeans, die über ihren runden Hintern geglitten waren. Sie sahen den String-Tanga, der sich wie ein dunkles T in den weichen Spalt einschnitt.

Sebbe leckte umständlich an seinem rechten Zeigefinger. Er wollte jetzt seine Pflicht tun, denn er war der Unterhalter, er hatte dafür zu sorgen, dass die anderen gut gelaunt waren. Er schwenkte theatralisch seinen feuchten Zeigefinger, zeigte auf das Mädchen und ließ dann den Finger langsam unter den String-Tanga gleiten, in den Spalt zwischen ihren Hinterbacken. Sie bewegte den Hintern, wie um ihn abzuschütteln. Als ihr das nicht gelang, rutschte sie nach vorn, fort von dem Finger, der sich nun langsam auf und ab bewegte.

Das Mädchen war jetzt so weit nach vorn gerutscht, wie das überhaupt nur möglich war, aber Sebbes Finger, seine Hand und sein Arm waren ihr einfach gefolgt.

Am Ende fauchte sie ihn über ihre Schulter an:

»Jetzt hör endlich auf, du Schwein!«

Die Jungen erwachten zum Leben.

Sebbe streckte die Zunge heraus und ließ sie zwischen seinen Lippen spielen. Das Mädchen wandte sich sofort mit resigniertem Kopfschütteln ab.

Sebbe hatte noch immer die Hand in ihrer Jeans.

Sie drehte sich zur Seite und versuchte, ihm auf den Arm zu schlagen.

Jetzt reagierte einer der Lehrer am Aularand.

»Cecilia«, flüsterte er, und es war besser zu hören, als wenn er laut geworden wäre. »Still sitzen.«

Köpfe drehten sich um, einige wiederholten diesen Befehl:

»Aber nun sitz doch still, Cecilia.«

Andere ließen ein Theaterflüstern folgen:

»Unnötig zu sagen, die sieht doch schon aus wie ein erschlagener Seehund.«

Noch mehr Kichern.

Cecilia machte einen letzten Versuch, sie wandte sich an den Lehrer.

»Aber Sebbe …«

Die Jungen dagegen saßen jetzt so, dass der Lehrer von Sebbe kaum etwas und seine Arme oder seine Hände schon gar nicht sehen konnte.

»Jetzt reicht es«, sagte der Lehrer.

Cecilia sank in sich zusammen, wurde rot und machte sich Vorwürfe. Sie hätte sich doch niemals dorthin gesetzt, wenn sie gewusst hätte, dass sie vor Juri und dessen Kumpels landen würde.

Jetzt konnte sie nichts tun. Niemand konnte etwas machen. Sie blieb sitzen, bewegungslos, mit Sebbes Hand in ihren teuren, tief sitzenden Jeans. Sein Finger drückte gegen das weiche Ende ihres Steißbeins. Es war eine Stelle, wo sie überhaupt keinen Finger spüren wollte, Sebbes schon gar nicht.

Die Frau auf dem Podium sprach jetzt darüber, dass man sich so wertvoll fühlen kann, dass man andere dadurch zwingt, einem Respekt zu erweisen.

Und was glaubte die alte Kuh, was Cecilia tun sollte? Aufspringen und schreien? Sebbe würde alles abstreiten. Seine Kumpels würden die Mützen abnehmen und so unschuldig lächeln wie immer. Sie würden bezeugen, dass nichts geschehen war. Dass Cecilia nur versuchte, sie in schlechtes Licht zu rücken, ohne jeden Grund. Aussage würde gegen Aussage stehen.

Und dann würde sie in jeder Pause daran erinnert werden, was sie getan hatte. Die Jungs würden mit den Händen fuchteln und ihren Schrei nachahmen oder laut und albern ihre Stimme nachmachen: »Hilfe, ich hab Sebbes widerliche Hand in der Hose.« Sie hatte gesehen, wie das anderen passiert war, und deshalb blieb sie lieber still sitzen. Es standen nur noch zwanzig Minuten aus, und vermutlich würde er der Sache überdrüssig werden, wenn sie einfach nicht reagierte. Eine andere Möglichkeit gab es nicht.

Die schwarz gekleidete Matilda, die neben ihr saß, sah das, was der Lehrer nicht gesehen hatte, und schon rutschte es ihr heraus, ehe sie sich das überlegen konnte:

»Verpisst euch und krepiert, ihr Ärsche!«

Das kam so laut heraus, dass die halbe Reihe es hörte, es kam mit solcher Kraft, dass sie selbst erschrak.

Später musste sie immer wieder an diese Worte denken. Hatte das, was später passierte, in diesem Moment angefangen, gerade in diesem Moment?

Matilda. Die alte Matilda hätte das niemals sagen können, zu niemandem. Die neue Matilda konnte es offenbar. Vielleicht war es mit Menschen wie mit Gegenständen aus Glas – erst, wenn sie zerbrochen waren, wurden sie gefährlich.

»Verpisst euch und krepiert, ihr Ärsche.« Die neue Matilda hatte gesprochen.

Aber diese großen Worte waren keine Hilfe. Um zu zeigen, wie wenig sie ihn beeindruckten, versuchte Sebbe, seine Hand noch weiterzuschieben. Das ging nicht, die Hose war zu eng. Er beugte sich also vor und flüsterte:

»Was passt dir denn hier nicht? Wir wissen, was du willst ...«

Noch mehr Kichern.

Der Lehrer starrte einige Mädchen an, die losprusteten, als die Frau auf dem Podium erzählte, wie sie selbst mit unerwünschten Annäherungsversuchen umging. Es wollte ihnen einfach nicht in den Kopf, dass irgendjemand die Alte scharf finden könnte.

Und jetzt kam sie zum Ende.

»Wenn ihr über diese Fragen mit Erwachsenen sprechen möchtet, dann könnt ihr euch an Louise Alm wenden, die Schulpsychologin. Ihr kennt sie sicher schon.«

Die Schulpsychologin, die jetzt auf das Podium stieg, war klein und dünn. Die Schülerinnen und Schüler fanden sie alt. Die älteren Mitglieder des Kollegiums fanden sie jung und hilflos mit ihrem kleinen, symmetrischen Gesicht und ihrem schmächtigen Körper.

Sebbe zog seine Hand zurück – jetzt hatte er eine lustigere Beute erspäht. Aber Juri hob abwehrend die Hand, er war nicht in der Stimmung zu mehr, sondern wollte nur noch weg hier.

Während der Rektor hinter das Mikrofon federte und einen nichtssagenden Blumenstrauß überreichte, fingen die Schüler an zu reden, ihre Kleider zurechtzurücken, aufzustehen, um als Erste die Aula zu verlassen. Endlich war das letzte Wort gesagt, und alle stürzten hinaus zu ihren eigenen Unternehmungen. Sie stupsten, drängten, rannten und sprangen.

Mitten im Gewühl gingen Juri, Helena, Sebbe und Jamal. Sie gingen langsam, und die Menge teilte sich um sie herum. Auf der Treppe nach unten begegneten sie jemandem, der nach oben wollte. Er war in Gedanken vertieft, bahnte sich einen Weg durch die Gegenströmung und schien für einen Moment mit Juri auf Kollisionskurs zu sein. Als er seinen Irrtum erkannte, machte er auf dem Absatz kehrt und rannte so schnell nach unten, dass er die letzten Stufen fast hinuntergefallen wäre.

Sebbe lachte.

»Habt ihr gesehen! Jetzt kackt er sich in die Hose!«

Juri ging einfach weiter, er hatte den Arm um Helenas Schulter gelegt und die Mütze tief ins Gesicht gezogen, er trug eine schwarze Trainingshose und vermutlich die teuersten Turnschuhe der ganzen Schule.

Theo sah sie gehen, und sein Rücken spürte noch immer Juris breiten Finger.

Im Aufenthaltsraum des Gymnasiums hatte der Fernseher besser überlebt als die übrigen geschundenen Einrichtungsgegenstände. Vermutlich lag es daran, dass er an der Decke befestigt war. Der Bildschirm zeigte einen Rapper aus den USA, der sich immer wieder in den Schritt griff, wie um sich davon zu überzeugen, dass seine edlen Teile noch vorhanden waren. Um ihn herum tanzte eine Handvoll langbeiniger junger Frauen in überaus kurzen Shorts.

Sebbe riss die Tür auf, damit Juri, den Arm um Helena gelegt, eintreten konnte. Jamal folgte, er ging mit leichten Schritten, trotz seiner Größe.

»Weg da«, sagte Juri zu denen aus der zweiten Klasse, die auf dem ramponierten Sofa saßen. »Wir wollen Fußball sehen.«

Die aus der Zweiten standen widerwillig auf. Jemand sagte so leise, dass fast nur sein nächststehender Kumpel das hören konnte:

»Aber hört mal. Wir waren zuerst hier ...«

Jamal schaute nur, und sofort schlugen die aus der Zweiten die Augen nieder und machten, dass sie fortkamen.

Juri schaltete einen anderen Sender ein und setzte sich breitbeinig auf das Sofa. Er zog Helena neben sich.

Zwei aus der ersten Klasse, die Schach gespielt hatten, sammelten sofort ihre Figuren ein und verließen den Raum.

»Wiedersehn, Drecksgören«, kommentierte Sebbe und brüllte dann: »AAArsenal – yeah!«

Das kleinste der vom Sofa vertriebenen Mädchen lungerte noch herum. Es sagte laut:

»Ihr seid ja verdammt erwachsen. Verdammt.«

Juri und Jamal ließen sich zu keiner Reaktion herab, wie

zwei Rottweiler einen chinesischen Nackthund ignorieren, wenn dieser Streit sucht. Sebbe grinste die Kleine an und bewegte seine rechte Hand in seinem Schritt einige Male auf und ab.

»Du rothaariges Schwein«, sagte das Mädchen und wandte sich ab.

Sebbe lachte zufrieden.

Die Kleine aber verließ das Zimmer nicht, sie setzte sich an den Tresen auf der anderen Seite des Raumes, wo Theo gerade Haferbrötchen auspackte. Diese wurden zum Selbstkostenpreis verkauft, und die Schüler waren selbst für den Verkauf zuständig, was manchmal klappte, wie an diesem Tag, wo Theo dafür zuständig war. An anderen Tagen klappte es überhaupt nicht.

»Gib mir eine Cola, Theo, und etwas von deiner Geduld.«

Theo schüttelte den Kopf.

»Hallo, Vivi. Cola, bitte sehr. Mit der Geduld ist das schon schwieriger.«

Sie öffnete die Cola und sah ihn lange an.

»Ich finde jedenfalls, dass du jede Menge Geduld hast. Vielleicht zu viel. Du bist ja fast unnatürlich ruhig.«

Unnatürlich ruhig? Machte er wirklich so einen Eindruck?, überlegte er.

Wo er sich doch vor so vielen Dingen fürchtete. Wo er noch immer vor sich sah, wie die Waffe über den blanken Marmorboden glitt, und wo er jedes Mal von Neuem in Panik geriet. Wo er sich noch immer vor Messern fürchtete. Wo er diese lange Narbe hatte, die sich manchmal anfühlte, als ob sie mit ihm reden wollte. Unnatürlich ruhig?

Im Moment hatte er einen ganz anderen Eindruck. Und vor ihm auf dem Sofa saß Juri mit seinen schweineteuren Turnschuhen und seinen fetten Händen, die Helena keine Ruhe ließen.

Vivi lungerte weiter am Tresen herum, sie beantwortete ausführlich eine SMS, ihre langen Haare fielen nach vorn und verdeckten ihr Gesicht. Als sie fertig war, sah sie wieder Theo an, errötete ein wenig und sagte:

»Ich finde, dafür, dass du noch nicht sehr lange hier bist, sprichst du sehr gut Schwedisch.«

Theo antwortete zerstreut, wie schon so oft:

»Ich hatte schon schwedische Freunde, ehe ich hergekommen bin. Ich war oft bei ihnen, und Sprachen lernen fällt mir leicht.«

Er hatte keine Lust, sich mit Vivi zu unterhalten, er wandte sich ab, versuchte sich aufs Gläserputzen zu konzentrieren, Kaffeepfützen vom Boden aufzuwischen. Am Ende nahm sie ihre Cola und ging.

Er hatte auch keine Lust, sich um Juri und Helena zu kümmern, aber die zogen seine Aufmerksamkeit auf sich.

Gerade an diesem Tag fühlte er sich fast unerträglich provoziert von Juris entspanntem Körper, der anzudeuten schien, dass Juri sich vor nichts zu fürchten brauchte. Es provozierte ihn, dass Juri keine Rücksicht darauf nahm, dass Helena sich nicht für Fußball interessierte. Sie schaute kein einziges Mal die kleinen Gestalten an, die den weißen Punkt auf dem Bildschirm hin und her jagten. Juris laute Stimme provozierte ihn.

»Scheiße«, sagte Juri, als der Torwart einen Ball fing, der eigentlich wie ein sicherer Treffer ausgesehen hatte. »Der ist super! Klasse für so einen Opa.«

»Opa ist ja wohl übertrieben«, protestierte Jamal. »Wie alt kann der sein, siebenunddreißig, achtunddreißig, vielleicht?«

Juris Antwort war lässig, selbstsicher. Sie stammte von jemandem, der Bescheid wusste und grundsätzlich recht hatte.

»Der ist vierzig. Opa.«

Und Theo, der sich niemals in fremde Diskussionen einmischte, konnte es plötzlich nicht mehr ertragen, dass Juris Wahrheit gelten sollte. Er konnte Juri nicht recht haben lassen, wo der sich irrte. Er rief vom Tresen her:

»Er ist sechsunddreißig. Er war neunundzwanzig, als er den Verein gewechselt hat, das weiß ich genau. An dem Tag bin ich nämlich zwölf geworden.«

Sebbe blickte überrascht auf und antwortete automatisch:

»Glaub ich nicht, du blöder Vorortnigger. Halt die Fresse.«

Danach dachte er nach, rechnete mühsam im Kopf und lachte dann herablassend.

»Du kannst ja nicht mal rechnen, du Buckelarsch. Du kannst nicht zwölf gewesen sein, du warst zehn, genau wie wir anderen alle.«

Aber Juris kalte Augen waren zum Leben erwacht. Theo sah, wie das geschah, und alles drehte sich vor ihm.

Verdammte Hölle. Er konnte nur hoffen, dass seine eigene Angst ihn in Juris Gesicht etwas hatte sehen lassen, das dort gar nicht vorhanden gewesen war.

Aber nicht seine Angst hatte ihn den Blick des Jägers in dem Moment erkennen lassen, wenn die Beute auftaucht. Als im Spiel eine Pause eingelegt wurde, kam Juri auf den Tresen zugeschlendert. Er sah nicht einmal bedrohlich aus, nur angeregt.

»Interessant zu hören, was du da zu sagen hattest. Hochinteressant.« Er lächelte, fast freundlich, und sagte so leise, dass sonst niemand es hören konnte: »Aber Sebbe irrt sich natürlich. Natürlich weißt du, wie alt du bist. Wie alt du warst. Das weiß man doch schon mit drei Jahren.«

Juri beugte sich über den Tresen vor und starrte Theo an, der mit sich kämpfen musste, um diesem Blick standzuhalten. Er sagte in freundlichem Tonfall:

»Du hättest weiter die Klappe halten sollen. Denn was könnte passieren, wenn sie bei dir genauer hinschauten? Was würden sie dann finden? Denn du bist nicht siebzehn wie die anderen, oder? Du bist neunzehn, du kleines Stück Scheiße.«

Er lächelte wieder, und Theo konnte sich noch fragen, wieso ein Lächeln so beängstigend sein konnte.

»Aber du gibst dich als siebzehn aus. Das ist interessant. Gut zu wissen.«

Er beugte sich noch weiter vor und fügte leise hinzu, denn Information ist ein Wert an sich, und den wollte er mit niemandem teilen:

»Hör gut zu. Wenn du Helena anschaust. Wenn du mich anmachst oder vielleicht sogar, wenn du mich nicht anmachst, dann tu ich der Polizei einen Gefallen. Dann wirst du unter die Lupe genommen, du Stück Scheiße, kapiert? Und dann kriegst du eine einfache Fahrkarte zurück in das Drecksland, zusammen mit deiner ganzen illegalen Familie, und zwar schneller, als du sagen kannst, ›ich war das nicht‹. Kapiert?«

Theo nickte. Er hatte kapiert. Seine Narbe kribbelte.

Wieso hatte er nicht den Mund halten können? Wieso hatte er das Einzige verraten, das er nicht verraten durfte, und dann ausgerechnet an so einen Scheißkerl wie Juri?

Jetzt hatte Juri den fatalen Riss in Theos festem Panzer entdeckt. Theo wurde erfüllt von einer Ohnmacht, die ihm fast den Atem raubte. Und alles war seine Schuld. Er selbst hatte den Feind hereingebeten.

Der Feind, der Juri war und der jetzt wusste, dass Theo keinen Anspruch auf die Personenkennziffer besaß, die er in der Schule benutzte.

»Hör mal, du Abschiebefall – gib mir eine Cola. Von jetzt an machst du, was ich dir sage, klar?«

Juri ließ sich auf das Sofa fallen, und Theo griff mit zitternden Händen nach einer Cola. Er konnte seine Beine, über die er die Herrschaft verloren hatte, überreden, trotzdem zu Juri zu gehen. Er konnte die Dose hinstellen, bitte sehr sagen.

Juri nahm die Cola, ohne Theo anzusehen. Das Spiel ging jetzt weiter.

Die Männer in den kurzen Hosen liefen hin und her, und Helena war zufrieden. Sie begriff die Spielregeln nicht, aber so lange das Spiel lief, hatte sie ihre Ruhe. Niemand stellte Fragen, die schwer zu beantworten waren, niemand erwartete etwas von ihr. Sie entspannte sich auf dem Sofa. Juris Hände waren kaum zu spüren – sie hatte längst gelernt, ihre Haut abzusperren. Ihre Grenze zur Umwelt war tiefer in sie zurückgewichen. Seit sie mit Juri zusammen war, fassten die andern Jungen sie nicht mehr an, und dafür war sie so dankbar, dass Juri machen konnte, was er wollte. Dieser Preis schien ihr nicht zu hoch zu sein.

Kungsholms Strand 173, 3. Stock

Während Monika Pedersen nach ihrem ersten Arbeitstag die Tür ihres Arbeitszimmers abschloss, schob Robert Altman, der Vater der schwarz gekleideten Matilda, weit von ihr entfernt seinen Schlüssel in ein Schloss.

In seinem Terminkalender gab es einen festen Termin, Freitag, 14.00-16.30, einen Termin, an den seine Arbeitskollegen sich so gewöhnt hatten, dass sie nie mehr vorschlugen, etwas mit ihm zusammen zu unternehmen. Treffen OWB stand da, und ab und zu amüsierte er sich damit, sich für diese Abkürzung neue Bedeutungen auszudenken.

Ohne weitere Bedenken, vielleicht, oder OberWeite Bestens, oder warum nicht, Oftmalige Wunderbare Belabung. Belabung war ein altertümliches Wort, das er neu entdeckt hatte. Es gefiel ihm. Belabt zu werden, genau das brauchte er.

Jedenfalls hatte er an jedem Freitag zweieinhalb Stunden für OWB reserviert, und diesen Termin hielt er auch ein, auf die Minute. Das Schlimmste, als was es bezeichnet werden könnte, wäre inoffizielle Gleitzeit.

Er betrat die kleine Wohnung.

»Sie gehört dir«, hatte sie gesagt. »Jeden Freitagnachmittag, wenn du willst. Ich sage Bescheid, wenn es nicht geht.«

Manchmal ging er wochenlang nicht hin. Dann kam es vor, dass er sich in seine Lieblingsbibliothek setzte oder einfach auf eine Bank irgendwo, wo er aufs Wasser blicken konnte.

In dieser Woche hatte er eine Zeitschrift gekauft, wie immer mit einem leichten Unbehagen. Rührte das von seinem Gewissen her, überlegte er, oder schämte er sich einfach vor der erschöpften Verkäuferin? Und kam das nicht auf dasselbe heraus? Er fand keine Antwort und tröstete sich damit, dass so viele scheußliche Zeitschriften dieser Art verkauft wurden. Er war sicher nicht der Einzige, der in jeder Hinsicht gut funktionierte, der sich aber ab und zu an einem Bild oder einer Phantasie belaben musste.

Lange hatte er mit dem Gedanken gespielt, käuflichen Sex zu haben. Mit dem Gedanken, eine Frau zu bezahlen, um sich wegen des Endes keine Sorgen machen zu müssen und um nicht zum Essen einladen, nicht verführen oder auf die Verführung warten zu müssen. Die Aussicht war verlockend, aber am Ende war sie ihm doch zu riskant erschienen. Er wollte keinen Sex mit einem kleinen Mädchen, das kein Schwedisch sprach und das sein Geld einem Mann abliefern musste, der von seinem Körper lebte. Und das Wichtigste vielleicht: Er wollte sich nicht mit etwas anstecken, was er dann an seine Frau weiterreichen könnte.

Zuerst hatte er Zeitschriften mit jungen Mädchen gekauft. Dann hatte das Leben ihn ein weiteres Mal überrascht. Eines Tages beim Essen hatte er plötzlich entdeckt, dass seine Tochter – seine kleine Matilda – jetzt einen Busen bekam. Oder jedenfalls Brustwarzen, soviel er sehen konnte, waren die das Einzige, das gegen ihr rosa Lieblingshemd mit den glitzernden Schmetterlingen drückte. Die Verwandlung musste über Nacht geschehen sein – er hatte ja keine Ahnung gehabt, dass es so schnell gehen könnte! Er hatte seine Würstchen Stroganoff nicht weiteressen können. Seine Welt war plötzlich aus den Fugen geraten und hatte durch Matildas einsetzende Pubertät eine neue Gestalt angenommen.

Eine überraschende Folge war, dass junge Mädchen für ihn plötzlich tabu gewesen waren. Kurvenreiche Fünfzehnjährige mit Stringtangas und bloßem Bauch sahen jetzt aus wie Kinder. Seine Vaterschaft umfasste sie alle, und seine Matilda hatte diese Veränderung ausgelöst.

Er hatte mit Freunden darüber gesprochen und festgestellt, dass das hier, worüber er in keinem Buch etwas gelesen hatte, ganz üblich war. Töchter im Teenageralter beschützten einander, jedenfalls ab und zu.

Jetzt war Matilda siebzehn, und seine Phantasien waren noch immer von älteren Frauen bevölkert. Von Frauen mit Erfahrung. Er hatte Phantasien von Frauen, die Sex toll fanden, die Schätze von Wissen über den Körper von Männern und über ihren eigenen mit sich herumtrugen. Er phantasierte über fröhlicheren, intensiveren, überwältigenderen Sex, als er und Marie ihn zu Hause haben konnten.

Freitags schätzte er Variation.

Ab und zu, aber nicht immer, zog er sich um und kaufte eine Zeitung, die bestenfalls Anhaltspunkt für seine eigenen Phantasien bot.

Wie an diesem Tag.

Es war eine Zeitung, die meistens wirkte. Er fühlte sich nicht hingezogen zu stromlinienförmigen Frauen mit computermanipulierten Figuren. Und auch nicht, wie der Test ergeben hatte, zu jungen Männern mit schwellendem Bizeps und einladendem Blick. Was er am liebsten mochte, waren realistische Bilder von Menschen, Menschen, die echten Sex hatten, weil sie das wollten. Er wurde erregt von faltigen Frauenbäuchen, von Männern mit Krampfadern. Er fuhr auf das ab, was er sah und was real war.

Jetzt hatte er geduscht. Er war gern sauber, auch wenn er nur Sex mit sich selbst haben wollte.

Zum ersten Mal seit langer Zeit schien die Sonne durch die Balkontür. Er breitete eine weiche Decke auf dem sonnigen Boden aus und legte sich auf den Rücken.

Er ließ die warme Berührung der Sonne zur Einladung werden. Er zog den Bademantel ein wenig hoch, spürte die Wärme an den Waden. Er schloss die Augen und zog den Bademantel noch ein wenig weiter hoch. Er öffnete die Beine ein wenig, damit die Wärme die Innenseite seiner Oberschenkel berühren konnte, dann schob er langsam den Bademantel noch höher, bis der seinen immer steifer werdenden Penis gerade noch bedeckte.

Das fing gut an.

Er griff zu der Zeitschrift und machte sich auf die Suche nach einem Bild, einer Person, die zu seiner Stimmung passte. Langsam und sinnlich, das war die Melodie dieses Tages. Eine kleine schmächtige Frau vielleicht, die mit Raffinesse lieben könnte.

Er blätterte, fand nicht so recht, was er suchte, strich sich langsam über die Hoden, so behutsam, dass er die Haut kaum berührte.

Plötzlich kollidierten die Welten, die er mit solcher Anstrengung auseinandergehalten hatte.

Hier, in Odas Wohnung, sah er Matilda.

Seine Matilda. Matilda, die in die andere Welt gehörte, die die andere Welt ausmachte.

Matilda war in seiner Hand, auf einem Bild, das eine halbe Seite bedeckte. Sie beugte sich über die Armlehne eines Sofas, und ein nicht sehr großer, untersetzter junger Mann, der sein Hemd nicht ausgezogen hatte, drang von hinten in sie ein. Eine weiche schwarze Hose hatte sich um seine Waden gewickelt.

Ein Junge mit üppiger roter Mähne, den er aus Matildas Klasse kannte, stand grinsend daneben.

Matilda grinste nicht. Ihr vager Blick schien nirgendwo zu haften, ihr Gesicht war ausdruckslos, als sei sie nicht dabei, wie im Halbschlaf. Auf dem Boden neben dem Sofa lag ihre kleine Unterhose mit rosa Pailletten und weißer Spitze, die Hose, die er samstags nach dem Waschen noch immer zusammenfaltete.

Die Überschrift war: »Meine besten Sexerinnerungen«, und der Bildtext lautete: »Fest, Fest, Fest!«

Er warf die Zeitschrift weg, und sie traf klatschend die Wand. Sie war der widerlichste Gegenstand auf der Welt, im Universum.

Er sprang auf und zog den Bademantel um sich zusammen, als habe Matilda selbst das Zimmer betreten. Er hob die Decke auf, auch die war widerlich. Dann überwältigte ihn der Ekel, und er rannte zur Toilette und kotzte, seinetwegen, wegen der ganzen Welt.

Danach blieb er auf dem Boden sitzen. Er hatte zu nichts anderem Kraft. Und während sein Körper unbeweglich dasaß, wirbelten seine Gedanken durcheinander.

Vermutlich hatte er jetzt die Übelkeit erregende Antwort auf die ängstlichen Fragen der vergangenen Monate erhalten – was war mit Matilda los?

Mit der fröhlichen Matilda, die schweigsam und abwesend geworden war. Sie hatte sich immer häufiger in Schwarz gekleidet. Ihre Haare waren eines Tages lila gewesen, am nächsten Tag dann ebenfalls schwarz. Sie fing an, selbst zu kochen und zu seltsamen Zeiten zu essen. Sie hatte zugenommen.

Und die Jungen – wie war das möglich? Er kannte diese Kinder doch. Der Rothaarige war schon auf der Grundschule in Matildas Klasse gegangen. Da war er ein fröhlicher kleiner Wicht gewesen, der die anderen immer wieder zum Lachen gebracht hatte. Sebastian, so hieß er doch? Was war mit ihm passiert? Warum hatte er Matilda nicht beschützt, wo er sie doch fast sein ganzes Leben lang kannte?

Der Junge mit der heruntergelassenen Hose ging nicht in Matildas Klasse, aber vielleicht eine Klasse höher? Robert war ganz sicher, dass er ihn auf dem Schulhof gesehen hatte.

Was Matilda widerfahren war, durfte einfach nicht passieren.

Nach und nach konnte er sich aufrappeln und anziehen. Er hob die Zeitschrift mit einer Plastiktüte auf, so, wie man Hundekacke aufsammelt, verknotete die Tüte und warf sie in den Müllschacht.

Als er ging, steckte er den Schlüssel in einen Briefumschlag.

»Oda! Vielen Dank für die Überlassung deiner Wohnung. Ich werde sie nicht wieder brauchen.«

Er ging nach Hause, als sei der Weg ganz neu. Alles sah anders aus.

Vor ihm schwebten die Gesichter der Jungen. Er war abwechselnd verzweifelt oder bebte vor Zorn, die Gefühle tobten in ihm wie ein Orkan. Irgendwo in der Mitte befand sich das Herz des Hurrikans, und dort wusste er, dass nichts jemals wieder so sein könnte wie früher. Um dieses Herz herum jagten die Gefühle wie todbringende, unnatürlich starke Winde, die Autos umwerfen, Bäume entwurzeln, Häuser zum Einsturz bringen konnten.

Eine Erinnerung stieg in ihm auf.

Matilda war klein, sieben oder acht Jahre, die Familie war am Strand. Während Marie und er das Picknick auspackten, war Matilda ans Wasser gelaufen. Plötzlich sah er, dass sie zu weit hinausgegangen war. Wind war aufgekommen, ihr kleiner Kopf hob und senkte sich mit den Wellen. Er war ins Wasser gestürzt. Damals hatte sie ihre dünnen Arme so fest um seinen Hals geschlungen, dass er es fast nicht geschafft hätte, zu atmen und zu schwimmen. Er hatte sich ein wenig vor der Strömung gefürchtet und war nicht sicher gewesen, ob seine Kräfte ausreichen würden. Aber Matilda hatte strahlend gelächelt. Er war gekommen, um sie zu retten, jetzt war sie in Sicherheit.

Wieso hatte sich ihre Welt vor ihm verschlossen? Wieso hatte sie ganz allein auf neue, viel schlimmere Bedrohungen stoßen können? Und, und das tat am meisten weh – warum hatte sie nicht um Hilfe gebeten? Warum hatte sie nichts gesagt? Sie hatten immer wieder gefragt, was geschehen sei, aber sie hatte nicht antworten wollen – oder können.

Wie hatte er sie verlieren können, ohne zu bemerken, was geschah? Er bemerkte, dass er weinte, und dachte, das sehe sicher seltsam aus, aber niemand schien zu reagieren.

Er kam sich zerbrechlich vor, anders als sonst, aber weiterhin setzte er zielstrebig einen Fuß vor den anderen, wieder und wieder. So geht man, dachte er. Erst den einen Fuß, dann den anderen. Und dann wieder den ersten und dann den anderen.

Das Bild, das er nur für einen Moment gesehen hatte, hatte sich in seinem Gehirn festgesetzt. Es war die ganze Zeit vorhanden, manchmal wurde es zum Film, dann presste der Kerl sich in Matildas unbeweglichen Körper, hart, brutal.

Es war unerträglich, aber er ertrug es, er ging einfach Schritt für Schritt weiter.

Und mitten in allem fiel ihm das Fest ein.

Bis zum Fest an diesem Abend musste er sich wieder in den Griff bekommen. Das, wenn auch nichts anderes, könnte er noch immer für Matilda tun.

Krankenhaus Tallhöjden

»Ausweis?«

»Ja, Scheiße, das hier ist doch ein Krankenhaus, kein Club. Sie wissen ganz genau, wer ich bin.«

»Ich weiß, wer Sie zu sein behaupten. Ausweis, bitte.«

Die Krankenschwester, die Greta hieß, richtete ihren Blick auf ihn. Sie war mittleren Alters und von nichtssagendem Äußeren, wie um zu betonen, dass sie den Patienten nur ihr berufliches Ich zeigte. Nur jetzt, in diesem Moment, war sie für die Patienten da, ohne einen nachhaltigen Eindruck hinterlassen zu wollen.

Ihr gegenüber saß ein nicht sehr großer untersetzter junger Mann wie ein erschöpftes männliches Model zwischen den Aufnahmen. Er starrte die Schwester wütend an.

»Ich begreife nicht, wieso euch das gestattet ist. Scheiße, das ist doch kriminell, so mit Leuten umzugehen.«

Greta antwortete in einem Tonfall, der ebenso geschmeidig und fest war wie ihre Frisur.

»Aber Sie sind nun einmal angezeigt worden. Sie sind von der Polizei zum Test abgeholt worden, sehe ich. Und jetzt muss ich wissen, ob der Richtige informiert wird. Ihr Ausweis, bitte.«

»Das ist doch nicht möglich, verdammt noch mal. Ich hab nichts getan. Ich war ja nicht mal in der Nähe von diesem Arsch, der mich angezeigt hat. Was habt ihr gemacht, um meinen Namen aus dem rauszuholen? Sicher hat der einfach alle aufgeschrieben, die ihm eingefallen sind.«

»Wenn Sie wollen, kann ich mir Ihren Ausweis von der Polizei vorlegen lassen. Ich muss das Testergebnis melden, und das kann ich nicht, wenn ich nicht sicher bin, dass Sie wirklich Sie sind.«

Sie griff zu der sanften Stimme, die ihre schärfste Waffe war.

»Sie sind doch damals ohne Polizeibegleitung hergekommen, nicht wahr? Das wissen wir und die Polizei zu schätzen. Wir können vielleicht auch weitermachen, ohne sie hineinzuziehen?«

»Ich bin gekommen, weil niemand glauben sollte, dass ich solchen Scheiß anstelle, dass die Polizei zu mir nach Hause kommt.«

Er verstummte, schien seine Möglichkeiten abzuwägen und zog schließlich einen Führerschein hervor und warf ihn auf den Schreibtisch. Der Führerschein rutschte über die Kante und fiel zu Boden.

Greta bückte sich, hob ihn auf und fragte:

»Haben Sie sich keine Sorgen gemacht, oder waren Sie nicht wenigstens neugierig auf die Antwort?«

Er schaute sie verächtlich an.

»Ich hab doch schon gesagt, dass ich mich nicht angesteckt haben kann. Das war doch alles bloß gelogen, ich war nicht mal in der Nähe von diesem Dealer. Ich will die Sache nur hinter mich bringen. Und zwar schnell.«

Die Krankenschwester schaute den Führerschein an, verglich das Foto mit dem missmutigen Gesicht vor ihr, nickte, gab ihm den Führerschein zurück und sagte leise:

»So schnell wird das leider nicht gehen. Sie müssen verstehen – Ihre Blutprobe war positiv. Es sieht also so aus, als ob Sie mit dem HIV-Virus infiziert sind.«

»Darauf fall ich nicht rein. Ich soll mich angesteckt haben – spinnen Sie eigentlich?«

»Es kann schon sein, dass Sie recht haben – als Erstes machen wir also noch einen Test, zur Kontrolle.«

Er sah sie zum ersten Mal aufmerksam an und fragte: »Soll das heißen, der Test beweist, dass ich mich mit HIV infiziert habe?«

»Auf den ersten Blick scheint es so auszusehen, ja.«

»Scheiße.« Er äffte ihre sanfte Stimme nach. »Auf den ersten Blick. Scheint es so auszusehen.« Er beugte sich vor und wurde lauter. »Ihr habt doch keine Ahnung, und dann schleift ihr Leute her und droht mit der Polizei. Ihr spinnt doch alle.«

»Wir machen heute einen neuen Test, dann werden wir sehen.«

»Ihr habt die Proben verwechselt. Ihr blöden Idioten.«

Greta fing an, ein Formular auszufüllen.

»Sie haben natürlich niemals ungeschützten Sex gehabt?«

»Nur mit Leuten, von denen ich weiß, dass sie gesund sind. Für wie blöd halten Sie mich eigentlich?«

»Injektionsbesteck geteilt?«

»Ich fixe nicht.« Und unter ihrem misstrauischen Blick streckte er einen muskulösen Arm mit deutlich sichtbaren Venen aus. Es waren keine Stiche zu sehen, weder alte noch frische. »Meine Venen sind ganz unschuldig, wie du siehst. Allesamt.«

»Und der Rest Ihres Körpers? Keine diskreten Einstiche anderswo?«

»Es hat ja nicht mal geblutet – da kann man sich doch nicht angesteckt haben.«

»Das werden wir ja sehen. Wenn Sie Sex hatten – hatten Sie den mit Jungen, mit Mädchen oder mit beidem?«

»Aber verdammt, halten Sie mich jetzt auch noch für schwul? Glauben Sie das? Sehe ich so aus?«

»Ich glaube nichts. Ich frage nur.«

»Mir geht's doch gut, verdammt noch mal. Meinen Sie, ich würde nicht merken, wenn ich krank wäre?«

»Es ist sehr gut möglich, dass Sie das merken würden. Und es kommt auch vor, dass Proben verwechselt oder falsch beurteilt werden. Deshalb machen wir jetzt einen neuen Test. Und während wir auf die Antwort warten, müssen Sie sich als Infektionsträger betrachten, auch, wenn wir das nicht ganz sicher wissen. Das bedeutet, dass Sie vom Gesetz her verpflichtet sind, möglichen Sexualpartnern oder -partnerinnen mitzuteilen, dass Sie infiziert sein können und dass Sie Kondome benutzen müssen. Sie müssen dafür sorgen, dass andere nicht in Kontakt mit Ihrem Blut kommen. Verstanden? Dann können Sie hier unterschreiben, dass Sie informiert worden sind.«

Er verdrehte die Augen, unterschrieb aber, ohne den Text zu lesen.

»Kann ich jetzt gehen, ohne dass die Bullen angerufen werden?«

»Sie können gehen. Hier sind noch ein paar Informationen, die können Sie zu Hause lesen.«

Als er gegangen war, schrieb sie eine kurze Notiz darüber, dass ein Test gemacht worden war. Dass sie ihn mündlich über Infektionsschutz informiert und ihm auch eine Informationsbroschüre mitgegeben hat. Sie schrieb nicht, dachte aber, sie würde jede Wette darauf abschließen, dass alle Unterlagen bereits im Papierkorb im Wartezimmer lägen.

Sie überflog den Krankenbericht. Der Mann hieß Juri, war 19 Jahre, wohnte mit seinen Eltern und seinem jüngeren Bruder zusammen. Besuchte die Abschlussklasse des Gymnasiums, individuelles Programm. Er hatte sich als heterosexuell ausgegeben, behauptet, keine feste Beziehung und auch in der letzten Zeit keinen Sex gehabt zu haben.

Sie dachte, sie könnte zufrieden sein, wenn auch nur die Hälfte stimmte.

Sie schloss die Datei und stellte den Computer auf Standby. Jetzt war diese Woche vorbei. Jedenfalls fast. Das abendliche Fest war ja wohl eher Arbeit als Vergnügen.

Sie fuhr sich mit den Fingern durch die Haare und tröstete sich mit der Vorstellung, dass Helena in einem Jahr Abitur machen würde, und dann würde ihr Einsatz beendet sein.

Aber sie beklagte sich nicht. Hatte sich noch nie beklagt. Im Gegenteil war ihr immer bewusst gewesen, dass sie etwas bekommen hatte, das nur wenigen vergönnt ist: eine zweite Chance. Sie hatte Helena bekommen.

Helena, die niemals erstaunten Lehrern hatte erklären müssen, warum ihre Eltern nicht zu Elternsprechtagen, Picknicks, Ballturnieren oder gemeinsamen Aufräumaktionen kommen konnten.

Bei Cassandra war alles so anders gewesen.

Sie hatte fast keine Erinnerungen an sich selbst als sechzehnjährige Mutter. Sie fand keinen Weg zurück zu dieser seltsamen Gefühlsmischung aus Stolz und Scham, aus Liebe und manchmal aus etwas, das an Hass erinnerte Dies hatte sie erlebt, als Cassandra klein gewesen war.

Wenn sie sich die Sechzehnjährigen von heute ansah, war es fast unmöglich zu begreifen, dass sie damals mit ihrem schwellenden Körper nicht älter gewesen war. Sie hatte sich nicht an Hüften und Brüste gewöhnen können, ehe ihr Bauch langsam, aber sicher sein eigenes Leben begonnen hatte, ganz und gar mit unvorhersagbaren Bewegungen.

Und dann war sie da gewesen. Cassandra. Cassie.

Cassandra hatte ihren einundzwanzigsten Geburtstag nicht überlebt, aber sie hatte Helena hinterlassen. Helena, problemlos adoptiert von ihrer sechsunddreißig Jahre alten Großmutter, die ohne weiteres ihre biologische Mutter hätte sein können.

Greta räumte ihren Schreibtisch auf.

Inzwischen konnte sie an Cassie denken, ohne von Sehnsucht und Schuldgefühlen überwältigt zu werden. Sie konnte darüber staunen, wie sehr sich die Mädchen unterschieden – wo Cassandra lebhaft und offen gewesen war, war Helena still, fast ein wenig ängstlich.

In den letzten Jahren hatte Helena sich zurückgezogen. Ihre Antworten waren immer wortkarger und unklarer geworden. Cassie hatte stundenlang über sich reden können, Helena erzählte immer weniger. Die Großmutter wusste, dass das oft vorkam, aber sie war dennoch ein wenig enttäuscht.

Und jetzt kam das Fest.

Bange Ahnungen erfüllten sie, wenn sie an diesen Abend dachte, aber sie musste sich einfinden. Jetzt, in der Oberstufe, war der Kontakt zu den anderen Eltern endlich weniger geworden, Mühsal oder Engagement hatten nachgelassen. Oder der Glaube, dass die Zusammenarbeit der Eltern für das Wohlergehen der Kinder eine so große Rolle spielte.

In Helenas Klasse gab es nur eine Mutter, die noch immer mit unverminderter Intensität über ihr einziges Kind wachte. Sie hatte an alle Eltern geschrieben. Sie hatte ihre Unruhe darüber zum Ausdruck gebracht, dass die Abiturfeste immer früher einsetzten und dass sogar die zweiten Klassen – vor allem die Mädchen – daran teilnahmen und Alkohol tranken und die Nächte lang durchfeierten.

»Zu meiner Zeit ...« Schon nach drei Worten hatte Greta alles sattgehabt. Sie hatte trotzdem weitergelesen, von ihrem Pflichtbewusstsein getrieben.

»Zu meiner Zeit gab es ein einziges Abiturfest. Und das fand nach dem Abitur statt und beeinträchtigte deshalb die Schularbeit nicht. Ich habe mit Rektor und Schulpsychologin gesprochen, und beide teilen meine Ansicht, dass die Abiturfeiern zum Problem geworden sind. Sie berichten von Schülern, die verkatert zum Unterricht erscheinen. Das ist vollkommen unakzeptabel, vor allem, wo es auch die zweiten Klassen betrifft, in denen die Schüler noch keine achtzehn Jahre alt sind und eigentlich überhaupt keinen Alkohol trinken dürften. Mein Gespräch mit Rektor und Schulpsychologin war eine Enttäuschung: Sie behaupten, keinen Einfluss darauf nehmen zu können, was außerhalb der Schulzeit geschieht. Sie schlagen vor, ich sollte mich direkt an die Eltern wenden, deshalb dieser Brief an alle Eltern der S II B. Ich schlage vor, dass wir für unsere Kinder ein alternatives Fest arrangieren -- ein Fest mit gutem Essen, Tanz, nettem Zusammensein von Jugendlichen und Eltern, alles natürlich alkoholfrei. Wir können das gemeinsam schaffen, für unsere Kinder.« Unterschrieben von Anita Jansson, Mutter, und Charlotta Jansson, Schülerin.

Sie hatte alle unterbeschäftigten Eltern verflucht. Und alle blöden Feste, auf denen die Anwesenden keine anderen Gemeinsamkeiten hatten, als dass sie ungefähr gleichzeitig Sex gehabt hatten und ihre Kinder deshalb ungefähr im gleichen Alter waren.

Sie hoffte, dass einige Eltern aus der Klasse einen Gegenbrief schreiben würden. Dass irgendwer einige scharfe Argumente gegen das Fest vorbrächte, aber sie hatte von Anfang an gewusst, dass das nicht passieren würde. Eltern wollten sich einfach nicht dem Risiko aussetzen, als gleichgültig dazustehen, und deshalb war das elende Fest jetzt eine Tatsache.

Anita Jansson hatte einen Kindergarten gemietet, den einige der Jugendlichen früher besucht hatten. Sie hatten das Lokal preiswert bekommen und versprochen – Anita hatte versprochen –, dass am Montag alles sauber und aufgeräumt sein würde. Dieses Versprechen würde sie jedoch nicht halten können.

Sie hatten Vorbereitungstreffen gehabt und die Arbeit unter den anwesenden Eltern verteilt.

Wie gewöhnlich war es schwierig gewesen, die Zuwandererfamilien nichteuropäischer Herkunft einzubeziehen. Das überraschte sie nicht. Sie wusste, dass sie auch gezögert haben würde, ein Treffen mit Eltern zu besuchen, deren Sprache sie nicht verstand, deren Umgangsformen ungewohnt und irritierend waren und deren Kinder sie nicht kannte. Sie vermisste Faridas Mutter, eine kleine, verschleierte Frau aus Tunesien. Sie vermisste Theos Mutter, eine schöne Afrikanerin, die kaum ein Wort Schwedisch sprach. Sie vermisste Amirs persische Eltern, die immer gemeinsam auftraten.

Sie selbst hatte immerhin eine einfache Aufgabe: Obst für den Nachtisch zu besorgen. Das Obst sollte in kleine Stücke geschnitten und in Schüsseln gelegt werden. Danach sollten die Schalen weggeworfen, Messer und Schneidebretter gespült, Tische und Boden abgewischt werden. Schließlich sollte das Obst verzehrt und Schüsseln, Teller und Besteck gespült, Tische und Boden gereinigt werden.

Verdammte Drecksarbeit.

Sie schwor sich, diesmal nicht die Letzte zu sein, zusammen mit schwarzen Müllsäcken, verschrumpelnden Ballons und jeder Menge kleiner Möbel, die an ihren angestammten Platz zurückgestellt werden mussten.

Später an diesem Nachmittag kam Juri nach Hause. Er wohnte im sechsten Stock, und schon im Treppenhaus hörte er, dass Nico zu Hause war, ihre Wohnungstür konnte dem Lärm des Computerspiels nichts entgegensetzen.

Er machte sein ganz besonderes Klopfzeichen – zweimal kurz, einmal lang, zweimal kurz, einmal lang. Das Geräusch aus der Wohnung kam näher, leichte Füße sprangen über den Dielenboden. Er hatte die Tür gerade erst geöffnet, als sich auch schon Nicos dünne Arme um seine Taille und dessen Beine um seine eigenen schlangen.

»Tja, Partner. Sieht's denn aus?«

Nico lächelte strahlend. Wenn er zu Hause war, sah alles immer gut aus. Seine Hände sahen groß aus in dem kleinen Gesicht, seine glänzenden glatten braunen Haare fielen ihm in die Augen, auf dem Nasenrücken waren einige Sommersprossen aufgetaucht.

»Saugut«, sagte er und nahm Juris Hand. »Saugut.«

Juri zog die Schuhe aus und stellte sie ins Schuhregal.

»Hast du gegessen?«

Nico lächelte und schüttelte den Kopf. Juri runzelte zu einem aufgesetzt besorgten Gesicht die Stirn und sagte ernst:

»Du musst aber ab und zu essen – wie willst du denn sonst wachsen?«

Nico kicherte und machte mit – er schwenkte die kleinen Hände, hob die dünnen Schultern und gab sich alle Mühe, wie ein lebendiges Fragezeichen auszusehen.

Juri ging in die Küche und öffnete den Kühlschrank. Der Geruch sauer gewordener Milch schlug ihm entgegen. Er war fünf Tage nicht zu Hause gewesen, hatte seit fünf Tagen nicht eingekauft.

Er gab Nico einen Hunderter.

»Geh in den Laden und kauf O-Saft, Käse und Brot.«

Nico sah ihn unsicher an.

»Kannst du nicht mitkommen?«

»Komm schon, du bist zehn, du kannst einkaufen. Ich bin immer bei dir, auch wenn ich nicht am selben Ort bin wie du. Wenn irgendwer dich anmacht, dann sag ihnen, ich bring sie um. Übrigens«, fügte er hinzu, »ehe du gehst, frag Eleni, ob sie etwas braucht.«

Eleni war ihre Nachbarin, eine freundliche Griechin, die gehbehindert war und ab und zu bei Nico als Babysitterin einsprang. Zum Ausgleich kaufte Juri für sie ein und wechselte ihre Glühbirnen aus.

Nico trottete davon, geborgen in dem Wissen, dass er beschützt wurde, dass ihm nichts passieren könnte, dass er Eleni helfen würde.

Während Nico einkaufte, säuberte Juri den Kühlschrank. Er warf eine halb aufgelöste eingeschweißte Gurke weg, eine schweißnasse Käserinde, die schon Schimmel ansetzte, eine stinkende Packung graues Hackfleisch. Er goss die saure Milch ins Spülbecken und nahm neun Dosen Bier aus dem Schrank, wischte sie ab und stellte sie zurück.

Er spülte die Schüssel, die im Spülbecken gestanden hatte, und stellte sie in die Spülmaschine. Er fegte den Küchenboden.

In Nicos Zimmer zog er die Jalousie hoch. Er sammelte schmutzige Kleider auf, die wie Blütenblätter auf Boden und Möbel gefallen waren, und trug sie zum Wäschekorb, der bereits auf den Badezimmerboden überlief. Dort lagen die oft benutzten Socken seines Vaters, ein grauer, formloser BH, ein fettiger Kopfkissenbezug, ein feuchtes, stinkendes Handtuch.

Er stellte die Waschmaschine auf siebzig Grad ein, sah, dass kein Waschpulver mehr vorhanden war, und ging zu Eleni, die freundlich lächelte und ihm eine Tasse Kaffee anbot. Er lehnte dankend ab, gab dann das Waschpulver in die Maschine, wusch sich die Hände und drückte auf den Startknopf.

Als Nico zurückkam, räumte er den Küchentisch ab, sie setzten sich, tranken Saft und aßen Käsebrote.

»Wann darf ich bei dir wohnen?«

Das war Nicos ewige Frage und Juris ständige Sorge. Er hatte keine eigene Wohnung. Er hatte viele Freunde, bei denen er übernachten konnte, aber keine Wohnung, die das Jugendamt als geeignet für einen Zehnjährigen akzeptieren würde. Nico brauchte eine bessere Umgebung, als seine Eltern ihm geben konnten, aber er, Juri, hatte keine Alternative zu bieten. Noch nicht.

Zum Glück hatte er aber angefangen, Geld zu verdienen. Und dieses Geld war die Lösung.

Mit zehn Jahren hatte er vor einem McDonald's gestanden und sich vorgestellt, seine Eltern kämen vorbei und sagten: »Ach, hier stehst du? Hast du etwas gegessen?« Und in seiner Phantasie schüttelte er den Kopf, und sein Vater sagte – in seinen Phantasievorstellungen trat meistens sein Vater auf: »Aber dann gehen wir jetzt rein und essen zusammen einen Hamburger.« Dazu war es nie gekommen. Seine Eltern fanden es zu teuer, zu laut, zu sinnlos.

Jetzt konnte er mit Nico hingehen. Nico durfte neben ihm in der Schlange stehen und lesen, was es alles gab. Nico durfte zur Kasse gehen und sagen, was er haben wollte. Er durfte zusehen, wie die Verkäuferin mit dem kundenfreundlichen Lächeln für ihn die Mahlzeit zusammenstellte.

Juri genoss es, hinter ihm zu stehen, sein Geld hervorzuziehen, ab und zu einen raschen interessierten Blick der jungen Kassiererinnen einzufangen. »Süßer Kleiner. Dein Bruder?«

Aber jetzt saßen sie mit ihren Käsebroten in der Küche, sie sprachen über Fußball, darüber, was Nico seit ihrer letzten Begegnung gemacht hatte und was am Wochenende geschehen würde.

Ehe Juri ging, legte er die Wäsche in den rostigen Heißlufttrockner und füllte die Waschmaschine noch einmal. Als er damit fertig war, fragte Nico wie immer, ob er nicht bleiben könnte, aber Juri musste etwas erledigen. Juri musste auf ein Fest, das zweite in dieser Woche.

»Musst du ganz bestimmt gehen?«, fragte Nico, obwohl er Juris Antwort schon kannte.

»Ja. Gerade heute Abend ist das besonders wichtig. Auf

gewisse Dinge muss man aufpassen, verstehst du. Gewisse Menschen dürfen nicht vergessen, dass man in ihrer Nähe ist, und um sie daran zu erinnern, muss man sich manchmal sehen lassen. Okay, Partner?«

Und Nico, der wusste, wie viele seinen Bruder respektierten, nickte.

»Okay, Partner.«

Das hier verstand er ganz genau.

Polhemsgata 6

Die Schulpsychologin ging auf den Schulhof hinaus. Jetzt war die Woche endlich vorbei. Sie lächelte, als sie die Tür hinter sich zuzog. Die Sonne kam nach ihrer winterlichen Untätigkeit langsam wieder zu Kräften, sie wärmte ihr Gesicht, als sie den Schulhof überquerte. Ein kleiner Windzug huschte vorüber, ungebärdig wie ein Hundebaby.

Langsam ging sie zur U-Bahn weiter.

Jeden Tag kam es zu einer fast magischen Verwandlung: Sie stieg als Schulpsychologin ein, und fünfundzwanzig Minuten darauf stieg sie aus als Louise, als ein aufgerichteter, freierer Mensch.

Dann waren die Probleme und Freuden der Schüler von ihr abgefallen. Ihre Enttäuschung über ein System, das inkompetente und handlungsunfähige Chefs duldete, war verblichen und versunken. Sie war offen ihrer Umgebung gegenüber, hungrig darauf, was Nachmittag und Abend bringen könnten.

Diese Fähigkeit zur Umstellung war mit der Liebe gekommen, die ganz unerwartet und mit einer Kraft in ihr Leben eingedrungen war, die sie sich niemals hätte vorstellen können.

»Das ist wie eine Totalsanierung«, hatte sie zu Anfang gescherzt, als sie mit Freunden essen waren. »Von einem Haus.«

Alle hatten gelacht.

Sie hatte weitererzählt: »Der Keller ist trockengelegt worden. Alles Alte und Vergammelte und Halbverfaulte ist durch neues Material ersetzt worden, das nach Wald und frischem, sauberem Holz duftet. Alle unnötigen Wände sind eingerissen worden, jetzt gibt es nur noch große, helle, frische Flächen. Die Küche hat neue Geräte bekommen. Das alte Badezimmer ist im Container verschwunden. Das neue ist glänzend, fast schmerzlich sauber.«

Und Kaj hatte ebenfalls gelacht, er hatte sie auf den Kopf geküsst und gesagt, jetzt müsse man für den Unterhalt sorgen.

Sie wohnten zusammen in einer geräumigen Dreizimmerwohnung auf Kungsholmen. Louise hatte vorausschauende Eltern, die sie schon mit zwei Wochen auf eine Warteliste gesetzt hatten. Achtundzwanzig Jahre später kam das Angebot einer Dreizimmerwohnung in der Polhemsgata 6, fast unten beim Norrmälarstrand. Louise und Kaj hatten es als Fingerzeig des Schicksals betrachtet, oder jedenfalls als Wink der Wohnungsgenossenschaft, dass es jetzt an der Zeit zum Zusammenziehen sei.

Langsam ging sie durch ihre Straße. Sie musste an einen Artikel über Orte in den USA denken, in denen es keine Bürgersteige gab, Orte, in denen es einfach unmöglich war, spazieren zu gehen. Sie hätte gern gewusst, wer auf solche Weise plante – das war doch, wie ein Haus ohne Badezimmer oder ein Zimmer ohne Fenster zu bauen. Seltsam.

Sie ging gern zu Fuß. Sie sah gern die Menschen, mit denen sie die Stadt teilte. Sie registrierte Kinder und Hunde, sie sah die ganz alten Menschen und die, die lieber nicht gesehen werden wollten.

Jetzt ging sie hinter einer blonden Frau von ungefähr ihrem Alter, die es schaffte, sogar von hinten munter auszusehen. Es hätte Louise nicht überrascht, wenn diese Frau plötzlich einen kleinen Tanzschritt oder Sprung eingelegt hätte, sie schien über einen Energieüberschuss zu verfügen, obwohl sie entspannt ging. Louise fragte sich, ob es eine Frau sein könnte, die sie eigentlich erkennen musste – eine Sportlerin vielleicht? Sie ging geschmeidig, hatte einen schönen Gang, aber dann bog sie zum Jaktvarvsplan ab, ehe Louise ihr Gesicht sehen konnte.

Als Louise nach Hause kam, hörte sie die Dusche rauschen. Kajs teure, gepflegte Stiefel glänzten diskret im Schuhregal, sein MC-Helm hing an Ort und Stelle wie seine Jacke, deren abgenutztes schwarzes Leder nach Kaj und Motoröl roch. Für Louise war das wie Frühlingsduft.

In der Post fand sie eine DVD, auf die sie schon gewartet hatte. Ein Filmteam hatte einige Tage in der Schule verbracht, und der Produzent hatte versprochen, zur weiteren Diskussion das Rohmaterial zu schicken. Sie hatte den Aussagen des Filmteams entnommen, dass das Bildungsministerium eine positive Reportage bestellt hatte. Vielleicht hatte sich jemand im Ministerium vorgestellt, dass eine Schule mit einer Antimobbing- und einer Antitaggergruppe und einer antirassistischen und einer feministischen Gruppe und einer Ökogruppe doch immerhin auf dem richtigen Weg sein müsste. Louise hatte den Verdacht, dass die Politiker keinen Unterschied sahen zwischen dem Willen, ein Problem zu beseitigen, und wirklich funktionierenden Maßnahmen.

Sie schob die DVD ein. Das hier würde interessant werden.

Kaj kam aus der Dusche. Gemeinsam sahen sie, wie der Rektor zufrieden hinter seinem Schreibtisch thronte und über seine Visionen sprach. Kaj versuchte erfolglos, Louise durch Küsse abzulenken. Nach dem Rektor wurde Rashida interviewt. Sie war an ungewöhnlichen Stellen gepierct und Schulsprecherin. Dann kam plötzlich Louise ins Bild.

Kaj hob den Blick, hielt inne. Sie hörten sich zusammen an, wie Louise erzählte, wie wichtig es sei, dass alle Schüler sich in der Schule sicher fühlen konnten, dass sie sicher waren.

»Ich liebe dich, wenn du so engagiert aussiehst«, sagte Kaj und küsste sie noch einmal in den Nacken. »Ich will es noch einmal sehen.«

Sie schaute noch einmal zu, aber sie verloren die Konzentration, als einige Aufnahmen des Schulhofs gezeigt wurden, ein Bild einer leeren Klasse mit Reihen aus sorgfältig aufgestellten Bänken. Louise hatte ihr Gesicht in Kajs Mähne gebohrt, Kaj hatte sein Badetuch zu Boden gleiten lassen.

Aber plötzlich erstarrte Kaj.

»Was zum Teufel ist das denn da?«

Louise öffnete die Augen. Sie sah, dass Kaj den Bildschirm anstarrte, auf dem jetzt die Designermensa der Schule zu sehen war. Die machte sich ohne Schüler richtig gut.

»Lass zurücklaufen.« Kajs Stimme war schroff, und er kniff die Augen zusammen.

Es schien keinen Sinn zu haben, ihn nach einem Grund zu fragen. Louise spulte zurück und drückte auf »play«. Nun war wieder der Schulhof zu sehen, das Klassenzimmer, ein Gang. Der Kameramann hatte das restliche Team vorausgehen lassen. Auf die Kamera kam jetzt eine Gruppe von Schülern zu, dann der afrikanische Putzmann und hinter ihm Louise. Hinter ihr nun wieder eine kleine Gruppe von Jungen. Sie schienen den Kameramann nicht gesehen zu haben, oder wenn doch, dann war ihnen das egal. Als sie Louise überholen wollten, machte einer von ihnen zwei rasche Schritte zur Seite und presste sie hart gegen die Wand.

Kaj war aufgesprungen, als befinde sich im Zimmer ein Feind aus Fleisch und Blut.

»Aber was zum Teufel macht der denn da? Wann ist das passiert? Warum hast du nichts erzählt?«

Louise ließ ihren Zeigefinger über Kajs Arm streifen und lehnte sich zurück.

»Das war doch nicht der Rede wert.«

»Nicht der Rede wert?«

Kaj riss die Fernbedienung an sich, ließ zurücklaufen und hielt das Bild mitten in der Szene an. Jetzt war zu sehen, dass Louise keinen Boden mehr unter den Füßen hatte, sie hing in der Luft, eingeklemmt zwischen der Wand und der breiten Schulter des Jungen. Ihr Mund war offen, sie hatte die Augen aufgerissen und schaute zur Seite, um zu sehen, was auf dem Gang geschah.

Louise schwieg eine Weile, dann sagte sie vage und verlegen:

»Mir ist doch nichts passiert, das hat nur einen Augenblick gedauert.«

Kaj schien seinen Ohren nicht trauen zu wollen.

»Sag nicht, du hättest das einfach geschehen lassen! Hast du ihn nicht angezeigt? Kann er nicht von der Schule geworfen und verpflichtet werden, ein halbes Jahr lang Graffiti zu entfernen?«

Louise schlug die Augen nieder und schüttelte den Kopf.

»Aber hast du denn völlig den Verstand verloren? Du wirst an deinem Arbeitsplatz einem sexistischen Übergriff ausgesetzt, und hier sitzt du und sagst, sanft und verzeihend, dass dir nichts passiert ist. Oder bittest du vielleicht um Entschuldigung dafür, dass er dich angrabscht? Was soll das heißen? Was ist mit deiner Selbstachtung passiert? Und wie willst du für die Mädchen in der Schule ein Vorbild ein, wenn du dich von blöden Muskelprotzen belästigen lässt? Dem Kerl muss klargemacht werden, dass er sich so nicht aufführen darf. Die Schule muss doch irgendwelche Werte vertreten.«

Louise wiederholte, was die Lehrer so oft sagten.

»Viele von den Kindern haben Probleme zu Hause, sie müssen ihre Aggressionen irgendwo loswerden. Und wir müssen ihren Protest gegen die Welt der Erwachsenen auf uns nehmen.«

Kaj schüttelte den Kopf und zeigte auf den Jungen mit der schwarzen Trainingshose und der dicken Goldkette, der Louise belästigte, ohne sie auch nur anzusehen.

»Louise, wie alt ist er?«

»Juri? Achtzehn, vielleicht neunzehn. Wieso?«

»Sieh ihn dir an. Er ist alt genug, um zu heiraten, er kann jederzeit Vater werden. Er kann Motorrad oder Auto fahren. Er kann zum Militär einberufen werden und lernen, wie man mit Granatwerfern und automatischen Waffen umgeht. Er ist doppelt so stark wie du. Wie wäre es, ihn nicht mehr als Kind zu bezeichnen?«

»Aber er ist doch wie ein Kind. Sieh dir nur sein Verhalten an – findest du das erwachsen?«

»Ja, das finde ich. Es ist ja wohl nicht ungewöhnlich, dass Erwachsene ihre Stärke oder ihre Position missbrauchen. Oder meinst du vielleicht, dass jeder machtgeile Despot, jeder Tyrann und Diktator als Kind betrachtet werden muss, weil er brutale Gewalt anwendet, um sich Respekt zu verschaffen?«

Louise setzte sich gerade und sagte:

»Das Problem ist, dass wir nicht viel machen können. Es hilft nichts, sie zur Rede zu stellen, denen ist es doch egal, was irgendein Lehrer sagt. Glaub mir, bei diesem Jungen haben wir alles versucht, bis auf eine Anzeige bei der Polizei. Die schreckliche Wahrheit ist, dass ich und viele andere einfach Angst vor ihm haben.«

Kaj starrte sie ungläubig an.

»Aber das ist doch der pure Wahnsinn! So kannst du nicht leben! So darfst du nicht leben!«

Das war eins der Dinge, die Louise anfangs überrascht hatten. Für Kaj gab es nur geteilte Freude, geteilten Schmerz.

Kaj lief noch immer im Zimmer hin und her.

»Dir soll es gut gehen. Immer. Überall. Das ist meine Verantwortung.«

Louise musste einfach lächeln.

»Du kannst aber nicht für alles die Verantwortung übernehmen, was in meinem Leben passiert. Es ist nicht deine Schuld, dass wir allerlei gestörte Schüler haben. Und daran kannst nicht einmal du etwas ändern.«

Kaj erwiderte fast unhörbar:

»Aber ich will Verantwortung für dich übernehmen. Ich nehme diese Verantwortung sehr gern auf mich. Ich liebe dich, und es gibt nichts, was ich nicht für dich tun würde.«

Kindertagesstätte Walderdbeere

Die Kindertagesstätte Walderdbeere war ein kleines einstöckiges Haus, von einem arg ramponierten niedrigen Holzzaun umgeben.

Greta zögerte einen Moment, ehe sie hineinging. Was die Kinder anging, so hätte der kleine Zaun auch eine mit Stacheldraht gekrönte Betonmauer sein können. Die Vorstellung, wie lächerlich leicht es war, junge Menschen einzusperren, steigerte ihren Widerwillen noch.

Ihre Stimmung wurde auch nicht besser davon, dass sie den beginnenden Frühling noch nie gemocht hatte. Die Bäume schienen blinde, geschwollene grüne Fingerspitzen zu haben, die nach oben strebten und einfach bedrohlich aussahen. Die Erde stank, und einige kleine frühe Blumen dufteten süß. Die waren wie alte Frauen, dachte sie, die versuchen, den unangenehmen Körpergeruch unter schwerem Parfüm zu verbergen.

Hinter dem Zaun ging sie über schmutzigen Sand, wie auf jedem Schulhof.

Sie fragte sich, wie um alles in der Welt jemand glauben konnte, das hier sei ein passendes Lokal für eine Teenagerparty.

Aber sie würde ihre Pflicht erfüllen, wie immer.

Sie griff nach ihren schweren Tüten, versuchte, strahlend und freundlich zu lächeln, und betrat die heruntergekommene, kindersichere Küche. Sie hatte ihre eigenen Gummihandschuhe mitgebracht, routiniert, wie sie war, und zusätzliches Küchenpapier. Einige Eltern schnitten schon Gemüse für den Salat, andere bereiteten Geflügelnuggets und den Tofu vor, der über Nacht in einer Soja- und Honigmarmelade gelegen hatte. Messer funkelten in der grellen Beleuchtung, Schranktüren knallten, eine muntere Stimme rief, irgendwer müsse doch einen Flaschenöffner mitgebracht haben, wer hier einen Flaschenöffner habe?

Louise ging derweil langsam zur U-Bahn. Sie hatte sich noch immer nicht richtig beruhigt. Zuerst hatte Kaj sie überhaupt nicht auf das Fest lassen wollen. Dann, als Louise nicht zu überreden gewesen war, hatte er sie fahren wollen. Auch das hatte sie verhindern können. Sie wollte nicht Kajs ungewöhnlich großes und silbern glänzendes Motorrad Gesprächsthema in der Schule werden lassen. Wollte nicht, dass Kaj in der Schule Gesprächsthema wurde.

Ihre Gedanken kreisten um Kaj, das Video und die Liebe. Kaj hatte fast ein Kreuzverhör mit ihr angestellt. Kaj hatte sie ins Kreuzverhör genommen.

War das schon einmal passiert? Warum könnt ihr nichts

unternehmen? Diese Frage war am schwersten zu beantworten. Wie gewöhnt ein Mensch sich daran, erniedrigt zu werden? Sie wehrte sich doch sonst immer – wie konnte sie sich an eine Mauer drücken lassen, so hart, dass ihre Knochen knackten, ohne zu reagieren?

»Es gibt doch keinen Unterschied«, hatte Kaj fast geschrien, »zwischen dir und einer Frau, die von ihrem Mann misshandelt wird und sich einreden lässt, dass sie daran schuld ist. Oder dass das Wetter schuld ist. Oder die Fußballmannschaft, wenn sie verliert und er seine Enttäuschung einfach irgendwo abreagieren muss.«

Kaj hatte richtig verzweifelt ausgesehen.

»Dieser Typ hat dich dazu gebracht, dich selbst als Opfer zu sehen, dich wie ein Opfer zu verhalten. Merkst du nicht, wie schrecklich das ist? Er macht dich zu der Sorte Opfer, der du doch eigentlich helfen solltest. Jetzt musst du dir selber helfen, sonst wird das Wichtigste, das du besitzt, deine Selbstachtung, langsam verschwinden.«

Und Kaj war vor ihr zu Boden gesunken und hatte den Kopf auf ihre Knie gelegt.

»Und wenn die verschwindet, dann verschwindest du auch. Du darfst einfach nicht auf diese Weise verschwinden, das könnte ich nicht ertragen.«

Und Louise hatte versprochen, auf gar keine Weise zu verschwinden, und sie waren von ihren Gefühlen füreinander dermaßen überwältigt worden, dass ihre Körper weitergemacht hatten, wo die Worte nicht ausreichten.

Das letzte Kind war um Viertel nach sechs aus der Tagesstätte Walderdbeere abgeholt worden, fünfzehn Minuten nach dem offiziellen Feierabend. Jetzt führten die Eltern der Jugendlichen einen ungleichen Kampf gegen das Lokal, gegen andere parallele Feste, vor allem aber gegen die große Peinlichkeit, die immer dann entsteht, wenn fast erwachsene

Kinder ihren Altersgenossen ihre Eltern vorführen müssen. (»Meine sind noch bescheuerter.« – »Glaubst du, ja – das da ist mein Alter.« – »Aber der sieht doch okay aus?« – »Biste blind?« – »Shit, können wir nicht bald gehen …«)

Das Fest hatte eigentlich mit den gemeinsamen Vorbereitungen anfangen sollen, aber die Teilnehmer hatten sich sofort in Erwachsene und Jugendliche aufgeteilt. Die Eltern arbeiteten, die Jugendlichen lungerten herum, setzten sich dort, wo sie ihre Ruhe hatten, führten an, sie müssten gleich nach Hause und mit dem Hund eine Runde drehen, wenn jemand sie dazu bringen wollte, Stühle zu tragen oder die niedrigen Tische zu decken.

Es war fast unerträglich für die Jugendlichen, zuzusehen, wie ihre Eltern hin und her rannten, schweißnass und aufgesetzt munter, während sie das Essen vorbereiteten und Dekorationen anbrachten. Beim eigentlichen Essen hatte Anita Jansson, die das Fest initiiert hatte, eine lange, gefühlsstarke Rede gehalten. Danach hatte ein Vater, der das Kleingedruckte über den Alkoholverzicht nicht gelesen hatte, eine wortreiche Gegenrede geliefert. Er hatte unter anderem Anitas saugeile Titten erwähnt. Seine Frau hatte mit Blicken um sich geworfen, die drohten, alles, was sich ihnen in den Weg stellte, ernstlich zu verletzen, seine Tochter hatte sich aus dem Haus geschlichen und war nach Hause gelaufen.

Und als das Essen endlich verzehrt war, als die Teller endlich abgespült waren und in der Spülmaschine standen, da sollte im Spielzimmer der Tagesstätte der Tanz beginnen. Um die Jugend auf Trab zu bringen, fingen einige Elternpaare an, miteinander zu tanzen.

Die Jugend ergriff die Flucht.

Um kurz nach zehn tanzte der Vater, der Anitas Busen bewundert hatte, schwankend mit einer Mutter, die es nicht geschafft hatte, nein zu sagen. In der Küche räumten Matildas Eltern, Greta und drei brave Mädchen auf, die als Putzpatrouille rekrutiert worden waren. Die Mädchen wischten die Tische ab und schauten sehnsüchtig zu den anderen hinaus, die sich um die Wippen versammelt hatten, sie schienen es zu anstrengend zu finden, sich an dem schon fast gescheiterten Fest zu beteiligen, ohne etwas anderes unternehmen zu können.

Sie sahen, wie Juri auf den kleinen Hofplatz schlenderte. Das kam nicht ganz unerwartet, er tauchte überall auf. Sie sahen ihn zu Helena gehen, ihr den Arm um die Schultern legen und sie mit sich ziehen, fort von dem Gespräch, in das sie vertieft gewesen war.

Das Nächste, was passierte, kam dann schon eher unerwartet. Juri blieb vor Theo stehen, der auf dem einen Ende der Wippe saß. Juri zog seine Schlüssel aus der Tasche und warf sie in den halbleeren Sandkasten.

»Hol die.«

Theo stand auf, ließ Vivi, die auf dem anderen Ende der Wippe saß, vorsichtig herunter, holte Juris Schlüssel und gab sie ihm.

»Wisch erst mal den Sand ab, Versager.«

Theo wischte sorgfältig den Sand ab.

Am Ende riss Juri mit einem beängstigenden Lächeln die Schlüssel an sich.

»Das hast du richtig gut gemacht. Nächstes Mal kriegst du eine schwierigere Aufgabe.«

Er sah nicht Theos Blick, der sich an seinen Rücken heftete. Vivi sah diesen Blick und fürchtete sich. Auch Helena sah ihn, denn sie schaute sich um, über Juris Arm, der um ihre Schulter hing, aber wenn sie eine Reaktion verspürte, dann zeigte sie die nicht.

Matildas Vater Robert zerschnitt die übrig gebliebenen Baguettes in Portionsscheiben und steckte sie in Gefriertüten. Das ging nicht gut, aber es ging. Es galt nur, die Bilder zu vertreiben. Wenn er sein Gehirn beschäftigte, konnte er normal funktionieren. Es war unerwartet gut gegangen, fand er. Über die Maßen gut.

Baguettes. Er lenkte sich ab, indem er an die vielen Schreibweisen dachte, die er in schwedischen Läden gesehen hatte. Baugetts. Bagetts. Baguette's.

Alles ging wunderbar, bis er den Blick vom Schneidebrett hob und aus dem Fenster schaute.

Draußen ging ein kurzhaariger junger Mann mit dunkler Jacke und heruntergelassener Kapuze. Um seinen breiten Hals funkelte eine massive Goldkette, und neben ihm ging ein großes blondes Mädchen, eine von Matildas Klassenkameradinnen, die ganz in der Nähe wohnte.

Seine schwache Kontrolle über den Augenblick verschwand wie eine Seifenblase, die sich plötzlich in nichts auflöst. Es war das Gesicht aus der Zeitschrift. Es war der Kerl mit dem Grinsen und der heruntergelassenen Hose. Der Kerl, der ein Bild von sich selbst an eine Zeitschrift geschickt hatte, die man nur mit einer Hand liest. Und es war kein Bild nur von ihm selbst.

Robert hatte nicht die Kraft, sich zu bewegen. Der Kerl verschwand aus seinem Blickfeld, und Robert stand stocksteif da, im wahrsten Sinne des Wortes wie gelähmt.

Dann schäumte sein Adrenalin los. Plötzlich hätte er durch die Wand brechen können. Zugleich kam ihm eine unausgegorene Idee: Wenn der Kerl nur seine Strafe bekäme – wenn er nur leiden müsste für das, was er getan hatte –, dann wäre Matilda von dem befreit, was passiert war. Dann würde es deutlich sein, dass es seine Schuld gewesen war, nicht ihre. Dann würde klar sein, dass sie ein unschuldiges Opfer eines Verbrechens gewesen war. Das Geschehene würde ungeschehen sein. Jedenfalls fast.

Er musste mit ihm sprechen. Musste ihn zur Rede stellen.

Er lief durch die Halle, aber als er den kleinen Hofplatz erreichte, war es schon zu spät. Der Kerl war verschwunden. Aber nein, da war er noch immer zu sehen, er war unterwegs in ein kleines Dickicht auf der anderen Seite des Weges hinter dem Zaun.

Robert lief hinterher.

Die hohen Sträucher nahmen gerade eine zartgrüne Färbung an, und hinter ihnen stand Juri. Das Bier, das er früher an diesem Abend getrunken hatte, verließ seinen Körper jetzt als kräftiger, aggressiver Strahl.

Während Juri im Gebüsch stand und Robert, der immer sagte, sein Leben habe mit Matildas Geburt angefangen, auf ihn zulief, noch immer mit dem Brotmesser in der Hand, suchte Greta in der Tagesstätte Helena auf. Helena versuchte ihr auszuweichen, aber das gelang ihr nicht.

»Wer war der Junge, mit dem du eben zusammen warst?«

»Fang doch nicht wieder an. Einfach ein Junge.«

»Das habe ich gesehen. Aber ich will wissen, ob du ihn kennst.«

»Kannst du nicht wenigstens ein einziges Mal eine Pause machen? Glaubst du, ich kann nicht auf mich aufpassen? Jetzt mach endlich mal einen Punkt.«

Einen Punkt machen? Das kam nicht in Frage, denn der junge Mann, dessen Arm so lässig um Helenas Schultern gehangen hatte, war ebender, der nachmittags bei ihr im Krankenhaus gesessen hatte.

Schweigepflicht kollidierte mit elterlicher Verantwortung.

Sie hätte gern gesagt: Was du auch tust, mach einen großen Bogen um ihn, und vertrau ihm nicht. Pass auf dein Leben auf.

Aber die Worte ließen sie im Stich, und Helena lief zu ihren Freunden zurück und ließ die klassischen Fragen unbeantwortet. Wer ist er? Wie lange kennst du ihn schon? Habt ihr Sex?

Und die so selten ausgesprochenen Fragen zwischen den Zeilen fanden auch keine Antwort. Wie gefährlich ist er für dich? Wird er dich verletzen? Will er dein Bestes?

Greta fragte jetzt ein Mädchen in der Küche und bekam sofort eine Antwort. Der Junge hieß Juri, er war Helenas Freund. Seit wann? Das wusste sie nicht genau. Ein halbes Jahr vielleicht. Sie nannte seinen Namen voller Abscheu.

Und plötzlich, als Helenas Großmutter aus dem Fenster schaute, sah sie Cassie auf der Wippe sitzen, wo sie eben noch Helena gesehen hatte. Eine muntere und kurvenreiche junge Frau wippte zerstreut auf und ab – es war Cassie, deren Bauch noch nicht angeschwollen, deren Haut noch nicht gelb geworden war.

In ihr entstand aufs Neue der Schmerz, der niemals verschwunden gewesen war. Sie wurde von Trauer überfallen, überrumpelt, geschlagen, ausgeschaltet. Sie musste sich setzen, um nicht ohnmächtig zu werden, kniff die Augen zu, um sich zu schützen, denn sie wusste, dass Cassie nicht dort draußen war, sie war nirgendwo.

Jemand legte ihr eine Hand auf die Schulter und fragte, ob ihr nicht gut sei. Sie zwang sich zu nicken und konnte murmeln, es gehe schon besser. Sie zwang sich dazu, aus dem Fenster zu schauen. Da saß Helena auf der Wippe, sorglos, wie Cassie sorglos gewesen war, in Gefahr, wie Cassie in Gefahr geschwebt hatte.

Das war zu viel. Das war mehr, als irgendwer ertragen könnte.

Sie schob die Gummihandschuhe in die Hosentasche, erklärte, sie fühle sich nicht wohl, und fing an, ihre Kleider zusammenzusuchen. Ihre Hilflosigkeit raubte ihr die Besinnung, sie war total, und das machte ihr solche Angst, dass sie nach Luft schnappen musste.

Inzwischen hatte Robert den Kerl auf dem ekelhaften Foto erreicht.

»Hör mal, du!«

Er hörte seine eigene Stimme wie aus der Ferne – das war kein großartiger Anfang.

»Ich bin Matildas Vater!«

Das hätte ihm die moralische Überhand geben müssen, der Kerl hätte den Blick senken und sich schämen müssen, doch der zuckte nur leicht mit den Schultern.

»Und was geht mich das an?«

Langsam zog er seinen Reißverschluss hoch und drehte sich dann ebenso langsam um.

Robert stellte fest, dass das Adrenalin ihm Kraft gegeben hatte, aber keine Worte.

»Du verdammtes Schwein … du hast …«

Er konnte es nicht sagen. Also machte er weiter mit dem, was sich sagen ließ:

»Und war sie nüchtern? Wollte sie das so?«

Die Antwort kam lässig, gleichgültig:

»Mädchen müssen immer was trinken, damit sie ihre Hemmungen verlieren.«

»Hast du dir schon mal überlegt, dass vielleicht nicht die Hemmungen verschwinden, sondern ihr Selbsterhaltungstrieb?«

»Ein bisschen Sex hat doch noch keinem Menschen geschadet, Scheiße, was bist du eigentlich, Pastor oder was?« Und dann fügte er hinzu: »Wenn ihnen irgendetwas schadet, dann, dass ihr Eltern ihnen ein verzerrtes Bild von Sex und dem Körper und diesem ganzen Kram vermittelt.«

Und dann drehte er sich um. Er hatte die Herrschaft über dieses Gespräch, er entschied, wann es zu Ende war. Und jetzt hatte er die Sache satt.

Doch ohne irgendeinen bewussten Entschluss zu fassen, hob Robert die rechte Hand, die noch immer den Griff des

Brotmessers hielt. Er hob den Arm, drehte das Messer so, dass er damit zustechen konnte, und bohrte es, so hart er konnte, in den Rücken des Jungen. Das tat er für Matilda, für seine eigene geschändete Ehre, weil Argumente nicht weiterhalfen.

Die Messerklinge durchschnitt Pullover, Hemd, Haut und eine dicke Muskelschicht, ehe auf die Knochen auftraf und haften blieb.

Er ließ mit einem Ruck das Messer los. Sein Handgelenk knackte ein wenig dabei.

Zuerst begriff er nicht, was er getan hatte, nicht zuletzt, weil die erwarteten Toneffekte ausblieben.

Der Junge sagte nichts. Er schrie nicht, er hustete nicht, nichts. Vielleicht war er nicht getroffen worden, nicht richtig. Aber doch, denn nun drehte er sich mit überraschtem Gesicht um.

»Aber was zum Teufel ...«

Und dann zog er seine rechte Hand zurück, zielte für einen Moment und streckte Robert dann mit einem perfekt platzierten Schlag zu Boden.

Robert wusste nicht genau, wo oben war und wo unten. Zuerst hatte er das Gefühl, schwerelos in einer angenehmen Dunkelheit zu schweben. Er wäre gern dort geblieben, um einfach nur zu existieren, statt auf seine Umgebung Rücksicht nehmen zu müssen, aber die Umgebung ließ sich nicht beiseiteschieben. Unter ihm war sie hart, das konnte daher kommen, dass er auf dem Rücken lag. Über ihm war es hell – könnten das die Lampen in einem Operationssaal sein, oder sogar der Sommerhimmel, dessen Licht durch seine geschlossenen Augenlider drang?

Es war kein Operationssaal, das, worauf er lag, war nicht gleichmäßig genug. Etwas, das sich wie ein Stein anfühlte, bohrte sich von unten in seinen linken Oberschenkel.

Dann kam der Schmerz. Sein Kopf dröhnte, sein Oberkiefer tat weh, seine Augäpfel taten weh, seine Zähne taten weh. Auch sein Oberschenkel tat weh, und sein Rücken und seine rechte Hand.

Zum Schluss kam die Erinnerung.

Er war dem Jungen vom Foto ins Dickicht gefolgt. Er hatte das Messer mitgenommen. Er hatte es dem Jungen in den Rücken gerammt.

Das Ganze kam ihm unwahrscheinlich vor. Er hatte doch niemanden erstechen wollen, egal, wie sehr der das verdient hatte? Und warum tat ihm alles so weh? Warum lag er offenbar der Länge nach in der Natur?

Er hob ein wenig das Bein, was den Schmerz im Oberschenkel verringerte, aber die Bewegung löste einen Schauer von Sternen und einen reißenden, bohrenden Schmerz im Kopf aus.

Da wartete er lieber noch.

Er keuchte ein wenig vor Anstrengung und Schmerz.

Die Erinnerung wurde jetzt ein wenig deutlicher. Er hatte wirklich den Arm gehoben, das Messer fester gepackt und die Spitze in den Rücken des Jungen gebohrt. Ihm fiel ein, wie überrascht er gewesen war, weil ein Menschenkörper so hart sein konnte. Er hatte das Gefühl gehabt, das Messer in eine Holzscheibe zu stoßen. Die nächste Überraschung war gewesen, dass der Junge nicht zusammengebrochen war, nicht vor Schmerz geschrien hatte.

Er sah es wieder, diesmal in Zeitlupe.

Der Junge hatte seinen Oberkörper gedreht, hatte sich über die Schulter umgeschaut und sich dann auf dem einen Fuß wie ein Tänzer oder Boxer umgedreht. Sein Gesicht hatte nur Wut und Verachtung gezeigt.

Wut und Verachtung! Unbegreiflich!

Und was war danach passiert? Darüber wollte sein Gedächtnis keinen Bericht erstatten. Stattdessen erinnerte er sich an ein ähnliches Erwachen auf einem Kasernenboden vor ungefähr zwanzig Jahren. Damals hatte er aus Jux eine abfällige Bemerkung über die Gotländer gemacht. Er hatte diese Bemerkung nicht mehr zurücknehmen können, ehe ein gotländischer Rekrut seine und Gotlands Ehre verteidigt hatte, indem er ihn mit einer kräftigen und wohlplatzierten Rechten zu Boden warf.

War ihm das jetzt wieder passiert? Erinnerte er sich deshalb an den Kasernenboden, an die unklaren Bilder von abgenutzten blechernen Bettpfosten? Es waren so viele gewesen, dass er nicht gewusst hatte, ob er doppelt sah.

Sein Kiefer tat noch immer beängstigend weh. Er versuchte, ihn ein wenig zu rühren. Das ging. Dann versuchte er, ihn seitwärtszubewegen. Auch das ging. Also war wohl nichts gebrochen. Das war eine Erleichterung.

Danach versuchte er, die Augen zu öffnen. Er sah Baumkronen, schwarz vor dem noch immer milden, hellblauen Sommerhimmel.

Er blieb eine Weile liegen und konzentrierte sich aufs Atmen. Er hoffte, dass der Schmerz sich so weit zurückziehen würde, dass er aufstehen könnte, am liebsten, ehe irgendjemand ihn hier fand.

Was, wenn der Junge die Polizei angerufen hatte? Was, wenn er im Gefängnis landete? Polizei. Körperverletzung. Messer. Ermittlungen. Anklage. Beweise. Schuldig. Gefängnis. Schwere Körperverletzung.

Er versuchte, diese Assoziationskette anzuhalten und logisch zu denken.

Körperverletzung, mindestens, das war es doch sicher, wenn man einem anderen Menschen ein Messer in den Rücken rammte. Vermutlich schwere Körperverletzung oder warum nicht gleich Mordversuch? Oder versuchter Totschlag, er hatte ja nicht den Plan verfolgt, den Jungen umzubringen, jedenfalls nicht in diesem Moment, auf diese

Weise. Aber das konnte ja niemand wissen. Er konnte sich nicht darauf verlassen, dass jemand ihm glauben würde. Sicher würden sie ihn fragen, warum er das Messer mitgenommen habe, wenn er nicht vorhatte, es zu benutzen.

Gab es überhaupt versuchten Totschlag als juristischen Tatbestand? Das wusste er nicht, er wusste gar nichts. Ihm war nur klar, dass er auf die Beine kommen musste.

Auf die Beine und weg. Fort. Nach Hause.

Er versuchte, aufzustehen, aber eine Welle von Übelkeit warf ihn zurück in Moos und Gras. Während er darauf wartete, dass die Übelkeit sich legte, fing er an, die Situation nicht mehr nur schwarzweiß zu sehen.

Vielleicht war ja alles doch nicht ganz so schlimm. Vielleicht waren sie jetzt quitt – ein Messerstich gegen einen Knockout.

Ein unbeholfener Messerstich gegen einen professionellen und gut gezielten Fausthieb. Er und der Typ könnten das Geschehene vielleicht einfach vergessen. Er stellte fest, dass sein Zorn auf seltsame Weise verflogen war. Er war bereit zum nächsten Schritt. Er war bereit zur Versöhnung. Vielleicht könnte der Junge Matilda um Verzeihung bitten, vielleicht könnte er aus dem Geschehenen eine wichtige Lehre ziehen. Könnte lernen, Rücksicht auf die Gefühle anderer zu nehmen. Eine Situation auch mit den Augen anderer Menschen zu sehen. Vielleicht etwas darüber, Mädchen und Frauen zu respektieren.

Schon fühlte er sich ein wenig besser.

Er drehte den Kopf ein kleines Stück nach links. Es tat längst nicht mehr so weh wie vorhin. Ihm wurde schwindlig, aber das legte sich. Ermutigt versuchte er, den Kopf vorsichtig nach rechts zu drehen. Der Schwindel kam wieder, und er kniff die Augen zusammen, drehte den Kopf noch ein wenig, blieb still liegen und wartete darauf, dass der Boden nicht mehr bebte.

Dann öffnete er die Augen. Zuerst sah er nur einen Wirrwarr aus allerlei dunklen Umrissen. Im Hintergrund einige schmale, spitze Blätter, schwarz vor dem hellen Hintergrund. Ganz dicht vor ihm lag ein runder Stein mit einem Auge, das weiß aus seinem dunklen Zentrum leuchtete.

Das Auge glitt umher und verschwamm, er hätte eine Brille gebraucht, es war zu nah, das Licht war zu schwach, er brachte keinen Sinn in das, was er hier sah.

Plötzlich deutete sein Gehirn die undeutlichen Formationen auf andere Weise. Was es bisher als Moos eingestuft hatte, waren Haare. Was es für einen runden Stein gehalten hatte, war ein Kopf. Deshalb saß dort in der Mitte ein bewegungsloses Auge.

Neben seinem eigenen lag ein anderer Kopf, als teilten sie ein Kissen. Dort sah er sonst seine Frau, aber sie war es nicht.

Diese Orientierungslosigkeit schlug in Entsetzen um, als er sah, wie etwas in dem Auge sich bewegte. Der Rest des Gesichtes war geprägt von einer unheimlichen und unnatürlichen Stille, aber im Auge, nein, auf dem Auge bewegte sich etwas, zögernd und ruckhaft. Er versuchte, seinen Blick zu schärfen. Über den Augapfel kroch eine hellbraune langbeinige Waldameise. Sie tastete mit ihren Fühlhörnern vor sich hin, wanderte vorsichtig weiter, setzte ihr fadendünnes, gelenkiges Bein auf die kleine gekrümmte Hornhaut des Auges. Das Auge konnte sich nicht mehr wehren, es blinzelte nicht, keine Hand kam ihm zu Hilfe, der Kopf schüttelte den Eindringling nicht ab.

Die Ameise sah monströs aus auf ihrem ruckhaften Weg. Er versuchte sie anzuschreien, sie solle verschwinden, als könnte damit alles wieder gut sein, wenn sie nur zum Verschwinden gebracht würde, aber er brachte keinen Ton heraus. Er schloss seine eigenen Augen, hart, als ob er damit den Weg des Insekts über das andere Auge unterbrechen könnte.

Aber als er wieder hinschaute, war alles unverändert. Das bewegungslose Auge starrte noch immer seins an, oder es hätte das getan, wenn es noch hätte sehen können. Die Ameise war stehen geblieben, sie schien zu überlegen, ob sie kehrtmachen oder über die Augenwimpern klettern sollte.

Die Wahrheit war offenkundig.

Das Auge war tot.

Der Kopf war tot.

Der Junge, den er mit dem Messer niedergestochen hatte, war tot, denn es waren sein Auge, seine Haare, seine aufgeknöpfte teure Jacke.

Das war nicht möglich. Es konnte nicht sein, dass der junge Mann tot neben ihm lag. Dicht neben ihm, mit dem halben Gesicht in Moos und Gras und mit einem roten Messergriff, der wie ein groteskes Gewächs starr aus seinem Rücken ragte. Ein groteskes Gewächs mit einer scharfen, funkelnden Wurzel tief im Körper des Jungen.

Er kämpfte sich auf alle viere auf und unterdrückte seinen Brechreiz. Bei der heutigen Kriminaltechnik war Erbrochenes doch die pure Visitenkarte.

Am Ende kam er auf die Beine. Sie trugen ihn kaum, aber immerhin konnte er jetzt stehen. Aber wohin sollte er gehen?

Sollte er zum Fest zurückgehen und sich nichts anmerken lassen? Das erschien ihm unmöglich. Er zitterte am ganzen Leib. Vermutlich hatte er eine dicke Schramme am Kinn, da, wo Juri ihn getroffen hatte. Vermutlich hatte er Moos in den Haaren und Grasflecken an der Kleidung.

Er wollte den Jungen nicht wieder ansehen, merkte aber, dass er es nicht lassen konnte.

Die Wirklichkeit war unverändert: Der junge Mann lag der Länge nach im Gras. Es war dunkler geworden, der Messergriff leuchtete nicht mehr hellrot, bald würde die Farbe gar nicht mehr zu sehen sein.

Das Messer! Sollte er nicht versuchen, etwas damit zu machen? Wie viele hatten gesehen, wie er die Küche mit dem Messer in der Hand verlassen hatte? Irgendjemand, oder mehrere, musste sich doch daran erinnern.

Er schaute es wieder an und wusste plötzlich, dass das zu kompliziert sein würde. Niemals wieder würde er den roten Plastikgriff anfassen können. Er würde niemals seine andere Hand auf den schweren, schlaffen Körper pressen können, um sich gegenzustemmen, wenn er das Messer herauszog. Er würde das blutige Messer niemals in die Spülmaschinen schmuggeln können, die jetzt in der Küche der Tagesstätte auf vollen Touren liefen.

Er konnte es nicht einmal berühren, um seine Fingerabdrücke abzuwischen, obwohl das doch wirklich sein musste.

Nichts in seinem bisherigen Leben hatte ihn auf diese Situation vorbereitet.

Er setzte sich auf zitternden Beinen in Bewegung.

Wohin ging er jetzt? Zu seinem Auto. Zu seinem Geborgenheit schenkenden Auto, das ihn mit einer harten, unbezwingbaren Schale umschließen würde. Als er an sein Auto dachte, überkam ihn verzweifelte Sehnsucht nach dem Leben, wie es bis zum Vormittag gewesen war. Da war es wichtig gewesen, dass die Sojamarinade nicht leckte, weil er keine weiteren Flecken auf dem Rücksitz des alten Ford haben wollte.

Aber jetzt war alles verändert, für immer. Er hatte den Boden unter den Füßen verloren, er wusste nicht einmal mit Sicherheit, wer er war.

Er hatte einen jungen Mann ermordet. Er hatte das schrecklichste Verbrechen begangen, fast durch ein Versehen.

Wenn die Kinder nicht gewesen wären, hätte ein Autounfall vielleicht die Lösung sein können. Er hätte sich ins Auto setzen, hätte einen Betonpfeiler unter irgendeiner Brücke ansteuern können, das Gaspedal durchtreten, spüren, wie der Wagen schneller wurde. Er glaubte, er hätte dort im Wagen Frieden finden können, während er sich immer schneller der radikalsten Lösung für alle Lebenskrisen näherte.

Vielleicht sollte er lieber gleich aufgeben. Die Polizei anrufen und alles zugeben. Elend und Ungewissheit ein Ende setzen.

Er stolperte vorwärts und wäre fast mit einem Mädchen zusammengestoßen, das in die Gegenrichtung stolperte. Zuerst wurde er von Panik erfasst – eine Zeugin! Dann war er ein wenig erleichtert – das hier war eine Zeugin, die sich wohl kaum an ihn erinnern würde, nicht am nächsten und auch an keinem anderen Tag. Sie konnte sich ja kaum auf den Beinen halten, ihre Kleidung war befleckt von Wein und Gras.

Und in der zunehmenden Dunkelheit erkannte er sie plötzlich – es war die kleine Tina, die bei ihm um die Ecke wohnte. Die kleine Tina, die erst fünfzehn war – was war mit ihr geschehen, was geschah mit all den kleinen Prinzessinnen?

Er packte sie am Arm, hielt sie fest.

»Tina, was ist los?«

Fast lautlos glitt ein schweres Motorrad vorbei. Es war ein Mysterium und ein wenig unheimlich, dass eine Maschine, die dermaßen ohrenbetäubenden Lärm machte, sich auch so leise dahinschleichen konnte wie ein kraftvolles Katzentier.

Vorsichtig ließ er Tina ins Gras sinken und zog den Kamm aus der Tasche des Mädchens. Er kämmte sich Moos und kleine Zweige aus den Haaren und zog dann die Jacke aus, die an der Schulter einen großen dunklen Erd- und Grasfleck hatte. Jetzt war nur noch seine verdreckte Hose übrig, und nun hatte er immerhin einen Plan.

»Komm, Tina, ich fahre dich nach Hause.«

Und Tina stolperte neben ihm her, er wusste nicht so genau, ob sie ihn erkannt hatte, als er sie auf den Beifahrersitz schob und den Sicherheitsgurt über ihrem hilflosen Körper schloss.

Er wagte nicht, Marie anzurufen. Er wusste, dass man Todesfälle nicht auf die Minute genau festlegen kann. Er hatte keine Ahnung, wie lange er dort im Gras gelegen hatte, aber er wusste, dass er behaupten musste, nie auch nur ein Wort mit Juri gewechselt zu haben. Er war aus dem Haus gegangen, um sich ein wenig abzukühlen, er hatte Tina gefunden und nach Hause gefahren. Wann das alles passiert war? Er musste sagen, dass er nicht auf die Uhr geschaut hatte. Das war ja immerhin die Wahrheit.

Plötzlich wimmerte Tina und erbrach sich ausgiebig über ihre Knie, über seine Knie, über den Wagenboden. Er hielt an und säuberte sie und sich, so gut das eben ging.

Einige Minuten später stand er vor dem kleinen Reihenhaus, das aussah wie sein eigenes, und griff zu dem abgenutzten Euphemismus:

»Ich habe Tina nach Hause gefahren, ihr war ein wenig schlecht ...«

Tinas erschrockene Eltern sahen so überrumpelt aus wie die meisten in dieser Situation. Während sie Tina ins Haus schafften, brach ihre Mutter in Tränen aus, und ihr Vater versprach, die Reinigung des Autos zu bezahlen.

Matildas Vater wollte schon sagen, das sei nicht nötig, aber dann ging ihm auf, dass das das Beste war, was ihm passieren könnte.

Also sagte er freundlich:

»Das wäre nett. Ich bringe es morgen zu Hasse.«

Mit etwas Glück würden Tinas Eltern nicht auf die Uhr schauen. Mit viel Glück hatte er jetzt sogar ein Alibi.

Aber was half das, wenn das Messer seine Fingerabdrücke aufwies? Er konnte nicht begreifen, warum er sich nicht die Zeit genommen hatte, den Messergriff abzuwischen. Als er an den gewöhnlichen Messergriff dachte, der aus dem leblosen Körper ragte, drehte sein Magen sich unter Protest um. Er musste schlucken, um sich nicht übergeben zu müssen.

Eben, das war der Grund.

Jonatan hatte sein Kissen, seinen Arm und sein Knie geküsst, zur Vorbereitung auf den Tag, an dem er endlich ein Mädchen küssen würde, heiß und leidenschaftlich.

Dieser Tag hatte auf sich warten lassen.

Aber heute Abend, ausgerechnet in der Tagesstätte Walderdbeere, jetzt, wo er siebzehn Jahre alt war und noch immer ungeküsst (was nicht ungewöhnlich war, hatte ihm sein älterer Bruder gesagt, der gerade auf Urlaub vom Militär war, wo er eine Ausbildung als Seenotretter absolvierte), schien das Glück ihm endlich hold zu sein.

Vivi, die so klein war und so hübsch, dass er es nicht einmal in der Phantasie gewagt hatte, sich ihr zu nähern, hatte sich plötzlich neben ihn gesetzt.

Sie hatte sich an ihn geschmiegt und angefangen, Hundehaare von seinem Pullover zu pflücken. Ihre kleinen Finger hatten ihn so leicht berührt, dass er es anfangs fast gar nicht gespürt hatte. Aber dann hatte seine Haut reagiert, sein ganzer Arm war heiß geworden, als sie vorsichtig seinen Unterarm mit Daumen und Zeigefinger berührt hatte.

Sie hob ein kleines weißes, starres Haar hoch, so eins, das zeigt, dass ein Dalmatiner zur Familie gehört. Vielleicht tat sie das langsamer, als nötig gewesen wäre.

Sie hatte ihn angelächelt und gefragt, ob sie nicht selbst Katzenhaare an der Kleidung habe. Sie hatte ihn gebeten, danach zu suchen und sie wegzunehmen, wenn er welche fände.

Es gab keine Katzenhaare, aber plötzlich hatte er die Zwischenzeilen verstanden und zupfte ein nicht vorhandenes Katzenhaar von ihrer Schulter. Sie lächelte und blieb ganz still sitzen. Er nahm noch eins weg, von ihrer anderen Schulter, und dann eins vom Hals. Inzwischen fiel ihm das Atmen schwer.

Und Wunder über Wunder, es schien Vivi zu gefallen, dass er sie anfasste, sie rückte noch ein wenig näher. Sein Körper schien kurz einer Explosion nahe. Plötzlich besaß er allen Mut der Welt. Er entfernte ein Haar von ihrer Brust, die fühlte sich unter ihrem dünnen Kleid weich, aber trotzdem fest an. Und sie fragte:

»Findest du es hier drinnen nicht ein bisschen warm?«

Und er dankte einer unbestimmten höheren Macht für warme Zimmer und kühle Abende. Für Mädchen, die so süß waren, dass sie einfach jeden haben konnten und doch ihn wollten. Für Mädchen in dünnen Kleidern und mit langen Haaren, die seine große Hand in ihre kleine nahmen und ihn aus dem Haus zogen, zu dem Wäldchen, das vom Licht der Straßenlaternen nicht ganz erreicht wurde.

Vivis blondes, nach Shampoo duftendes Haar glänzte. Ihr helles Kleid leuchtete im Halbdunkel. Ihre Hand kam ihm glühend heiß vor, und seine eigene Hand erschien ihm ebenfalls glühend heiß. Er wurde steif und fragte sich, ob sie das wohl merken würde. Und er fragte sich, ob es ihr gefallen würde, denn plötzlich schien alles möglich zu sein. Plötzlich war es möglich, dass sie sich an ihn drückte und merkte, wie hart er war, und dass sie das als Zeichen dafür nahm, dass er sie schön fand. Dass er sich nach ihr sehnte.

Auf der Welt gab es nur noch Vivi.

Dass ein Motorrad vorüberglitt, interessierte ihn nicht, dass jemand mit einem leuchtend weißen Tuch um die Haare sich vor dem dunklen Hintergrund abzeichnete, ging ihn nichts an, denn jetzt hatte er den Arm um Vivis Taille gelegt und staunte darüber, dass eine, die so schmächtig war, zugleich so stark wirken konnte.

Sie gingen auf das Wäldchen zu, wo sie sich als Kinder versteckt und mit vierzehn heimlich geraucht hatten.

Seine Finger fanden den Flaum in ihrem Nacken, ihr Hals war so unerwartet dünn, ihre Haut so unerwartet weich. Sie drehte sich im Dunkeln zu ihm hin, und er wusste, dass sein erster Kuss eine Erinnerung für das ganze Leben sein, dass alles gut gehen würde.

Sie sahen ihn im selben Augenblick.

Er lag bäuchlings im Dunkeln, ganz still, das Gesicht zur Hälfte von Gras und Moos verdeckt.

Vivi löste sich aus seinem Arm und ging auf die liegende Gestalt zu.

»Geht's dir nicht gut?«

Jonatan kam hinterher.

»Natürlich geht's ihm nicht gut. Leute, denen es gut geht, legen sich ja wohl nicht so hin …«

Er verstummte, denn plötzlich sah er den aus dem Rücken herausragenden Messergriff. Er hörte, wie Vivi kurz und verzweifelt aufkeuchte. Sie hatte offenbar dasselbe gesehen wie er. Und offenbar war es kein Trugbild.

Sie fuhr mit Augen zu ihm herum, die plötzlich viel größer und viel dunkler geworden zu sein schienen.

»Das ist doch Juri, ich glaube, er ist tot.«

Und sie packte wieder seine Hand und rannte auf die Straßenlaterne zu. Sie rannte, als ob sie vom Mörder verfolgt würde.

Und so nahm das Fest nach und nach ein Ende. Es fing in der Küche an, als Vivi und Jonatan hereingestürzt kamen und Vivi so sehr weinte, dass sie sich nicht verständlich machen konnte. Jonatan musste immer wieder sagen, dass sie einen Krankenwagen brauchten, dass Juri verletzt sei, dass er oben in dem Wäldchen gleich hinter dem Zaun liege. Das Stimmengewirr ebbte ab. Die Musik aus dem Nebenzimmer hörte sich plötzlich viel lauter an, und jemand sorgte dafür, dass die Lautstärke gedrosselt wurde. Draußen lachte eine Frau kreischend, aber dann hörte sie die Neuigkeit und verstummte abrupt. Schon bald drängten Eltern und Schüler sich in der Küche. Teenager, die den ganzen Abend einen großen Bogen um ihre Eltern gemacht hatten, tauchten plötzlich ganz dicht neben Mama und Papa auf.

Ein Vater, der früher Krankenwagen gefahren hatte, erkundigte sich, ob noch jemand von den Eltern Erste Hilfe leisten könne. Als keine Antwort kam, bat er das nächstbeste Elternpaar um Begleitung. Jonatan, der in eine Decke gewickelt worden war, zeigte den Weg.

Als sie zurückkamen, sah der Krankenwagenfahrer sehr düster aus.

»Wir brauchen keinen Krankenwagen, wir brauchen die Polizei. Der Junge ist leider schon tot. Und es war kein natürlicher Tod.«

Kinder und Eltern schauten einander an, ihre Blicke eilten durch den Raum, sie suchten nach Antworten. Wie sollen wir uns verhalten? Was ist hier passiert? Wo werden wir hineingezogen? Müssen wir Angst haben? Vor Außenstehenden? Tot? Wie konnte das möglich sein?

Die Eltern, deren Kinder zu besseren Festen weitergezogen waren, versuchten sie anzurufen, obwohl Vivi und Jonatan versichert hatten, dass der Tote nicht in ihre Klasse gegangen war.

Vivis Mutter, auch sie klein und weizenblond, sah, dass Theo allein dastand, er lehnte an einem Bücherregal, als ob er sich ohne diesen Halt nicht auf den Beinen halten könnte. Sie legte ihm den Arm um die Taille.

»Komm, setz dich.«

Er ließ sich auf einen kleinen Stuhl fallen, auf dem sein langer Körper in sich zusammensank. Vivis Mutter stellte fest, dass auch Afrikaner blass werden können und das Blut aus ihrer Haut verschwindet, die dann eher grau aussieht.

Der ehemalige Krankenwagenfahrer hatte das Kommando übernommen, er rief die Polizei an, er bat alle, das Haus nicht zu verlassen.

Es war die schwarz gekleidete Marta, der einfiel, dass sie Tee und Kaffee brauchten, und so wurden sie von der Polizei vorgefunden – vierzehn Jugendliche und zwanzig Eltern, mit Bechern und Tassen in den Händen und mit leeren, verängstigten, verständnislosen Gesichtern.

Als das Telefon in Roberts Hosentasche klingelte, fuhr er zusammen.

Es war Marie, seine Frau, und sie weinte.

»Wo steckst du? Es ist etwas ganz Entsetzliches passiert!«

Und er konnte mit zitternder Stimme antworten:

»Was sagst du da? Doch nicht mit Matilda?«

Als Marie von Juri erzählte, konnte er aufrichtig zugeben, dass das schrecklich und unheimlich sei. Wo er selber sei? Er habe Tina gefunden und sie nach Hause gefahren. Marie fragte, ob er zur Tagesstätte kommen könne, sie warteten auf die Polizei, aber er antwortete:

»Das ist nicht dein Ernst. Das Auto und ich sind total vollgekotzt. Ich muss duschen. Du kannst doch die Polizei fragen, ob es reicht, wenn sie morgen mit mir redet, falls das sein muss. Ich habe zwar nichts zu berichten, aber das hilft vielleicht auch weiter.«

Zwanzig Minuten darauf rief Marie an, um zu sagen, dass die Polizei keine Einwände habe, aber sie musste mit dem Anrufbeantworter sprechen. Ihr Mann stand unter der Dusche und seifte sich immer wieder ein.

Seine Kleidung hatte er abgespült, dann in die Waschmaschine geworfen und schließlich das volle Waschprogramm laufen lassen. Er hatte vor, sie danach ein zweites Mal zu waschen, sicherheitshalber. Dann könnten die Techniker der Polizei nach Schweißfasern und Erdflecken suchen, so viel sie wollten.

Als Marie endlich nach Hause kam, stellte er sich schlafend, und sie schien das auch zu glauben. Dann schlief sie ein, und er, der nicht mehr der Mann war, neben dem sie zwanzig Jahre lang geschlafen hatte, lag mit geschlossenen Augen da, bis sein Inneres zerbrach und in unvereinbaren Teilen wiederauferstand, die ihrerseits zerbrachen.

Montagmorgen

Monika Pedersen streckte die Arme aus. Sie hatte die Augen noch nicht geöffnet, aber sie wollte fühlen, wie breit das Bett war. Ihr neues Bett, in ihrem neuen Schlafzimmer, in ihrer neuen Wohnung.

Die Wohnung war auf sie gekommen wie ein verspätetes Erbe von ihrer Mutter, die ihr bei ihrem Tod nichts hatte hinterlassen können. Ebenso unerwartet wie ein Brief, der bei der Post liegen geblieben ist, ganz hinten in einer Schublade eingeklemmt oder unter einem Möbelstück, zwanzig oder dreißig Jahre nachdem er aufgegeben wurde. Monika war Schadenersatz zugesprochen worden, da Babs, ihre Mutter, Übergriffen durch ihren Psychoanalytiker ausgeliefert war, und für dieses Geld hatte Monika die Zweizimmerwohnung am Jaktvarvsplan gekauft. Erst bei ihrem Einzug hatte sie erkannt, wie sehr sie sich danach gesehnt hatte: nach einer Wohnung, in der man sich wohlfühlte.

Monika glaubte, die zufriedene Stimme ihrer Mutter zu hören:

»Du siehst – alles Leid hat einen Sinn.«

Hatte sie so etwas zu Bab's Lebzeiten wohl jemals von ihr gehört? Hätte Babs in ihrem ewigen Krieg mit sich selbst darin Trost gefunden?

Monika wusste es nicht. Aber eigentlich spielte das auch keine Rolle.

Monika hatte die Wände selbst streichen wollen, doch Eloise, die Juristin, die ihr bei der Schadenersatzklage geholfen hatte, hatte sie daran gehindert.

»Monika, du darfst diese schöne Wohnung keinem Amateurangriff aussetzen. Du würdest dir doch auch nicht selber die Zähne korrigieren. Keine Panik, ich kenne ein paar richtig tüchtige Jungs, die dir helfen können. Verlass dich auf mich, ich verspreche dir, dass du dir das leisten kannst.«

Die tüchtigen Jungs waren gekommen und gegangen und hatten eine Wohnung mit frisch geschliffenem Boden, glänzendem Schnitzwerk, Fußbodenheizung im Bad und einer nach Monikas Wünschen maßgeschneiderten Küche hinterlassen.

Es war, wie sich ein Kleid schneidern zu lassen, etwas, worüber sie nur in Büchern gelesen hatte.

Sie reckte sich im Bett, das genauso bequem war, wie die Broschüre es versprochen hatte.

Sie war zufrieden. Zufrieden mit ihrem Zuhause. Zufrieden damit, dass sie wieder arbeitete, auch wenn es bisher nur ein Tag gewesen war. Es war offenbar eine neue Reha-Maßnahme, die Leute freitags anfangen zu lassen, damit die Woche nicht so lang würde. Sie freute sich ungeheuer darüber, dass sie wieder gesund war. Ihr verletztes Bein hatte sich auf wunderbare Weise selbst geheilt.

Zwei Artikel in der Morgenzeitung am Samstag hatten sie an die Arbeit denken lassen. Sie waren offenbar in letzter Minute geschrieben worden, da es an Details fehlte. Ein Schüler war bei einer Messerstecherei ums Leben gekommen, und drei Häftlinge waren aus einer Justizvollzugsanstalt ausgebrochen.

Sie war ein wenig neidisch auf die Kollegen geworden, die sich mit ihren Informationen zusammensetzten. Sie selbst hatte sich auf die Suche nach einem Schlafzimmerteppich gemacht, hatte aber keinen gefunden. Babs hatte alle Teppiche, die sie sich ansah, kritisch kommentiert: »Viel zu langweilig. Viel zu zahm.«

Die Mitarbeiter der Abendzeitungen hatten sich offenbar nicht entscheiden können, was die wichtigere Nachricht war – die ausgebrochenen Häftlinge oder der ermordete Schüler. Als sich herausstellte, dass der Schüler bereits neunzehn Jahre und der Polizei nicht unbekannt gewesen war, ließ das Interesse an ihm nach. Die Häftlinge waren da schon sensationeller. Sie waren garantiert gefährlich, vermutlich bewaffnet, und sie konnten überall auftauchen.

Am Sonntag hatten die Häftlinge den Schüler aus den Schlagzeilen verdrängt. Sie befanden sich weiterhin auf freiem Fuß, die Allgemeinheit war in Gefahr, das Polizeiaufgebot war das größte aller Zeiten. Trotzdem gab es keine Spuren.

Erst weit hinten in der Zeitung erfuhr Monika, dass bisher niemand des Mordes an dem neunzehnjährigen Schüler verdächtigt wurde. Das fand sie interessant. Die entlaufenen Häftlinge waren ihr dagegen egal. Die ärgerten sie nur. Zuerst investiert die Polizei eine Menge mit Steuern bezahlte Arbeitsstunden, um diese Typen zu finden. Dann brechen sie aus, was abermals eine Menge Arbeitsstunden erfordert, nur um sie wieder einzufangen.

Es war so, wie vor dem Haus eine Ladung frisch gewaschener Bettwäsche fallen zu lassen und alles noch einmal waschen zu müssen.

Nein, es war die Mordermittlung, wegen der sie sich zur Arbeit zurücksehnte. Sie hoffte, dass Bosses Einstellung zu ihr und ihrer Arbeit sich nach dem Wochenende gebessert haben würde. Sie hoffte, eine interessante Aufgabe zugeteilt zu bekommen.

Es war Viertel vor neun. Endlich Zeit, um zur Arbeit zu gehen.

Gehen war hier das Stichwort.

Plötzlich wohnte sie in Gangentfernung zum Revier. Sie würde nie mehr den Arbeitstag auf einem überfüllten Bahnsteig beginnen müssen, mit Warten auf einen Pendelzug, der nicht kam.

Sie spazierte an der Kastanie mitten auf dem Jaktvarvsplan vorbei, die aussah, als habe sie gut geschlafen. Sie bog in die Polhemsgata ein, wo das Gras jetzt wie eine hellgrüne Punkfrisur aus der schwarzen Erde der Beete wuchs.

Sie kam früh, aber Bosse war bereits da. Er saß im Schreibtischsessel und las Nachrichten im Internet. Er schaute nicht auf, als sie hereinkam.

Das ging jetzt ja wohl zu weit.

Ehe sie etwas sagen konnte, wurde an den Türrahmen geklopft. Es war Daga, die sich umschaute, sich über den Pony strich und nachdenklich die Stirn runzelte.

Monika wusste, was das bedeutete. Schlechte Nachrichten.

Mit dieser Ahnung hatte sie recht, aber dann auch wieder nicht, denn Daga sagte:

»Monika und Bosse, wunderbar, dass ihr schon hier seid. Könntet ihr einen Mord vom Freitag übernehmen? Ein Junge, der mit einem Messer im Rücken aufgefunden worden ist.«

Junge mit Messer im Rücken? Jetzt? Was war aus dem langsamen Einstieg geworden?

Monika fragte überrascht:

»Doch nicht der aus der Zeitung?«

Sie schaute Daga an, die mit der Hüfte an den Türrahmen gelehnt dastand, die langen schlanken Arme übereinandergeschlagen. Sie konnte doch nicht verlangen, dass Monika und Bosse einen Messermord aufklärten?

Daga nickte, ein wenig unsicher, wie eine, die nur widerwillig mit einer schlechten Nachricht herausrückt. Aber so hatte sie es offenbar gemeint.

Monika musste einfach laut denken.

»Aber hat denn noch niemand angefangen – das ist doch schon am Freitag passiert?«

Daga zupfte sich wieder am Pony.

»Doch, sicher. Wir haben schon mit allen gesprochen, die in der Nähe waren, als es passiert ist. Das sind vor allem die Teilnehmer an einem Klassenfest, bei dem das Opfer unmittelbar vor seinem Tod als ungebetener Gast erschienen ist. Wenn wir denen glauben dürfen, dann weiß niemand was, niemand hat was gesehen oder gehört. Weiter sind wir nicht gekommen, ihr wisst ja, was am Wochenende los war.«

Nach einer kleinen Pause fügte sie hinzu:

»Was ihr vermutlich nicht wisst, ist, dass soeben in einem Segelboot an der Marina bei Hundsudden in Djurgården ein kleines Mädchen tot aufgefunden worden ist. Seltsamerweise hat noch niemand eine Fünf- oder Sechsjährige vermisst gemeldet. Das wird Schlagzeilen machen und eine Menge Leute beschäftigen, die ohnehin schon mehr als genug zu tun haben.«

Zum ersten Mal wechselten Monika und Bosse einen Blick, in dem eine Art Verständnis lag. Die Polizei hatte offenbar dieselben Prioritäten gesetzt wie die Zeitungen. Die ausgebrochenen Häftlinge waren wichtiger als ein erstochener Nachwuchskrimineller, und der Mord an einem Kind, wenn es denn Mord war, ließ den Neunzehnjährigen noch unwichtiger erscheinen.

Es würde sich vermutlich herausstellen, dass der junge Mann von einem anderen jungen Mann ungefähr desselben Typs erstochen worden war. Von einem Machotypen, der versuchte, sich in seiner Szene ein kleines Königreich aufzubauen, indem er härter war als alle anderen oder jedenfalls so tat.

In gewisser Weise war es also doch ein sanfter Einstieg in die Arbeit. Sie würden nicht von der Presse verfolgt werden, sie würden in ihrem eigenen rehafreundlichen Tempo arbeiten können.

Tatsache war, dass niemand es sonderlich wichtig nahm, was dabei herauskam. Viele, auf dem Revier und außerhalb, fanden es nur richtig, wenn der Abschaum sich gegenseitig umbrachte. Wenn sie die Sache gemütlich angehen wollten, würde das kein Problem sein.

Monika wurde davon aus ihren Gedanken gerissen, dass Bosse sagte: »Nein.«

Daga und Monika starrten ihn an.

»Wie meinst du das? Nein?«, fragte Daga.

Bosse saß noch immer zurückgelehnt im Schreibtischsessel. Er sprach nur mit Daga.

»Das hast du ja wohl gehört. Ich sage nein. Nein, ich kann mich nicht gleich am zweiten Arbeitstag an eine Mordermittlung machen.«

Bosses Entscheidung, zurückgelehnt im Schreibtischsessel zu sitzen, erwies sich als strategisch unklug. Daga machte einen Schritt ins Zimmer herein und musterte ihn aus der Höhe ihrer 1,85 auf Strümpfen.

»Nur ist es eben so, dass du das nicht zu entscheiden hast. Sondern ich. Ich trage die Verantwortung dafür, dass alle verfügbaren Kräfte so gut wie möglich eingesetzt werden. Und ich habe entschieden, dass es das Beste ist, was ich tun kann, wenn ich euch beide mit dieser Aufgabe betraue.«

Bosse starrte aus seiner unterlegenen Position zurück.

»In Teilzeit? Ich soll einen verdammten Ermittlungsmord in Teilzeit klären?«

Daga ließ sich nicht provozieren. Sie sagte wie zu einem bockigen Fünfjährigen:

»Zwei gute Kräfte in Teilzeit sind sehr viel besser als gar keine Kräfte. Ich bin wirklich froh darüber, dass ihr hier seid. Ihr müsst einfach tun, was ihr schaffen könnt.«

Bosse erhob sich langsam. Wenn er ein Hund gewesen wäre, hätte er den Schwanz zwischen die Beine geklemmt, aber noch immer die Zähne gebleckt.

»Toller Start für diese so genannte schrittweise Rückkehr in den aktiven Dienst. Aber ich sage dir eins, in genau dreieinhalb Stunden gehe ich nach Hause. Dann ist mein erster halber Arbeitstag zu Ende.«

Daga antwortete im selben nachsichtigen Tonfall:

»Das ist schön. Sprecht zuerst mit Bertilsson, der hatte übers Wochenende Dienst und kann Bericht erstatten. Er weiß, dass ihr kommt. Dann wäre es gut, wenn ihr mit der Leiterin der Kindertagesstätte sprechen könntet, wo das passiert ist. Sie möchte den Laden so schnell wie möglich wieder öffnen – die Eltern drängeln offenbar schon sehr.«

Sie drehte sich um, um zu gehen. Mitten in dieser Bewegung warf sie einen Blick auf Monika, einen »Himmel, was für eine Bescherung, aber was soll ich denn machen«-Blick, verlegen und persönlich. Monika lächelte zurück, ein »ich verstehe genau und es macht nichts«-Lächeln. Bosse fing diesen raschen Austausch auf und sah noch verärgerter aus. Die Frauen verständigten sich mit Körpersprache, Zeichensprache, und er war ausgeschlossen. Er ließ sich wieder in den Sessel fallen, der aus Protest ächzte.

Von Daga hatte Monika immerhin eine Strategie übernommen – sie beschloss, darauf zu pfeifen, wie Bosse sich aufführte. Sie hatte vor, ihn als den Erwachsenen zu behandeln, der er war, egal, wie sehr er zu provozieren versuchte.

Bertilsson schien sich aus purer Willenskraft wachzuhalten. Er hätte sich rasieren müssen, er hätte schlafen müssen. Er brauchte einen Kamm und saubere Kleidung. Vor ihm lag ein Ordner, der Monikas Blick auf sich lenkte und festhielt.

Das hier war ihr Startpunkt.

Bertilsson war nicht in Plauderstimmung. Er nickte nur und schob ihnen den Ordner hin.

»Bitte sehr. Messermord, unbekannter Täter, Opfer Kleingauner. Viel mehr kann ich nicht liefern. Alles, was wir wissen, steht hier. Nicht sehr viel.«

Monika streckte hungrig die Hand nach dem Ordner aus. Gerade in diesem Moment fing das Leben wieder an – das echte Arbeitsleben.

Sie versuchte, nicht an Bosse zu denken, der hinter ihr stand. Er sollte ihr diesen Fall nicht ruinieren.

»Gibt es etwas, das wir beachten müssen, was meinst du?«, fragte sie.

»Njaaa …« Bertilsson zögerte ein wenig mit der Antwort und sagte dann: »Man sollte doch vielleicht annehmen, dass so ein Typ mit einem Stilett oder so was erstochen worden wäre.« Er kratzte sich in seinen grauen fettigen Haaren, die sich ohnehin schon gesträubt hatten. »Aber es war ein ganz normales Küchenmesser. Es gehört, soviel wir wissen, zu einem Set aus der Kindergartenküche, fünf Messer in unterschiedlicher Größe mit identischen roten Plastikgriffen.«

Er nahm den Ordner wieder an sich, nahm einige Bilder heraus und reichte sie Monika. Die Bilder zeigten ein Küchenmesser von Ikea, eine Mordwaffe, die in so ungefähr jeder Wohnung praktischerweise gleich zur Hand ist.

»Bisher haben wir keine Fingerabdrücke, aber die Technik meldet sich noch. Vielleicht ist es euch eine Hilfe, dass es hier eine kleine Kerbe gibt, wo der Kunststoff geschmolzen ist. Das ist alles.« Er erhob sich, gähnte und reckte sich. Es war Zeit zu gehen, aber Monika war noch nicht ganz so weit. Sie fragte:

»Gibt es bei der Todesursache irgendwelche Fragezeichen?«

Bosse seufzte tief, und Bertilsson musterte sie müde, sagte aber freundlich:

»Tja ... der Typ hatte ein langes Küchenmesser im Brustkorb, von hinten. Niemand bohrt sich selber ein Messer in den Rücken, so gern er auch sterben möchte, Selbstmord oder einen Unfall können wir da wohl ausschließen. Natürlich kann er zuerst vergiftet oder erwürgt oder erstickt worden sein, ehe das Messer in seinem Rücken gelandet ist. Dagegen spricht, dass er noch kurz vor seinem Tod offenbar gesund und kräftig war und dass wir außer der Wunde in seinem Rücken keine weiteren Verletzungen gefunden haben. Aber was weiß ich? Ihr müsst da schon mit dem Gerichtsmediziner sprechen.«

»Weißt du, wann wir da mit einer Antwort rechnen können?«

»Allerfrühestens übermorgen, nehme ich an. Genau konnten sie das nicht sagen. Auch die haben zu viele Leichen und zu wenige Leute.«

Vor Bertilssons Zimmer starrte Bosse sie wütend an.

»Dann fahren wir wohl zu diesem Scheißkindergarten, damit die Chefin zufrieden ist. Sag mal die Adresse. Und wo sind die Wagen?«

Sollte sie ihm die Adresse oder eins in die Fresse geben? Keins in die Fresse, das wäre eine Niederlage – er sollte doch keine Macht über sie gewinnen, aber jetzt wurde sie wütend.

Wann würde sie anfangen, Respekt einzufordern?

Nicht gerade jetzt. Sie suchte die Adresse heraus, während sie zur Garage gingen. Er nahm sie, ohne Danke zu sagen, und die Lust, ihm eine zu scheuern, machte sich wieder bemerkbar, diesmal stärker. Sie holte tief Luft, um sich zu beruhigen. Während sie Atem holte, riss Bosse die Autoschlüssel an sich.

Scheiße.

Wenn Bosse hinter dem Lenkrad ebenso wenig Selbstkontrolle besäße wie hinter dem Schreibtisch, könnte diese Autofahrt zum gefährlichsten Teil des Einsatzes werden. Außerdem war Stockholms System von Einbahnstraßen auch für Einheimische schwer zu durchschauen.

Sie hätte sich keine Sorgen zu machen brauchen. Bosse überraschte sie mit seinem sanften und umsichtigen Fahrstil. Keine einzige durch Irritation verursachte Beschleunigung, kein einziges frustriertes abruptes Bremsen. Er beschwerte sich auch nicht über andere Autofahrer. Aber sprechen, das wollte er nicht.

Der Himmel hatte sich bewölkt. Die Villen, an denen sie vorüberfuhren, sahen nackt und hilflos aus, jetzt, wo kein Schnee und kein Blattwerk sie verdeckten.

Trotz allem lächelte Monika auf dem Beifahrersitz vor sich hin. Abgesehen von Bosse fand sie das alles richtig gut. Es war nicht so schlecht, ihr Comeback auf diese Weise zu begehen, mit einem Ermittlungsmord, der Nachdenken verlangte. Der die Fähigkeit forderte, Gefühle von Menschen zu erkennen und zu verstehen.

Liebe. Hass. Neid. Angst. Abscheu. Begehren. Zorn.

Allesamt konnten sie einen Menschen zum Mord treiben. Man musste sie nur entdecken, den Zusammenhang verstehen. Man musste nicht in die Herzen der Menschen hineinschauen, wie es so falsch beschrieben wurde. In den Herzen gab es doch nur Blut und Muskelgewebe. Man musste in ihre Gehirne blicken.

Da Bosse noch immer nichts sagte, dachte Monika darüber nach, was sie über den Mord wusste, was sie in den Zeitungen gelesen hatte.

Sie wusste, dass der junge Mann von zwei Schülern des Gymnasiums Tallhöjden gefunden worden war, dass eine Klasse aus dem Jahrgang 2 in einem in unmittelbarer Nähe des Fundortes gelegenen Kindergarten ein Fest gefeiert hatte. Sie wusste, dass das Opfer dieselbe Schule besuchte und drei Wochen später Abitur gemacht hätte. Sie wusste, dass seine Mutter geweint und einem Journalisten erklärt hatte, sie habe gewusst, dass es böse enden würde, doch warum, das hatte sie nicht sagen können oder wollen. Sie hatte ein Bild des Opfers als ordentlich gekämmter Siebenjähriger gesehen, und ein ganz neues Foto, auf dem er eine langbeinige Blondine auf dem Schoß hatte. Monika hatte das Foto aus seinem Führerschein besonders interessant gefunden. Darauf sah er in die Kamera, als wollte er sie mit einem Blick beeindrucken, der sagte: »Ich bin jemand, du aber nicht.« Mit dieser Miene hatte er ausgesehen wie viele der jungen Männer, die Monikas beruflichen Weg gekreuzt hatten, obwohl er eine brave Kurzhaarfrisur und ein ordentlich gebügeltes Hemd trug.

Jetzt war er tot. Jetzt würde er zu einer wichtigen Person in Monikas Leben werden. Sie würde versuchen, ihn kennenzulernen, ihn zu verstehen, zu begreifen, wie es so weit hatte kommen können.

Bosse hatte keine Probleme damit, den Weg zu finden, er bog an den richtigen Stellen ab und fuhr über immer schmalere Straßen, bis sie vor einem Dickicht die Absperrbänder der Polizei sahen. Sie hatten einen kleinen Wendehammer erreicht. Vor ihnen lag die Stelle, an der der Neunzehnjährige gefunden worden war. Auf der einen Seite des Wendehammers stand ein kleiner Zaun vor einem einstöckigen Klinkerbau, einem großen Sandkasten, in dem kaum noch Sand vorhanden war, und einigen heruntergekommenen Baumstümpfen. Das Ganze erinnerte ein wenig an die »künstliche« Umwelt, in die Schimpansen und Gorillas eingesperrt werden.

Sie stiegen aus und gingen auf die Absperrung zu.

Wie so oft wies nichts am Tatort darauf hin, dass er sich als geeignet für einen schrecklichen, jähen Mord erweisen könnte. Verbrecher besaßen in dieser Hinsicht offenbar eine wenig fruchtbare Phantasie. Hinter der Absperrung waren nur hohe, dicht zusammengewachsene Büsche an einem steilen kleinen Hang zu sehen. Der Boden war bedeckt von verwelktem Gras aus dem vergangenen Jahr, Moos und einzelnen Gewächsen mit steifen, spitzen Blättern, die schon einige Dezimeter in die Höhe geschossen waren. Ein Trampelpfad führte ins Dickicht hinein, und als Monika und Bosse ihm folgten, erreichten sie eine winzige Lichtung, auf der fünf oder sechs Personen Platz hatten. Hier konnte man ungestört und unsichtbar sein, obwohl der asphaltierte Weg nur wenige Meter entfernt war.

Und da war er, der Umriss eines liegenden Menschen, mit Sprühfarbe auf den abschüssigen Boden gezeichnet.

Monika ging in die Hocke. Sie versuchte, die Szene vor sich zu sehen – er hatte offenbar auf dem Bauch gelegen, die Arme am Körper. Der Mörder musste durch die Öffnung hinter ihnen gekommen und gegangen sein.

Ihre Konzentration endete, als Bosse sagte:

»Jetzt gehen wir. Die Technik hat Fotos, und wir haben es eilig.«

Sollte sie es ihm jetzt sagen?

Nein, nicht so unmittelbar vor ihrem Gespräch mit der Kindergartenleiterin. Sie ging einfach hinter ihm her, als habe er hier das Kommando. Als sei sie ein einfacher Soldat und er ein Offizier. Als sei ihre Konzentration ohne irgendeinen Wert.

Die Kindertagesstätte Walderdbeere war weder rot noch süß oder klein. Monika fragte sich, ob die Kinder, die diese Tagesstätte besuchten, an Grau, Verfall und traurige Architektur denken würden, wenn sie als Erwachsene das Wort »Walderdbeere« hörten.

Eine Frau von Mitte dreißig kam aus dem niedrigen Haus. Sie hatte schmale Augen und schmale Lippen und sah nicht gerade freundlich aus.

Sie stellte sich als die Leiterin vor und ließ dann eine kurze Frage folgen:

»Muss das wirklich so endlos lange dauern? Ich habe Eltern, die verzweifelt sind …« Sie holte Luft und wiederholte: »Verzweifelt, weil sie nicht zur Arbeit gehen können. Ich muss hier so bald wie möglich wieder aufmachen.«

»Und Sie finden die Tätigkeit dieser Eltern wichtiger als unsere Mordermittlung, habe ich das richtig verstanden?«

Bosses kaltem Blick war sie nicht gewachsen.

»So habe ich das nicht gemeint …«

»Das will ich wirklich hoffen. Wir werden fertig, wenn wir fertig werden, und je eher wir anfangen, umso schneller geht es.«

Die Leiterin berichtete, was sie bereits wussten – dass sie das Lokal bisweilen für Feste vermietete, vor allem an Vereine und bekannte Familien. Dass Anita Jansson für Freitagabend gemietet und gegen elf Uhr weinend angerufen hatte, um zu berichten, was geschehen war. Die Spurensicherung war am Wochenende da gewesen, hatte aber gesagt, die für die Ermittlung verantwortlichen Kollegen müssten entscheiden, wann saubergemacht und der Kindergartenbetrieb wieder aufgenommen werden könnte.

Monika zeigte das Foto der Mordwaffe.

»Kennen Sie dieses Messer?«

Die Leiterin fuhr zurück und nickte langsam.

»Ja, das ist es. Es ist hier am Griff ein bisschen geschmolzen, als ein Junge Pfannkuchen backen wollte. Er hat es als Bratenwender benutzt und am Pfannenrand liegen lassen.« Sie seufzte. »Wie schrecklich. Wie unbeschreiblich schrecklich!«

Monika nickte.

»Ja, das stimmt. Können Sie noch einmal genau hinsehen, ob Sie ganz sicher sind, dass es dasselbe Messer ist?«

»Das ist es. Es fehlt doch in der Küche, und ich weiß mit Sicherheit, dass es da war, als wir am Freitag geschlossen haben. Ich musste fünfzehn Minuten auf Albins Mutter warten, ehe ich gehen konnte, und da habe ich den Eltern, die abends feiern wollten, die Räumlichkeiten gezeigt. Ich habe ihnen sogar eingeschärft, dass sie die Messer wieder in den Block stecken müssten. Da waren noch alle fünf da.«

Und das war es. Mehr hatte sie nicht zu sagen, außer dass sie schon lange bei der Gemeinde darum bat, das Wäldchen abzuholzen, da sich dort so allerlei abspielte. Aber die Gemeinde reagierte nicht.

Monika und Bosse drehten eine Runde zwischen eingeschrumpelten Ballons und schlaffen Luftschlangen und erteilten der Leiterin dann die Erlaubnis, sauberzumachen und den Betrieb wieder aufzunehmen.

Als sie im Wagen saßen, dachte Monika laut:

»Müssen wir annehmen, dass es eine Spontanhandlung war? Jemand hat in der Küche das Messer genommen, es an sich gerissen und ihn erstochen.«

Bosse bugsierte das Auto über den kleinen Wendehammer. Er sagte gleichgültig:

»Das können wir nicht wissen.«

»Aber hör mal. Dass jemand einen Menschen mit einem halb stumpfen Küchenmesser von Ikea ersticht, muss doch spontan gewesen sein – man nimmt ja wohl etwas Besseres mit, wenn man einen Mord plant. Und es muss jemand gewesen sein, der sich im Haus aufhielt, sonst hätte er das Messer nicht an sich bringen können.«

Bosse antwortete langsam, wie zu einer Begriffsstutzigen:

»Wenn nicht jemand zum Beispiel das Messer aus der Küche geholt und es jemandem draußen gegeben oder es mitgenommen und vor dem Kindergarten verloren oder vergessen hat.«

»Dann werden wir das schon erfahren, aber du merkst doch selbst, wie unwahrscheinlich es klingt.«

»Es spielt keine Rolle, ob das unwahrscheinlich klingt. Dauernd passieren unwahrscheinliche Dinge.«

Damit war das Gespräch beendet.

Um Viertel nach zwölf hatten sie das Revier erreicht. Bosse stieg aus dem Wagen und sagte:

»Jetzt gehe ich. Ich ziehe eine Viertelstunde ab, weil wir keine Kaffeepause hatten. Du bist sicher blöd genug, um deine Zeit zu verschenken und heute noch weiterzumachen, schätze ich mal. Bilde dir bloß nicht ein, dass irgendwer dir dafür danken wird.«

Und mit diesen Worten machte er auf dem Absatz kehrt und ging. Monika schaute hinter ihm her. Sie hatte es schon lange nicht mehr so genossen, jemanden verschwinden zu sehen.

Das Revier gegen Mittag

Zeit zum Essen! In den vergangenen Monaten hatte es viele einsame Mahlzeiten gegeben. Inzwischen hatte sie sogar Heimweh nach der Kantine bekommen. Nach dem kollektiven Mittagessen würde sie sich in Bertilssons Ordner vertiefen.

In ihrem kleinen Büro stieß sie dann auf Bosses Schatten, der offenbar dort geblieben war. Für einen kurzen Moment hatte sie das Gefühl, sich heimlich in seinen Sessel zu setzen. Sie drehte den Sitz niedriger, um bequem zu sitzen. Dann hob sie den Ordner, wiegte ihn ein wenig in der Hand, ehe sie ihn öffnete. Plötzlich fühlte er sich wie Haut an – als enthalte er so viele Gefühle, dass er fast lebte.

»Im Ordner gibt es nur das Leben anderer Leute«, sagte Babs gereizt. »Durch die kannst du nicht leben. Leb lieber ein bisschen selbst, dafür ist das Leben doch da.«

»Verdirb mir nicht meine Arbeitsfreude«, gab Monika zurück. »Ich muss mich engagieren, wenn ich schwierige Mordfälle aufklären will. Das hindert mich doch nicht daran, ein eigenes Leben zu leben?«

»Das nennst du Leben«, schnaubte Babs. »Wenn die Leidenschaft immer an zweiter Stelle kommt, ist das Leben?«

Monika beschloss, nicht mehr auf Babs zu achten. Sie öffnete den Ordner und verteilte seinen Inhalt auf dem Schreibtisch. Draußen sammelte die Sonne Kraft – einige Strahlen fielen durch das schmale Fenster. In der Stadt draußen brachte die Wärme ungeduldige Knospen zum Bersten. Blattspitzen schoben sich heraus wie kleine grüne Zungen, testeten die Luft, und dann entfalteten perfekte kleine Blätter sich und strebten der Sonne zu.

Monikas Konzentration richtete sich auf den Inhalt von Bertilssons Ordner. Sie begann mit dem Schuljahrbuch, das oben lag. Sie machte einige Kopien des Klassenfotos der S II B und befestigte eins davon an der Wand. Vierundzwanzig Gesichter sahen die Kamera und Monika an.

Eine Stunde darauf reckte sie sich. Sie hatte alle Unterlagen gelesen und wusste um einiges mehr als zuvor. Sie wusste zum Beispiel, dass das Opfer wegen Körperverletzung angezeigt worden war, dass jedoch alle Zeugen einen Gedächtnisverlust erlitten hatten, als der Tag ihrer Aussage näher rückte. Zweimal war er im Zusammenhang mit Drogenermittlungen vernommen worden, doch auch diese Vernehmungen hatten nicht viel ergeben.

Die ersten Befragungen der Festgäste konnten auch einer erfahrenen Polizistin Kopfschmerzen bereiten, aber das kam nicht unerwartet. Zwei Polizeianwärter hatten versucht, mit unter Schock stehenden Jugendlichen und deren Eltern zu sprechen. Die Fragen waren so einfach wie möglich gewesen. Kanntest du Juri? Was hast du gemacht, als ihr gegessen hattet und ehe Juri gefunden wurde? Mit wem warst du zusammen? Wen hast du gesehen? Was hast du gesehen? Hast du ein Messer gesehen?

Die Lage wurde noch dadurch erschwert, dass viele der Jugendlichen die Eltern der anderen nicht kannten. Sie hatten keine Ahnung, wer versucht hatte, den Tanz in Gang zu bringen. Wer nach dem Fest Plastikbecher und Servietten eingesammelt hatte. Die Polizeianwärter hatten versucht, sich von den Jugendlichen beschreiben zu lassen, wen sie gesehen hatten, aber das war nur langsam gegangen. Einige hatten nur geweint und überhaupt nicht antworten können. Im Laufe der Zeit waren Jugendliche und Eltern ungeduldig und gereizt geworden, und die Polizeianwärter hatten eingesehen, dass es besser wäre, die Vernehmung später fortzusetzen, wenn alle ausgeschlafen waren und Zeit gehabt hatten, sich zu sammeln.

Welchen Eindruck hatten die Jugendlichen und ihre Eltern gemacht? Falls die Polizeianwärter geglaubt hatten, man könne Schuld am Verhalten eines Menschen ablesen, dann waren sie jetzt sicher eines Besseren belehrt. Wenn sonst niemand diesen Gedanken zu Ende gedacht hatte, so mussten jedenfalls die jungen Polizisten gewusst haben, wie groß die Wahrscheinlichkeit war, dass einige von den Befragten genau wussten, was passiert war. Dass jemand log, und wenn nicht, um sein Leben zu retten, dann doch, um sich die nächsten zehn Jahre in Freiheit zu sichern.

Niemand von den Befragten hatte ein gutes Wort über Juri sagen können. Einige schienen noch immer Angst davor zu haben, über ihn zu sprechen, obwohl er tot war. Das Bild war immer dasselbe. Bei einigen Gelegenheiten war er so gewalttätig gewesen, dass die meisten danach aus purem Selbsterhaltungstrieb nachgegeben hatten. Ein Junge hatte berichtet, dass Juri Mädchen an die Brüste fasste und den Jungen dann ansah, wie um zu sagen: »Daran kannst du mich nicht hindern!« Das Schlimmste war, hatte der Junge dann hinzugefügt, dass das stimmte. Es war beschämend und quälend, aber so war es. Er hatte nicht gewagt, Juri herauszufordern, niemand hatte das gewagt. Und jetzt hatte irgendwer offenbar genug gehabt, und darüber war dieser Junge froh.

Er konnte das sagen, ohne Verdacht zu erwecken, denn er hatte nach dem Essen im Aufenthaltsraum der Tagesstätte gesessen und für einige Freunde Gitarre gespielt, bis eine Mutter ihnen gesagt hatte, dass Juri tot war.

Den Gitarrenspieler, der Calle hieß, und sein aus drei Mädchen und zwei Jungen bestehendes Publikum konnte Monika also vergessen. Drei Mädchen und eine Mutter, die die Küche nicht verlassen hatten, konnte sie auch zur Seite legen. Eine Mutter und ein Vater hatten ununterbrochen eng getanzt, die anderen waren zwischen den Räumen hin und her gelaufen. Die Aussagen waren verwirrend, die Zeitangaben stimmten nicht überein, falls sich nicht etliche Anwesende geteilt und sich an zwei verschiedenen Orten gleichzeitig aufgehalten hatten.

Das Ganze sah aus wie ein Spitzendeckchen – viel Luft und wenig Greifbares.

Etliche Gäste hatten zudem das Fest schon verlassen, als der Mord entdeckt wurde, und hatten nicht vernommen werden können, aber immerhin waren die Dienstanwärter gescheit genug gewesen, deren Namen zu notieren.

Jetzt hatte Monika die ersten Beiträge zum Bericht über Juris letzte Lebensstunden. Er war unerwartet und ausnahmsweise einmal allein gegen zehn Uhr in der Tagesstätte aufgetaucht. Er war zu seiner Freundin Helena gegangen, die auf einer Wippe saß, hatte sie auf die Füße gezogen und war dann weiter zu einem Jungen aus der Klasse gegangen, der Theo hieß. Monika hatte ihn auf dem Klassenfoto gesehen – ein großer schlaksiger Junge mit brauner Haut und großen Augen in einem schmalen Gesicht. Die beiden schienen sich wegen irgendwelcher Schlüssel gestritten zu haben. Theo war wütend geworden, aber noch war nichts passiert. Juri und Helena waren weitergegangen und hinter dem Haus verschwunden. Sie hatten eine kleine Gruppe rauchender Eltern passiert, die versucht hatten, sich hinter dem Haus außer Sichtweite aufzustellen. Diese Eltern sagten, Juri und Helena hätten nicht miteinander gesprochen, sie seien schweigend vorbeigegangen, Helena mit den Händen in den Taschen, Juri den Arm um Helena gelegt. Als sie zu den Wippen zurückgekommen waren, hatte Helena sich wieder gesetzt, und Juri war auf den Ausgang zugeschlendert.

Dann war er um die Ecke gebogen, und danach hatte niemand ihn gesehen. Niemand konnte genau sagen, zu welchem Zeitpunkt er aus ihrem Blickfeld verschwunden war.

Die einzige klare Zeitangabe in der ganzen Geschichte war der Moment, als Vivi und Jonatan nach dem Leichenfund angerannt gekommen waren. Der ehemalige Krankenwagenfahrer hatte aus alter Gewohnheit Notizen gemacht, sowie er begriffen hatte, dass etwas Schwerwiegendes passiert war. Um 22.44 waren Vivi und Jonatan angerannt gekommen. Sie hatten kaum mehr als eine Minute vom Wäldchen aus gebraucht, deshalb mussten sie den Leichnam um 22.42 gefunden haben. Gegen zehn Uhr war Juri munter und lebendig vor der Tagesstätte gesehen worden, weshalb sie sich über höchstens eine Dreiviertelstunde ein Bild machen mussten.

Das klang richtig erhebend – es dürfte doch nicht unmöglich sein, dieses Puzzlespiel zu lösen!

Sie mussten noch einmal mit Schülern, Lehrern und Eltern reden. Sie mussten sich in der Nachbarschaft erkundigen. In Stockholm wimmelt es nur so von Hunden – es wäre doch nicht zu viel verlangt, dass einige zwischen zehn und Viertel vor elf ausgeführt worden waren? War das nicht genau die Zeit, zu der Hunde aus dem Haus wollten?

Monika verfluchte Bosse, der es so eilig gehabt hatte. Sie war fast sicher, dass von den Wippen aus weder Tor noch Dickicht zu sehen waren. Und vom Küchenfenster aus auch nicht. Das würden sie später überprüfen müssen.

Sie fing an, ihre Sachen zu packen.

Ein Messer im Rücken. Schwer, aber sauber. Wer einem anderen Menschen die Kehle durchschnitt, konnte verdammt sicher sein, dass das Opfer sterben würde, er musste aber auch damit rechnen, dass er die großen Blutflecken an seiner eigenen Kleidung erklären müsste. Ins Herz kann ein Messer treffen, ohne dass ein einziger Tropfen Blut austritt. Das Problem ist nur, dass man richtig zustechen muss. Dann kann man auf ein Fest zurückkehren, als sei nichts geschehen. Aber wer würde so ein Risiko eingehen? Jederzeit hätte doch jemand vorbeikommen können. Im Dickicht war man zwar einigermaßen geschützt, aber gerade deshalb war es ja denkbar, dass auch andere Menschen auftauchten.

Mit anderen Worten war der Fall genau so, wie es sich

für einen Ermittlungsmord gehört – unklar und schwer zu durchschauen.

Es war ein sehr guter Tag gewesen, wenn sie von Bosse absah.

Dienstagvormittag

Am nächsten Morgen saß Bosse schon im Schreibtischsessel, als Monika hereinkam. Vor sich hatte er Bertilssons Ordner liegen.

Es kam ihr sinnlos vor, ihn zu begrüßen, deshalb sagte sie fragend:

»Ich habe eine Liste der Leute gemacht, mit denen wir sprechen müssen. Sollen wir mal sehen, ob sie mit deiner übereinstimmt?«

Bosse gab keine Antwort. Monika gelangte immer mehr zu der Überzeugung, dass sie bald eine andere Strategie einschlagen würde. Für den Moment behielt sie ihren sachlichen Ton bei und sagte:

»Am wichtigsten ist sicher Helena, seine Freundin. Ihre Mutter hat sie offenbar abgeholt, ehe am Freitag irgendjemand mit ihr sprechen konnte.«

»Amateure«, knurrte Bosse.

Monika beherrschte sich mühsam und sagte nun:

»Danach müssen wir mit Theo sprechen. Der schien irgendeinen Konflikt mit Juri zu haben und …«

»Wenn du gelesen hast, was diese Jugendlichen über Juri gesagt haben«, fiel Bosse ihr ins Wort, »dann weißt du, dass das so ungefähr für sie alle gilt.«

»Okay. Wir müssen vielleicht mit allen sprechen, aber irgendeine Reihenfolge müssen wir doch festlegen. Oder hast du vor, sie alphabetisch durchzugehen?«

Er schaute sie lange und abschätzend an und fragte:
»Hast du das mal durchgerechnet?«
Als sie keine Antwort gab, erklärte er:
»Wenn niemand gesteht oder denunziert wird, müssen wir mit der verdammten halben Schule reden. Und mit den Eltern. Und mit Juris ganzem Kontaktnetz. Wir arbeiten vier Stunden pro Tag. Hast du mal ausgerechnet, wie lange das dauert? Einen kleinen Zeitplan aufgestellt? Überlegt, wie lange wir dafür brauchen werden?«

»Wir müssen Daga um Verstärkung bitten. Sie kann ja wohl nicht erwarten, dass wir die ganze Ermittlung allein bewältigen.«

Bosse besaß ein richtig giftiges Lächeln, und das zeigte er jetzt.

»Glaubst du? Frag sie mal, dann wirst du es ja sehen. Wir können sicher froh sein, wenn wir überhaupt weitermachen dürfen. Ich bin überzeugt davon, dass du und ich in ein paar Tagen Scheunen und billige Hotels nach bewaffneten Ausbrechern durchsuchen werden.«

»Und deshalb hast du vor, dir bei diesem Fall hier keine Mühe zu geben?«

»Ich gebe mir keine Mühe? Findest du, ich faulenze? Ich gebe mir in genau den vier Stunden Mühe, in denen ich dafür bezahlt werde, dass ich mir Mühe gebe.«

»Und wenn mehr Zeit nötig ist, um den Fall aufzuklären?«

»Ja, eben. Du findest, wir müssten die Fehler derer beheben, die unser Budget festlegen. Wir haben keine ausreichenden Mittel, und da schieben wir Überstunden, und zwar gratis, nur, damit die Arbeit gemacht wird. Woher sollen sie dann wissen, dass wir keine ausreichenden Mittel haben? Klar wären mehr als wir zwei nötig, um dieses Chaos hier in den Griff zu bekommen, aber wenn wir nicht mehr sind, dann sind wir eben nicht mehr.«

Er schlug sich mit der Hand vor die Stirn.

»Wann werden die Leute endlich wach?«

Ehe Monika sagen konnte, dass vielleicht er derjenige sei, der aufwachen müsste, klingelte das Telefon. Bosse griff zum Hörer.

»Ja ... und wann haben Sie ihn zuletzt gesehen? ... Ist er schon häufiger nicht nach Hause gekommen? ... Haben Sie versucht, seine Freunde anzurufen? ... Nirgendwo ... Ich verstehe ...«

In Monikas Magen bildete sich ein Klumpen. Noch jemand vermisst? Wer?

»Sind Sie jetzt zu Hause? ... Wir können zu Ihnen kommen, jetzt sofort ... Ja, Lagman Lekares väg 33 in Alby. Mariam GebreSelassie. G-E-B-R-E-S-E-L-A-S-S-I-E.«

Er wiederholte die Buchstaben, während er sie aufschrieb.

»Wir fahren nach Alby«, sagte er überflüssigerweise.

»Wie wäre es, mich zu fragen, ehe du versprichst, dass ich irgendwohin fahre oder irgendetwas mache?«

Bosse ging schon auf die Tür zu.

»Wir können das gut schaffen, wenn wir gleich losfahren. Ich höre heute um zwölf auf.«

Monika blieb auf ihrem Stuhl sitzen.

»Noch einmal, wie wäre es, mich zu fragen, ehe du entscheidest, was ich mache?«

Er erwiderte noch immer nicht ihren Blick, sondern knurrte nur:

»Wir können uns solchen Blödsinn nicht leisten. Ein Kind ist verschwunden. Das war seine Mutter.«

»Welches Kind, und was verstehst du unter verschwunden?«

Bosse stöhnte.

»Welches Kind? Antwort: Theo. Theo mit einem schwierigen Nachnamen. Was ich, oder genauer gesagt, seine Mutter unter verschwunden versteht? Antwort: Er ist nicht nach Hause gekommen, er lässt nichts von sich hören, er ist bei keinem seiner Freunde, soweit sie seiner Mutter bekannt sind. Bist du jetzt zufrieden? Können wir fahren?«

Monika musste an eine Radiosendung über Burn-out denken, die sie einmal gehört hatte. Ein Experte hatte energisch die Meinung vertreten, das ganze Phänomen beruhe darauf, dass wir zu wenig Zeit für Erholung haben. Ein anderer war ebenso überzeugt davon gewesen, dass unsere schlechter werdende Ernährung die Schuld trägt. Ein Dritter hatte vorgeschlagen, der strenge Kündigungsschutz erlaube es uns, unsere Arbeitskollegen zu schikanieren, und diese Konflikte machten uns fertig. Weiß der Teufel, dachte sie, heute würde ich ja wohl dem Dritten zustimmen.

Im Auto dachte sie, wenn sie nicht mit Bosse sprechen könnte, müsse sie eben versuchen, mit sich selbst zu reden.

Theo, der auf ihrer Liste von Personen, mit denen sie sprechen mussten, an zweiter Stelle stand, war nicht nach Hause gekommen. Das war nicht lustig, es war nie lustig, wenn Kinder und Jugendliche verschwanden, es musste aber nichts mit Juris Tod zu tun haben. Trotzdem fand sie es richtig, nach Alby hinauszufahren. Das hier war ihr Fall, bis das Gegenteil bewiesen wäre. Sie versuchte, sich daran zu erinnern, was sie über Theo wusste, aber ihre Gedanken wollten ihr nicht gehorchen. Sie konnte sich nicht konzentrieren. Sie war unterwegs mit einem Kollegen, dessen Verhaltensprobleme größer waren als er selbst. Das war störend.

Es war nicht gut für sie. Und vor allem war es nicht gut für die Ermittlung. Ihre absolut nicht vorrangige Ermittlung.

Die Presse hatte sich auch wirklich von dem toten kleinen Mädchen im Boot auf Hundsudden ablenken lassen. Natürlich ist ein unbekanntes blondes und blauäugiges

Kind, das einsam und tot unter der Persenning eines teuren Segelbootes aufgefunden wird, für die Leser interessanter als ein kleinkrimineller Unruhestifter mit ausländischem Namen, der in einem Vorort erstochen wird.

Aber nicht die Presse hatte zu entscheiden, wessen Tod wichtig war. Für Monika war diese Ermittlung hier ebenso bedeutsam wie jede andere Mordermittlung, und sie hatte nicht vor, sich von Bosse bremsen zu lassen.

Sie versuchte es mit einer anderen Strategie.

»Bosse. Ehrlich gesagt ist es mir egal, was du von mir hältst – aber wir werden dafür bezahlt, dass wir zusammenarbeiten. Wir müssen miteinander reden. Ideen und Gedanken austauschen. Es ist ein Problem, dass du das nicht tust.«

»Wir haben auch so schon Probleme genug, ohne dass du dich noch beklagst. Ich hab es dir von Anfang an angesehen, dass das hier Ärger gibt. Solche wie du sind nie zufrieden. Jetzt verfolgen wir eine Spur, die wichtig sein kann – warum reicht dir das nicht? Muss ich mein Inneres nach außen stülpen und deine Ideen auch noch toll finden?«

Monika holte tief Luft, Sie zählte bis zehn. Sie zählte noch einmal bis zehn.

Möglicherweise war das folgende Schweigen auch für Bosse unangenehm, denn er fragte plötzlich, als ob nichts geschehen wäre:

»Glaubst du, die Frau kann mit dem Langstreckenläufer verwandt sein?«

Und damit das Gespräch in Alby nicht ganz zum Scheitern verurteilt wäre, antwortete Monika gelassen:

»Nein. GebreSelassie ist in Äthiopien ein ganz normaler Name. Es bedeutet, Diener der Dreifaltigkeit – Dreifaltigkeit wie in Gottvater, Sohn und Heiliger Geist.«

»Woher weißt du das?«

Er klang ehrlich überrascht.

»Ich war vor kurzem erst da.«

Sie wartete auf eine weitere Frage, aber die blieb aus.

Sie erreichten ein Alby, das kein Dorf mehr war, wie der Name anzudeuten schien, und die namensgebenden Erlen waren auch nicht zu sehen, so weit das Auge reichte. Was nicht weit war, da sich in alle Richtungen lange graue Wohnblocks hinzogen.

Eine kleine Gruppe vernachlässigter schwarzhaariger Kinder in Overalls saß an der steilen Böschung zwischen Parkplatz und Haus. Jemand schien vom Balkon aus einen Mülleimer ausgeleert zu haben, und die Tür, die seltsamerweise keine Gegensprechanlage aufwies, trug Spuren von mehreren Einbruchsversuchen. Durch das gesprungene Glas blickten sie in ein enges Treppenhaus.

Ein magerer junger Mann kam mit zwei Kampfhunden heraus, die spürten, wie ihr Besitzer auf den Streifenwagen reagierte. Der kleinere Hund, der dunkelbraun war und viele Narben aufwies, knurrte an niemanden speziell gerichtet und sah sich um, der größere, der hellbraun war, versuchte, sich hinter Herrchens Beinen zu verstecken. Herrchen selbst hielt Ausschau nach Polizisten, glaubte aber offenbar nicht, dass sie auch in Zivil auftreten könnten, denn sein Blick blieb an Bosse und Monika nicht haften.

Auch gut. Das hier war nicht ihre Sache.

Sie mussten bei Theos Mutter anrufen und sagen, dass sie vor ihrem Aufgang standen.

Ungefähr eine Minute darauf kam sie angestürzt, wie Eltern verschwundener Kinder das oft machen. Als wäre gerade in diesem Moment alles eilig. Als könnten sie ihren Kindern helfen, wenn sie rannten, statt zu gehen.

Sie öffnete die Tür und ehe Bosse eintreten konnte, streckte sie die Arme aus, packte seinen Arm und zog ihn an sich.

»Wissen Sie, wo er ist?«, fragte sie auf Englisch. Bosses

überraschtes, breites Gesicht wurde sofort abweisend und verschlossen.

Er trat einen Schritt zurück, nahm ihren schmalen braunen Arm in seine breite Hand und befreite sich aus ihrem Zugriff.

»Wir haben noch nicht mit der Suche begonnen, wie hätten wir ihn denn da schon finden können?«

Weil irgendwer über die nächste Leiche gestolpert ist, du Idiot, dachte Monika. Man musste nicht immer suchen, um zu finden. Und wie klug ist es, eine Vernehmung damit zu beginnen, dass man die zurückstößt, mit der man sprechen will?

Und warum, dachte sie schadenfroh, ist dein Englisch genauso hoffnungslos wie du selbst, wo du doch so lange im Ausland warst?

Vermutlich sagte sie mit ihrem Körper das, was sie nicht mit Worten gesagt hatte, denn als Mariam ihre leuchtenden hellbraunen Augen jetzt auf sie richtete und sie begrüßte, hätte Monika schwören können, dass darin ein Funken von Einverständnis lag. Dass Mariam die Situation in einem Augenblick erfasst hatte.

Sie stiegen schweigend die Treppe hoch und erreichten eine helle Dreizimmerwohnung, wo eine vollkommene Ordnung herrschte.

Mariam wiederholte das, was sie am Telefon gesagt hatte: Theo, ihr Sohn, war am Sonntagabend nicht nach Hause gekommen und hatte nichts von sich hören lassen. Das war noch nie passiert. Und nach allem, was geschehen war, war es wirklich beunruhigend.

Bosse stellte mit lauter Stimme Fragen, als könnte er sich auf diese Weise leichter verständlich machen. Mariams Antworten fielen wortkarg aus.

Nein, Theo hatte ihr nichts gesagt, was sein Verschwinden hätte erklären können. Nein, er hatte keinen verängstigten

Eindruck gemacht. Nein, sie glaubte nicht, dass er irgendwelche Feinde hatte. Nein, er hatte Juri nicht erwähnt – nicht vor dem Mord und nachher eigentlich auch nicht. Nein, sie wusste nicht, welchen Konflikt Theo und Juri gehabt hatten. Nein, ihr war nicht aufgefallen, ob in seinem Zimmer etwas fehlte. Nein, er hatte keine Tasche bei sich gehabt, als er aus dem Haus gegangen war. Nein, sie hatte keine Ahnung, ob er Geld abgehoben hatte – um seine Finanzen kümmerte er sich selbst. Nein, sie hatte nicht überprüft, ob er seinen Pass mitgenommen hatte – sie wusste auch nicht, wo er den aufbewahrte. Sie hatte noch nie in seine Schubladen geschaut. Warum sie sich nicht früher gemeldet hatte? Sie hatte gehofft und geglaubt, dass er zurückkommen würde. Eine Nacht war ja im Grunde nichts, aber nach zwei Nächten war ihre Unruhe doch zu stark geworden. Doch, er war ganz gesund, das war er immer schon gewesen. Drogen? Nein.

Monika hätte Bosse niederschlagen mögen.

Er ließ keinerlei Platz für Mariams eigene Gedanken oder Beobachtungen, er behandelte sie so herablassend, wie er Monika behandelte. Diese Vernehmung hätte Monika sehr viel besser gemacht.

Aber endlich fragte Bosse, wovor Mariam sich am meisten fürchtete, aber diese Frage kam zu spät, und Mariam antwortete denn auch nur mit einem Schulterzucken.

Sie sei eben nur besorgt, sagte sie. Es habe doch alles passieren können. Sie hatte die Stockholmer Krankenhäuser angerufen, aber da war er nicht. Danach hatte sie sich an die Polizei gewandt.

Sie schwiegen, und Bosse ergriff wieder die Initiative.

»Wir schauen uns mal sein Zimmer an.«

Mariam ging vor, gefolgt von Bosse. Monika nutzte die Gelegenheit, um eine Runde durch die Wohnung zu drehen. Die Küche war klein, wenn man dort essen wollte, ging das nur im Stehen. Sie öffnete sich zum Wohnzimmer, in dem sie gesessen hatten. Im Gang lag neben der Küche ein Badezimmer, und weiter hinten gab es noch einen Raum. Monika schaute vorsichtig hinein.

Es war ein kleines Schlafzimmer mit einem schmalen Bett mit rosa Tagesdecke, einem Schreibtisch mit einem großen flachen Bildschirm und allerlei Büchern, Anatomieatlanten, dicke Bände mit Titeln wie MRI und CAT-Scan.

Monika blieb vor den Büchern stehen. Bei der ersten Vernehmung am Freitagabend hatte Theo erzählt, er arbeite mit seiner Mutter zusammen, und sie putze für – war das nicht eine gemeindeeigene Wohnungsgenossenschaft? Hatte also jemand seinen Computer und seine Bücher in ihrem Schlafzimmer untergebracht, gab es vielleicht einen neuen Mann in ihrem Leben? Und hatte der irgendeine Bedeutung für die Ermittlung?

Sicher würden sie sich darüber informieren, falls Theo denn gesucht werden musste. Ihr schauderte. Alle Menschen, vor allem Kinder, müssten irgendwo eine geschützte Ecke haben. Am besten zu Hause. Sie hoffte, diese durchorganisierte Wohnung hatte Theo nicht zur Flucht vor den Menschen gezwungen, die sich dort aufhielten. Ihr Widerwille wuchs, und sie fragte sich, ob das ein Signal dafür sein könne, dass ihm etwas passiert war.

Sie ging weiter zu seinem Zimmer, das ebenfalls hell und ordentlich war. An den Wänden hingen nur ein Fußballplakat und ein Bild eines junges Mädchens, das offenbar einen Weihnachtsmannbart in drei Teile geteilt und so festgeklebt hatte, dass sie nicht anstößig nackt aussah. Sie machte einen Schmollmund und wünschte den Lesern von Slitz fröhliche Weihnachten.

Auch Theo hatte einen Computer, der ziemlich neu aussah. In dieser Familie schien es nicht an Geld zu fehlen. Auch das erweckte in Monika eine vage Unruhe.

Bosse breitete die Arme aus und sagte auf Schwedisch:

»Nichts. Kein Pass, kein Geld, keine Scheckkarten, nichts.«

»Die befinden sich sicher in seiner Brieftasche, und die steckt in seiner Hosentasche.«

»Und dir ist natürlich nicht aufgefallen, dass noch etwas fehlt – es gibt kein einziges Foto seines Vaters. Man könnte meinen, die Dame habe eine Jungfrauengeburt hingelegt.«

Er starrte Mariam wütend an, und Monika hoffte inbrünstig, dass sie nichts von Bosses Gerede verstanden hatte.

Monikas Englisch war ein wenig eingerostet, als sie, so freundlich sie konnte, fragte:

»Wo hält Theos Vater sich auf?«

Das war ja eine selbstverständliche Frage, wenn Jugendliche plötzlich verschwanden.

»In Äthiopien.«

»Haben sie Kontakt miteinander?«

»Nein.«

»Haben Sie ihm gesagt, dass Theo verschwunden ist?«

Mariam schüttelte den Kopf. Sie wirkte ein wenig abwesend. Unter Schock, dachte Monika, oder ängstlich und auf der Hut.

»Haben Sie einen neuen Partner?«

Mariam sah sie an, als habe sie die Frage nicht verstanden, dann schüttelte sie den Kopf.

Obwohl Bosse bereits die Wohnungstür geöffnet hatte, fragte Monika weiter:

»Ihr schwedischer Mann, haben Sie zu dem noch Kontakt?«

Neues Kopfschütteln.

»Haben Sie jemanden, der zu Ihnen kommen kann, damit Sie nicht allein sind?«

Aber jetzt ging auch Mariam in Richtung Tür, als wolle

sie ihre Gäste loswerden, und Monikas Frage blieb unbeantwortet.

Sie dankten für die Auskünfte, versprachen, von sich hören zu lassen, sowie sie etwas wüssten, und fuhren schweigend zurück.

Genauer gesagt fuhr Bosse, und Monika war Ballast. Sie dachte, dass er arge Schmerzen in all den kleinen Muskeln riskierte, die angespannt werden müssen, um ein Gesicht so böse und unzufrieden aussehen zu lassen. Dass er das über sich brachte. Und was sollte sie jetzt machen? Das Bosse-Problem war größer, als sie geglaubt hatte. Sein unsensibles Gespräch mit Theos Mutter war eine Katastrophe gewesen. Er war nicht nur unsympathisch, er war unfähig.

Auf dem Revier versuchte Monika, vor ihm das Büro zu betreten. Sie wollte den Schreibtischsessel. Aber Bosse trat ihr einfach in den Weg und ließ sich mit schlecht verhohlener Schadenfreude in den Sessel sinken.

Er schaute auf die Uhr. Dann zog er das Telefon zu sich und rief alle Fluglinien an, die nach Äthiopien flogen. Schon nach wenigen Anrufen hatte er Erfolg.

Er legte den Hörer auf die Gabel, lächelte überlegen und sagte:

»Der Knabe ist am Sonntagabend nach Addis Abeba geflogen. Jetzt gehe ich.«

»Ein wichtiger Zeuge hat sich nach Äthiopien abgesetzt?«

Ungefähr eine Stunde darauf saß Monika in Dagas Büro und sah zu, wie Dagas Gesicht sich nachdenklich verzog. Nicht weil ein Zeuge verschwunden war, vermutete Monika, sondern um alte Geographiekenntnisse zu aktivieren. Wo lag Äthiopien doch noch gleich? Der Versuch misslang offenbar, denn Daga seufzte resigniert.

»Der Junge heißt Theo und ist siebzehn Jahre alt«, sagte Monika. »Er war auf dem Klassenfest, seine Mutter hat heute Morgen angerufen. Da hatte sie ihn seit Sonntagmorgen nicht mehr gesehen.«

»Und wieso ist er ausgerechnet nach Äthiopien verschwunden?«

»Daher kommt er.«

»Adoptiert?«

»Das glaube ich nicht, wieso fragst du?«

»Der Name. Er heißt doch sicher Theodor.«

»Theodoros. Die Leute haben da unten oft biblische Namen.«

Daga schaute leicht überrascht auf, dann fiel es ihr ein.

»Richtig, du warst ja kürzlich erst da. Deine Ansichtskarte hängt noch immer an unserer Pinnwand.«

Monika fasste ihren Besuch bei Mariam zusammen.

»Dann hat Bosse etwas Vernünftiges gemacht – er hat die Fluggesellschaften angerufen und die Passagierlisten durchsehen lassen. Hatte fast sofort Erfolg. Der Junge hatte einen einfachen Flug nach Addis Abeba, der Hauptstadt, gebucht und war am Sonntagabend geflogen.«

Daga hob die Augenbrauen.

»Ohne seiner Mutter etwas zu sagen?«

»Sagt sie. Sie schien kein besonderes Vertrauen zu uns zu haben.«

Es war ein chronisches und frustrierendes Problem, dass viele Zuwanderer der Polizei insgesamt wie einzelnen Polizisten ein tiefes Misstrauen entgegenbrachten. Daga nickte.

»Ist der Junge ein bisschen dumm?«

»Nein«, sagte Monika überrascht. »Das glaube ich nicht. Wieso willst du das wissen?«

»Warum hat er nicht einfach den Zug nach Kopenhagen genommen? Dann hätte er überall in Europa hinfahren können, und für uns wäre es die Hölle gewesen, ihn suchen zu müssen. Aber er fliegt nach Äthiopien, wir brauchen nur ein paar Minuten, um uns bei den Fluggesellschaften zu erkundigen, und schon wissen wir, wo er ist. Findest du das nicht überraschend?«

»Vielleicht. Aber wenn er erst einmal dort ist, können wir nicht an ihn ran, und vielleicht hat er das so einkalkuliert. Ich freue mich erst mal darüber, dass wir einen noch lebenden Jungen suchen.«

Daga nickte zerstreut.

Auf ihrem Schreibtisch lagen die Abendzeitungen. Der Versuch, das kleine Mädchen auf Hundsudden mit Hilfe der Blutproben, die von jedem in Schweden geborenen Kind gemacht werden, zu identifizieren, hatte nichts ergeben. Und die Ausbrecher befanden sich weiterhin auf freiem Fuß.

Daga war gestresst. Sie fragte leicht zerstreut:

»Warum ist gerade dieser Junge so wichtig?«

»Er ist offenbar früher an diesem Tag mit dem Opfer aneinandergeraten. Er war am Freitagabend auf dem Fest. Als der Polizeianwärter ihn vernommen hat, behauptete er, an dem Abend nicht mit Juri gesprochen und ihn auch nicht gesehen zu haben, nachdem er den Spielplatz verlassen hatte.«

Monika legte eine kleine Pause ein, ehe sie weitersprach:

»Das war gelogen. Jedenfalls die erste Behauptung, möglicherweise auch die zweite. Und außerdem hat niemand ihn zwischen zehn und Viertel vor elf am Freitagabend gesehen.«

Daga nickte langsam.

»Das klingt ein bisschen dünn, finde ich. So ein Typ wie Juri hat immer viele Feinde. Dieser Theo ist streng genommen bisher nicht verdächtiger als viele andere auch. Wir können ihn nicht aus Äthiopien holen, nur weil wir mit ihm sprechen wollen. Ihr müsst mit den anderen anfangen.«

Monika schämte sich fast für ihren nächsten Zug.

»Einige Mädchen sagen, dass Theo in die Freundin des Opfers verliebt war.«

Jetzt wurde Dagas Blick lebendig. Ihre Augen, dick mit blauem Kajal eingerahmt, weiteten sich ein wenig.

»Das ist ja interessant.«

Daga liebte Verbrechen, bei denen Leidenschaft eine Rolle spielte. Sie fand, Morde müssten zutiefst persönlich sein. Am liebsten sollten sie von den düsteren Seiten der Liebe verursacht werden. Sie war immer von Neuem enttäuscht oder fast beleidigt, wenn Morde sich nur als ungewöhnlich drastische Form von Diebstahl oder Raubüberfall entpuppten. Sehr viel aufmerksamer fragte sie:

»Was sagt diese Freundin?«

»Mit der haben wir noch nicht sprechen können. Ihre Klassenkameraden schildern sie als hübsch. Die Hübscheste nicht nur in der Klasse, sondern auf der ganzen Schule.«

»Das sagen sie also. Stimmt das?«

»Schwer zu sagen, ich bin ihr ja noch nicht begegnet, aber auf dem Klassenfoto sieht sie aus wie Barbie mit kurzen Haaren.«

»Könnte es also ein Eifersuchtsdrama sein?«

Jetzt sah Daga richtig aufgemuntert aus, an diesem öden Tag Ende Mai, wo die meisten nur wünschten, dass endlich irgendwann der Urlaub anfinge.

»Wir sollten vielleicht doch versuchen, Kontakt zu dem Jungen aufzunehmen.« Sie zupfte sich am Pony, der immer noch dringend geschnitten werden musste. »Monika, du kennst dich in Äthiopien doch ein bisschen aus, kannst du nicht feststellen, ob die Kollegen da unten uns helfen können? Sie können doch mit ihm sprechen, sich anhören, was er zu sagen hat?«

Daga war bekannt für ihre rhetorischen Fragen. Diese Frage deutete Monika als Befehl.

Bei der Vorstellung wurde ihr schwindlig. Sich an die äthiopische Polizei wenden? An wen? Wie?

»Wer?«, fragte sie. »Und wie?«

»Irgendjemand hat immer Kontakte. Irgendjemand hat zusammen mit einem Kollegen aus Äthiopien einen Kurs besucht oder war auf demselben Kongress.«

Das klang beunruhigend wenig konkret. Und außerdem unwahrscheinlich – sie konnte sich nicht daran erinnern, auf den wenigen Polizeikongressen, die sie besucht hatte, auch nur einen einzigen Äthiopier gesehen zu haben.

»Wen soll ich denn fragen?«, erkundigte sie sich.

»Das weiß ich nicht. Frag einfach mal rum. Es ist bloß immer so wahnsinnig kompliziert – ganz zu schweigen davon, wie langsam das geht – wenn wir den Dienstweg nehmen müssen. … Aber kümmer dich bitte darum.«

»Das werde ich versuchen.«

Der Dienstweg wurde oft vermieden. Die Polizei in vielen Ländern bezeichnete sich gern als eine einzige große Familie. Oft teilten sie ihre Skepsis gegen offizielle Papiere, gegen Stempel und gegen lange Entscheidungsfristen. Sie arbeiteten lieber stillschweigend zusammen und halfen sich gegenseitig, wann immer sie konnten. Aber Äthiopien?

Sie hatte dort unten patrouillierende Kollegen gesehen, manche waren mit einem Stab bewaffnet gewesen wie japanische Krieger, andere trugen automatische Waffen. Gehörten sie zu der großen Familie? Warum stellte sie sich diese Frage? Warum sollten sie nicht dazugehören?

Aber wie in aller Welt sollte sie jemanden finden können, der über brauchbare Kontakte verfügte? Da wäre es schon leichter mit der Nadel im Heuhaufen, da wusste man immerhin, dass etwas vorhanden war, das man finden konnte.

Plötzlich fiel ihr eine Mail der Polizeileitung ein, die an

alle Polizisten im ganzen Bezirk gegangen war. Wenn sie diese Mailingliste benutzte, könnte sie sie innerhalb weniger Minuten allesamt erreichen. So wollte sie vorgehen.

Sie setzte sich an ihren Computer und schrieb:

HILFE!
Brauche Polizeikontakt in Äthiopien.
Antwort baldmöglichst an Monika Pedersen

Das erschien ihr nicht gerade professionell. Sie löschte die Zeilen und machte noch einen Versuch

KONTAKT ZUR POLIZEI IN ÄTHIOPIEN
Hat hier irgendjemand Kontakt zu äthiopischen Kollegen? Brauche Hilfe von da unten.
Monika Pedersen

Besser, aber noch immer nicht gut.

HAST DU KONTAKT ZU EINEM ÄTHIOPISCHEN KOLLEGEN?
Dann wende dich an Monika Pedersen.

So klang das doch schon ziemlich gut. Bereits in der Betreffzeile wusste der Empfänger genau, worum es ihr ging, deshalb brauchte niemand eine überflüssige Mail zu öffnen. Wer dort unten Kontakte hatte, würde vermutlich antworten. Nicht schlecht. Sie drückte auf »senden« und ließ sich im Sessel zurücksinken. Jetzt konnte sie nur das Beste hoffen, was immer das sein würde.

Sie wünschte, sie hätte schon am Freitag mit Theo gesprochen. Jetzt hatte sie keine Vorstellung davon, was er für einer war. Sie wusste nicht, wie er auf einem Stuhl saß, wie sein Blick jemand anderem beggegnete und wie er seine Worte wählte. Dagegen war ihr bekannt, dass er gelogen hatte. Er hatte behauptet, am Freitagabend nicht mit Juri gesprochen zu haben. Das stimmte nicht mit den Aussagen der anderen Jugendlichen überein, die hatten ausgesagt, Juri und Theo hätten Streit gehabt.

Sie griff zum Jahrbuch der Schule und sah sich noch einmal das Klassenfoto an. Theo, der so groß war, stand in der hintersten Reihe. Seine Haare waren kurz geschnitten, sein Gesicht ausdruckslos, seine Kleidung unauffällig. Wenn es ihm wichtig war, nicht aufzufallen, nicht bemerkt zu werden, hätte er es nicht klüger anstellen können.

Monika lachte.

Wenn das im Herbst passiert wäre, als sie so erschöpft gewesen war, hätte sie das Gefühl gehabt, dass die ganze Welt gegen sie war. Jetzt betrachtete sie diesen Fall als Herausforderung.

Die Frage war, ob sie nicht bei der Schule vorbeischauen sollte, um sich die Umgebung anzusehen und mit einigen Lehrern zu sprechen. Vielleicht hätte auch die Schulschwester etwas zu sagen, oder die Psychologin, die ja schließlich auf ihrer Liste stand. Sie hatte das Fest besucht, war aber nicht mehr dort gewesen, als Vivi und Jonatan mit ihren makabren Nachrichten angestürzt kamen.

Monika hatte es nicht eilig. Der Einsatz kam ihr absolut rehafreundlich vor. Ein kleiner Besuch im Gymnasium Tallhöjden wäre die perfekte Beschäftigung für diesen Nachmittag. Außerdem war sie streng genommen nicht gezwungen zu arbeiten, deshalb konnte sie einfach sehen, was passierte. Alle möglicherweise brauchbaren Informationen waren ein Bonus. Wenn bei dem Besuch nichts herauskam, hätte sie immerhin keine offizielle Arbeitszeit vergeudet.

Das Gymnasium Tallhöjden

Das Gymnasium sah wie eine Fließbandarchitektur aus, als habe der Auftraggeber alte Baupläne noch einmal verwendet, statt einen Architekten anzuheuern, der eine Vorstellung davon hatte, wie Gebäude mit ihrer Umwelt harmonieren können.

Monika hatte Glück. Die Schulschwester war gerade im Dienst. In dem kleinen Wartezimmer saß eine Handvoll Mädchen im Teenageralter, die gesund, aber leidend aussahen.

Die Schwester musterte Monikas Dienstausweis misstrauisch. Auf die Frage, was sie über Theo wisse, antwortete sie nachdenklich:

»Ich komme aus Thailand – aber das macht mich noch nicht zur Expertin für alle außereuropäischen Staaten. Ich weiß nicht viel über den Jungen. Niemand hat sich über ihn beklagt, er war ruhig, still und ehrgeizig. Ich habe nur einmal mit ihm gesprochen, als er zur Gesundheitskontrolle hier war.«

Sie blätterte in einem dicken Ordner und sah ihre Notizen durch.

»Er war gesund, ziemlich groß und leicht für seine Größe, wie viele afrikanische Jugendliche.«

»Hatte er sonst irgendetwas Besonderes an sich?«

»Da wäre seine Narbe – er hatte eine lange Narbe am Unterarm. Am linken.«

»Wissen Sie, woher die stammte?«

»Darüber wollte er nicht sprechen. Ich habe ihn ja gefragt, aber da hat er nur in eine andere Richtung geschaut. Es ist entsetzlich, was einige von diesen Kindern durchgemacht haben.«

»Waren Sie nicht neugierig?«

»Ehrlich gesagt, nein, ich war nicht neugierig. Ich bin allein für fast fünfhundert Schüler zuständig, einen Nachmittag pro Woche. Theo schien sich gut zurechtzufinden, er war weder für sich noch für andere ein Problem. Außerdem soll man ja auch nicht zu viel herumdeuten. Er kann die Narbe von einem Fahrradunfall haben, oder weil er einmal an einer falschen Stelle getaucht ist.«

»Aber das hätte er doch sicher erzählt? Wie sieht diese Narbe aus?«

»Die zieht sich in leichtem Bogen vom Handgelenk zur Armbeuge. Hässlicher Schnitt.«

»Kann es sich um eine Operationsnarbe handeln?«

»Das wäre nicht ganz unmöglich, vielleicht, wenn er sich den Arm gebrochen hätte und eine Operation notwendig gewesen wäre. Schwer zu sagen.«

Monika wechselte das Thema.

»Und Juri?«

»Hier sind schon viele gelandet, nachdem sie ihm zu nahe gekommen waren ...«

»Aber jetzt ist er tot. Gibt es etwas, das Sie mir erzählen können und das mir helfen würde, zu verstehen, weshalb es so weit gekommen ist?«

Die Schulschwester schüttelte den Kopf, aber ihr Blick schien zu sagen: Was macht ihr eigentlich bei der Polizei? Wie ist es möglich, dass ein Schüler seine Umgebung dermaßen terrorisieren kann, ohne dass ihr etwas unternehmt? Muss erst jemand sterben, ehe ihr aufwacht?

Das waren durchaus berechtigte Fragen.

Auch die Schulpsychologin war im Haus. Sie hatte die Gesprächstermine dieses Tages abgesagt, erzählte sie, sie stand zu sehr unter Schock durch das Geschehene, um so aufmerksam zuhören zu können, wie es nötig wäre.

Monika konnte sich den Kommentar nicht verkneifen, dass viele Schüler Juris Tod offenbar für eine gute Nachricht hielten.

Die Psychologin nickte.

»Ja, das ist ja das Schreckliche – was lernen sie daraus? Dass Gewalt nur durch Gewalt erwidert werden kann? Wir wagen ja nicht einmal, eine Trauerfeier anzusetzen.«

Sie wagen nicht, eine Trauerfeier anzusetzen? Haben die Erwachsenen an dieser Schule eigentlich gar nichts zu sagen?

»Können Sie mir von dem Fest am Freitagabend erzählen?«

»Was möchten Sie wissen?«

»Ob Sie Theo GebreSelassie gesehen haben? Ob Sie etwas bemerkt haben, das wichtig für das später Geschehene gewesen sein kann? Ob Sie Juri gesehen haben? Wann Sie die Tagesstätte verlassen und was Sie dabei gesehen haben? Zum Beispiel.«

»Ich bin fast direkt nach dem Essen gegangen, ich fand, ich hätte meine Pflicht getan. Vorher habe ich natürlich beim Aufräumen geholfen ...«

Ja, natürlich, dachte Monika, wie würde das auch aussehen, wenn die Psychologin einfach verschwand und die Arbeit den anderen überließ?

»... dann habe ich mich verabschiedet und bin gegangen.«

»Wissen Sie, wie spät es war?«

Die Psychologin zögerte.

»Nein. Zehn, halb elf vielleicht.«

Eine unerwartete kleine Warnglocke läutete in dem Teil von Monikas Gehirn, der Tausende von Vernehmungen registriert hatte. Die Frau, die da vor ihr saß, musste doch wissen, dass es eine entscheidende Rolle spielte, ob sie um zehn Uhr gegangen war, vermutlich unmittelbar ehe Juri um die Ecke gebogen war und seine letzte kurze Wanderung in das schicksalhafte Dickicht begonnen hatte, oder ob sie eine halbe Stunde später aus dem Haus getreten war, eine Viertelstunde ehe Vivi und Jonatan Juris Leichnam entdeckt hatten.

Hier standen sie am ersten interessanten Kreuzweg in diesem Gespräch – sollte sie gleich zur Sache kommen oder einen Umweg versuchen? Sie entschied sich für den Umweg.

»Wie sind Sie nach Hause gekommen?«

Treffer! Die Psychologin riss die Augen auf, als hätte Monika einen Knüppel hervorgezogen und fuchtelte jetzt damit herum. Sie zögerte.

»Ich hatte nicht damit gerechnet, dass Sie einfach so hier auftauchen würden, unangemeldet. Ich bin nicht vorbereitet...«

Umso besser, dachte Monika und fügte in Gedanken hinzu: Wer sonst nicht lügt, sollte nicht gerade bei der Polizei damit anfangen.

»Wie sind Sie also nach Hause gekommen?«

»Ich habe die U-Bahn genommen.«

Monika ließ sich im Sessel zurücksinken und das Schweigen die Arbeit verrichten. Sie dachte, sosehr die Psychologin auch lügen mochte, sie konnte Juri wohl kaum erstochen haben. Sie war viel zu klein und zierlich. Monika ließ ihren Blick auf der Psychologin ruhen. Die reagierte, als säße sie im grellen Scheinwerferlicht in einem dunklen Raum. Ab und zu war nicht viel nötig.

»Was bist du gemein geworden«, sagte Babs.

»Stör mich nicht, ich arbeite«, antwortete Monika, und Babs verschwand.

Die Psychologin war über ihren Schreibtisch gesunken und schlug die Hände vors Gesicht.

»Ich bin abgeholt worden«, sagte sie so leise, dass Monika sie fast überhört hätte.

Jetzt nahm die Sache doch Form an!

»Hatten Sie einen Zeitpunkt verabredet?«

Kopfschütteln.

»Haben Sie angerufen, als Sie fertig waren?«

Wieder Kopfschütteln.

»Sind Sie angerufen worden, weil Sie abgeholt werden sollten?«

Die Psychologin richtete sich langsam auf und nickte. Ihr Widerstand war gebrochen, das war jetzt der pure Abfahrtslauf, vernehmungstechnisch gesehen. So hoffte Monika jedenfalls.

»Wurden Sie auf Ihrem Mobiltelefon angerufen?«

Ein bestätigendes Nicken.

»Können Sie nachsehen und mir genau sagen, zu welchem Zeitpunkt der Anruf gekommen ist und wer angerufen hat?«

Zierlich, aber gesund, hoffte Monika. Sonst bestand bestimmt ein gewisses Risiko für akuten Herzinfarkt oder eine andere stressbezogene Todesursache.

Zum ersten Mal vermisste Monika einen Kollegen – das hier lief fast zu gut, und ihre Arbeitsmethoden waren weit entfernt von Regeln und Empfehlungen.

»Das war mein Freund. Er hat um zehn Uhr fünfundzwanzig angerufen. Ich wurde um fünf nach halb abgeholt.«

»Und warum wollten Sie das nicht erzählen?«

»Ich will mein Privatleben hier nicht hereinziehen.«

Monika wartete, aber weitere Informationen kamen nicht.

»Wohnen Sie in der Nähe?«

»Nein, wieso?«

»Ihr Freund hat bis zur Tagesstätte nur zehn Minuten gebraucht?«

Neues Schweigen.

»Kaj rief an, er war in der Nähe, er hat gefragt, ob ich mit ihm nach Hause fahren wollte. Das wollte ich. Das war alles.«

»Und wo hat er Sie abgeholt?«

»Wir haben verabredet, dass ich ein Stück die Straße hinuntergehen solle.«

»Aber Herrgott, das hier ist doch, wie einen Weisheitszahn zu ziehen. Jetzt konzentrieren Sie sich, und erzählen Sie mir, was Sie getan und was Sie gesehen haben, nachdem Sie mit Essen fertig waren und ehe Sie ins Auto gestiegen sind.«

»Das war ein Motorrad.«

»Ihr Freund hat Sie mit dem Motorrad abgeholt, und Sie wollten nicht, dass Schüler und Eltern das sahen?«

Noch ein Nicken.

»Und haben Sie irgendjemanden gesehen, als Sie die Tagesstätte verlassen haben und die Straße hinuntergegangen sind?«

»Nein. Ich habe nicht mal zum Dickicht hinübergeschaut. Ich wollte keine Schüler sehen, die vielleicht reden wollten oder Hilfe brauchen oder so. Ich wollte nur nach Hause.«

Als Abfahrtslauf war das hier unbedingt eine Enttäuschung.

Die Psychologin war auch keine Traumzeugin, wenn es um das Fest ging. Sie hatte Juri nicht gesehen, hatte nicht bemerkt, was Theo unternommen hatte, hatte vor allem mit den Eltern gesprochen. Als ihr Freund angerufen hatte, war sie mit Matildas Mutter und drei Mädchen in der Küche gewesen. Helenas Mutter war gerade gegangen, nachdem sie in der Küche fast in Ohnmacht gefallen war. Sie war sicher überarbeitet, meinte die Psychologin, wie so viele Eltern.

Monika fügte Helenas Mutter ihrer gedanklichen Liste von vorrangigen Befragungen hinzu.

»Wir werden Sie zu einer offiziellen Vernehmung auf die Wache bitten. Und melden Sie sich, wenn Ihnen noch etwas einfällt. Jetzt möchte ich mit einigen Lehrern sprechen.«

Die Psychologin schaute auf die Uhr und sagte:

»Versuchen Sie es im Lehrerzimmer. Da sitzen sie oft in den Pausen. Das liegt ganz hinten auf dem Gang.«

Sie sah so erleichtert aus, weil das Gespräch beendet war, dass Monika Lust bekam, von Neuem anzufangen.

Als Monika ging, dachte sie über den Freund mit dem Motorrad nach. Warum war der in der Nähe gewesen? Hatte er vielleicht hinter Louise herspioniert und möglicherweise etwas Wichtiges gesehen? Aber warum hatte er sich dann nicht gemeldet? Weil er nicht zugeben wollte, dass er seine Freundin heimlich überwachte? Nein, jetzt ging ihre Phantasie mit ihr durch – es ist leicht, aus einer Mücke einen Elefanten zu machen. Monika war Polizistin, keine Romanautorin. Sie musste sich an die Fakten halten.

Sie suchte sich den Weg zum Lehrerzimmer, stellte sich den drei Lehrern vor, die dort beim Kaffee saßen, und ließ das Gespräch seinen Lauf nehmen. Die drei hatten über Juri gesprochen, als sie hereingekommen war, und sie bat sie, weiterzureden.

Ein älterer Mann mit Zottelfrisur und Zottelbart schob das Kinn vor.

»Ich persönlich habe die Tage gezählt, bis er hier aufhören würde. Wenn ich zu bestimmen hätte, hätte er längst Schulverbot bekommen – der hatte in einem Gymnasium nichts zu suchen.«

Mit einem raschen Blick auf Monika fügte er eilig hinzu:

»Ich hatte nicht vor, ihn umzubringen, aber ich muss schon zugeben, dass ich mir manchmal gewünscht habe, er machte eine Erbschaft und wäre dann verschwunden. Am besten so weit weg, dass wir ihn niemals wiedersehen müssten.«

Eine jüngere, leicht übergewichtige Frau nickte zustimmend. »Gewissen Schülern fällt es extrem schwer, Autorität zu akzeptieren, und Juri war leider so einer. Der Einzige, auf den er überhaupt Rücksicht nahm, war der Hauswirtschaftslehrer.«

Monika wollte ihren Ohren nicht trauen.

»Der Hauswirtschaftslehrer?«

Der zottige Lehrer lachte.

»Warten Sie, bis Sie ihn kennenlernen, dann werden Sie verstehen, was ich meine.« Er schaute auf die Uhr. »Er kann jeden Moment hier sein. Viele Schüler verlassen uns, ohne zu wissen, wo Österreich liegt, sie haben nie von Achsenmächten oder wechselwarmen Tieren gehört. Aber sie bereiten göttliche Soßen zu, sie kennen den Unterschied zwischen Pochieren und Dämpfen, und sie können eine Zwiebel in winzige, fast gleich große Stücke hacken, ohne andere Hilfsmittel als ein scharfes Messer und ein Schneidebrett.«

Bald darauf füllte ein breiter, großer Mann die Türöffnung. Hart, dachte Monika, wenn sie ihn mit einem Wort beschreiben müsste. Ein Mann, der in keine Schule zu passen schien, und in eine Küche noch viel weniger.

Das war also der Hauswirtschaftslehrer – und in diesem Mann gab es wohl mehr Testosteron als im restlichen Kollegium zusammen –, dachte sie, und dieser Gedanke war ihr unangenehm.

Er lächelte, begrüßte sie – seine schmalen Augen glitzerten grüngrau, sein Handschlag rief den Wunsch in ihr wach, diese Hand festzuhalten, weshalb sie sie sofort wieder losließ.

Er beteiligte sich an dem Gespräch über Juri, und Monika versuchte, nicht darauf zu achten, dass dieser überraschende Hauswirtschaftslehrer Signale aussandte, die ihr Körper auffing, ohne um Erlaubnis zu bitten. Das war seltsam und unerwartet.

Und so verwirrend, dass sie seinen ersten Satz verpasste. Dann riss sie sich zusammen und hörte:

»... Jungen brauchen ab und zu die Möglichkeit, nicht um die Macht kämpfen zu müssen – hier in der Schule bekommen sie viel zu schnell viel zu großen Spielraum. Aber in der Küche ziehe ich die Grenzen, da können sie sich entspannen.«

»Und das funktioniert?«

Er nickte belustigt.

»Es funktioniert. Zum Ärger der Kollegen.«

Er war glattrasiert, kahlgeschoren und muskulös wie ein westafrikanischer Fußballverteidiger. Neben ihm sah der Zottige noch viel zottiger aus.

Monika fragte:

»Haben Sie zu seinem Tod etwas zu sagen?«

»Als Erstes möchte ich sagen, dass ich nichts weiß. Ich habe mir wirklich den Kopf zerbrochen, aber mir ist einfach nichts Hilfreiches eingefallen. Sie wissen sicher schon, dass der Junge Thaiboxen trainiert hat. Er war wachsam und misstrauisch und absolut niemand, den man einfach niederschlagen oder erstechen könnte. Für mich ist das vielleicht das Überraschendste – ein Messer im Rücken klingt so unwahrscheinlich. Er war offenbar fast nüchtern, das war er übrigens immer. Er hatte für Menschen, die sich in einen Zustand der Hilflosigkeit versetzen, nur Verachtung übrig. Die wollen doch verdammt noch mal überfallen werden, hat er einmal gesagt. Sie sehen alles doppelt, können nicht weglaufen, merken ja nicht mal, was mit ihnen geschieht. Können sich am nächsten Tag an nichts erinnern, das ist doch zum Kotzen. Ich sagte, man sollte vielleicht ein wenig Mitgefühl zeigen, es könnte doch jedem passieren. Aber da war er nicht zugänglich.«

Er schwieg einen Moment lang.

»Jetzt weiß ich es wieder – das hat er gesagt: Es ist nichts, was passiert. Es ist etwas, das man tut. Man entscheidet sich dafür, sich mit offener Jacke und sichtbarer Brieftasche in einen Hauseingang zu legen. Man entscheidet sich dafür, ausgeraubt zu werden. Und wenn man sich dafür entscheidet, muss man die Folgen selber tragen.«

Monika hatte sein Lächeln ansteckend gefunden, jetzt lächelte sie zurück und fragte:

»Und was haben Sie dazu gesagt?«

»Ich habe gesagt, wenn du das glaubst, dann sind deine Tage auf freiem Fuß bald gezählt. Ein Mann muss für das Verantwortung tragen, was er tut. Dann habe ich gefragt, wie mutig das ist, auf einer Skala von eins bis fünf, jemanden auszurauben, der total weggetreten ist. Oder mit einem Menschen Sex zu haben, der sich am nächsten Morgen an nichts erinnern kann.«

Monika nickte, neugierig darauf, worauf das hier wohl hinauslaufen würde.

»Juri antwortete, es gehe hier nicht um Mut, sondern darum, die Geschenke anzunehmen, die das Leben biete, und ich sagte, man müsse aber zwischen Geschenken und Diebesgut unterscheiden. Das macht jedenfalls das Gesetz, auch wenn man selbst anderer Ansicht ist.«

Plötzlich ertönte eine Glocke, und die Lehrer räumten ihre Tassen weg.

»Rufen Sie mich an«, sagte Monika, »falls Ihnen noch etwas einfällt.« Sie schrieb ihre Nummer auf und gab sie dem zottigen Mann, da sie sich nicht von einem Bullenkerl mit sexy Handschlag und einer guten Hand für widerborstige junge Männer beeindrucken lassen wollte.

»Blöde Kuh«, sagte Babs.

Das spielte keine Rolle. Sie war überaus zufrieden mit ihrem Besuch im Gymnasium, und Babs, die arme Babs, hatte es niemals geschafft, ihre Gefühle und ihr kurzes Berufsleben auseinanderzuhalten.

Später auf dem Revier

Das Gespräch in der Schule hatte einige neue Bausteine für Monikas Rekonstruktion der Ereignisse um Juris Tod geliefert. Das Schwierige und Interessante war, wichtige und unwichtige Informationen auseinanderzuhalten. Die richtigen Bausteine zu benutzen. So könnte sie am Ende ein Modell dessen vor Augen haben, was passiert war. Es wäre viel leichter gewesen, wenn sie mit Bosse sprechen, ihr Bauwerk mit seinem vergleichen, Ähnlichkeiten und Unterschiede hätte diskutieren können.

Auf dem Heimweg stellt sich plötzlich das schlechte Gewissen ein. Sie hatten doch versprochen, Mariam anzurufen, Theos Mutter, sowie sie etwas hörten. Das hatte sie vergessen. Außerdem hatten weder Gerichtsmedizin noch Spurensicherung sich gemeldet.

Sie konnte auf dem Heimweg kurz in ihr Arbeitszimmer schauen. Streng genommen war es kein Umweg. Herrlich.

Es war halb fünf, als sie dort eintraf. Sie rief als Erstes bei der Gerichtsmedizin an. Dort war so lange besetzt, dass die Verbindung unterbrochen wurde.

Auch bei der Spurensicherung hatte sie kein Glück.

Mariam dagegen meldete sich fast sofort.

Als sie hörte, dass Monika von der Polizei aus anrief, wurde sie zuerst ganz still, dann fiel es ihr schwer, auch nur ein Wort herauszubringen, als sie fragte, ob sie etwas über Theo wüssten.

»Ja. Es sieht so aus. Offenbar ist er am Sonntagabend nach Addis Abeba geflogen.«

Es wurde noch stiller.

»Nach Addis Abeba?«

»Ja. Überrascht Sie das?«

Eine Antwort bekam sie nicht.

»Kann er zu seinem Vater gewollt haben?«

»Neeeein.«
»Sie haben da unten vielleicht noch andere Verwandte?«
»Schooon …«
»Er hat sich nicht bei Ihnen gemeldet? Keine SMS oder Mail geschickt?«
»Nein. Nichts.«
»Was glauben Sie, warum er nach Addis Abeba geflogen ist?«
»Ich weiß nicht.«
Das war hoffnungslos. Schon im persönlichen Gespräch war es schwer genug gewesen, am Telefon war dieses Gespräch einfach unmöglich.
»Übrigens, da ist noch etwas. Wir wüssten gern, woher Theo die Narbe an seinem Unterarm hat.«
»Das war ein Unfall.«
»Können Sie noch mehr erzählen?«
»Nur ein Unfall.«
Und Monika sagte nicht: Herrgott, wenn wir deinen Sohn finden sollen, musst du uns ja wohl wenigstens ein paar Fragen beantworten. Was glaubst du wohl, wie wir arbeiten? Mit Telepathie?
Sie gab stattdessen auf. Sie schlug ein Treffen an einem der nächsten Tage vor, vielleicht auf der Wache, wo sie dann weiterreden könnten. Sie versprach, sich zu melden, wenn sie etwas Neues hören würde, und bat Mariam, das genauso zu handhaben.
Es war frustrierend. Ihre Arbeit wäre so viel leichter gewesen, wenn die Leute einfach ein wenig mehr Vertrauen zur Polizei gehabt hätten. Es verletzte sie, auf Misstrauen zu stoßen, wo sie doch nur das Beste wollte.
Diese unfruchtbaren Gedanken wurden durch ein energisches Klopfen an ihre Tür unterbrochen. Es war der Zimmernachbar, der eine dicke Sendung der Hauspost überreichte.

»Für dich von Erik aus der Wirtschaftskriminalität.«
Im Umschlag lag eine Kopie eines offiziell aussehenden Faxes.

Der Briefkopf war in fremden Buchstaben geschrieben, darunter stand aber auf Englisch The Federal Ethiopian Police, gefolgt von einem kleinen Gruß an Erik und der Hoffnung auf ein baldiges Wiedersehen. Unterschrieben hatte »Inspektor Tigist HaileGaebriel.«

Auf das Fax hatte Erik geschrieben:

Wende dich an Tigist – spricht gut Englisch, ist nett und zuverlässig, grüß von mir. Solltest faxen, E-Mail klappt nur selten. Willkommen zurück im Dienst, Erik.

Monika setzte sich und schrieb einen Brief.

Die Stockholmer Polizei, schrieb sie, suche einen schwedischen Staatsbürger äthiopischer Herkunft. Es handele sich um den siebzehnjährigen Theodoros (Theo) GebreSelassie, der am Montagmorgen aus Stockholm in Addis Abeba eingetroffen sei.

Sie fügte Geburtsdatum, Flugnummer und sicherheitshalber auch den Namen seiner Mutter hinzu, Halleluja GebreSelassie.

Halleluja, Himmel – sie konnte verstehen, dass Mariam sich lieber Mariam nannte.

Sie fragte, ob Inspektor Tigist glaube, es wäre möglich, Theo in Addis Abeba ausfindig zu machen. Sie fügte hinzu, dass Theo möglicherweise wichtige Informationen über einen Mordfall besitze, in dem sie gerade ermittelte. In einem PS grüßte sie von Erik.

Es kam ihr fast töricht vor, das Fax loszuschicken. Die Faxnummer konnte sich geändert haben. Tigist HaileGaebriel könnte auf eine andere Stelle oder an einen anderen Arbeitsort gewechselt sein.

Die Tatsache, dass der Brief noch immer im Faxgerät lag, nachdem sie ihn losgeschickt hatte, gab ihr wie immer das Gefühl, dass er eigentlich gar nicht unterwegs war.

Im Flugzeug zwischen Rom und Gaborone, Botswana

Blaue Augen.
Er war mit blauen Augen geboren worden.
Bösen Augen.
Sklavenaugen.
Sein Blick machte Angst und verwirrte.

Als er alt genug gewesen war, um das zu verstehen, hatte sein Vater, ein Biochemiker, ihm erklärt, warum er blaue Augen hatte. Ihnen fehlte ein Enzym, und deshalb leuchteten sie bleich und boshaft aus seinem ansonsten normalfarbigen Gesicht.

Der Defekt, musste er sich anhören, war mit Sklaven aus dem Norden gekommen. Sie waren aus Norditalien geholt worden, oder von noch weiter im Norden. Die Kinder der Sklavinnen, denn nur Frauen durften Kinder bekommen, sahen normal aus, egal, wie farblos die Mutter auch sein mochte. Sie waren braunhäutig und braunhaarig wie jedes andere Kind. Das Problem war, dass die blauen Augen sich wie gewisse Unkrautsorten verhielten – hatte man sie erst einmal in einer Familie, dann war es fast unmöglich, sie loszuwerden. Sie konnten Generationen hindurch verschwunden bleiben und dann plötzlich auftauchen, so wie bei ihm. Rezessive Gene hatte sein Vater das genannt.

Das war nicht gut. Niemand wollte von Sklaven abstammen, schon gar nicht von heidnischen Sklaven aus nordischen Reichen am Rand der Welt. Seine blauen Augen hatten seinen Vater, seine Mutter und alle seine Geschwister als nicht ganz rein abgestempelt.

Seine blauen Augen hatten seine Schwestern auf dem Heiratsmarkt unattraktiv gemacht, und sie hatten dazu geführt, dass sein Vater mit der Mutter keine Kinder mehr gezeugt hatte. Die Mutter hatte ihn das niemals vergessen lassen.

Andere hatten das böse blaue Auge am Schlüsselring oder trugen es um den Hals, um sich zu schützen. Wenn jemand versuchte, sie mit dem bösen Blick zu belegen, würde das Abbild bersten, und die böse Kraft würde keinen Schaden mehr anrichten können.

Er selbst hatte geglaubt, die bösen Augen auch im Kopf zu haben. Als kleiner Junge hatte er eine seiner Kusinen angestarrt. Er hatte ihr Krankheit gewünscht, Verletzungen, den Verlust des niedlichen Kleidchens, in dem sie wie ein Bonbon aussah. Es war ein Test gewesen – wenn er den bösen Blick hätte, würde das kleine Porzellanauge, das sie an einer Kette um den Hals trug, bersten. Es barst nicht, so sehr er sich auch konzentrierte, egal, wie viel Kraft er auch in seinen Blick zu legen versuchte.

Vielleicht hatte er also doch keinen bösen Blick.

Seine Eltern sagten, das mit dem bösen Blick sei nur ein Aberglaube. Sie sagten, nur unwissende und ungebildete Menschen glaubten noch daran, aber dann gab es in seiner Umgebung viele unwissende und ungebildete Menschen.

Nach und nach hatte er dann bemerkt, dass die, die sich fürchten, denen Macht geben, vor denen sie sich fürchten. Er hatte bemerkt, dass Macht über andere Ruhe, Freude schenkt, sogar Genuss.

Er hatte entdeckt, dass er seine Kumpels bedrohen konnte – wenn sie ihm nicht bei der Klassenarbeit halfen, würden sie seinen bösen Blick zu spüren bekommen. Wenn sie nicht den Mund hielten, würde der böse Blick sie schmerzhaft treffen. Durch den bösen Blick fand er seinen Platz in der Gruppe.

Später wandte er ihn an, um Geld zu besorgen. Aber Geld war nie das Wichtigste, in seiner Familie mangelte es nicht an Geld. Aber das Geld gab ihm noch mehr Macht, Macht über Frauen, Macht über Männer.

Jetzt ging es um die äußerste Macht, die über Leben und Tod.

Er hatte sich für eine Laufbahn als Berufskiller entschieden. Er war stolz auf seine beruflichen Kenntnisse. Er war etwas Besonderes, in einer ganz anderen Kategorie als beispielsweise Söldner. Die waren nur Militärs, die den Krieg einem anonymen, zivilen Dasein vorzogen, in dem ihre einzige Kompetenz keinen Wert haben würde.

Söldner bekämpfen Milizen, Armeen, Rebellen oder andere Gruppen. Er selbst war eher wie ein hoch spezialisierter Chirurg – er entfernte eine bereits identifizierte Masse aus dem Körper der Gesellschaft, vorsichtig und ohne das sie umgebende Gewebe zu verletzen. Diskret und natürlich teuer. Sehr teuer.

Er hatte diese Arbeit vom ersten Augenblick an geliebt.

Jetzt war er auf dem Weg zum nächsten Krankenhaus, und er überlegte zerstreut, was diese Ärzte wohl verbrochen haben mochten. Sie hatten keine Ähnlichkeit mit den Personen, zu denen er sonst geschickt wurde. Die anderen hatten nur selten einen festen Arbeitsplatz, und sie hatten fast immer Leibwächter. Dumme, ehemalige Legofiguren mit dicken Muskeln, aber begrenzter Phantasie. Er hatte am liebsten schwere Aufträge, aber es konnte auch nett sein, etwas Einfaches dazwischenzuschieben. Wie jetzt, ausgerechnet in Gaberone in Botswana.

Er widmete sich wieder seiner Zeitung.

Auf dem Revier,
Mittwochvormittag

»Du hast recht gehabt«, sagte Monika am nächsten Morgen zu Daga. »Ich habe wirklich einen Namen ausfindig machen können, einen Inspektor bei der Bundespolizei in Äthiopien. Erik B. hat mit ihm in Südafrika einen Kurs besucht. Ein guter Kurs, sagt Erik. Ich habe gestern Nachmittag ein Fax geschickt, und die Antwort lag heute Morgen auf unserem Schreibtisch. Sie wollen versuchen, Theo zu finden. Unglaublich.«

»Das klingt doch ermutigend. Habt ihr schon mit der Freundin gesprochen?«

»Nein. Wir sind heute um elf Uhr mit ihr verabredet. Aber wir brauchen Hilfe. Wir haben noch kaum weitere Vernehmungen machen können, und Erinnerungen sind doch Frischware.«

»Das brauchst du mir nicht zu sagen. Leider kann ich euch gerade keine Verstärkung geben. Ich brauche überall mehr Leute, so ist das. Wir müssen eben unser Bestes tun, ihr müsst eure Prioritäten so klug wie möglich setzen.«

»Hab ich's nicht gesagt?«, murmelte Bosse.

»Ja, was hast du gesagt, Bosse?«, fragte Daga mit scharfer Stimme. »Das interessiert mich.«

»Nichts.«

»Bosse, ich möchte hören, was du gesagt hast. Es ist meine Pflicht, mich auf dem Laufenden zu halten.«

»Ich kann nicht begreifen, was das für eine Rolle spielen soll. Und wenn du es absolut wissen musst, dann habe ich zu Monika gesagt, dass ich nicht glaube, dass wir mit Verstärkung rechnen können.«

Noch eine solche Frage, und er verliert die Beherrschung. Wenn sie noch ein bisschen weitermacht, dann passiert etwas Spannendes.

Aber Daga setzte Bosse nicht mehr zu, vielleicht aus Selbsterhaltungstrieb. Sie fragte:
»Und wie soll es jetzt weitergehen?«
»Wir wollen weiter mit unseren Zeugen sprechen. Und abwarten, ob aus der Öffentlichkeit noch Hinweise kommen.«
Da klang nicht gerade aufregend. Das klang nach dem perfekten Fall für zwei Teilzeitarbeitende, die auf ihrer eigenen kleinen Bahn trotten, während andere in vollem Tempo vorüberrauschen.
»Habt ihr euch schon mal überlegt«, fragte Bosse mit gepresster Stimme, als habe er mit knapper Not vermieden, sie alle beide zu verfluchen, »dass nicht feststeht, dass wirklich Theo geflogen ist?«
Als keine Antwort kam, fügte er hinzu:
»Viele Jugendliche haben lieber einen Pass bei sich als einen Personalausweis, wenn sie unterwegs sind. Theo kann durchaus seinen Pass bei sich gehabt haben, ohne irgendwelche Reisepläne zu hegen. Nehmen wir an, er kommt dazu, als der Messerstecher Juri gerade umbringt. Nehmen wir an, er wird als Geisel genommen oder niedergestochen, kann aber fliehen, was weiß ich. Der Täter nimmt seinen Pass.«
Monika schüttelte den Kopf.
»Aber bei der Ausreise wird auf das Passfoto geschaut. Oder meinst du, dass Juri von einem anderen unbekannten jungen Äthiopier erstochen worden ist, der deshalb das Land in aller Eile verlassen und zufällig Theo so ähnlich sieht, dass er seinen Pass benutzen kann?«
»Du brauchst mir nicht zu erzählen, wie die Passkontrolle vor sich geht. Ich bin zwar in Säffle geboren, aber deshalb bin ich noch lange kein ahnungsloses Landei.«
»So habe ich das auch nicht gemeint. Nimm doch nicht immer alles so persönlich!« Monikas aufgestaute Irritation ließ sie jetzt lauter werden.

»Und wie soll ich es sonst nehmen?« Er starrte sie wütend an.

»Als Kommentar, Hypothese. Als Reaktion darauf, was du gesagt hast. Als kollegiales Gespräch.«

»Wenn hinter dem, was du sagst, ein wenig mehr Gedanken steckten, dann wäre es leichter, es als kollegiales Gespräch zu betrachten. Du kannst doch nicht übersehen haben, dass wir hier in diesem Land Flüchtlingslager haben? Du kannst nicht übersehen haben, dass die, die mit einem Pass hier eintreffen, den abgeben müssen, und dass wir die Leute jahrelang gefangen halten, während die Mühlen der Bürokratie sich drehen? Längst nicht alle Flüchtlinge sind arm, und es ist ein lukratives Geschäft, so manchen wieder aus dem Land herauszuhelfen! Theos Pass könnte da so allerlei einbringen. Und dann wirst du da unten nicht die kleinste Spur von ihm finden. Da er ja niemals dort gewesen ist.«

Daga ließ sie weitermachen, hörte zu und zupfte sich am Pony.

Monika versuchte, sich vernünftig anzuhören.

»Okay. So weit hatte ich wirklich nicht gedacht. Das setzt voraus, dass irgendjemand in dieser Geschichte gewusst hat, wie der Pass verkauft werden konnte. Und dann denken wir vermutlich weit über die Klasse hinaus.«

»Natürlich müssen wir weit über die Klasse hinausdenken. Wir wissen zum Beispiel nicht, woher Juri sein Geld hatte – er war auf seine Weise teuer gekleidet. Wir wissen nicht, mit wem er in seiner Freizeit zusammen war. Es ist eine Wahnsinnsarbeit, diese Informationen zu bekommen. Wir sind zwei Menschen, die vier Stunden am Tag arbeiten. Die Frage ist, ob das überhaupt Sinn hat.«

Daga ließ sich zurücksinken.

»Da ist es doch ein Glück, Bosse, dass du dir diese Frage nicht zu stellen brauchst. Sondern ich. Ich bin zufrieden mit der Arbeit, die ihr bisher geleistet habt. Natürlich wäre es besser, wenn ich diesem Fall Vorrang einräumen könnte. Aber das geht nun einmal nicht. Ihr müsst innerhalb der gegebenen Rahmenbedingungen arbeiten. Man muss bei einer Ermittlung doch nicht immer alles wissen. Erledigt die Vernehmungen, dann werden wir ja sehen, wie es weitergeht. Es wird interessant sein zu hören, was die Freundin zu sagen hat, vor allem über Theo.«

Bosse bedachte Daga mit demselben herablassenden Blick, den er sonst für Monika hatte.

»Das sehe ich nicht so. Es gibt wohl keine Schulklasse, wo die Schüler sich nicht untereinander verlieben. Aber die meisten bringen sich trotzdem nicht gegenseitig um.«

Keine der beiden würdigte ihn eines Kommentars.

Daga erhob sich, ihre Zeit war um, jetzt sollten sie weiterkämpfen. So weit sie es schafften, es war ja schon Viertel nach zehn. Um elf würden sie endlich Helena treffen. Helena, die in Monikas Augen aussah wie Barbie und die von den anderen für die Schönste in der Klasse gehalten wurde.

Monika hatte den Kampf um den Schreibtischsessel aufgegeben. Wenn er so wichtig für Bosse war, dann sollte er ihn doch behalten. Das Problem war nur, dass auf diese Weise nur er Zugang zum Computer hatte, und jetzt stieß er einen Pfiff aus.

»Sieh dir das an!«

Monika lief um den Schreibtisch, schaute kurz auf den Bildschirm und steuerte die Tür an.

Jetzt war er zu weit gegangen, kilometerweit sogar. Seine Reha war ihr egal, es war ihr egal, dass von Frauen in männerdominierten Berufen möglicherweise ein wenig mehr Toleranz verlangt werden kann. Jetzt war Schluss. Jetzt blieb ihr nur eines, nämlich zu Daga zu gehen, Bosse wegen sexueller Belästigung anzuzeigen und einen anderen Arbeitspartner zu verlangen.

Denn der Bildschirm hatte ein pornographisches Bild gezeigt, das Amateurfoto eines fast bewusstlosen jungen Mädchens und einiger Jungen. Das Partykleid des Mädchens war bis zur Taille hochgeschoben, der Junge, der in es eingedrungen war, hatte die Hose um die Waden hängen.

Es war ein abstoßendes Bild. Ihre Hand lag schon auf der Türklinke, als Bosse sagte:

»Sag mal, hast du den Verstand verloren? Wofür hältst du mich eigentlich? Komm zurück, auf dem Bild, das ist doch Juri. Irgendjemand muss das an uns gemailt haben.«

Widerwillig ging sie zurück. Das Bild war unbeholfen eingescannt worden, aber es war nicht schwierig, Juri und den rothaarigen Jungen an seiner Seite zu erkennen. Der Absender schien eine Einmaladresse zu sein, zeuge@hotmail.com.

Sie holte das Klassenfoto.

»Der Rothaarige heißt Sebastian. Keine Ahnung, wer das Mädchen ist.«

Konnte das Helena sein? Nein, das wohl kaum – Helena hatte hellere Haare und längere Beine. Dieses Mädchen schien niemandem aus der Klasse zu ähneln.

Verdammt. Das Letzte, was sie brauchen konnten, war eine weitere Spur, die ins Unbekannte führte.

Monika musste einfach laut denken.

»Wer kann uns das geschickt haben? Und warum?«

Bosse zuckte mit den Schultern.

»Wir werden wohl Sebastian herholen müssen. Wenn wir mal Zeit für so was haben. Wenn wir je so weit kommen. Dann erfahren wir, wer das Mädel ist, und dann werden wir sehen, ob uns das weiterhilft. Ich drucke das Bild aus.«

Während sie auf Helena warteten, rief Monika noch einmal bei der Gerichtsmedizin an, und diesmal meldete sich endlich jemand.

»Nicht einmal für dich, Monnicka, können wir schneller arbeiten«, sagte Derek Cramer, der seit ganz kurzer Zeit Professor war. »Frühestens Ende der Woche können wir uns ihn ansehen, und du brauchst mir nicht zu erzählen, was für ein Riesenproblem das für euch ist, das weiß ich auch so.«

Er klang trotz der Arbeitsüberlastung so gut aufgelegt wie meistens. Das war beruhigend.

»Ehrlich gesagt ist das kein großes Problem. Wir arbeiten auf halber Flamme, haben eigentlich noch kaum angefangen. Also mach dir unseretwegen keinen Stress.«

Derek lachte.

»Auf halber Flamme? Seit wann weißt du, was das ist?«

»Seit soeben. Ich war eine Weile nicht im Dienst, hatte mir direkt vor Weihnachten das Bein verletzt, und jetzt sagt mein Arzt, dass ich auf halber Flamme wieder anfangen kann.«

»Und du tust natürlich, was dein Arzt sagt …«

Bosses verärgerte Miene und sein Blick auf die Uhr hinderten ihn nicht daran, in Dereks Lachen einzustimmen.

»Aber sicher doch. Etwas anderes hast du ja wohl nicht erwartet!«

Bosse hatte recht, es war Zeit für den Termin mit Helena. Sie hatten einen Besprechungsraum zugewiesen bekommen, da ihr kleines Arbeitszimmer nicht groß genug für drei Personen war.

»Es ist vielleicht besser, wenn du das Gespräch führst. Mit jungen Mädchen kenn ich mich nicht so gut aus!«

Was für ein Wunder! Ein Funken von Selbsterkenntnis. Wer hätte das gedacht? Das alles sagte Monika nicht, sie nickte nur.

Helena war wirklich schön. Nicht nur schön, wie alle gesunden Siebzehnjährigen mit reiner Haut und langen Beinen es sind. Dieses Mädchen hier besaß eine eigene, ganz besondere Schönheit, die es nicht banal wirken ließ, obwohl sie in gewisser Weise einem Klischee entsprach. Sie trug Jeans, Schulpullover und Sandalen, und an ihr sah alles wie Designerware aus. Neben ihr saß eine Frau von etwa fünfzig mit den gleichen langen Beinen, kurzen grauen Haaren und einem runden, ungeschminkten, recht freundlichen Gesicht. Die Mutter, tippte Monika – und mit der wollte sie auch sprechen. Aber nicht gleichzeitig.

Wenn Monika etwas über Vernehmungen von Teenagern gelernt hatte, dann, dass die Eltern lieber im Wartezimmer bleiben sollten. Aber dieses Mädchen hatte so Schreckliches mitgemacht. Ihr Freund war wenige Minuten, nachdem sie sich für den Abend getrennt hatten, umgebracht worden. Die Mutter hatte sie geholt, ehe die Polizei gekommen war, obwohl allen aufgetragen worden war, an Ort und Stelle zu bleiben.

Monika wollte deshalb keinen Ärger machen. Jedenfalls jetzt noch nicht.

Helena schien glücklicherweise damit zu rechnen, dass sie das Gespräch ohne ihre Mutter führen würde. Monika fragte, ob sie danach noch kurz mit der Mutter sprechen könnte.

»Sicher. Das muss sicher früher oder später geschehen, warum also nicht jetzt? Wenn es Helena recht ist. Wir können ja abwarten, wie ihr zumute ist, wenn Sie fertig sind.«

Helena setzte sich, weich und geschmeidig. Monika registrierte, dass Bosse seine Blicke einfach über sie hinwegwandern lassen musste, von der kurzen Stachelfrisur, vorbei an ihren hellbraunen Augen, dem langen Hals, bis der Blick dann an ihren kleinen weißen Füßen mit den hellblauen Nägeln haften blieb, nachdem er eine Weile auf Brusthöhe verharrt hatte.

Helena reagierte nicht. Sicher ist sie daran gewöhnt, dachte Monika. Die arme Kleine.

Als Helena anfing zu sprechen, wurde es schlimmer. Sie

war siebzehn. Sie hätte für zwanzig durchgehen können, aber sie redete wie eine Fünfzehnjährige. Höchstens.

Sie bestätigte das, was die anderen aus ihrer Klasse schon erzählt hatten. Sie war seit etwas über einem halben Jahr mit Juri zusammen gewesen. Er war am Freitagabend in die Tagesstätte gekommen, um nach ihr zu sehen, das machte er immer, wenn sie nicht zusammen waren. Bosse fragte, ob sie oder irgendjemand sonst gewusst hätten, dass er kommen wollte. Sie schüttelte den Kopf. Er habe nie Bescheid gesagt, sei einfach aufgetaucht.

Sie wirkte ein wenig ängstlich, aber nicht traurig, obwohl sie doch jetzt eine Art Witwe war.

»War er eifersüchtig?«, fragte Monika.

Helena machte ein überraschtes Gesicht.

»Nein.«

»Deshalb ist er also nicht gekommen?«

»Er wollte die Jungs wohl nur daran erinnern, dass sie mich in Ruhe lassen sollten. Das haben sie gemacht. Deshalb war es doch so gut, mit ihm zusammen zu sein.«

Monika ließ diese Mitteilung einen Moment lang sickern.

»Es war doch sicher auch noch aus anderen Gründen gut?«

Eine kleine Konzentrationsfurche tauchte zwischen Helenas gewölbten Augenbrauen auf. Sie überlegte. Und antwortete endlich, mit leichtem Zögern:

»Neihein ... ich weiß nicht.«

»Hattest du ihn nicht gern?«

Jetzt war sie sich ihrer Sache schon sicherer.

»Nein.«

»Soll das heißen, dass du nur mit ihm zusammen warst, weil die anderen Jungen dich in Ruhe lassen sollten?«

Helena nickte gelassen. So war es gewesen.

Monika musterte das kleine Mädchen in dem viel zu erwachsenen Körper und hatte zum ersten Mal Zweifel an der Schulpflicht. Jugendliche können sich doch nie gegen die Schule entscheiden, egal, was ihnen dort widerfährt, egal, was sie tun müssen, um die Tage dort zu überstehen.

Sie erfuhren nun, dass Helena gesehen hatte, wie Juri und Theo sich vor der Tagesstätte stritten, aber sie hatte keine Ahnung, worum es gegangen war. Juri stritt sich mit so vielen.

Sie konnte nicht sehr viel über Juris Leben außerhalb der Schule erzählen. Sie hatte sich nie gefragt, woher er sein Geld hatte.

Ehe er am Freitagabend verschwunden war, hatte er ganz normal gewirkt. Er hatte nichts von einer anderen Verabredung gesagt, aber das tat er nie.

Er redete überhaupt nicht so viel.

Er fand sie blöd, weil sie darauf bestand, Kondome zu benutzen.

Bei dieser Mitteilung hoben Monika und Bosse beide die Augenbrauen.

Helena erzählte treuherzig:

»Das ist wichtig. Meine Mama ist gestorben, weil mein Papa das nicht gemacht hat.«

»Ist das denn nicht deine Mutter, mit der du hier bist?«

»Das ist meine Oma. Sie hat mich adoptiert. Meine richtige Mama ist tot.«

Sie antwortete wie ein braves Mädchen in der Schule, daran gewöhnt, allen gefällig sein zu wollen.

Wenn ihr klar war, dass sie ebenso unter Verdacht stand wie alle anderen, die nicht beweisen konnten, wo sie sich am Freitagabend zwischen zehn und Viertel vor elf aufgehalten hatten, dann war ihr das nicht anzumerken. Sie erzählte, dass sie noch eine Weile auf der Wippe gesessen hatte, nachdem Juri gegangen war. Wie lange, konnte sie nicht sagen. Danach war sie mit Matilda gegangen, die eine unbeobachtete Stelle zum Rauchen gefunden hatte. Sie hatten sich hinter einen kleinen Schuppen mit Dreirädern und Hockeyschlägern gestellt.

Monika fragte:

»Ich habe gelesen, was Matilda am Freitagabend den Polizisten gesagt hat. Sie hat nichts davon gesagt, dass du mit ihr zum Rauchen weggegangen bist.«

»Ich rauche nicht. Ihre Eltern würden durchdrehen. Sie werden denen doch nichts erzählen?«

»Vermutlich nicht. Wie lange habt ihr hinter dem Schuppen gestanden?«

Helena wusste das nicht. Nach einer Weile war Matilda zum Pinkeln im Gebüsch verschwunden, und Helena war zu den anderen auf den Spielplatz zurückgekehrt.

»War Theo da, als du zurückgekommen bist?«

Das glaubte Helena nicht.

Dann waren Jonatan und Vivi angerannt gekommen.

Als Helena gehört hatte, was passiert war, hatte sie Greta angerufen, und die hatte sie mit dem Auto abgeholt, obwohl sie in der Nähe wohnten.

Das fand sie gut. In der Tagesstätte war alles so hektisch gewesen.

Monika musste sich große Mühe geben, um sich nicht an den Kopf zu fassen.

Ehe Helena ging, sprang Monika auf und holte das Bild des fast bewusstlosen Mädchens, Juris und Sebbes. Sie schnitt mit dem Papierschneider den Kopf des Mädchens ab und nahm den Bildausschnitt mit.

»Weißt du übrigens, wer das hier ist?«

»Das ist doch Matilda.« Helena lächelte herzzerreißend glücklich, weil sie endlich eine richtige Antwort geben konnte.

»Matilda? Ist die nicht ziemlich mollig und schwarzhaarig?«

»Jetzt, ja. Früher war sie schlank und blond.«
Matilda!
Jetzt führte die Spur zurück, in die Klasse. Monika erschien das als gutes Omen.

Die Mutter, die eigentlich die Großmutter war, hatte ihr Kind offenbar schon früh bekommen. Sie sah aus wie etwa fünfzig. Sie gab sich auch keine Mühe, jünger zu wirken, aber ihr Rücken war gerade, und die Muskeln saßen da, wo sie hingehörten. Trotzdem schien Greta vom Leben arg mitgenommen worden zu sein. Ihre Hose müsste gewaschen werden, und sie ging steif und langsam.

»Sie wissen vermutlich schon, dass ich Helena adoptiert habe«, fing sie an. »Ihre Mutter, die Cassandra hieß, ist gestorben, als Helena fast drei war. Sie haben sicher auch bemerkt, dass Helena für ihr Alter zurückgeblieben ist.«

Monika und Bosse nickten. Das hatten sie gemerkt.

»Was möchten Sie wissen?«

So ging das nicht. Nicht die Zeugin sollte die Fragen stellen, sondern die Polizei.

Monika versuchte, sich Respekt zu verschaffen.

»Am Freitagabend haben unsere Kollegen alle gebeten, in der Tagesstätte zu bleiben. Trotzdem haben Sie Helena abgeholt.«

Greta sprach langsam, mit leicht zitternder Stimme.

»Sie haben mit ihr gesprochen. Ihr Freund war ermordet worden. Es ist meistens leichter, Verständnis zu bekommen als Erlaubnis. Ich habe getan, was in meinen Augen das Beste für sie war.«

Was war nur aus dem Respekt vor der Polizei geworden? Theo hatte sie angelogen. Matilda hatte gelogen. Greta hatte auf ihre Anordnungen gepfiffen.

»Das war nicht klug von Ihnen. Erinnerung ist Frischware.«

»Wir setzen unsere Prioritäten anders. Sie wollen feststellen, wer Juri ermordet hat. Ich will Helena beschützen.«

»Das wäre auch möglich gewesen, wenn Sie zur Tagesstätte gekommen wären, um bei ihr zu sein.«

»Sie kennen Helena nicht.«

Da hatte sie ja recht. Monika wechselte das Thema.

»Sie waren ebenfalls auf dem Fest, doch als Juris Leichnam gefunden wurde, waren Sie bereits gegangen.«

Greta nickte.

»Wann sind Sie gegangen?«

»Das weiß ich nicht genau. Ich hatte Kreislaufstörungen und bin in der Küche fast ohnmächtig geworden. Danach bin ich nach Hause gegangen.«

»Um welche Uhrzeit sind Sie dort eingetroffen?«

»Das weiß ich auch nicht. Ich habe nicht auf die Uhr geschaut.«

Bosse musterte sie mit unangenehmem Blick.

»Reden Sie keinen Unsinn. Sollen wir Ihnen wirklich glauben, dass eine Frau, die ein Fest frühzeitig verlässt, nicht auf die Uhr schaut, ehe sie geht? Dass sie nicht auf die Uhr sieht, wenn sie abends nach Hause kommt?«

Sein Blick blieb wirkungslos. Greta jedenfalls schien er nicht zu beeindrucken.

»Ich arbeite in der Krankenpflege. Meine Tage sind bis in die Minuten hinein reguliert. In meiner Freizeit überlasse ich die Zeit deshalb sich selbst.«

Monika nahm einen neuen Anlauf.

»Haben Sie auf dem Heimweg jemanden gesehen?«

»Meine Nachbarn, die warfen Müll weg.«

Monika notierte Namen und Adresse der Nachbarn.

»Welchen Weg sind Sie gegangen?«

»Den kürzesten. Den kleinen asphaltierten Gehweg zwischen der Tagesstätte und unserer Straße. Der führt genau an der Stelle vorbei, wo Juri gefunden worden ist, das haben Sie sicher gesehen. Als ich dort vorüberkam, war alles ruhig. Ich habe nichts gesehen, ich habe mich wirklich zu erinnern versucht. Aber ich fühlte mich nicht sehr wohl, deshalb war meine Aufmerksamkeit sicher auch nicht in Hochform.«

Ansonsten bestätigte sie, was die Polizei bereits über das Fest wusste. Idiotische Idee, aber was soll man machen. Sie wusste nicht sehr viel über Juri. Sie kannte seine Eltern nicht, wusste nichts über seine Finanzlage. Freunde, in dem Alter, sagte sie wegwerfend, die kommen und gehen.

Weder Juri noch Helena hatten angedeutet, er könne Feinde haben oder sich vor jemandem fürchten.

»Dann können Sie nicht viel mit ihm gesprochen haben«, sagte Bosse. »Er war nicht gerade populär.«

»Das habe ich auch nicht behauptet – ich habe nur gesagt, dass er sich vor niemandem fürchtete.«

Bosse grunzte.

»Und das war ein verdammtes Fehlurteil, nicht wahr?«

Wenn Bosses Tonfall sie ärgerte, dann zeigte sie das nicht, sie nickte nur. Sie bringt es nicht einmal über sich zu reagieren, dachte Monika, die nicht zum ersten Mal mit lähmender Müdigkeit konfrontiert war.

Am Ende fragten sie nach Theo. Sicher hatte sie ihn gesehen, das ließ sich kaum vermeiden, der einzige Farbige in der Klasse ging ja nicht in der Menge unter. Ob sie sich an etwas Besonderes erinnern könnte? Nur daran, dass er total fertig ausgesehen hatte, als sie Helena abgeholt hatte. Sie hatte ihn gefragt, ob er sich hinlegen wollte, aber das hatte er abgelehnt.

Ob er mit Helena befreundet sei? Davon wusste Greta nichts. Helena sei schweigsam und bringe keine Freunde mit nach Hause.

»Warum fragen Sie gerade nach ihm?«

Als die Antwort ausblieb, fügte sie nachdenklich hinzu:

»Ich bin aus ihm nicht so recht schlau geworden ...«
Sie verstummte erwartungsvoll.

»Sie sollen uns erzählen, was Sie wissen«, sagte Bosse. »Nicht umgekehrt.«

Auch diese Bemerkung nahm sie gelassen hin. Aber sie hatte nichts mehr zu sagen, und nach wenigen Minuten beendeten sie das Gespräch.

»Oh verdammt«, fasste Bosse alles zusammen, schaltete das Tonbandgerät aus und ging auf die Tür zu.

Monika lungerte noch ein wenig im Besprechungsraum herum. Wenn Bosse um Punkt zwölf Uhr Feierabend machen wollte, dann konnte sie ihm ausweichen, wenn sie noch einige Minuten wartete.

Und richtig. Als sie um fünf nach zwölf ihr Zimmer betrat, war er verschwunden. Ihre Schulter senkten sich auf ihre Normalhöhe, und sie fluchte. Von ihm wollte sie sich nicht stören lassen.

Aber jetzt wartete die Personalkantine. Da erfuhr Monika, dass das kleine Mädchen aus dem Segelboot mit verschränkten Armen und mit Blumen überstreut dort gelegen hatte. Die Kleine war fast unversehrt gewesen, nur eben tot.

Doch die Haare an Monikas Armen sträubten sich, als sie nun hörte, dass zwei Quadratzentimeter Haut an dem kleinen Körper gefehlt hatten. Jemand hatte aus jedem Unterarm ein kleines Stück Haut geschnitten. Die Gerichtsmediziner glaubten, das sei nach ihrem Tod geschehen. Danach hatte jemand die Wunden an den dünnen Armen mit glitzernden rosa Pflastern bedeckt. Diese letzte Information sollte nicht an die Presse weitergegeben werden, aber wenn die Kollegen in ihrer Mittagspause noch lange darüber diskutierten, würde es trotzdem bald durchgesickert sein.

Einer der ausgebrochenen Häftlinge war am Vormittag in der Göteborger Innenstadt gefasst worden. Er hatte eine Schusswunde im Bein und fürchtete sich mehr vor seinen

Kumpeln als vor der Polizei. Gerüchten zufolge hatte er seit seiner Festnahme kein Wort mehr gesagt.

Niemand fragte, wie Monika und Bosse weiterkamen. Juris kurzes Leben war bereits vergessen, jedenfalls auf dem Revier und in den Zeitungsredaktionen des Landes.

Nach der Mittagspause, die eine gute Stunde gedauert hatte, kehrte Monika in ihr kleines Arbeitszimmer zurück. Sie setzte sich an den Schreibtisch, drehte den Stuhl tiefer und holte tief Atem.

Es war angenehmer, zu zweit zu sein, wenn die Zusammenarbeit funktionierte, aber es war unbeschreiblich viel besser, allein zu sein, statt mit Bosse zusammenzuarbeiten.

Jetzt hatte sie einen weiteren Nachmittag zur freien Verfügung.

Als Erstes rief sie bei der Spurensicherung an – sie wollte die Fotos von Juri sehen, sie wusste noch immer nicht, wie er dort im Gebüsch gelegen hatte. Sie wollte wissen, was in der Nähe des Leichnams gefunden worden war.

Bei der Spurensicherung war noch immer besetzt.

Monika ließ sich im Sessel zurücksinken. In der Stille fing sie an, nach den Umrissen des Gesamtbildes zu suchen. Eigentlich wussten sie nur wenig. Es gab so viele, mit denen sie nicht gesprochen hatten, so vieles, was nicht gesagt worden war. Zugleich wusste sie, dass Daga recht hatte. Sie mussten nicht alles wissen. Es reichte, wenn sie einige zentrale Tatsachen zu fassen bekamen. Diese Tatsachen könnten danach Struktur in ihre weitere Suche nach dem oder denen bringen, die Juri das Messer in den Rücken gestoßen hatten.

Sie wussten, dass das Messer, mit dem Juri getötet worden war, aus der Tagesstätte stammte. Das bedeutete vermutlich, dass sie seine Geschäftskontakte von der Liste der Verdächtigen streichen konnten. Das war gut.

Sie wussten, dass Theo verschwunden war. Sie hoffte, dass wirklich er nach Addis geflogen war. Sie hoffte, dass Inspektor Tigist ihn bald finden würde.

Und weiter wusste sie, dass Juri mit Matilda Sex gehabt hatte. Ihr schauderte beim Gedanken an das Bild, den Albtraum aller Eltern.

Sie wusste, dass die Psychologin solche Angst gehabt hatte, dass sie versucht hatte, zu lügen, und dass sie versucht hatte, ihren Freund und dessen Motorrad aus dem Verhör herauszuhalten. Ein kurzes Gespräch mit dem Freund wäre da doch durchaus angebracht.

Sie wusste, dass Helena viel jünger war, als sie aussah, und dass Juri einen ungewöhnlich attraktiven Hauswirtschaftslehrer gehabt hatte.

Sie setzte sich gerade. Woher war dieser Gedanke gekommen?

Besser, sie machte sich ans Werk. Am Vortag hatte sie das Gymnasium besucht, heute war die Tagesstätte an der Reihe.

Sie wollte feststellen, was vom Spielplatz aus zu sehen war und was nicht. Sie wollte sich das Gebüsch ansehen, in dem Juri gefunden worden war, und diesmal in aller Ruhe.

Die Tagesstätte

Die Tagesstätte Walderdbeere sah ebenso deprimierend aus wie am Montag. Monika betrat den menschenleeren Hofplatz. Durch das offene Fenster waren Kinderstimmen und das Klappern von Geschirr zu hören. Sie bog um die Hausecke und setzte sich auf eine Wippe. Hier hatte Helena gesessen. Das Tor war von hier aus nicht zu sehen, das

Dickicht auch nicht. Aber sie konnte in die Küche blicken, deren zwei Fenster auf die Wippe schauten.

Sie drehte eine Runde um das Haus, wie Helena und Juri es getan hatten. Dafür brauchte sie drei Minuten. Danach ging sie durch das Tor, bog nach rechts ab, folgte ein Stück weit dem Bürgersteig und nahm dann den asphaltierten Gehweg. Sie brauchte nicht einmal dreißig Sekunden, um den Trampelpfad zu erreichen, der ins Dickicht führte, falls etwas, das nur anderthalb Meter lang war, überhaupt als Pfad bezeichnet werden konnte.

War Juri diesem Weg gefolgt und dann seinem Mörder begegnet? Die Alternative wirkte unwahrscheinlich. Sie konnte sich nicht vorstellen, wie irgendjemand ihn auf der Straße niederstach, um ihn dann ins Gebüsch zu schleifen. Er hatte sicher zwischen siebzig und achtzig Kilo gewogen, und die Spurensicherung hatte nichts über Schleifspuren auf dem Boden oder an seinen Kleidern berichtet. Das bedeutete, dass sie nach mindestens zwei Personen suchten, wenn Tatort und Fundstätte nicht dieselben waren.

Monika fand, dass ihr Gehirn sehr viel besser funktionierte, wenn Bosse nicht in der Nähe war.

Sie ging die wenigen Schritte bis zu der kleinen Öffnung im Gebüsch und spürte plötzlich, dass dort noch ein anderer Mensch war. Sie nahm den Schatten eines Duftes wahr, oder vielleicht auch nur einen Hauch, der noch in der Luft hing, weil dort vor ganz kurzer Zeit jemand gegangen war.

Die Haare in ihrem Nacken sträubten sich, und ihr Herz machte eine Riesenanstrengung, die sie als Schlag in ihrer Brust wahrnahm.

Sie konnte gerade noch denken, wie ungeheuer peinlich es doch wäre, von einem zwanghaft an den Tatort zurückgekehrten Mörder niedergeschlagen zu werden, oder Schlimmeres.

Dann hörte sie eine jämmerliche Stimme, die so ängstlich klang, wie Monika sich fühlte.

»Ist da jemand?«

Es war eine Mädchenstimme, eine junge Stimme. Monika antwortete:

»Ja. Polizei.«

Und ging ins Dickicht.

Dort saß Vivi.

Monika erkannte sie vom Klassenfoto her. Das dreieckige Gesicht, das spitze kleine Kinn, die langen blonden, glänzenden Haare, die sie aussehen ließen wie die Hauptfigur in einem Kinderbuch.

Sie saß mit angezogenen Knien da, und die Haare fielen ihr über die Schultern.

Monika stellte sich vor und setzte sich neben sie. Sie schwiegen eine Weile.

Endlich fragte Vivi:

»Wissen Sie, wo Theo ist?«

»Nicht so ganz.«

Vivi schien erleichtert zu sein.

»Hast du dir Sorgen gemacht?«

Vivi nickte.

»Du hast versucht, ihn zu erreichen, und das hat nicht geklappt?«

»Mmm.«

Monika lehnte sich zurück, setzte sich anders hin. Vivi sagte:

»Ich dachte, Sie hätten ihn vielleicht festgenommen. Und dass er sich deshalb nicht meldet.«

»Warum hätten wir das tun sollen?«

Als Vivi keine Antwort gab, fragte Monika:

»Hast du Angst, Theo könnte Juri erstochen haben?«

»Ein bisschen.«

»Aber warum meinst du das?«

»Theo war sauer auf Juri, total sauer.«
»Woher weißt du das?«
»Das habe ich gesehen.«
Und Vivi erzählte von den Schlüsseln, davon, wie Theo sie aufgehoben und wie er danach ausgesehen hatte.
Monika hörte plötzlich an ihrem Tonfall, was Vivi nicht in Worten gesagt hatte.
»Vivi?«
»Mmm.«
»Bist du verliebt in Theo?«
Und Vivi nickte, ein wenig verlegen.
»Aber trotzdem bist du mit Jonatan hergekommen?«
»Ich wollte, dass Theo mich bemerkt, statt nur Helena anzuglotzen.«
»Soll das heißen, du bist mit Jonatan hergekommen, um Theo eifersüchtig zu machen?«
Vivi nickte.
»Und hat das geklappt?«
»Nein. Er ist ja nicht gekommen. Theo, meine ich.«
»Wohin ist er nicht gekommen?«
»Er ist nicht ins Haus gekommen. Wir waren auf dem Spielplatz gewesen. Nach einer Weile sind Helena und ich dann ins Haus gegangen. Ich dachte, dass Theo nachkommen würde, das war, als ich ein bisschen mit Jonatan geknutscht habe. Aber er ist nicht gekommen.«
»Aber er war doch später da?«
»Ja, als Jonatan und ich zurückkamen, war er da. Er sah total fertig aus.«
»Dann kann ich verstehen, dass du überlegt hast, ob vielleicht er Juri niedergestochen hat.«
Vivi schauderte zusammen.
»Wissen Sie, warum ich hergekommen bin?«
»Erzähl.«
»Um zu sehen, ob ich wirklich nicht traurig darüber bin,

dass Juri tot ist. Aber das bin ich nicht. Den vermisst niemand.«

Vivi packte ihre Knie fester und sah Monika trotzig an.

Was mochte es für ein Gefühl sein, den Jungen, in den sie verliebt war, in Verdacht zu haben, er könnte einem Schulkameraden ein Messer in den Rücken gerammt haben? Was mochte es für ein Gefühl gewesen sein, im Halbdunkel über die Leiche zu stolpern?

»Darf ich dir eine weitere Frage stellen zu dem, was am Freitagabend passiert ist?«

»Okay.«

»Weißt du noch, wie Juris Arme lagen?«

Wieder schauderte Vivi zusammen.

»Ja. Er hatte sie unter dem Kopf.«

»Unter dem Kopf? Bist du sicher?«

»Ja.«

Monika konnte sich das Bild nicht vorstellen.

»Kannst du es mir zeigen?«

Vivi verschränkte die Arme und lehnte die Stirn gegen ein Handgelenk.

So fällt kein gesunder Mensch.

»So kann er doch nicht gelegen haben?«

Vivi sah beleidigt aus.

»Warum fragen Sie mich, wenn Sie mir doch nicht glauben? Er hat wirklich so gelegen.«

»Verzeihung. Normalerweise hätte ich Fotos bekommen, aber im Moment dauert alles länger. Ich war nur so überrascht …«

Vivi lächelte. Monika war vergeben worden. Nach einer Weile verließen sie den geschützten Ort, wo die aufgesprühten Umrisse fast nicht mehr zu sehen waren – seit dem Freitag waren viele neugierige Füße hier unterwegs gewesen.

Wieder auf dem Revier

Als Monika zurückkam, lag ein neues Fax auf dem Schreibtisch. Das Briefpapier erkannte sie schon aus der Ferne.

Es stammte von Inspektor Tigist HaileGaebriel. Er hatte Theo gefunden und fragte, ob Monika nach Addis Abeba kommen wollte, um mit ihm zu sprechen.

Sie ließ sich in den Sessel fallen.

In diesem Moment klingelte das Telefon. Eine tiefe Männerstimme fragte:

»Warum hast du dem Mathelehrer deine Nummer gegeben, wo du doch mit mir sprechen willst?«

»Weil ich nicht nur mit dir sprechen will. Ich will mit allen sprechen, die etwas zu sagen haben. Aber wo ich dich schon an der Strippe habe, kommt gleich eine Frage – hast du auch Helena unterrichtet, die, die mit Juri zusammen war?«

»Die schöne Helena? Sicher. Warum?«

»Wie ist sie, als Schülerin?«

»Schön. Nein, Spaß beiseite, sie ist eigentlich nichts Besonderes. Sie macht, was man ihr sagt, kommt pünktlich, ist ziemlich schweigsam, aber ehrgeizig.«

»Und wenn du sie mit den anderen Mädchen vergleichst, ist sie tüchtiger? Weniger tüchtig? Sag aber nicht, dass sie schöner ist, sonst lege ich auf.«

»Verzeihung. Das sollte nicht sexistisch klingen. Sie ist sicher wie die anderen. Habe ich etwas übersehen?«

»Das kann man wohl sagen«, sagte Monika und legte auf. Sie wollte nicht mit einem Mann sprechen, dessen Stimme sie bis ins Mark traf. Sie wollte sich auf das Fax konzentrieren, das vor ihr auf dem Tisch lag.

Theo war gefunden!

In Addis Abeba.

Was sollte sie jetzt tun?

Es war zu spät, um mit Daga zu sprechen, sie musste nach Hause gehen und die Sache überschlafen.

Am nächsten Morgen stand Monika eine halbe Stunde früher auf als sonst.

Diesmal wollte sie als Erste im Büro sein. Sie wollte sich in den Schreibtischsessel setzen. Bosse sollte sehen, dass sie ebenso wenig zu vertreiben war wie er.

Sie hätte sich aber nicht zu beeilen brauchen, denn er ließ sich nicht sehen. Im Gegensatz zu Daga.

»Bosse hat sich für heute krankgemeldet. Wir werden sehen, ob er am Dienstag wiederkommt.«

Monika registrierte, dass Daga nicht sagte, Bosse sei krank, sondern, er habe sich krankgemeldet.

Interessant.

»Dienstag?«

Vor ihnen lag ein langes Wochenende, der nächste Tag und der Montag waren Feiertage, aber Daga meinte doch nicht, dass sie sich mitten in einer Mordermittlung vier Tage frei nehmen könnten? War Juris Tod nicht einmal bezahlte Überstunden wert?

Daga ließ sich im Besuchersessel nieder.

»Die Feiertage kommen ungelegen, ich weiß. Ich habe schon so viele Überstunden für die Jagd auf die Ausgebrochenen verbucht, dass das Budget überzogen ist, selbst wenn im restlichen Jahr rein gar nichts mehr geschieht.«

Monika nahm das Fax von Inspektor Tigist und reichte es Daga.

Die stieß einen Pfiff aus.

Monika versuchte, ganz normal auszusehen. Sie hatte die Sache überschlafen. Jetzt war sie sich sicher, dass sie nach Addis Abeba fliegen wollte. Sie musste mit Theo sprechen. Jetzt musste sie nur noch Daga überzeugen.

»Wie wichtig ist dieser Theo für die Ermittlung?«

»In meinen Augen ist er im Moment mit Abstand unser wichtigster Zeuge. Er hatte sich mit Juri gestritten. Er war am Freitagabend auf dem Fest, aber offenbar hat ihn niemand zwischen Viertel nach zehn und zwanzig vor elf gesehen. Nicht einmal ein Mädchen aus der Klasse, das Vivi heißt und verliebt in ihn ist und nach ihm Ausschau gehalten hat. Vivi sagt, dass Theo sich für Juris Freundin interessiert hat. Zwei Tage nach dem Mord verschwindet er, ehe wir mit ihm sprechen können.«

»Hältst du ihn für den Täter?«

»Das ist jedenfalls eine Möglichkeit. Eine andere könnte sein, dass er verschwunden ist, um jemanden zu schützen. Er kann sich aber auch gefürchtet haben. Er kann etwas gesehen haben, von dem er glaubt, dass es für ihn gefährlich werden kann.«

»Meinst du zum Beispiel, dass Helena ihren Freund erstochen hat und dass Theo vielleicht davon weiß? Könnten sie es zusammen gemacht haben? Vielleicht hat sie sich nicht getraut, Schluss zu machen.«

Monika musste einfach lachen. Natürlich verfiel Daga gerade auf diese Möglichkeit.

»Das alles müssen wir doch erst herausbekommen.«

Daga lächelte plötzlich strahlend – ihr erstes richtiges Lächeln seit Monikas Rückkehr, und es verursachte ein warmes Gefühl.

»Dann fahr hin. Du hättest einen besseren Start verdient. Fahr nach Äthiopien und sprich mit deinem Theo. Unser Budget ist schon dermaßen überzogen, dass eine kleine Reise nach Afrika auch keine Rolle mehr spielt.«

Sieh an. Die Reise sollte ein Trostpflaster sein, ein Ausgleich für Bosse. Eine freundliche Geste der Chefin. Der Chefin, der es ziemlich egal zu sein schien, was aus der Ermittlung wurde, und die es sich nicht leisten konnte, sie am Wochenende weiterarbeiten zu lassen.

Juris Tod war nicht von Interesse. Monikas Arbeit war nicht von Interesse. Dieser Fall hier wurde nicht ernst genommen, er war nur etwas, mit dem sie und Bosse sich in ihrer Rehaphase beschäftigen konnten. Monika überlegte, ob irgendwer schon einmal überlegt hatte, wie phantastisch rehafeindlich es doch war, sich mit etwas beschäftigen zu müssen, wofür niemand sich interessierte.

Aber Monika war der Fall wichtig. Das reichte für sie, und jetzt würde sie das tun, was die Ermittlung erforderte, auch wen Daga die Reise eher als rehafördernden Ausflug betrachtete.

Daga sank auf ihrem Stuhl in sich zusammen. Sie sah erleichtert aus – jetzt hatte sie doch immerhin etwas für Monika getan. Jetzt konnte sie sich für einen kurzen Moment entspannen.

Sie sprach jetzt über den Fall, der ihr am meisten am Herzen lag: das kleine Mädchen im Boot. Monika hörte höflich, aber zerstreut zu. Sie konnte Daga nicht verzeihen, dass sie für Juri kein Interesse zeigte.

Daga erzählte, die Kleine sei endlich als Elisabeth McClure Honkanen identifiziert worden, sechseinhalb Jahre alt. Sie war in Kanada geboren, als Tochter eines finnischen Eishockeyprofis und eines kanadischen Models, was erklärte, dass sie sie in den schwedischen Registern nicht gefunden hatten. Die Gerichtsmediziner hatten am Vortag ihren Bericht abgeliefert. Die Kleine war mit Rohypnol betäubt und dann erwürgt worden. Die von den Unterarmen entfernten Hautstücke waren noch nicht gefunden.

Monika seufzte. Juri war zuerst gestorben, aber sicher lag er noch gut verpackt da und wartete darauf, dass er an die Reihe kam. Aber natürlich – kleine blonde Mädchen wurden immer vorgezogen.

Die schöne Mama, der Eishockeyheld als Papa und das süße Töchterchen hatten sich in ihr protziges Ferienhaus auf Åland zurückgezogen. Dort wollten die Eltern den Versuch machen, ihre verschlissene Ehe zu flicken, wie sie gesagt hatten. Sie hatten gebeten, in Ruhe gelassen zu werden, deshalb hatte niemand reagiert, als sie nichts von sich hören ließen. Die Großeltern, die in Kanada lebten, hatten die Suchmeldung in den schwedischen Zeitungen nicht gesehen.

Wer dagegen reagiert hatte, war der nächste Nachbar auf Åland. Er hatte die kleine Familie kommen sehen, danach aber waren sie spurlos verschwunden gewesen. Schließlich hatte er bei ihnen an die Tür geklopft. Als niemand reagierte, drehte er eine Runde um das stille Haus und schaute durch die erreichbaren Fenster. Was er dort sah, ließ ihn die Polizei alarmieren. Auf diese Weise wurde die schöne, tote und überaus schlanke Alison McClure Honkanen gefunden. Als vorläufige Todesursache wurde eine Überdosis festgestellt.

Papa und Töchterchen waren spurlos verschwunden.

Monika fragte sich, was in der aufwendigen Sommervilla auf Åland wohl passiert sein mochte. Hatte die schlanke Alison eine Zeitlang mit Drogen aufhören können und dann aus Versehen eine Überdosis genommen? Hatte der Mann die Sache sattgehabt und ihr eine tödliche Dosis verpasst? Wenn es ein Unfall gewesen war, warum hatte er die Polizei nicht informiert? Und wenn er seine Frau und seine Tochter umgebracht hatte, warum war er mit der Kleinen, ob nun tot oder lebendig, nach Schweden gefahren? Und was war mit den Unterarmen des Kindes passiert?

Diese Geschichte war ganz nach Dagas Geschmack. Als sie alles erzählt hatte, schaute sie Monika nachdenklich an.

»Monika, was kann man mit zwei Hautfetzen machen?«

Monika hatte keine Ahnung. Sie hatte nicht vor, sich über

Hautfetzen den Kopf zu zerbrechen, sie hatte mit ihren eigenen Fragen genug zu tun.

Wer hatte Juri erstochen?

Warum war Theo nach Addis gefahren?

Hatte Juri wirklich so gelegen, wie Vivi es vorgeführt hatte? Monika hatte einige erfrorene Tote gesehen, im Sterben hatten sie sich ausgezogen und es sich im Schnee bequem gemacht. Sie hatte aber nie gehört, dass jemand mit einem Messer im Rücken das auch getan hätte.

Wovor hatte die Psychologin solche Angst? Wie hatte Helenas Beziehung zu Juri ausgesehen? Wer hatte das Foto von Matilda, Juri und Sebbe gemailt, und aus welchem Grund? Wie konnte sie Bosse loswerden?

Wieder rief sie bei der Spurensicherung an. Noch immer besetzt.

Also buchte sie ihren Flug nach Addis Abeba. Abreise am Samstag.

Sie spielte mit dem Gedanken, Mariam anzurufen, überlegte sich die Sache aber wieder anders. Dann setzte sie sich an den Schreibtisch und vertiefte sich in die Papierarbeit. Sie las die Vernehmungsprotokolle ein weiteres Mal, versuchte, ein Netz um Theo zu knüpfen, um zu wissen, wie sie mit ihm sprechen sollte, wenn sie ihn sah. Dann hinterließ sie auf dem Schreibtisch eine Mitteilung:

»Hallo Bosse!
Bin unterwegs nach Addis Abeba, um mit Theo zu sprechen. Melde mich, wenn ich etwas zu erzählen habe.
Monika.«

Um Punkt zwölf folgte sie Bosses Beispiel. Schaltete den Computer aus, schloss die Tür ab und ging nach Hause.

Ging. Nach Hause.

Am Freitagmorgen landete ausnahmsweise einmal eine Nachricht aus Südkorea in den Schlagzeilen. Ein in Kanada lebender finnischer Eishockeystar war bei Koreas führendem Klonspezialisten erschienen. In einem Glas hatte er zwei kleine verschrumpelte Hautstücke aufbewahrt. Und jetzt wollte er seine Tochter zurückhaben.

Er wollte eine drogenfreie Leihmutter. Er wollte seine Elisabeth in einer neuen, reinen, unversehrten Variante zurückhaben. Er habe es beim ersten Mal nicht geschafft, sie zu beschützen, erklärte er, diesmal wolle er es besser machen.

Diesmal werde er alles für sie tun.

Als das verblüffte Personal des Forschungsinstitutes erklärt hatte, dass sie nicht so arbeiteten, war er gewalttätig geworden.

Er war zuerst von der Polizei festgenommen und dann in eine psychiatrische Klinik gebracht worden.

Jaktvarvsplan

»Glaubst du«, fragte Monika Eloise, die zum Kaffee zum Jaktvarvsplan gekommen war, »glaubst du, Computerspiele machen die Leute glauben, unsere Leben seien Wegwerfartikel? Ist ein Vater wirklich in der Lage, seine kleine Tochter umzubringen, um ihr ein neues Leben zu geben?«

»Die Menschen glauben alles, Monika, einfach alles. Hunderte Millionen von Menschen glauben an ein Leben nach dem Tod. Dieser Vater war ebenso davon überzeugt, dass ein neues Leben sofort zu haben ist.«

»Er hätte die Kleine doch nicht umbringen müssen, um sie klonen zu lassen. Warum hat er sich nicht noch ein Kind besorgt?«

»Er wollte eben nur Elisabeth.«

Eloise hatte Lippen, die eine Nummer größer waren als ihr übriges Gesicht, und jetzt zog sie sie zusammen, um sich zu konzentrieren. Das sah aus wie zerknüllte Seide. Weiche zerknüllte Seide.

»Elisabeth hatte Schaden genommen, weil er die falsche Mutter für sie ausgesucht hatte, und deshalb sollte sie jetzt einen neuen Anfang bekommen – er glaubte, ein neues Leben sei es wert, dass man dafür stirbt.«

»Dass man dafür tötet, meinst du.«

»Dass man dafür stirbt, meine ich. Er hat Pflaster auf ihre Wunden geklebt, er wollte nur ihr Bestes. Wird interessant, wie die Geschworenen das sehen.«

»Er hat sie umgebracht. Wie sollen sie das sonst sehen?«

»Er wollte doch nicht, dass sie verschwindet, sie sollte nur gesund werden.«

»Dann müssen sie wohl einen Psychiater hinzuziehen, der darlegt, dass der Mann nicht im Vollbesitz seiner geistigen Kräfte war. Außerdem ist ein Klon wie ein eineiiger Zwilling. Selbst solche Zwillinge sind doch unterschiedliche Personen. Sonst dürfte bei Wahlen ja nur der eine stimmen. Er hätte niemals eine neue Elisabeth bekommen.«

Eloise nickte und blätterte zum nächsten Artikel in der vor ihr liegenden Abendzeitung weiter.

Dort war Alison McClure halbnackt auf dem Laufsteg zu sehen. Alison, die nach einem ausgiebigen Fest ins Auto getragen werden musste. Eine schwangere Alison, die jetzt ein neues Leben anfangen wollte, ein früher Kaiserschnitt aufgrund nicht genannter Komplikationen, eine bleiche kleine Tochter, die am Rand der Bilder von der Mutter auf der Hüfte des Kindermädchens zu ahnen war. Auf den folgenden Seiten kamen Fotos des Vaters, der als neuer Torwart der Nationalmannschaft im Gespräch war. Es gab die Sonderschule der kleinen Tochter, die so teuer war, dass Wörter wie Verhaltensstörung, Crack-Baby, geistige Behinderung und Gehirnschaden niemals erwähnt wurden. Dann waren da Streifenwagen vor dem protzigen Sommerhaus. Es gab Interviews mit Freunden und Teamkameraden des Vaters, die sich schockiert zeigten.

Die Zeitung schlug wirklich auf die große Trommel.

Kein Wunder, dass Juri dagegen nicht ankam.

»Kein Wunder, dass mein Fall daneben untergeht«, sagte Monika. »Mein Opfer ist ein unbekannter, ziemlich unangenehmer Neunzehnjähriger. Ich habe ein Ermittlungstempo, das vermutlich das langsamste in der Geschichte der Polizei ist. Ich soll mit einem Mann zusammenarbeiten, der die Zusammenarbeit verweigert. Meine Zeugen sind Lehrer, Gymnasiasten, Psychologinnen …« Sie schlug mit der Faust auf den Tisch. »Das ist doch Wahnsinn! Sind normale Menschen plötzlich uninteressant? Soll man das vielleicht als Tipp weiterreichen – wenn du jemanden ermorden willst und unentdeckt davonkommen möchtest, dann nimm ein Opfer, das niemandem wichtig ist.«

»Dir ist er wichtig, Monika. Und was Bosse angeht, da kann ich dir etwas erzählen.«

Monika hatte nie an eine Aura geglaubt, aber Eloise war umgeben von einem Kraftfeld, das zu spüren war, wenn sie sich näherte, die Luft in ihrer Nähe war wie geladen und verdichtet.

Monika schaute überrascht auf, und Eloise fügte hinzu:

»Ich dachte, es müsse doch eine Erklärung für das Verhalten dieses Mannes geben. Er steckt mitten in einer Auseinandersetzung um das Sorgerecht, Tochter sechs Jahre, Sohn vier. Überaus kompliziert.«

»Woher weißt du das?«

Die einzige Antwort, die Monika zuteilwurde, war ein geheimnisvolles kurzes Lächeln, bei dem sich Eloises Mundwinkel ein klein wenig kräuselten.

»Das ist keine Entschuldigung für sein Verhalten. Für sein Verhalten gibt es keine Entschuldigung.«

»Vergiss Bosse. Ich dachte nur, es könnte dir guttun, das zu wissen – und übrigens habe ich ein Geschenk für dich.«

Sie zog ein kleines Silberetui hervor, es sah aus wie eine winzige Reisetasche. Als sie sie öffnete, sah Monika, dass die Tasche mit Farben gefüllt war. Farben, die im Gesicht verteilt, aufgetragen, gepudert werden sollten. Monika wich in ihrem Sessel zurück.

Sie hatte eine vollgepackte Schminktasche bekommen. Wo sie sich doch niemals schminkte.

Sie sagte das Erste, was ihr einfiel:

»Meine Mutter hat ab und zu in der Kosmetikabteilung eines Warenhauses ausgeholfen. Sie war immer zu stark geschminkt.«

»Das war ich überhaupt nicht«, protestierte Babs sofort.

Eloise nahm die Tasche und setzte sich neben Monika.

»Das kann dir jetzt aber egal sein, das ist doch eine Ewigkeit her. Jetzt sitz einfach ganz still und schau geradeaus.«

Sie stellte vor Monika einen Spiegel auf den Tisch und verteilte langsam eine schimmernde hautfarbene Creme auf ihren Wangen, ihrer Stirn, ihrem Kinn.

Monika saß still da, als sei es gefährlich, sich zu bewegen. Still wie jemand, der überrumpelt worden ist und nicht weiß, wie er sich verhalten soll.

Und Eloise berührte Monika an Stellen, wo sie glaubte, noch niemals berührt worden zu sein: an Augenlidern, Augenbrauen, Augenwimpern.

Sie war ganz nah, so nah, dass Monika die Luft spürte, die sie ausatmete, diese Luft schien mit Energie angereichert worden zu sein. Monika ertappte sich dabei, dass sie einatmete, wenn Eloise einatmete, und ausatmete, wenn Eloise das ebenfalls tat.

Unter Eloises langen weißen Fingern nahm ein neues Gesicht Gestalt an. Ein ausgeprägteres Gesicht, ein intensiveres Gesicht. Seltsamerweise kam ihr das richtig vor. Ungewohnt, aber richtig.

»Endlich!«, sagte Babs zufrieden. »Das wurde aber auch Zeit.«

»Jetzt sieht dein Äußeres mehr aus wie dein Inneres«, erklärte Eloise zufrieden.

Sie stellte die kleine Schminktasche auf den Tisch.

»Jetzt musst du selbst experimentieren.«

Es wurde später ein wenig kompliziert, als alle Schminke abgewischt werden sollte. Aber mit etwas Übung würde das sicher besser gehen.

Botswana

Er befand sich nicht gern in Afrika südlich der Sahara.

Keine Kontaktlinsen auf der Welt konnten ihn mit dem Straßenbild verschmelzen lassen. Er konnte den fragenden Blicken nicht ausweichen, dem Lachen, den kleinen Kindern, die ihn begrüßen wollten. Er fragte sich, wo alle anderen Ausländer wohl steckten.

Er hatte sich entschieden, zu Fuß zum Krankenhaus zu gehen. Früher an diesem Tag war er mit dem Taxi gefahren und hatte sich eine ganz neue Identität und Lebensgeschichte überlegt. Der junge Fahrer hatte gefragt, woher er stamme, wann er nach Botswana gekommen sei, wie lange er bleiben wolle, was er von Beruf sei. Er hatte so kurz wie möglich geantwortet, war im Rückspiegel aber die ganze Zeit aus munteren, neugierigen Augen beobachtet worden.

Seine Haut war wie eine einzige große Mitteilung.

Fremder. Ausländer. Gast.

Er hinterließ in der Erinnerung der anderen eine breite, deutliche Spur, er, der sonst doch so gut wie unsichtbar war.

Er blieb vor einem Fußgängerübergang stehen. Eine unglaublich große Frau in einem ungeheuer kleinen Auto fuhr langsamer, damit er die Straße überqueren könnte. Sie musterte ihn interessiert. Er musste ihren Blick einfach erwidern.

Das war nicht gut. Er stellte sich vor, dass sie zu einem späteren Zeitpunkt nicken und sagen würde:

»Ja. Diesen Mann habe ich gesehen, ich bin ganz sicher, dass er es war.«

Er versuchte, sein Unbehagen abzuschütteln. Es gab keinen Grund zu der Annahme, dass dieser Auftrag schwerer durchzuführen sein würde als einer der früheren.

Diesmal ging es um Professor Motbeki. Motbeki – diese Radiologen hatten wirklich komische Namen. Und warum konnten sie nicht auf dem Teppich bleiben?

Diese Frage war neu für ihn. Er erfuhr nicht mehr, als er wissen musste, um seine Aufträge ausführen zu können. Bisher hatte ihn das nie gestört. Es war nicht seine Sache, sich ein Urteil über die Menschen zu bilden und die Todesurteile, die er vollstreckte, zu hinterfragen.

Er war immer damit zufrieden gewesen, dass er die Macht über Leben und Tod im wahrsten Sinne des Wortes in seinen Händen hielt.

Ein anderer neuer Gedanke war, dass seine Macht unvollkommen war. Er konnte Leben nehmen, doch er konnte nicht begnadigen. Plötzlich war das störend, obwohl es ihm bisher nie etwas ausgemacht hatte.

Eine tiefe Erinnerung meldete sich ungebeten zu Wort. Einer seiner ersten Aufträge hatte sich auf einen Kollegen bezogen. Einen Mann, der im entscheidenden Moment nicht hatte abdrücken können. In dem Moment, in dem er seine Pistole gesenkt hatte, hatte er sein Todesurteil unterschrieben. Der, den er hatte erschießen sollen, war etwas später am selben Tag von einem anderen erschossen worden. Er selbst hatte sich offenbar mit seinem Schicksal ausgesöhnt. Er hatte es demjenigen, von dem er wusste, dass er kommen würde, leicht gemacht. Er war zu langen, einsamen Spaziergängen aufgebrochen. Er hatte nicht einmal versucht, dem Auto auszuweichen, das vor ihm sein Tempo verlangsamte.

Der Mann, der jetzt seine wirkungslosen dunkelbraunen Kontaktlinsen trug, hatte damals nicht sonderlich viel nachgedacht. Der andere war in seinen Augen alt gewesen. Seine Haare wurden über den müden Augen schütter, und der Blick, der sich auf ihn gerichtet hatte, hatte nur Resignation enthalten.

Plötzlich bereute er, mit seinem angehenden Opfer nicht ein paar Worte gewechselt zu haben. Nicht gefragt zu haben: »Was ist passiert nach all diesen Jahren, nach all den Aufträgen? Konntest du dich nicht konzentrieren? Hat dich plötzlich die Kraft verlassen? Oder der Mut?«

Gab es noch etwas anderes, das einen Profi dazu bringen konnte, die Waffe sinken zu lassen und dem eigenen Tod entgegenzugehen?

Damals hatte er sich solche Fragen nicht gestellt. Damals hatte er den älteren Mann nur als Versager betrachtet. Als einen, der seine Arbeit nicht mehr schaffte. Einer, der erledigt war. Der Schuss war nur eine Bestätigung dessen gewesen, was bereits geschehen war.

Mit einem Schauer des Unbehagens fragte er sich plötzlich, ob es so vielleicht anfing, mit solchen Gedanken.

Er kehrte zu seinen Überlegungen über die Ärzte zurück. Solche Aufträge waren einfach, aber dennoch nicht ganz angenehm. Normalerweise lebten die Menschen, die er tötete, in derselben Welt wie er. Sie arbeiteten außerhalb der

Legalität. Sie nahmen hohe Risiken auf sich, um große Gewinne einzufahren. Sie wussten, dass sie in einer Welt der Todesstrafe lebten. Die Ärzte dagegen lebten in einem Paralleluniversum und gehorchten anderen Gesetzen. Deshalb hatten sie keine Leibwächter, deshalb konnten sie wie Katzenjunge getötet werden. Wieder fragte er sich, was sie verbrochen haben mochten.

Beim ersten Mal war er, obwohl er wusste, wie gefährlich es ist, zu verallgemeinern, davon ausgegangen, dass der Arzt, ein Kolumbianer, in eine Drogenfehde verwickelt gewesen war. Es gab natürlich jede Menge Kolumbianer, die niemals etwas mit Drogenhandel zu tun gehabt hatten, aber solchen Leuten lief er nur selten über den Weg.

Der Nächste war Professor Chanandrapuri in Pakistan gewesen. Weder er noch der Kolumbianer hatten wie Männer gewirkt, die glaubten, Feinde zu haben. Das war ein Mysterium.

Und jetzt Professor Motbeki.

Der einzige gemeinsame Nenner war, dass es sich in allen Fällen um Röntgenärzte handelte. Er konnte nicht begreifen, warum jemand bereit war, hohe Summen zu bezahlen, um sich ihrer zu entledigen.

Sein Vater hatte manchmal von den Fehden an der Universität erzählt, vom Postengerangel. War es möglich, dass einige Ärzte sich zusammengerottet und beschlossen hatten, missliebige Kollegen auf diese Weise aus dem Weg zu räumen? Aber dann hätten sie sich doch sicher einen diskreten Todesfall gewünscht, nicht dieses theatralische Modell, das jetzt gefordert war, Mord im Sprechzimmer, die Leiche mit Dollarnoten überstreut?

Er fragte sich, ob seine Überlegungen ein Zeichen dafür waren, dass ihm die Sache jetzt entglitt. Oder im Gegenteil, dass er nun endlich begriff, was er tat?

Wer nutzt hier eigentlich wen aus? Vor Ärger über seine

ungewöhnliche Stimmung versetzte er dem glatten Stamm eines Eukalyptusbaumes einen Tritt.

Mit großer Willensanstrengung verdrängte er diese unwillkommenen Gedanken und konzentrierte sich auf Professor Motbeki. Motbeki war in Großbritannien ausgebildet worden. Er war groß, sehr dunkel, hatte ergrauende Haare, und auf seinen Kopf war ein hoher Preis ausgesetzt.

Er hatte ihn auf Fotos und Videoaufnahmen gesehen. Er wusste, wie der Mann lächelte und wie er ging. Es bestand nicht das geringste Risiko, aus Versehen einen anderen umzubringen, wie es zu oft geschah, wenn seine weniger kompetenten Kollegen angeheuert wurden.

Ein neuer unwillkommener Gedanke tauchte auf. Der Markt wurde von jungen mittellosen Männern untergraben, die alles taten, um sich Geld für ein neues Leben zuzulegen. Geld für einen neuen Pass. Geld für ein kleines Haus in der Stadt und für eine Frau oder eine Kuh oder einen richtig eleganten Anzug. Einige dieser Männer besaßen keinerlei Selbsterhaltungstrieb – sie nahmen Aufträge an, die so gefährlich waren, dass man sie besser als Himmelfahrtskommandos bezeichnet hätte.

Nein, das hier war nicht gut.

Er musste jetzt an seinen eigenen Auftrag denken. Er war unterwegs zu dem großen staatlichen Krankenhaus, das seltsamerweise Marina Hospital hieß. Es gab in der Stadt überhaupt keine Marina, vermutlich gab es im ganzen Land keine, da Botswana keine Küste besaß. Allein das. Ein Land ohne Zugang zum Meer wirkte unnatürlich, fand er.

Er wünschte, er hätte einen Hut. Die Sonne brannte, und der Schweiß strömte ihm über das Gesicht.

Sein sauberes, frisch gebügeltes Hemd klebte schon an seinem Rücken.

Endlich hatte er sein Ziel erreicht. Langsam betrat er das mit Klimaanlage versehene Foyer des Krankenhauses.

Dort war nichts mit dem Chaos vergleichbar, das in Pakistan geherrscht hatte. Schon bereute er, diesmal keine andere Methode gewählt zu haben, aber die Instruktionen waren klar gewesen. Es sollte so sein wie beim letzten Mal. Das Muster sollte erkennbar sein, überdeutlich.

Er glitt in seine Berufsrolle.

Er ging selbstsicher wie ein Mann, der genau weiß, wohin er unterwegs ist.

Er ging, als gehöre er zu den vielen guten Menschen des Krankenhauses. Wie einer, der durch das riesige Gebäude läuft und zum Besten der Menschen arbeitet. Einer, der Krankheiten bekämpft, der Menschen repariert, so dass sie wie neu sind, fast jedenfalls. Einer, der andere nur aus Versehen, Schlamperei oder Unwissenheit ums Leben bringt. Er gab sich große Mühe mit seinem Gesichtsausdruck. Ich will nur das Beste, dachte er. Ich bin gut, altruistisch, empathisch, selbstlos, und ich liebe alle, Personal und Patienten.

Es schien zu funktionieren. Ein Mann in einem weißen Kittel, der wie ein Chinese aussah, grüßte freundlich. Idiot, dachte er und nickte mit ernster Miene zurück.

Warum begaben solche Idioten sich auf eine Spielfeldhälfte, von der sie keine Ahnung hatten? Warum gingen sie das Risiko ein, einem wie ihm zum Opfer zu fallen?

Der Weg zur Röntgenabteilung war deutlich ausgeschildert, es war zum Lachen. Folg den Pfeilen zu deinem nächsten Opfer. Professor Motbekis Büro lag ungefähr auf der Mitte des Ganges.

Alle Röntgenabteilungen ähnelten einander. Er musste an die Kontrollräume eines Atomkraftwerks denken. Durch die halboffenen Türen waren große, schwere Apparate zu sehen, kilometerweise Kabel, und überall waren Menschen unterwegs, die nicht auf seine Anwesenheit reagierten. Im Krankenhaus waren offenbar häufiger Ausländer zu sehen als draußen auf der Straße.

Das Video, das er von Professor Motbekis Zimmer gesehen hatte, war sehr detailliert gewesen. Er war, wie immer bei delikaten Einsätzen, unbewaffnet. Er hätte jeden Detektor passieren können – seine Gefährlichkeit steckte in seinem Körper. Sie steckte in seinen Gedanken und Gefühlen, in seinen Fähigkeiten.

Wie immer war eine Viertelstunde der telefonischen Sprechstunde vergangen. Die Lampe vor Motbekis Zimmer leuchtete rot. Er klopfte, ging hinein.

»Sie sind also gekommen, um mich umzubringen.«

Diese Bemerkung kam so unerwartet, dass der Mann mit den braunen Kontaktlinsen dieses eine Mal in Verwirrung geriet.

Er blieb stehen. Dann stellte er sich der Situation. Er zog die Tür hinter sich zu.

Professor Motbeki saß allein in seinem mittelgroßen Arbeitszimmer. Er saß hinter seinem Schreibtisch und wirkte so ruhig, dass sein Besucher davon ausging, dass er bewaffnet war. Motbeki hatte mit dieser Entwicklung gerechnet, er hatte sich vorbereitet. Er hielt die Hände außer Sichtweite unter dem Schreibtisch. Das hier konnte interessant werden.

»Ich wüsste gern«, sagte Professor Motbeki freundlich wie auf einer Cocktailparty, »wie Sie sich das hier vorstellen. Sie sollen mich umbringen, und dann hoffen Sie, dass die anderen das Signal verstehen und aus Angst schweigen?«

Der Mann mit den Kontaktlinsen sagte nichts. Er trat einen Schritt auf Motbeki und dessen Schreibtisch zu.

»Ich stelle mir vor, dass Sie uns ein wenig unterschätzt haben. Wenn einer von uns in Kolumbien ums Leben kommt, bleiben wir vielleicht noch gelassen. Die Mordstatistik in diesem Land lässt einen Mord in der Menge untergehen, auch wenn jemand in seinem Arbeitszimmer in einem Krankenhaus ermordet wird. Aber wenn dann jemand in seinem Zimmer in Pakistan stirbt, dann fragen wir uns doch, was da vor sich geht.«

Der Mann mit den Kontaktlinsen traute seinen Ohren kaum. Wollte Motbeki ein Gespräch mit ihm in die Wege leiten? Er wartete ab, machte noch einen Schritt auf den Schreibtisch zu.

Professor Motbeki sprach gelassen weiter, als stehe hier niemandes Leben auf dem Spiel.

»Bitte, richten Sie Ihren Auftraggebern etwas aus. Grüßen Sie sie, und sagen Sie, dass wir vor Leuten wie Ihnen keine so große Angst haben, wie Sie glauben.«

Er schaute fast freundlich über seinen Brillenrand.

»Wir haben, hier in Botswana, eine sehr gut funktionierende Polizei. Ich nehme an, dass die meisten von denen, die Ihnen beruflich begegnen, außerhalb des Polizeischutzes stehen. Bei mir ist das anders. Sagen Sie Ihren Auftraggebern, dass wir uns nicht geschlagen geben werden. Dass die Zeit, in der Afrika seiner Reichtümer beraubt werden konnte, vorbei ist.« Er hob die linke Hand und klopfte sich mit den Fingerknöcheln an die Stirn. »Mein Gehirn ist afrikanischer Rohstoff. Afrikanischer Reichtum. Ich stelle ihn gern zur Verfügung, aber das kostet. Ich bin bereit, den Kampf aufzunehmen, auch wenn das bedeutet, dass ich Menschen wie Sie in mein Zimmer lassen muss.«

Er hob die rechte Hand. Sie umfasste wirklich eine Pistole, die er auf den Besucher richtete. Noch immer hing daran ein Stück Klebeband, Motbeki hatte sie offenbar vorher unter dem Schreibtisch befestigt. Er sagte, noch immer freundlich:

»Sie können jetzt gehen.«

Der Mann mit den Kontaktlinsen lachte. Wenn Professor Motbeki jetzt einen Schuss abgäbe, würde er fast ebenso hart getroffen werden, wie der, für den möglicherweise die Kugel bestimmt wäre. Er hielt nämlich den Daumen nach oben, gegen den Mantel, der mit derselben Schnelligkeit nach hinten jagte, in der die Kugel nach vorn schoss. Ärzten fehlte es nicht nur an Selbsterhaltungstrieb, es fehlte ihnen auch an Bescheidenheit. Professor Motbeki war schon zu lange Professor.

Der Mann mit den Kontaktlinsen überraschte Motbeki dadurch, dass er noch einen Schritt vorwärtstrat. Jetzt stand er ganz dicht vor dem Schreibtisch.

Dann warf er sich mit nach rechts gedrehtem Körper vor und schlug Motbekis Hand nach links. Motbekis Reflexe konnten nicht einmal einsetzen. Die Waffe schoss über den Schreibtisch und fiel zu Boden.

Motbeki starrte ungläubig seine leere Hand an. Alles war so schnell gegangen, dass er nicht richtig erfasst hatte, was passiert war.

Er hatte sich noch immer nicht gefasst, als der steinerne Pavian, der auf seinem Schreibtisch stand, seine Schläfe traf.

Der Mann mit den Kontaktlinsen zog eine Wäscheleine aus der Verpackung.

Acht Minuten darauf verließ er das Krankenhaus wieder.

Anders als Banken haben Krankenhäuser keine Türen, die zentral verriegelt werden können, keine Gitter, die bei Bedarf herabgelassen werden können.

Addis Abeba

Die erste Reise nach Äthiopien, vor nur wenigen Monaten, war für Monika ein Ausflug ins Unbekannte gewesen.

Beim zweiten Mal war es bereits Routine.

Ethiopian Airlines mit ihrer rein afrikanischen Besatzung. Das Sicherheitsvideo mit den braunhäutigen Menschen. Die Zwischenlandung in Rom. Kairo aus der Luft, der Anflug über ein schlafendes Addis Abeba. Die Passkontrolle, der Zoll, die Taxifahrt durch dunkle, menschenleere Straßen, auf denen die Hunde der Stadt zielstrebig am Straßenrand herumliefen oder in kleinen geheimnisvollen Gruppen zusammenstanden.

Monikas ehemalige Nachbarin Aster hatte ihr ein Hotel empfohlen, das ein Stück weiter oben an einem der sanften vulkanischen Hänge lag, von denen Addis Abeba umschlossen ist. Sie kam so spät am Samstag dort an, dass es bereits Sonntag war.

Das Einschlafen fiel ihr schwer. Die Hunde der Stadt bellten ununterbrochen, wachsam oder vielleicht gesellig.

Sie musste einfach an den Eishockeyspieler und seine geliebte, beschädigte kleine Tochter denken. Sah so vielleicht die Zukunft aus? Würde ein Mörder eines Tages für das Klonen seines Opfers bezahlen müssen? Würde dann das Wort Reinkarnation eine neue Bedeutung annehmen?

Gegen zwei schlief sie dann endlich ein und wurde ihrem Empfinden nach fast gleich darauf wieder wach, als ein schwaches graues Licht ins Zimmer sickerte. Wie spät mochte es sein?

Die Antwort war auf dem Fernseher in der Ecke abzulesen, 06.03.

Draußen hatten die Hunde Konkurrenz bekommen. Ein wogender langsamer Gesang wogte durch die Balkontür.

Sie stand auf, fröstelte in der kühlen Luft und ging zum Fenster.

Draußen war die Stadt jetzt durch den hellen Dunst zu ahnen.

Sie öffnete die Balkontüren und wurde von der Morgenluft empfangen – die Erde selbst schien eine Hand auszustrecken und sie zu berühren. Es duftete nach Mineralien,

Mull, Gras und der gesegneten Feuchtigkeit. Jetzt hörte sie, dass der Gesang aus einem Lautsprecher kam, er schepperte ein wenig. Konnte das ein Muezzin sein? Aber wohl kaum an einem Sonntag?

Sie fror, ging zurück ins Zimmer, holte die Bettdecke, wickelte sich hinein und ging zurück auf den Balkon.

Jetzt würde sie Addis Abeba beim Aufwachen zusehen.

Es wurde rasch heller, und der Nebel oder der restliche Rauch der vielen Feuer löste sich immer weiter auf. Eine blassgraue Wolkendecke lag über der Stadt. Die Menschen setzten sich in Bewegung. In ihren weißen Umhängen ähnelten sie im Morgenlicht Engeln. Ein Hund bellte, doch ohne die Überzeugungskraft der Nacht. Der Gesang, der sie aufgeschreckt hatte, da sie nicht begriff, woher er kam, strömte weiterhin aus vielen unsichtbaren Männerkehlen durch die Stadt.

Ein schwerer, alter Lastwagen mit einer hellblauen Plane über einer hohen Ladung arbeitete sich mühsam zum Hotel hoch. Ganz oben auf der Plane lag eine weiße Gestalt, eine weiß eingehüllte Leiche, dachte Monika, und ihr schauderte. Aber als der Wagen sich an ihrem Balkon vorbeimühte, sah sie, dass dort oben ein lebendiger Mensch lag, ein dunkles Gesicht drehte sich dem ihren zu, und ihre Blicke begegneten einander wie ein Fragezeichen, dann war der Wagen verschwunden.

Sie legte sich wieder hin und erwachte um neun.

Die singenden Stimmen draußen waren verstummt, und sie hatte Hunger. Zeit fürs Frühstück.

Im Hotelrestaurant traf sie ein schwedisches Paar, das soeben aus einem Waisenhaus im Norden Sara geholt hatte, vier Monate alt. Montagnacht wollten sie mit ihrer neuen Tochter nach Schweden zurückreisen.

»Haben Sie Pläne für heute? Wollen Sie mit uns zum Schwimmen gehen?«

Schwimmen? Dieses riesige Land hatte fast alles, nur keine Küste, das wusste Monika genau.

»Wo denn?«

»Ganz in der Nähe, Sie werden schon sehen.«

Eine Stunde später hatten Sven und Marika die Habseligkeiten der kleinen Sara zusammengepackt, insgesamt ein Gewicht und ein Volumen, das für eine Woche in den Bergen ausgereicht hätte. Sara selbst baumelte in einem Tragetuch vor Svens Brust.

Eine weitere halbe Stunde später stiegen sie vor einem Hotel, das ebenfalls an einem Hang lag, aus dem Taxi.

Die Auffahrt war protzig, und zwei bewaffnete Wächter begrüßten sie mit einem Lächeln. Hinter ihnen saßen drei Polizisten, von denen zwei mit automatischen Waffen ausgerüstet waren.

Der Swimmingpool überraschte, weil er geformt war wie ein Kreuz und weil das Wasser darin so heiß war, dass es dampfte.

»Das kommt direkt aus dem heißen Erdinneren, genau wie auf Island«, erzählte Sven. »Fassen Sie mal rein.«

Das tat Monika.

»Wie ist das möglich? Wir sind doch zweieinhalbtausend Meter über dem Meer.«

Sven lachte und fing enthusiastisch mit Erklärungen an. Er und Marika waren beide Vulkanologen. Es gab offenbar eine ganze Welt von Berufen, von denen Monika noch nie gehört hatte.

Die beiden erzählten wild durcheinander, dass Äthiopien durchaus nicht hoch über dem glühenden Erdinneren, sondern auf einer Ausbuchtung glühenden Magmas lag. Dass sich die geschmolzene Steinmasse so dicht unter der Erdoberfläche befand, dass sie das Wasser aufheizte, das hier klar und warm an ihnen vorüberströmte.

»Das klingt gefährlich.«

»Vom Vulkanstandpunkt aus gesehen ist das hier die aktivste Gegend der Welt. Aber es ist schon lange her, dass diese Vulkane für Menschen oder Tiere gefährlich waren.«

»Falls man nicht reinfällt und sich Arme und Beine bricht«, fügte Marika hinzu und küsste Sven auf den Kopf.

Es klang für Monika nicht gerade beruhigend zu wissen, dass sie auf einer dünnen Erdkruste balancierte, die notdürftig einen kochenden Klumpen aus geschmolzenem Stein bedeckte. Sie hatte das Gefühl, vorsichtig gehen zu müssen, wie auf dünnem Eis.

Es war ein seltsames Gefühl, mitten in einer Ermittlung tatenlos an einem Schwimmbecken zu liegen und von Kindern umgeben zu sein, die schrien und planschten wie an irgendeinem beliebigen Ferienort.

Die kleine Sara, die bald in ihre neue Heimat reisen würde, schien es nicht zu stören, dass die Menschen um sie herum plötzlich so viel bleicher geworden waren. Ein Lächeln ist ein Lächeln, und sie lächelte zurück, zahnlos und optimistisch, wann immer jemand sie anlächelte.

Monika ließ ihre Haut von der Sonne wärmen. Sie blinzelte und sah ihr Blut durch ihre Augenlider. Das sollte diesmal aber dort bleiben. Bei ihrem letzten Fall hatte sie im Dienst ungeheuer viel Blut verloren. Das wollte sie in Zukunft nach Möglichkeit vermeiden.

Unter ihr, nicht weit entfernt, leuchtete das brennende Erdinnere ebenfalls rot. Daran wollte sie nicht denken.

Sie freute sich auf die Begegnung mit ihrem äthiopischen Kollegen. Montag um drei Uhr, hatte er gesagt. Sie fand das ein wenig spät, aber sicher hatte er Wichtigeres zu tun, als verschwundene schwedische Schüler zu suchen.

Obwohl der nächste Tag also ein Arbeitstag war, konnte sie ausschlafen, bis sie um zehn Uhr von selbst aufwachte.

Sie frühstückte in aller Ruhe auf der Hotelterrasse und ließ ihren Blick über die Stadt schweifen.

Dächer aus Wellblech, die meisten alt und braungrau verfärbt, bildeten ein unregelmäßiges Mosaik. Von unten her drängte die Vegetation wie grüne Flammen nach oben – manche hoch, andere niedrig, noch andere von roten Blüten bedeckt. Weiter unten in der Innenstadt waren unregelmäßige Gruppen von Hochhäusern zu sehen.

Sie beschloss, dorthin zu gehen. Ihr Stadtplan zeigte eine organisch gewachsene Stadt, die Straßen beschrieben Bogen, sie waren miteinander verschlungen und änderten ihre Richtung. Monika wollte sich an die großen Straßen halten, so verlockend die Gassen dahinter auch sein mochten. Dort wuschen Frauen, dort spielten Kinder, dort wurde in winzigen Läden alles Mögliche verkauft.

Sie ging langsam, versuchte, sich dem Rhythmus der Stadt anzupassen, dem Atem der Stadt. In einem kleinen Café trank sie einen Macchiato und kam sich nicht mehr vor wie eine normale Touristin.

Plötzlich sah sie Theo.

Darauf war sie nicht vorbereitet. Sie hatte ihn mühsam suchen und ihn endlich finden wollen. Statt auf der Straße über ihn zu stolpern, aber da stand er am Straßenrand, zusammen mit einigen Freunden, alle seltsam gekleidet in schwarze Hose, schwarze Weste und weißes Hemd.

Sollte sie einfach zu ihm gehen? Aber riskierte sie dann nicht, ihn zu verscheuchen? Sie würde ihm kaum hinterherlaufen können. Und während sie versuchte, sich für ein Vorgehen zu entscheiden, sah sie einen weiteren jungen Mann, der aussah wie Theo.

Die Kleidung fand immerhin eine Erklärung. Sie stand vor einer Schule. Alle Jugendlichen dort waren gleich gekleidet, und einige hätten derjenige sein können, dessen Bild sie im Schuljahrbuch gesehen hatte.

Verdammt. Warum hatte sie Mariam nicht um ein besseres Bild gebeten?

Auf dem Schulfoto war er sofort zu erkennen. Er war der Einzige mit der Kombination von brauner Haut, schmalem Gesicht, großen Augen und kleiner, gerader Nase.

Hier in Äthiopien wimmelte es offenbar von jungen Männern mit ähnlichem Aussehen.

Sie hatte irgendwo gelesen, dass japanische Primatenforscher die Tiere besser auseinanderhalten können als ihre europäischen oder amerikanischen Kollegen. Das liege daran, dass Japaner einander nicht an der Haar- und Augenfarbe erkennen, da die bei allen gleich ist. Stattdessen muss man sich die Gesichtsform einprägen, und wer dazu bei Menschen in der Lage ist, hat offenbar auch bei Affen weniger Schwierigkeiten damit. Ein Japaner hätte sicher sofort gesehen, dass keiner der jungen Männer vor der Schule Theo war.

Um Viertel vor drei stand sie jedenfalls vor dem Hauptquartier der äthiopischen Bundespolizei, das neben dem Universitätskrankenhaus lag. Das wiederum war in direkter Nachbarschaft der schwedischen Botschaft.

Sie wurde bereits am Tor durchsucht. Ihr kam das eher beruhigend als störend vor. Eine junge Polizistin in tadellos gebügelter Uniform durchsuchte ihre Tasche und überzeugte sich davon, dass es zwischen Monikas Haut und Bluse und Rock nur Luft gab.

Es war wie in Schweden – sie musste warten, bis sie geholt wurde. Während dieser Zeit stellte sie fest, dass ihr Rock nicht nötig gewesen wäre. Die Kolleginnen hier schienen die Wahl zu haben – knielange Röcke oder lange Hosen. Sie hatten Rangbezeichnungen an den Schultern, solide schwarze Schuhe und unterschiedliche Frisuren.

Eine schmächtige Frau kam mit ausgestreckter Hand auf

sie zu, und Monika brauchte einen Moment, um zu begreifen, dass sie Inspektor Tigist HaileGaebriel vor sich hatte.

Diese stellte sich vor und fragte, ob der Weg schwer zu finden gewesen sei.

»Überhaupt nicht.«

»Du kommst sechs Stunden zu spät.«

»Nein, wir haben doch drei Uhr gesagt.«

»Ja, und jetzt ist es neun.«

Monika schaute auf ihre Armbanduhr. Es war drei Uhr. Tigist schaute auf die Wanduhr. Die zeigte neun.

Plötzlich prustete Tigist los.

»Tut mir leid, du orientierst dich natürlich nach europäischer Zeit. Hier nennen wir die erste Stunde des Tages eins, die, die ihr sieben nennt. Nachmittags kehrt sich die Sache dann um, was bei euch drei ist, ist neun bei uns.«

Monika schaute noch einmal auf die Wanduhr. Neun. Das war vielleicht keine besondere Überraschung. In diesem Land hier lag die Zeitrechnung sieben Jahre hinter der abendländischen zurück. Das Jahr fing im September an, der Heilige Abend fiel in den Januar. Und da konnte man doch damit rechnen, dass auch die Stunden auf ihre eigene Weise gezählt wurden.

Sie war also sechs Stunden zu spät. Während sie geschlafen und gefrühstückt hatte und langsam durch die Stadt geschlendert war, hatte Tigist auf sie gewartet. Was für ein schlechter Start. Sie bat um Entschuldigung, aber Tigist behauptete, es spiele überhaupt keine Rolle.

Sie stiegen mit schnellen Schritten eine ausgetretene Treppe hoch, und Monika fiel es plötzlich schwer, Tigists Tempo zu halten. Die Luft reichte nicht aus, sie fühlte sich unsicher auf den Beinen. Es war kein Herzinfarkt – sie kannte dieses Gefühl schon von ihrem ersten Besuch in Äthiopien.

Tigist wurde langsamer.

»Noch mal, tut mir leid, du bist an die Höhe natürlich nicht gewöhnt. Entschuldigung.«

Monika biss die Zähne zusammen und lächelte, als mache es ihr überhaupt nichts aus, zu spät zu kommen und die halbe Invalidin zu spielen.

Tigists Büro entsprach dem übrigen Gebäude: gepflegt, aber abgenutzt. An der Wand hing ein Kalender, der nur von der Polizei stammen konnte – die Blätter wiesen einen Kranz aus Rangabzeichen auf, in der Mitte prangten Farbfotos von fröhlichen äthiopischen Polizistinnen. Neben dem Kalender hing ein vergrößertes, leicht vergilbtes Foto einer Pistole.

Monikas äthiopische Nachbarin Aster hatte ihr eingeschärft, niemals Speisen oder Getränke abzulehnen – das gelte als frech und unverschämt. Deshalb nahm Monika dankend an, als Tigist Kaffee anbot, obwohl sie es ja eigentlich eilig hatten.

Mehr als Gastgeberin denn als Kollegin fragte Tigist:

»Monika – was bedeutet das?«

»Was das bedeutet?«

»Ja, was bedeutet Monika? Oder ist das nur ein Klang?«

Nur ein Klang? Es war doch ein Name, reichte das nicht?

»Das ist sicher nur ein Name. Was bedeutet Tigist?«

»Geduld.«

Geduld. Sie hieß Geduld. Monika war froh darüber, dass es keine schwedischen Mädchennamen gab, die Geduld zur Tugend erhoben. Auf Englisch konnten Mädchen Patience, Prudence, Hope oder Chastity heißen. Das hatte sie immer schrecklich gefunden. Vermutlich war es auf Amharisch ähnlich, aber Monika wollte die Zusammenarbeit nicht mit einem Kommentar über den Namen ihrer Kollegin beginnen.

»Und hast du viel Geduld?«

Tigist strahlte.

»Absolut keine. Ich hab den völlig falschen Namen. Eigentlich besitze ich überhaupt keine Geduld.«

Ihre Hände waren schmal und glatt und die ganze Zeit in Bewegung – sie sprach, mit Gesicht und Händen.

»Aber erzähl endlich, habt ihr Theodoros wirklich gefunden?«

»Das war überhaupt kein Problem – er war zu Hause.«

»Er hat ein Zuhause in Addis Abeba?«

»Das hat er. Die Stadt ist in Kebbeles eingeteilt. Das sind kleine Einheiten, und jede hat ein ziemlich kleines Revier. Wenn man erst weiß, in welcher Kebbele man zu suchen hat, findet man die Leute meistens sofort.«

Monika fand, das höre sich an wie das längst überholte System der Kontaktbereichsbeamten.

»Und er war zu Hause?«

»Ja, sicher. Sie haben ihn heute Morgen aufs Revier geholt.«

»Hat er die ganze Zeit gewartet? Und was, wenn er wieder nach Hause gegangen ist?«

»Er ist nicht gegangen. Die Kebbele-Kollegen sagen, dass er sehr gern mit einer Polizistin aus Schweden sprechen möchte.«

»Und ich hatte gedacht, er sei hergekommen, um eben nicht mit schwedischen Polizistinnen sprechen zu müssen!«

Tigist zuckte mit den Schultern. Monika musste einfach ihre Hände anstarren, die sich hoben, zur Seite schossen, die Handflächen nach oben kehrten. Goldringe funkelten auf brauner Haut.

»Es gibt ein kleines Problem, nämlich, dass er offenbar das Land gar nicht verlassen hatte, aber das werden wir ja erfahren, wenn wir mit ihm sprechen.«

Er hatte das Land nicht verlassen? Und das sollte ein kleines Problem sein? Verdammt! Hatte Tigist sie ganz unnötig nach Addis Abeba gelockt?

Monika musste daran denken, was sie über Kulturen gehört hatte, wo es als unhöflich gilt, nein zu sagen. Wer fragte, ob eine bestimmte Straße an ein bestimmtes Ziel führe, bekomme deshalb immer ein Ja zu hören, egal, wie falsch diese Antwort auch sein mochte.

War es in Äthiopien vielleicht ähnlich? Hatte Tigist einen Theodoros besorgt, irgendeinen Theodoros, aus purer Höflichkeit? Und würde sie dann das Gefühl haben, ihre Pflicht getan zu haben?

»Der junge Mann, nach dem ich suche, hat fast zwei Jahre in Schweden verbracht und ist am Montag zurückgekommen.«

Wieder zuckte Tigist mit den Schultern.

»Wir werden mit ihm sprechen. Dieser hier heißt jedenfalls Theodoros GebreSelassie. Er besitzt zwei Staatsbürgerschaften, die schwedische und die äthiopische, und seine Passnummer ist identisch mit der, die du geschickt hast.«

Das beruhigte Monika ein wenig.

Sie hatten ihren Kaffee getrunken, und es war Zeit zum Aufbruch.

Die Streifenwagen waren weiß mit blauem Text – »Federal Police« –, auf Englisch und Amharisch. Sie verfügten außerdem über Fahrer. Tigist und Monika setzten sich nach hinten, Monika kam sich vor wie in einem Taxi ohne Taxameter.

Nach einer Weile verließen sie die asphaltierte Straße. Dann hatten sie plötzlich die natürliche Umwelt der polizeieigenen Geländewagen erreicht – die Fahrbahn war so löchrig, dass ein normales Auto sehr schnell sein Fahrgestell eingebüßt hätte.

»Jetzt«, sagte Tigist und hob beide Hände, »jetzt werden wir hören, was Theodoros zu sagen hat.«

Das kleine Revier war umgeben vom gleichen grauen Wellblech wie die übrigen Häuser. Eine verschmutzte, ziemlich verschossene Flagge hing schlaff an einem kurzen Fahnenmast. Es wäre leicht gewesen, das Revier zu übersehen, wenn nicht eine kleine Gruppe unverkennbarer Polizisten in sauberen, tadellos gebügelten Khakiuniformen und schwarzen Stiefeln davor gestanden hätte. Sie schienen Pause zu machen, sie plauderten im Sonnenschein miteinander. Als sie den Wagen entdeckten, öffneten sie die Tore.

Monika und Tigist stiegen aus in die Staubwolke, die der Wagen aufgewirbelt hatte.

In einem kalten Zimmer saß ein überaus verstimmter junger Mann. Er ähnelte dem Theo auf dem Klassenfoto ungefähr so sehr wie alle anderen jungen Männer, die Monika an diesem Tag schon gesehen hatte. Alles an ihm war lang und schmal – Gesicht, Arme und Beine. Seine Haare waren kurz geschnitten, und auf der Oberlippe zeigte sich dunkler Bartflaum.

Als er sie sah, richtete er sich auf.

»Hallo, Theo«, sagte Monika auf Schwedisch. »Es tut mir leid, dass du warten musstest, ich hatte das mit der Zeit falsch verstanden. Ich heiße Monika Pedersen und komme von der Kriminalpolizei in Stockholm.«

Der junge Mann sah sie ausdruckslos an.

»Wie geht es dir? Deine Mutter macht sich Sorgen. Wir haben uns auch Sorgen gemacht, wir dachten, vielleicht sei dir etwas passiert.«

Etwas passiert ... was für eine blöde Umschreibung, dachte sie. Was sie meinte, war, dass sie geglaubt hatten, er sei vielleicht tot.

Noch immer zeigte er keine Reaktion.

Monika sah sich seine Kleidung an. Seine Jeans waren verschlissen und von einem Schnitt, den sie noch nie gesehen hatte. Die Turnschuhe waren abgelaufen, auch sie von unbekannter Marke. Sein kariertes Baumwollhemd war tadellos gebügelt, aber es konnte nicht viel gekostet haben. Seine Uhr saß an einem breiten schwarzen Armband.

Kein schwedischer Siebzehnjähriger, der nicht ganz verarmt war, war so angezogen, und der junge Mann vor ihr trug auch keine neuen, in aller Eile angeschafften Kleidungsstücke.

Das hier war zweifellos ein Theo, aber plötzlich schien auf der Hand zu liegen, dass es der falsche Theo war.

Sie drehte sich zu Tigist um und sagte auf Englisch:

»Ich glaube, er versteht mich nicht.«

Endlich reagierte der junge Mann. Er sagte in ziemlich holprigem Englisch:

»Ich heiße Theodoros GebreSelassie, ich bin fast achtzehn, ich bin schwedischer Staatsbürger, und ich will meinen Pass zurück.«

»Du bist offenbar nicht der Theodoros, den ich suche. Er hat mehrere Jahre in Schweden gelebt und spricht Schwedisch. Inspektor Tigist sagt, dass du in dieser Zeit in Addis Abeba gewesen bist.«

»Ich bin der Theodoros, den Sie suchen.«

»Wie sollte das möglich sein? Du bist nicht in Schweden zur Schule gegangen, auf das Gymnasium Tallhöjden.«

»Nein.«

Monika fuhr sich mit der Hand durch die Haare, als ob ihr das beim Denken weiterhelfen könnte.

»Aber wenn du Theodoros GebreSelassie bist, wer ist dann in Schweden gewesen?«

Der junge Mann musterte sie forschend.

»Mein Vetter.«

»Dein Vetter?«

»Ja. Der Sohn der Schwester meiner Mutter.«

Langsam erfasste Monika die Situation.

»Soll das heißen, dass dein Vetter deinen Pass benutzt

hat? Dass er mehrere Jahre in Schweden gelebt und sich für dich ausgegeben hat?«

»Genau. Und jetzt will ich meinen Pass zurückhaben. Ich habe mich nicht zur Polizei getraut, um um Hilfe zu bitten. Meine Familie würde mich umbringen. Aber wo Sie schon hier sind und Fragen stellen, kann mir ja niemand Vorwürfe machen, wenn ich antworte, oder?«

»Aber wie ist das alles passiert?«

»Meine Mutter hat meinen Pass genommen. Sie hat ihn meinem Vetter gegeben, ohne mich zu fragen. Ohne an ihren eigenen Sohn zu denken. Mein Vetter sieht mir ähnlich, auch wenn er zwei Jahre älter ist.«

»Warum hat sie das gemacht?«

»Er musste das Land verlassen, niemand hat mir etwas gesagt, niemand hat mich nach meiner Meinung gefragt. Jetzt will ich meinen Pass zurückhaben. Ich will nach Kanada.«

Tigist überraschte Monika mit dem Einwurf:

»Ist die Schwester deiner Mutter vielleicht Ärztin?«

»Woher wissen Sie das?«

Tigist gab keine Antwort, sondern fragte weiter:

»Und hat deine Mutter zufälligerweise ebenfalls einen schwedischen Pass?«

»Sie hatte einen. Sie war mit einem Schweden verheiratet. Jetzt hat ihre Schwester den Pass.«

Tigist starrte Theo an und fragte langsam:

»Und deine Tante und dein Vetter sind mit den geliehenen Pässen nach Schweden gefahren, stimmt das?«

»Ja. Und jetzt will ich meinen Pass zurückhaben. Wie schnell lässt sich das machen?«

Tigist sagte leise und ernst:

»Theodoros. Du weißt sicher, dass es verboten ist, fremde Pässe zu benutzen. Das kann zu sehr großen Problemen führen. Überleg dir gut, was du sagst, damit du es nachher nicht bereust.«

»Ich kann ja wohl keine Probleme bekommen.«

»Dein Vetter kann große Probleme bekommen. Und deine Mutter auch.«

»Das ist mir egal. Im Moment habe ich ein großes Problem – ich kann nicht weg von hier.«

Tigists Hände legten sich auf ihr Herz.

»Es war ihre Pflicht, ihrer Schwester zu helfen.«

»Aber was ist mit mir? Ist es nicht eine noch größere Pflicht, ihrem eigenen Sohn zu helfen?«

Tigist seufzte. Ihre Hände sanken auf ihre Knie, als resignierten sie vor Theodoros' Egoismus.

»Du kommst mir vor wie ein junger Mann, der nur an sich denkt. Da bist du in Kanada vielleicht besser aufgehoben.«

Theodoros' Blick schien zu sagen, das könne Tigist ja wohl scheißegal sein, aber er hielt klugerweise den Mund.

Monika versuchte, wieder die Initiative in diesem seltsamen Verhör zu ergreifen, das ihr aus den Händen geglitten war.

»Theodoros. Wir glauben, dass dein Vetter wieder in Äthiopien ist. Weißt du darüber etwas?«

Wenn Theodoros jetzt nicht verblüfft war, dann war er ein besserer Schauspieler, als Monika glauben mochte.

Er fuhr hoch, sein Kinn klappte herunter, sein Mund stand halb offen. Es sah nicht gerade attraktiv aus.

»Theo? Der ist hier? Hat er meinen Pass mitgebracht?«

»Er oder ein anderer ist mit deinem Pass hergekommen. Wir glauben, dass er es war. Wir wissen nicht, wo er ist, aber wir möchten ihn so schnell wie möglich finden.«

Theodoros war nicht nur überrascht. Jetzt sah er aus, als fühle er sich überhaupt nicht wohl in seiner Haut, wie irgendein kleiner Dieb, der in die Falle gegangen ist und nicht mehr mit Überzeugung behaupten kann »ich war das doch gar nicht«.

»Sie werden ihm doch nicht erzählen, was ich gesagt habe? Dass ich hier gewesen bin?«

»Man könnte annehmen«, sagte Tigist, »dass du Angst vor ihm hast. Stimmt das?«

Theodoros starrte zu Boden. Er schüttelte den Kopf, sagte dann aber, er könne doch nicht wissen, wozu sein Vetter Theo fähig wäre.

Monika war die Situation vollständig entglitten, und sie wusste nicht, was sie sagen sollte.

Tigists Hände näherten sich Monika in einer weichen, offenen kleinen Bewegung. Du und ich. Sie sagte:

»Wir machen eine Pause. Theodoros, du bleibst hier. Wir kommen bald zurück.«

Sie reichte Monika eine Hand und zog sie vom Stuhl hoch. Sie gingen zur Tür, Hand in Hand, wie kleine Mädchen, Tigist vorweg, Monika verwirrt hinterher. Tigists Hand kam ihr klein vor wie die eines Kindes, hielt ihre aber mit festem Griff. Wie sollte sie sich aus diesem Griff befreien?

Sie hätte sich keine Sorgen zu machen brauchen. Vor der Tür ließ Tigist sie los und breitete die Arme aus.

»Monika«, sagte sie, »ich glaube, dich hat Gott geschickt.«

Der Zusammenprall der Kulturen nahm offenbar noch immer kein Ende. Was antwortet man auf eine solche Bemerkung?

Aber offenbar wurde keine Antwort erwartet, denn jetzt sagte Tigist:

»Monika, dein Zeuge ist auch mein Zeuge. Wir suchen schon lange nach deinem Theo – du hast ja keine Ahnung, wie intensiv wir gesucht haben. Und dann war er in Schweden, mit Pass und Namen seines Vetters!«

»Ihr habt meinen Theo gesucht? Wieso denn?«

»Vor ungefähr zwei Jahren ist einer von unseren beliebtesten Fernsehmoderatoren bei der Generalprobe für die

Wahl der Miss Ethiopia erschossen worden. Das war der spektakulärste Mord, den wir seit langer, langer Zeit hatten. Der Fall ist noch immer ungeklärt. Theo, nicht dieser Theodoros, sondern sein Vetter, war mit seiner Mutter dabei, als es geschah. Am Tag nach dem Mord waren sie beide verschwunden. Und wir haben sie niemals ausfindig machen können.«

Tigists Augen funkelten.

»Jetzt suchen wir deinen Theo. Deinen Zeugen, meinen Zeugen. Auf diesen Tag habe ich so lange gewartet.«

Monikas Gehirn versuchte vergeblich, den Kulturschock und die neue und unerwartete Information gleichzeitig zu verarbeiten. Das war einfach zu viel.

»Soll das heißen, dass mein Theo hier in Addis mit einem Mord zu tun hatte und dann direkt danach nach Schweden geflohen ist?«

Tigist nickte.

»Er und seine Mutter. Sie hatten ihre Pässe in ihrem Haus hinterlassen, deshalb nahmen wir an, dass sie noch im Land waren. Es ist außerdem schwer, hier auszureisen, sogar mit Pass. Wir haben gesucht, du hast ja keine Ahnung, wie wir gesucht haben. Wir haben alle unidentifizierten Leichen untersucht. Wir hatten große Artikel in den Zeitungen, wir haben sie über das Fernsehen gesucht. Wir haben ihre Daten sogar Interpol durchgegeben und uns bei den professionellen Menschenschmugglern erkundigt. Aber wir haben nicht die geringste Spur gefunden. Wirklich keine. Und das kann doch eigentlich nicht möglich sein.«

Sie lächelte.

»Doch jetzt erfahre ich, dass sie die ganze Zeit in Schweden waren, mit neuen Namen und Geburtsdaten.«

In Monikas Zwerchfell breitete sich eine unbehagliche Kälte aus. Diese Entwicklung sagte ihr überhaupt nicht zu.

Theo, ihr Theo, war in einen früheren Mordfall verwickelt und nach Schweden geflohen, hatte sich der äthiopischen Polizei entzogen. Danach war die Entwicklung seltsam spiegelverkehrt weitergegangen. Er war in einen weiteren Mord verwickelt, in Schweden, und nach Äthiopien zurückgeflohen.

Ihr Gehirn kämpfte noch immer im Gegenwind.

»Wird Theo des Mordes an diesem Fernsehtypen verdächtigt?«

Tigists Hände ballten sich zu zwei winzigen Fäusten, die sie mehrere Male gegeneinanderschlug.

»Dein Theo und seine Mutter standen an der Querseite einer Bühne. Der tödliche Schuss fiel aus ihrer Richtung. Seine Mutter hatte eine Beziehung mit Salomon, so hieß der Tote, aber das wussten wir damals noch nicht. Sie hatte sich mit ihm gestritten, es war angeblich ein heftiger, schwerwiegender Streit. Das war uns damals auch noch unbekannt. Und dann waren sie einfach verschwunden, Mutter und Sohn. Ob er unter Mordverdacht steht? Wir nehmen jedenfalls an, dass er uns etwas über diesen Abend erzählen kann. Und jetzt ist er wieder hier. Jetzt werden wir ihn finden und ihn vernehmen. Danach werden wir sehen, wer unter welchem Verdacht steht ...«

Und ihre Hände zeigten eine kleine Siegesgeste, die für Monikas Geschmack viel zu früh kam.

Sie selbst war wie erstarrt. Sie war offenbar nicht auf Jagd nach einem durchgebrannten, vermutlich braven Siebzehnjährigen. Sondern nach einem Neunzehnjährigen, nach dem in seinem Heimatland gefahndet wurde. Einem Neunzehnjährigen, der möglicherweise einen anderen kaltblütig erschossen hatte. Vielleicht hatte er einen weiteren Menschen erstochen.

Sie selbst war nicht bewaffnet. Sie vermisste ihre Dienstwaffe, die zu Hause in Stockholm lag.

Sie war außerdem so verwirrt, dass sie überhaupt zu keinerlei Initiative mehr fähig war.

Nachdem sie eine Weile geschwiegen hatte, sagte Tigist:

»Jetzt wollen wir mal sehen, ob Theodoros uns bei der Suche nach Theo helfen kann.«

»Denk nach, Theodoros, denk nach!«, sagte sie. »Was glaubst du, wo dein Vetter sich versteckt halten kann? Wenn er weder von der schwedischen noch von der äthiopischen Polizei verhört werden will?«

Theodoros hatte keinen Tipp.

»Wer waren seine besten Freunde in Addis?«

Das wusste Theodoros nicht.

»Hat er sonst noch Vettern oder Kusinen?«

Beinahe unzählig viele, aber Theodoros glaubte nicht, dass Theo mit irgendjemandem davon engeren Kontakt gehabt hatte.

Tigist wechselte das Thema.

»Erzähl uns ein wenig über deinen Vetter. Habt ihr euch oft getroffen?«

»Als wir klein waren, dauernd. Als er älter wurde, fast gar nicht. Er ist doch zwei Jahre älter als ich und überhaupt nicht sympathisch.«

»Was verstehst du unter nicht sympathisch?«

Theodoros verdrehte die Augen und schnaubte.

»Er war immer perfekt, hatte perfekte Klamotten. Immer in der richtigen Größe, immer kreideweiße Unterwäsche, immer neue, heile Hosen und Hemden. Nachts trug er einen Schlafanzug. Er war in der Schule immer der Klassenbeste.«

Er lachte, ein hartes kleines Lachen, das überhaupt nicht ansteckend war.

»Er bekam alles, was er wollte. Ist ja auch kein Wunder, wo er keine Geschwister hatte.«

»Wie viele Geschwister hast du selbst?«, fragte Tigist.

»Sechs.«

»Ich habe elf. Das ist nicht immer so leicht.«

Er sah sie mit größerem Respekt an, und sie fragte freundlich:

»Was hast du gedacht, als er plötzlich verschwunden war?«

»Ich war froh, weil ich ihn nicht mehr treffen musste ...«

»Weißt du, warum er das Land verlassen hat?«

»Ich weiß, was behauptet worden ist. Zu Hause durften wir nicht darüber reden, und meine Mutter war dermaßen außer sich, man hätte glauben können, sie hätte es selbst getan.«

»Was getan?«

»Salomon erschossen.«

Sie schwiegen eine Weile. Dann fügte er trotzig hinzu:

»Als sie verschwunden sind, Mariam und Theo, hieß es, das sei geplant gewesen. Dass sie Salomon erschossen habe und dann nach Kanada geflohen sei, wo sie viel Geld verdienen konnte. Das wurde gesagt.«

Es war, wie einen Gipfel zu erreichen, wo sich plötzlich eine neue und überraschende Landschaft ausbreitet. Monika war hergekommen, um zu erfahren, was Theo über Juris Tod wusste. Jetzt steckte sie plötzlich mitten in einem weiteren Mordfall. Konnten beide Fälle miteinander zu tun haben?

Hatte Theos Mutter ihren Liebhaber erschossen? Konnte Theo, der damals siebzehn gewesen war, ihn erschossen haben? Sicher – da gab es keine untere Altersgrenze. Oder war Theo nur durch Zufall in den Umkreis dieser beiden überaus unterschiedlichen Morde geraten?

Sie schaute abermals Tigist an. Ob sie beide wohl ausreichend effizient zusammenarbeiten könnten?

Theodoros' Gedanken hatten derweil eine andere Richtung eingeschlagen. Er sagte nachdenklich:

»Ich glaube eigentlich eher, dass es Theo war. Er hat seine Mutter immer so sehr geliebt …«

Monika stellte ihre erste Frage.

»Soll das heißen, dass Theo Salomon aus Eifersucht erschossen hat?« Es klang wie eine dumme psychologische Erklärung aus einer Illustrierten.

Theodoros schüttelte ungeduldig den Kopf.

»Nein, natürlich nicht. Aber er kann Salomon erschossen haben, um seine Mutter zu beschützen. So habe ich das gemeint.«

Als Szenario war das kaum plausibler als das vorige.

Monika und Tigist schauten einander an. Sie kamen hier nicht weiter. Der Zeuge stellte jetzt Vermutungen darüber an, was möglich gewesen wäre, und damit wollten sie keine Zeit vergeuden.

»Theodoros, geh nach Hause und sag deiner Mutter, dass wir morgen Vormittag zu ihr kommen werden. Gegen drei.«

»Wann kann ich meinen Pass haben?«

Die richtige Antwort, nahm Monika an, wäre wohl, dass er sich nur an die schwedische Botschaft zu wenden brauchte, um umgehend einen neuen Pass zu erhalten, aber das musste sie ihm ja nicht auf die Nase binden. Besser war es, seine Kooperationsbereitschaft zu erhalten.

»Zuerst müssen wir Theo finden. Übrigens, ehe du gehst, möchte ich deine Arme sehen. Kannst du die Ärmel aufkrempeln?«

Theodoros machte ein verständnisloses Gesicht, zeigte dann aber bereitwillig seine glatten, unversehrten Unterarme.

»Ich wollte nur sicher sein«, sagte Monika.

»Wieso denn sicher?«, fragte Tigist, als sie zum Auto gingen.

»Sicher, dass es wirklich nicht mein Theo ist. Ich habe

den Jungen ja nie gesehen und kann mich nur an einem schlechten Foto orientieren. Ich weiß aber sicher, dass der Theo, den ich suche, am linken Unterarm eine lange Narbe hat.«

»Wollen wir uns heute Abend treffen, damit ich dir mehr über unseren Mordfall berichten kann?«, fragte Tigist, als sie das Revier wieder erreicht hatten. »Oder bist du zu müde?«

»Heute Abend, das passt perfekt«, erwiderte Monika.

»Du musst wissen«, sagte Tigist, »ich habe Salomons Tod auf Video. Wir können sicher im Hotel einen Konferenzraum bekommen.«

Es war schon dunkel. Über Addis Abeba funkelten die Sterne. In Schweden kam der Nachthimmel Monika oft vor wie eine bemalte Kulisse oder eine Deckenverzierung. Hier war er wie ein Fenster zum unendlichen schwarzen All. Beim Warten fröstelte sie ein wenig. Einerseits, weil es kühl geworden war, andererseits aufgrund der dunklen Weiten über ihr.

Tigist kam pünktlich um sieben in einem alten Toyota. Sie zog zwei abgegriffene Videokassetten aus ihrer Handtasche.

»Hier sind sie. Der Vorteil ist, dass sie durchaus von professioneller Qualität sind. Der Nachteil, dass sie uns trotzdem nicht verraten, was wir wissen wollen.«

Als sie das Konferenzzimmer betreten hatten, knallte sie die Kassetten mit ärgerlicher Geste auf den Tisch.

»Ich habe das Gefühl, sie auswendig zu kennen, aber trotzdem ...«

Monika nickte verständnisvoll.

»Ich habe auch schon solche Fälle gehabt – man glaubt die ganze Zeit, dass es ein kleines Detail gibt, das man übersehen hat, etwas, durch das man verstehen kann, was geschehen ist. Aber dieses Detail kann man einfach nicht entdecken.«

Tigist boxte vor sich in die Luft.

»Das macht mich so wütend. Es geht einfach nicht, dass man jemanden auf diese Weise umbringt und dann davonkommt. Pass jetzt auf. Was du hier sehen wirst, ist der Anfang der Generalprobe zur Miss-Ethiopia-Wahl. Die fand statt im Foyer des Hilton Hotels. Wir können morgen hingehen, wenn du willst. Wir haben außerdem alles aus zwei Perspektiven, der Kameramann hatte eine feste Kamera und eine bewegliche, und beide haben alles aufgenommen.«

Tigist ließ das erste Band laufen.

Auch für den Kameramann war es eine Generalprobe gewesen. Er änderte den Kontrast, ließ einen Mitarbeiter ein weißes Papier hochhalten und zeigte es in Großaufnahme. Das Papier wurde beige, dann gelb und endlich weiß. Danach richtete er die Kamera auf die beleuchtete Bühne. Die schien einen halben Meter hoch zu sein, das war aber schwer zu entscheiden, da alles verschwommen war.

Erst beim Publikum hinter der Bühne wurde das Bild scharf. Dort hatte sich eine Handvoll Personen versammelt, meistens Männer mittleren Alters. Hinter ihnen waren einige junge Frauen in kurzen Röcken und Stöckelschuhen zu sehen. Das mussten die Bewerberinnen sein, und jetzt standen drei im Mittelpunkt, während das spärliche Publikum hinter ihnen so verschwamm, dass es am Ende gar nicht mehr auszumachen war.

Der Kameramann experimentierte mit der Schärfe. Am Ende war zum ersten Mal eine Gestalt im Vordergrund deutlich zu sehen. Die Missbewerberinnen waren zu Farbtupfern im Hintergrund geworden. Das hier war ein Moderator, der wusste, wie man die Konkurrenz um die Aufmerksamkeit der Zuschauer gewinnt.

Das war also Salomon, der Mann, der einen spektakulären öffentlichen Tod gestorben war. Er war groß und schlank, ein Anzug war grau und elegant, das Hemd grau-rosa gestreift. Jetzt lächelte er selbstsicher in die Kamera.

So ein Lächeln sieht man nur bei den richtig schönen Menschen oder bei solchen, die so hässlich sind, dass ihnen einfach alles egal ist, dachte Monika.

Der Mann im Scheinwerferlicht gehörte der ersten Kategorie an. Er war bestimmt ein Moderator mit Groupies, wenn es derlei in Äthiopien gab. Ein Moderator, der Briefe mit Sex- und Eheangeboten bekommt. Der sie bekommen hat, korrigierte sie sich. Er war ja tot. Gleich würde er vor ihren eigenen Augen sterben, und er wusste nichts davon, dass ihm nur noch so entsetzlich wenig Zeit blieb.

»Ich werde«, erklärte er, »mit der jungen Dame, die auf dem dritten Platz landet, hier stehen.«

Er zog die nächststehende junge Frau zu sich heran. Plötzlich waren beide scharf zu sehen, sie mit einem breiten, starren Lächeln, er entspannt und guter Laune.

Monika versuchte zu erkennen, was hinter ihm vor sich ging. Einzelne Gesichter wie unterschiedlich gefärbte Flecken, so unscharf, dass sie einfach unidentifizierbar waren. Dann erlosch das Licht im Saal, und alles wurde dunkel.

Nach einigen langen Sekunden leuchtete ein Scheinwerfer auf und zeigte Salomons Füße – seine Schuhe waren tadellos geputzt, er stand aufrecht, offenbar war er noch nicht erschossen worden.

Natürlich nicht. Niemand schießt ja wohl auf ein unsichtbares Ziel.

Der Scheinwerfer wurde korrigiert, so dass Salomon ganz zu sehen war, zwei weitere wurden eingeschaltet. Jetzt beherrschten Salomon und die Frau den Saal, es gab keinen anderen Blickfang mehr.

Salomon sagte:

»Danach holen wir das arme Mädchen, das fast gewonnen hätte. Sie steht dann auf meiner anderen Seite, und es gibt eine Fanfare für sie.«

Er zog die größte junge Frau dicht an sich heran und legte den Arm um sie.

Der nächste Scheinwerfer traf auch nicht richtig. Er zeigte zuerst den Schädel eines fast glatzköpfigen Trompeters, dann wurde er so eingestellt, dass ein junger Schlagzeuger, der sich über seine Trommeln krümmte, ebenfalls zu sehen war. Die beiden starteten fast gleichzeitig ein Crescendo.

In diesem Augenblick gaben Salomons Knie nach.

Monika schnappte nach Luft. Solche Szenen hatte sie im Fernsehen oder Kino tausendfach gesehen, aber das hier war real, ein wirklicher Mord, obwohl die junge Frau so schön und die Aufnahme von so hoher Qualität war, trotz der Scheinwerfer und der Klangeffekte.

Salomons Körper sank in sich zusammen. Die junge Frau versuchte, ihn festzuhalten, schaffte das aber nicht und ging langsam mit ihm zu Boden.

Monika fragte sich nun schon, ob die Kugel vielleicht das falsche Opfer getroffen haben könnte. Es gab ja wirklich genug Leute, die einen Mord begingen, um die Aufmerksamkeit der Zeitungen auf sich zu lenken. Wirklich jedermann konnte erschossen werden, damit irgendeine Gruppe ihre Botschaft in die Medien brächte. Eine Miss-Kandidatin war sicher keine schlechte Wahl für jemanden, der sich größtmögliche Publizität wünschte.

Die Frau hatte soeben den wachsenden roten Fleck auf Salomons Brust entdeckt.

»Er ist verwundet! Er ist erschossen worden!«

Sie saß ganz still auf dem Podium, drückte Salomon an sich und wartete. Der Trompeter verstummte abrupt. Der Schlagzeuger lieferte noch einige letzte Schläge, die die Stille hervorhoben.

Im Hotelfoyer wurden die Lampen eingeschaltet, Sicherheitsangestellte stürzten mit gezogenen Waffen dazu, eine Frau schrie. Schließlich stieg ein dicklicher Mann mittleren Alters langsam auf die Bühne, Er kniete neben Salomon nieder, fühlte am Hals den Puls und schüttelte den Kopf.

Tigist schlug mit den Fäusten auf den Tisch.

»Das ist doch zum Durchdrehen! Wir haben Hunderte von Stunden auf diesen Fall verwandt. Es geht einfach nicht an, dass jemand einen Menschen erschießt und dann spurlos verschwindet!«

Monika nickte. Da konnte sie nur zustimmen.

»Woher ist der Schuss gekommen?«

Tigist zog einen großen Bogen Papier aus ihrer Handtasche und faltete ihn auf dem Tisch auseinander.

»Sieh mal her. Hier ist das Hotelfoyer. Hier sind alle Anwesenden als kleine Kreise und mit ihren Namen eingezeichnet. Der Schuss kam von hier.« Ihr schmaler Zeigefinger landete zwischen zwei Kreisen. »Da standen dein Theo und seine Mutter, ehe die Lichter ausgingen. Sie standen noch immer da, als die Lichter wieder eingeschaltet wurden. Ich habe mir die Videos so oft angesehen, dass ich sie auswendig kenne, ich habe jedes Foto kommen lassen, das an diesem Abend aufgenommen worden ist.

Wir wissen nicht, wer im Dunklen wo gestanden hat. Die Mordwaffe, eine schäbige alte Makarow, wurde hier gefunden, unter einem kleinen neu aufgebauten Pavillon. Die Frau, die dort saß und in Tracht Kaffee ausschenkte, hatte nichts gehört, nichts bemerkt. Wir haben mit allen gesprochen, die sich in der Nähe aufgehalten haben. Nichts. Es war dunkel. Der Tontechniker hatte die Einstellung falsch eingeschätzt, deshalb hätte das Schlagzeug fast alle im ganzen Hotel taub gemacht. Die Waffe hatte einen Schalldämpfer.«

»Weißt du«, sagte Monika nachdenklich, »in Stockholm war es genauso. Ein junger Mann wurde auf einem Fest erstochen. Wir haben mit einer ganzen Schulklasse inklusive Theo, mit den Eltern und den Lehrern dieser Klasse gesprochen. Niemand hatte etwas gesehen, niemand hatte etwas gehört.«

Monika sah sich noch einmal Tigists Zeichnung an. Sie konnte keinen Namen entziffern, denn Tigist hatte in Fidäl geschrieben, der äthiopischen Schrift, aber sie konnte sich daran erinnern, wo Mariam und Theo gestanden hatten. Hätte von dort aus jemand, unbemerkt von Theo und Mariam, Salomon erschießen können? Oder hatte Mariam ihren Liebhaber umgebracht, und wenn ja, wusste Theo, was seine Mutter getan hatte? Oder hatte Theo Salomon erschossen, und wenn ja, wusste Mariam darüber Bescheid?

Als wären Monikas Gedanken klar und deutlich zu hören gewesen, sagte Tigist:

»Ja, so viele unbeantwortete Fragen …«

Dann erzählte sie weiter, munter und mit wie voller Hoffnung erhobenen Händen:

»Aber morgen werden wir deinen Theo suchen. Wir werden mit seiner Tante sprechen. Wir werden zum Haus seiner Mutter fahren. Das wird jetzt von einem Bruder der Mutter bewohnt. Wenn wir ihn nicht selbst finden, dann werden wir wieder öffentlich nach ihm fahnden, und diesmal wird das sicher leichter sein. Wo wir doch wissen, dass er hier ist. Wir werden ihn finden. Endlich werden wir eine Antwort bekommen.«

Monika musste einfach fragen:

»Aber das hier ist ein riesengroßes Land. Es muss doch leicht sein, hier zu verschwinden, unter siebzig Millionen Menschen!«

»Warum denkst du das?«, fragte Tigist überrascht und fügte leicht verletzt hinzu. »Glaubst du, wir passen auf unsere Bürger nicht auf? Glaubst du, wir wissen nicht, wer sie sind und wo sie wohnen? Dafür brauchst du keine Massen von Computern. Es ist hier wirklich sehr schwer zu verschwinden, ganz anders als in vielen anderen afrikanischen Ländern.«

»Verzeihung.« Das war offenbar ein wunder Punkt, aber was die anderen afrikanischen Länder damit zu tun haben sollten, konnte Monika nicht so recht verstehen. »Es ist nur so, dass es uns gar nicht leichtfällt, unsere neun Millionen im Blick zu behalten.«

Tigist lächelte mitfühlend.

»Es gibt immer aalglatte Leute, aber sowie sie irgendwo wohnen, werden sie registriert. Wir werden ihn finden.«

Monika hoffte, dass Tigist wusste, was sie sagte.

»Jetzt gehen wir auf die Hotelterrasse und trinken eine Tasse Kaffee«, schlug Tigist vor.

Das war eine gute Idee. Die Fragen türmten sich nur so aufeinander. Als sie die Treppe hochstieg, bekam Monika wieder keine Luft. Sie versuchte, nicht zu keuchen – es war wahnsinnig mühsam, die Kondition einer Neunzigjährigen zu haben, nur weil die Luft so ungewohnt dünn war. Sie hätte gern gewusst, wie lange ihr Körper brauchen würde, um sich daran zu gewöhnen.

Als sie Platz genommen und bestellt hatten, fragte sie:

»Was hast du gedacht, als Theo und Mariam damals verschwunden sind?«

»Ich habe nicht sehr viel gedacht – ich habe einfach versucht, sie zu finden. Die Presse dagegen dachte sich so allerlei. Zuerst glaubten sie, Mariam habe Salomon erschossen. Dann, als wir die beiden nicht finden konnten, kamen sie zu dem Schluss, dass Mariam und Theo tot sein müssten. Manche glaubten, sie hätten den Mörder erkannt und seien deshalb ebenfalls ermordet worden. Andere glaubten, sie hätten Salomon erschossen und sich dann selbst oder gegenseitig umgebracht. Alle waren davon überzeugt, dass sie recht hatten.«

Tigists Hände hoben sich zu einer kleinen Geste der Resignation. Sie und Monika tauschten einen verständnisvollen Blick aus. Presseleute. Überall gleich.

»Aber natürlich habe ich mir meine Gedanken gemacht«, sagte Tigist jetzt. »Das verstehst du sicher. Die Fragen ließen mir keine Ruhe. Wenn Mariam und Theo doch etwas gesehen hatten – warum hatten sie dann gelogen, als ich mit ihnen gesprochen habe? Stand Mariam zu stark unter Schock? Hatte sie zu große Angst? Aber wenn ja, vor wem? Vor jemandem von denen, die um die Bühne herumgestanden hatten? Jemandem, mit dem ich gesprochen und der auch gelogen hat, ohne dass ich das gemerkt habe? Und warum ist sie nicht zu ihm gelaufen, als Salomon erschossen wurde? Warum hat sie nur zugesehen, wie Salomon in den Armen einer anderen Frau starb?«

Monika dachte zurück an die Szene auf dem Podium.

»Sie sah vielleicht ein, dass sie nichts machen konnte. Sie hatten sich gestritten, hast du gesagt. Also war vielleicht Schluss zwischen ihnen. Vielleicht war es ihr egal, was aus ihm wurde.«

Tigist musterte Monika mit ernster Miene.

»Wenn du wüsstest, wie oft ich mir gewünscht habe, wir hätten gewusst, dass Salomon und Mariam ein Paar waren oder gewesen waren. Dass sie einen dermaßen dramatischen Streit gehabt hatten. Dann hätten wir sie nicht so einfach laufen lassen.«

»Wie hast du das alles erfahren?«

»In diesem Land hier ist man fast nie allein. In Mariams Haus hat ein Mädchen gewohnt, das im Haushalt half. Dort gab es auch eine Köchin und eine weitere Haushaltshilfe, die nur tagsüber kam. Im Garten arbeiteten ein Gärtner und ein Zabagna.« Tigist fing Monikas fragenden Blick auf und erklärte: »Ein Zabagna ist ein Nachtwächter. Jeder hat so einen.«

Monikas Gehirn spielte mit dem Gedanken, auszusetzen. Nicht mehr zuzuhören, nicht mehr zu verstehen zu versuchen. Mariam und Theo hatten hier offenbar ebenso zusammengewohnt wie in Stockholm. Aber hier hatten sie einen ganzen Stab um sich gehabt – einen Wächter, eine Köchin, einen Gärtner und zwei Hausgehilfinnen. Mariam war nicht krank. Und Theo auch nicht. Was hatten alle diese Menschen zu tun gehabt?

»Wir haben mit allen gesprochen«, sagte Tigist inzwischen. »Und dabei haben wir erfahren, dass Mariam mit Salomon bekannt gewesen ist, dass sie ihn zu Hause besucht hat, dass er bei ihr gewesen ist. Dass sie kurz vor Salomons Tod einen heftigen Streit hatten. Mariam hat die Köchin gebeten, Salomon Rattengift ins Essen zu geben, falls er sich noch einmal blicken ließe.«

»Klingt, als sei sie stocksauer gewesen.«

Tigist nickte.

»Aber deshalb jemanden zu erschießen ... das ist ein ziemlicher Schritt.«

»Und die Waffe?«, fragte Monika.

»Eine alte Makarow. Ja, die sind ja allesamt betagt, aber das hier war ein ungewöhnlich altes Exemplar. Ich habe das Foto an der Wand in meinem Büro, damit ich sie nicht vergesse.«

»Konntet ihr feststellen, woher die Waffe stammte?«

Tigist schüttelte den Kopf.

»Ich glaube manchmal, dieses Land hier ist ein Wallfahrtsort für alte Waffen – sie kommen zum Sterben hierher. Sie wechseln immer wieder den Besitzer, ohne Papiere. Alle Ziffern, die sie identifizieren könnten, sind schon vor langer Zeit weggefeilt worden. Wir haben es versucht, aber das war hoffnungslos.«

»Ist es leicht, sich solche Waffen zu besorgen?«

Tigist blickte Monika fast beschämt an, als sei die Verfügbarkeit von Waffen in diesem Land ihrem persönlichen Versagen zuzuschreiben. Beide Hände und die Stimme erloschen, als sie sagte:

»Waffen können sich hier wirklich alle leisten. So ist das eben.«

Monika seufzte.

»In Schweden ist das auch so.«

Tigist hob die Augenbrauen, und Monika erklärte:

»Wir haben eine lange und offene Grenze. Waffen sind wie Zugvögel – sie gleiten einfach ins Land.«

»Und ihr könnt sie nicht aufhalten?«

»Wir können sie nicht aufhalten.«

Tigist sah ein wenig fröhlicher aus.

»Dann haben wir also ein gemeinsames Problem.«

Monika dachte an ein Seminar in Lettland, bei dem es um Waffenschmuggel gegangen war.

»Und nicht nur wir. In Deutschland und Dänemark und den anderen europäischen Ländern ist es auch nicht anders.«

»Es lohnt sich eben ... hier haben wir einen riesigen Markt, der Mercato heißt. Angeblich kann man dort alles kaufen. Buchstäblich alles. Eine Makarow ist nur Kleinkram, sogar du könntest dir eine zulegen. Theo oder Mariam hätten sich dort sicher eine Waffe besorgen können. Ebenso wahrscheinlich ist es, dass sie schon eine zu Hause hatten oder dass Theo bei einem Freund oder Verwandten eine geliehen oder gestohlen hat. Hier liegen doch überall Waffen herum.«

»Ist das erlaubt?«

»Nein. Aber das ist ihnen egal. Wenn du fragst, sehen sie unschuldig aus und sagen, dass sie natürlich keine Waffe zu Hause haben. Dann schießen sie sich beim Reinigen der Pistole in den Fuß. Und behaupten, sie seien von einem unbekannten Einbrecher getroffen worden, der wild um sich geschossen habe und dann wieder verschwunden sei.«

Tigist legte die Fingerspitzen aneinander und sah Monika nachdenklich an.

»Interessanter ist die Frage, wie sie die Waffe ins Hotel geschafft haben. Alle mussten durch einen Metalldetektor, und da wäre eine Pistole auf jeden Fall entdeckt worden. Alle Taschen wurden geröntgt, genau wie auf einem Flugplatz. Mit diesen Kontrollen sind viele Leute beschäftigt, und ich kann mir kaum vorstellen, dass sie die alle bestechen konnten. Und wir haben alle vernommen. Ich bin davon überzeugt, dass die Pistole nicht diesen Weg genommen hat.«

Wie Tigist gesagt hatte. So viele, viele Fragen.

Etliche müsste Theo beantworten können. Monikas Ermittlung hatte eine unerwartete Wendung genommen, aber endlich hatte sie das Gefühl, sich in dem Tempo in die richtige Richtung zu bewegen, das sich für eine Mordermittlung eben gehörte.

Das Bild des sterbenden Salomon in den Armen der jungen Frau, deren perfekter Körper so entblößt war, wie die Wettbewerbsregeln es zuließen, drängte sich ihr auf.

»Was ist übrigens aus dem armen Mädchen auf dem Podium geworden?«, fragte sie.

»Vermutlich mehr, als wenn sie die Wahl gewonnen hätte. Sie wurde über Nacht bekannt. Es wundert mich, dass du die Bilder nicht gesehen hast, die sind wirklich um die Welt gegangen. Schließlich landet nicht jeden Tag ein Moderator tot in den Armen einer schon zurechtgemachten und spärlich bekleideten Schönheitsmiss. Und das noch dazu vor Fotografen und laufenden Kameras.«

Tigists Hände schienen zu sagen, so kann es gehen, das Schicksal erlaubt sich manchmal seltsame Scherze.

»Sie wurde als mutig bezeichnet. Und als außergewöhnliche Schönheit – aber das waren sie ja alle. Sie bekam einen Job als Moderatorin beim Fernsehen. Das machte sie so gut, dass sie ein ähnliches Angebot aus den USA erreichte. Jetzt lässt sie sich eine elegante Villa an der Bole Road bauen.«

Monika dachte einen Moment über diese Karriere nach, dann fragte sie:

»Du glaubst, sie könnte das alles inszeniert haben, um berühmt zu werden?«

Tigist lachte und schüttelte den Kopf.

»Nein. Sie konnte ja nicht wissen, dass bei der Generalprobe ausgerechnet sie ausgesucht werden würde. Er hat doch offenbar einfach eine aus der Menge gefischt. Ich habe mir die Aufnahmen genau angesehen.«

»Hast du sie von der Spurensicherung untersuchen lassen?«

»Von der Spurensicherung?«

»Ja, manchmal lassen sich auf den Bändern Dinge sichern, die man mit bloßem Auge nicht erkennt.«

»Solche Techniker haben wir nicht.«

Monikas Herz schien sich wieder gefangen zu haben. Jetzt stellten sich neue Ideen ein.

»Wie viel Zeit lag zwischen dem Schuss und dem erneuten Angehen der Lichter?«, fragte sie.

»Vier Sekunden.«

»Wir könnten die Bänder zur Analyse nach Stockholm schicken. Vielleicht kann man sehen, ob hinter oder vor Mariam und Theo noch jemand gestanden hat. Jemand, der einen Schuss abgegeben und danach verschwunden sein kann. Die Bänder brauchen schließlich keinen Pass.«

»Nein, aber die Erlaubnis von ungefähr zehn Personen.«

»Wenn wir fragen … hier im Hotel wohnt eine junge Familie, die heute Abend nach Schweden zurückfährt. Die würden die Bänder sicher mitnehmen.« Monika überlegte einen Moment. »Es kann doch niemandem bekannt sein, dass die Bänder Eigentum der Polizei sind? Wir setzen die Familie doch keinem Risiko aus? Wir versuchen doch nur, den Fall aufzuklären. Die Bänder können schon morgen bei unserer Spurensicherung sein.«

Tigist nickte zögernd, hin- und hergerissen zwischen der Angst davor, etwas zu tun, das gegen alle Vorschriften verstieß, und der Lust, den Bändern alle Informationen zu entlocken, die vielleicht darauf gespeichert waren.

»Können wir nicht beides zugleich tun?«, fragte Monika. »Wir schicken die Bänder nach Stockholm und lassen sie da analysieren. Zugleich bittest du hier um Erlaubnis. Die Bänder werden wieder hier sein, noch ehe auch nur der erste Durchschlag gesichtet worden ist. Hast du Kopien?«

Tigist nickte, zum ersten Mal sprachlos.

»Großartig. Du gibst die Kopien denen, die die Erlaubnis erteilen müssen. Wenn die Erlaubnis schließlich vorliegt, wird es leicht sein, aus Stockholm eine offizielle Analyse zu bekommen.«

Und Tigist reichte ihr die Aufnahmen, nun nur noch mit geringer Skepsis. Jetzt waren sie echte Komplizinnen – sie hatten gemeinsam eine Grenze überschritten, hatten improvisiert, wie es bei der Polizei immer schon üblich gewesen war. Das war ein richtig gutes Gefühl.

Monika schrieb einen Brief an ihren Lieblingstechniker auf der Wache und klopfte bei den Vulkanologen an, die nichts dagegen hatten, bei ihrem Eintreffen in Stockholm die Bänder der Flughafenpolizei auszuhändigen.

Fünfzehn Minuten nachdem Tigist gefahren war, stand Monika wieder auf ihrem kleinen Balkon. Jetzt war dieser Tag endlich zu Ende.

Der Mond sah ebenso verwirrt aus, wie sie sich fühlte, denn die dünne Sichel schien sich losgerissen und schräg umgefallen zu sein – sie lag fast waagerecht da, aber es schien ihr trotzdem gutzugehen. Das war auf irgendeine Weise beruhigend, denn auch bei Monikas Ermittlung war alles verrutscht. Der Mord an Juri wirkte jetzt banal. Er war ein überaus uninteressanter Mord, von dem sich offenbar nur die nächsten Angehörigen betroffen fühlten. Jetzt aber erschien dieser alltägliche Mord in einem ganz neuen Zusammenhang mit einem weiteren Mord. Einem Mord, der spektakulär und theatralisch war. Und der auf einem anderen Erdteil begangen worden war.

Was diese Morde verband, waren Theo und Mariam, zwei Menschen, über die sie viel zu wenig wusste. Aber das würde sie ändern, und zwar schon am nächsten Morgen.

Vor dem Einschlafen konnte sie noch schnell überlegen, was wohl in Stockholm passierte. Jetzt war das lange Wochenende bald zu Ende. Vier Tage lang hatte sich die Polizei nur mit den dramatischen Morden befasst, möglicherweise noch mit neuen ausgebrochenen Häftlingen oder anderen akuten Dingen. Juri und weitere Opfer von niedrigem Rang hatten sicher warten müssen, zufällig vergessen, während die Polizei sich ausruhte und versuchte, zu neuen Kräften zu kommen. Sie fragte sich, ob Bosse am Dienstagmorgen wohl im Büro erscheinen würde. Ob er dann so erleichtert über ihre Abwesenheit sein würde, wie sie es gewesen war, als er am Donnerstag nicht aufgetaucht war?

Am nächsten Morgen wurde sie wie abgemacht von Tigist abgeholt, und um Punkt drei Uhr äthiopischer Zeit fuhren sie durch eines der zahllosen hohen Blechtore der Stadt. Dass dieses Tor angestrichen worden war, lag schon lange zurück. Der Fahrer hupte, und ein Mann mittleren Alters mit einer grauen Mähne öffnete von innen. Die Gangschaltung ächzte.

Mariams Schwester wirkte bedrückt. Sie wurde niedergedrückt von vielen überflüssigen Kilos, die sich weich über ihrem kurzen Körper verteilten, vor allem aber schien ein wirklich schlechtes Gewissen sie zu belasten. Das war ein gutes Zeichen.

Sie grüßten, stellten sich vor, wurden ins Haus gebeten und nahmen Platz.

Tigist sprach Englisch, damit Monika alles verstand.

»Als Ihre Schwester verschwunden ist, haben wir mit Ihnen gesprochen. Damals haben Sie behauptet, nicht zu wissen, wo sie hinwollte.«

Halleluja nickte und murmelte:

»Das stimmte auch.«

»Das glaube ich ja«, sagte Tigist nachdenklich. »Nicht die Antwort war falsch, sondern die Frage. Sie wussten nicht, wo Mariam war. Was Sie jedoch wussten, aber nicht erzählt haben, war, wieso Mariam und Theo so spurlos verschwunden waren.«

Tigists Stimme wurde schärfer, und ihre rechte Hand zeigte anklagend auf Halleluja.

»Sie haben etwas getan, das verständlich war, aber gesetzeswidrig. Sie haben Ihrer Schwester Ihren schwedischen Pass gegeben. Und dem Sohn Ihrer Schwester den Pass Ihres Sohnes.«

Halleluja starrte zu Boden.

»Sie haben gegen das Gesetz verstoßen und uns belogen. Sie können große Probleme mit der Kebbele-Polizei bekommen.«

Monika konnte Hallelujas Gesicht ansehen, dass das keine leere Drohung war.

»Aber«, sagte Tigist jetzt, »heute können Sie das wiedergutmachen. Sie können uns erzählen, wo Mariams Sohn Theo steckt, und wir vergessen dann, was geschehen ist.«

Halleluja schaute auf, eilig und misstrauisch.

»Sie müssen sagen, dass Mariam gewusst hat, wo Sie die

Pässe aufbewahrten. Dass sie Sie gebeten hatte, etwas für sie zu besorgen. Dass sie die Pässe während Ihrer Abwesenheit gestohlen hat. Sie müssen behaupten, dass Sie den Diebstahl erst entdeckt haben, als Sie oder Ihr Sohn auf Reisen gehen wollten. Niemand wird Ihnen glauben, aber keiner wird beweisen können, dass Sie lügen.«

Halleluja sah aus wie eine Pokerspielerin, die die Möglichkeiten eines Full House abwägt, und Monika blickte Tigist erschrocken an. Diese Vernehmungsmethode konnte doch nicht zulässig sein. Tigist dagegen sagte:

»Aber das alles kann nur klappen, wenn Sie uns jetzt helfen. Erste Frage: Wir glauben, dass Mariams Sohn Theo wieder in Addis ist. Wissen Sie etwas darüber?«

Halleluja schien zu der Erkenntnis gekommen sein, dass Ehrlichkeit hier die siegreiche Strategie sein würde. Sie nickte.

Monikas Herz machte einen kleinen Sprung. Es war also ihr Theo, der nach Addis gereist war. Er war wirklich hier. Niemand würde in Stockholm nach seinem Leichnam suchen müssen.

Halleluja sprach aus eigenem Antrieb weiter.

»Ich hatte das zuerst für einen Scherz gehalten.«

Monika sah, wie Tigist sich beherrschen musste, um nicht zu schreien: Wo steckt er? Wann haben Sie ihn zuletzt gesehen? Was ist passiert? Sie sah, dass Tigist tief Atem holte und sich dazu zwang, sich im Sessel zurücksinken zu lassen. Sie sah, wie Tigist ihre Hände daran hinderte, Hallelujas weiche Schultern zu packen und sie energisch durchzuschütteln.

Stattdessen sagte sie leise:

»Ganz ruhig. Erzählen Sie, was passiert ist. Von Anfang an.«

Jetzt war Monika diejenige, die sich beherrschen musste: Sie hatten es eilig. Vielleicht sehr eilig. Wer konnte denn wissen, welche Gefahren auf Theo warteten, hier in dieser vulkanischen Stadt, wo kochendes Wasser zwischen den Steinen hervorquoll, wo Waffen, die sich nicht aufspüren ließen, verkauft und gekauft wurden, und wo er unter Mordverdacht oder dem Verdacht der Beihilfe zum Mord stand?

Halleluja erhob sich mühsam aus dem tiefen Sessel, in den sie gesunken war, und watschelte zur Tür.

Ihr tun die Knie weh, dachte Monika. Ihr nächster Gedanke war, dass Halleluja ihnen genau diesen Eindruck vermitteln wollte, und dass sie jetzt wie der Blitz verschwinden würde.

Das tat sie nicht, nach einigen Minuten kam sie mit einem dicken Briefumschlag in der Hand zurück.

Sie zog ein Foto eines kleinen Mädchens hervor, dessen Haare zu einem komplizierten Muster geflochten waren und in etwa einem Dutzend steifer Zöpfchen vom Kopf abstanden. Ganz unten an jedem Zöpfchen saß eine kleine rosa Haarspange. Die Kleine war im Sprung eingefangen, lachend befreite sie sich aus dem Zugriff eines älteren Mädchens.

»Ich habe dieses Bild behalten, weil Mariam genauso war – niemals still, immer auf Entdeckungsreise. Sie sehen ...« Sie hielt Tigist das Bild hin. »Sie war so süß.«

Tigist nahm das Bild vorsichtig entgegen.

»Es gibt immer eine Schwester, die unserem Herzen am nächsten steht.«

»Genau«, sagte Halleluja zustimmend. Sie drückte noch immer den Umschlag an ihre Brust und schien ihn nicht hergeben zu wollen.

»Sie haben schon alles für sie getan, was Sie tun konnten. Was wollen Sie uns zeigen?«

Hallelujas Busen hob und senkte sich, es war ein tiefer Seufzer, dann reichte sie Tigist den Umschlag.

»Das sind Mariams Briefe. Die erklären fast alles. Ich lasse Sie jetzt allein, damit Sie sie in Ruhe lesen können, möge Gott mir verzeihen. Die waren nur für meine Augen bestimmt.«

Mariam hatte ihre Briefe auf unterschiedlichem Papier geschrieben und in unterschiedlichen Umschlägen verschickt. Tigist zog einen heraus und übersetzte laut ins Englische:

»Geliebte Schwester ... jetzt sind wir also in Genf, Mikael, Theo und ich ... das Spannendste, was mir in meinem Leben je passiert ist, mit Ausnahme von Theos Geburt natürlich ... nein, hier steht nichts Interessantes.«

Sie griff zum nächsten.

»Geliebte Schwester ... mir geht es gut ... die Skelette sehen genauso aus wie bei uns zu Hause. Die Lungen ebenfalls, nur gibt es hier selten Tuberkulose ... Die Kollegen hier sind wie ich – sie arbeiten hart ... du kannst auf deine kleine Schwester stolz sein ... Nein, hier finden wir auch nichts.«

Sie überflog noch zwei Briefe und urteilte:

»Dasselbe. Nur Familienkram.«

Aus dem nächsten Brief las sie einen Auszug vor:

»Mikael ist unzufrieden, er findet, ich sollte früher nach Hause kommen, um ihm Gesellschaft zu leisten. Ich finde, er sollte versuchen, sich ein eigenes Leben aufzubauen. Es ist seine eigene Schuld, wenn ihm die Tage lang werden ... Theo hat neue Freunde, aber darunter ist kein einziger Einheimischer. Er ist meistens mit einem gleichaltrigen Schweden zusammen, der in unserem Haus wohnt ...« Tigist verdrehte die Augen. »Passiert hier mal bald was, oder will ihre Schwester sich über uns lustig machen?«

»Geduld, Tigist, Geduld.«

Tigist kicherte, nahm den nächsten Brief und las:

»Mikael sieht fern, trinkt Bier und klagt darüber, dass die

Wohnung nicht aufgeräumt ist (ist sie auch nicht). Neulich abends war er unzufrieden mit dem Essen (zu spät, nicht gut genug). Ich schlug vor, er könne ja selbst kochen, wenn ihm das nicht passte. Er schlug mich, nicht sehr hart, aber doch spürbar. Ich habe Angst davor, was dieses Land hier aus ihm macht – aber uns bleibt nur noch ein Jahr, so lange muss ich eben durchhalten … Mikael findet es beängstigend, die Sonne sehen, aber nicht spüren zu können …« Tigist schaute Monika fragend an. »Stimmt das? Spürt man die Sonne bei euch nicht?«

Monika antwortete, sicher spüre man sie, sicher wärme sie, wenn auch nicht so sehr wie in Addis.

Der nächste Brief stand auf einer aus einem Notizblock herausgerissenen Seite.

»… und ich kam spät nach Hause, es war sicher gegen acht oder so. Ich war schrecklich müde. Als ich die Wohnung betrat, stank sie wie eine Kneipe … wie eine verrauchte, verdreckte Kneipe … du wirst es nicht glauben … habe Mikael niedergeschlagen …«

Tigist unterbrach sich.

»Jetzt sieht es schon eher nach etwas aus! … du wirst es nicht glauben, aber plötzlich hatte ich Mikael mit einem brüchigen alten Schneidebrett auf den Kopf geschlagen. Hart, aus Leibeskräften. Wenn ich etwas Härteres erwischt hätte, hätte ich ihn vielleicht umgebracht. Ich wollte das nicht, es passierte einfach. Mir zittern noch immer die Hände, wenn ich daran denke – ich hatte keine Kontrolle darüber, was ich tat, kannst du dir vorstellen, wie beängstigend das ist? Und es kam noch schlimmer. Es war wie eine Szene aus einem schlechten Film, wir haben uns geprügelt wie die Straßenbengel. Und jetzt kommt das wirklich Entsetzliche. Theo musste natürlich gerade in diesem Moment nach Hause kommen. Er sieht jede Menge Blut, versucht, Mikael von mir wegzuziehen, schafft es aber nicht, und dann schnappt das arme Kind sich ein Messer, weiß Gott, was er damit machen wollte. Jedenfalls sprang Mikael auf und versuchte, ihm das Messer zu entreißen. Theo ließ nicht los, und bei diesem ungeschickten Handgemenge hatte das Messer plötzlich Theos Unterarm aufgeschlitzt.«

Tigist verstummte und ließ den Brief auf ihre Knie sinken.

Monika gingen die Gedanken so rasch durch den Kopf, dass sie miteinander kollidierten. Theo. Messer. Hätte ihn umbringen können.

Tigist ballte die Faust und tippte sich dann damit an den Kopf. Diese Geste hatte Monika schon ihr Leben lang gesehen – man zeigt, dass etwas unsinnig ist, dass man nicht nachgedacht hat. Hier gab es jedenfalls keinen Kulturschock.

Tigist sagte langsam:

»Ich bin Polizistin. Ich weiß, dass auch die Schönen und Reichen Probleme haben. Und doch habe ich bei meinem Gespräch mit Mariam gedacht, dass hier eine erfolgreiche Frau sitzt, die keine Probleme kennt.«

Sie schüttelte den Kopf über so viel Naivität.

»Vielleicht sind die Erfolgreichen nur besser in der Problemlösung«, schlug Monika vor.

Monikas innere Bilder von Mariam und Theo wollten keine Gestalt annehmen. Mariam als stumme Zuwanderermutter, die für eine kommunale Wohnungsgenossenschaft putzen ging. Mariam als erfolgreiche Röntgenärztin. Mariam als verwöhnte und willensstarke kleine Schwester. Mariam, die sich Sorgen um ihren Sohn machte. Mariam, die fast ihren Mann umgebracht hätte. Theo, der in der Schule schweigsam und brav war. Theo, der zu einem Messer gegriffen hatte – einem Küchenmesser –, aus Notwehr oder um Mariam zu verteidigen. Theo und Mariam, neben der Bühne, auf der Salomon erschossen worden war.

Monika ahmte Tigists Geste nach und tippte sich an die Stirn. Sie hatte Mariam als Opfer eingestuft, als jemand, der ihr leidtun musste. Aus Afrika nach Schweden gekommen, alleinstehende Mutter, Arbeit ohne Sozialstatus, geringe Schwedischkenntnisse. Klein. Es gab vieles, was sie und Bosse nicht gesehen hatten.

Und ein Hauch von schlechtem Gewissen meldete sich. Sie hatte nicht akzeptieren können, dass der Hauswirtschaftslehrer sich von Helenas Aussehen und ihrer Anpassungsfähigkeit hatte in die Irre führen lassen. Und jetzt hatte sie denselben Fehler begangen.

Sie würde ihm gleich nach ihrer Rückkehr eine Mail schicken.

Tigist hatte inzwischen den letzten Brief hervorgezogen. Sie stieß einen Pfiff aus.

»Monika! Hör dir das an! Das hier hat Mariam am Tag vor dem Mord an Salomon geschrieben ... seit damals in Genf ist es mir ein Bedürfnis geworden, dir zu schreiben, wenn ich nicht weiß, was ich tun soll ... liebe Schwester, ich bin so froh darüber, dass es dich gibt ... jetzt werde ich dir erzählen, was geschehen ist ... Salomon hat meinen Computer geknackt ... es ist meine Schuld, ich hatte ihn eingeladen. Er weiß jetzt fast alles über meinen Nebenverdienst – er hat Paterson und die Firma gefunden, die meine Dienste vermittelt. Es ist wirklich eine Katastrophe ... habe Salomon noch nie so wütend erlebt ... eigentlich war es auch komisch... er, der so viel Wert auf Sprache legt, warf plötzlich die Analyseebenen total durcheinander. Er nannte Paterson ein Kapitalistenschwein, einen rassistischen Kolonisten, einen unethischen Arzt, dem man die Zulassung entziehen müsse, einen Verbrecher, der vor Gericht gehörte und endlich einen Sünder, der in der Hölle brennen müsse. Der Alte nimmt nämlich zweihundertmal mehr für die Analyse der Röntgenbilder, als er mir bezahlt. Jedenfalls war Salomons Lösung für dieses Problem, wie für alle Probleme, dass er darüber eine Fernsehsendung macht. Er hatte sich schon alles genau überlegt. Es sollte damit anfangen, dass ich, müde nach einem langen Tag im Krankenhaus, Patersons Röntgenbilder analysiere, und es sollte die Reportage seines Lebens werden. Er wollte eine dringend nötige Diskussion darüber anstoßen, wie der Westen Afrika ausbeutet – das intellektuelle Afrika. Ich sagte natürlich nein. Er fand mich ebenso schuldig wie Paterson, wenn ich mich für seine eigensüchtige Reportage nicht zur Verfügung stellte ... Salomon beruhigte sich und ging, aber er hat genug Material für seine Sendung. Halleluja – das wäre das Ende für mein Röntgenzentrum hier in Addis. Ich kann es mir nicht leisten, in eine solche Geschichte hineingezogen zu werden. Also weiß ich nicht so recht, was ich tun soll, aber eins steht fest: Salomon wird weder mir noch meiner Arbeit schaden. Da kannst du sicher sein...«

Tigist faltete den Brief zusammen.

»Das ist zum Wahnsinnigwerden. Wieso hat die Person uns solche Informationen vorenthalten? Das ist doch kriminell.«

»Vergiss nicht, dass du ihr schon Amnestie zugesichert hast.«

»Aber das hier ist doch ein Motiv – es könnte ein Motiv sein. Wir haben Salomons Mitarbeiter vernommen und uns erkundigt, an was für Reportagen er vor seinem Tod gearbeitet hat. Wir haben eine Menge Zeit damit vergeudet, Leute von einem landwirtschaftlichen Projekt zu befragen, das eine Menge Entwicklungsgelder veruntreut hatte. Ohne irgendein Ergebnis. Und dann lag alles ordentlich niedergeschrieben bei ihrer Schwester in der Schublade.«

»Aber was«, fragte Monika, deren Gedanken ihr ebenso unbeholfen vorkamen wie ihre Beine beim Treppensteigen. »Was hat Mariam denn getan? Wer ist dieser Paterson? Warum fand Salomon das alles so wichtig? Warum hat Mariam solche Angst?«

Tigist strahlte.

»Ist es nicht wunderbar, endlich klare, festumrissene Fragen zu haben? Das alles werden wir herausfinden, und dann wirst du sehen, dass wir das Geschehene genau rekonstruieren können. Hier in Addis und bei dir in Stockholm.«

»Wenn unsere beiden Morde wirklich zusammenhängen.«

Tigist hob die Hände, wie um ein Geschenk entgegenzunehmen.

»Dein Mord hat für mich und meine Ermittlung schon ganz neue Wege eröffnet. Auf diese Weise hängen die Fälle auf jeden Fall zusammen. Sie hängen durch Theo zusammen. Und jetzt sprechen wir weiter mit Halleluja.«

Halleluja schien mit dem Schlimmsten zu rechnen. Ihr rundes Gesicht hatte sicher schon früher so ausgesehen, wenn sie wegen eines Verstoßes gegen die Schulordnung zum Rektor kommen musste.

Aber Tigist sagte nichts über Unterschlagung von Beweismaterial, nichts über Strafe und Verpflichtungen und Beihilfe zur Flucht oder schlimmeren Dingen. Sie sagte nur behutsam:

»Erzählen Sie von Theo.«

Halleluja wirkte jetzt entspannter. Ihre Sünden waren ihr vergeben worden. Jedenfalls sollte sie dafür offenbar nicht zur Verantwortung gezogen werden. Nicht für die geheim gehaltenen Briefe, nicht für die Sache mit den Pässen. Und es war Inspektor Tigist, die die schwere Last von ihren Schultern genommen hatte. Jetzt war sie bereit, alles zu erzählen.

Wider ihren Willen war Monika beeindruckt.

Hallelujas Geschichte war schnell erzählt. Am Vortag, dem Montag, war sie wie jeden Tag um vier Uhr vormittags zur Nachbarin gegangen, um Kaffee zu trinken. Monika übersetzte diese Zeitangabe mit zehn Uhr. Plötzlich hatte Theo neben ihr gestanden, größer als bei ihrer letzten Begegnung und ihrem eigenen Sohn auffallend ähnlich. Zuerst hatte sie Angst gehabt, aber er hatte erklärt, er sei mit dem Flugzeug gekommen, es gehe ihm und Mariam gut, er müsse in ihr ehemaliges Haus. Er hatte sich Hallelujas Zabagna gegenüber nicht zu erkennen geben wollen und hatte deshalb draußen gewartet. Er wollte wissen, wann sein Onkel arbeitete und ob Halleluja die Hausschlüssel habe. Die hatte sie. Sie war ins Haus gegangen, hatte die Schlüssel geholt und ihren Bruder in seinem Büro in der Bole Road angerufen, auf der anderen Seite der Stadt. Sie hatte Theo die Schlüssel gegeben und sich danach solche Sorgen gemacht, dass sie nicht schlafen konnte. Seither hatte sie ihn nicht wiedergesehen und nichts von ihm gehört.

Hatte Theo gesagt, was er im Haus wolle? Das hatte er nicht. Hatte er sonst etwas gesagt, das ihnen weiterhelfen könne? Nichts. Hatte er etwas bei sich gehabt, wie war er gekleidet gewesen? In Jeans und Pullover, schwarzer Rucksack.

Halleluja sah einige Zentimeter größer aus, als sie gingen. Die Polizei als Seelsorger, dachte Monika. Vergebung der Sünden. Die Polizei als Chirurg – jetzt entfernen wir dieses kleine schlechte Gewissen, damit du in Zukunft keine Probleme mehr damit hast.

Im Auto kniff Tigist für einen Moment die Augen zusammen.

»Was hältst du von einer kleinen Pause, ehe wir zu Mariams Haus fahren? Um unsere Gedanken zu sammeln.«

Monika nickte dankbar. Sie waren Theo auf der Spur, aber sie hatte das Gefühl, durch die Dunkelheit zu jagen und dauernd auf unvorhergesehene Hindernisse stoßen zu können.

Sie hielten vor einem kleinen Café, in dem Monika wie gewöhnlich einen Macchiato verlangte. Tigist bestellte Avocadosaft. Avocadosaft? Monika glaubte, sich verhört zu haben. Doch Tigist bekam wirklich ein hohes Glas mit einem dicken grünen Saft. Seltsam.

Aber jetzt mussten sie sich konzentrieren. Sie schauten einander an wie zwei Schiffbrüchige, die zusammen auf einem kleinen Floß gelandet sind. Die Lage war ernst, sie würden sich aufeinander verlassen müssen, obwohl keine von beiden wusste, was die andere konnte oder wagte.

Sie hatten immerhin endlich eine richtige Spur gefunden. Theo hielt sich in Addis Abeba auf, und sie wussten, wohin er vor nur vierundzwanzig Stunden unterwegs gewesen war. Sein Vorsprung würde sich aufholen lassen, Stunde um Stunde, bis sie ihn gefunden hatten.

»Jetzt haben wir ihn!« Tigist schlug sich mit der Faust gegen die Handfläche. »Jetzt wird endlich Ordnung in diesen verdammten Fall kommen. Und wenn wir da sind, werden wir um eine Probe von Mariams Handschrift bitten.«

»Hältst du diese Briefe nicht für authentisch?«

»Alle Welt könnte die doch geschrieben haben. Halleluja zum Beispiel. Oder Mariam hat sie geschrieben, aber nicht um ihrer Schwester ihr Herz auszuschütten, sondern um das zu verbergen, was wirklich geschehen ist.«

Monika, die noch immer unter dem Eindruck der Briefe stand, protestierte.

»Warum bist du so misstrauisch?«

»Weil sie so authentisch wirken. Weil sie angeblich berichten, was passiert ist. Das macht mich immer nervös. Ihre Bilder beeinflussen unser Denken. Jetzt plötzlich sehen wir Mariam als Frau, die ihre Taten nicht immer unter Kontrolle hat und Salomon stoppen musste, eine Frau, die zu einem Mord in der Lage wäre.«

»Wir sind doch alle Frauen, die zu einem Mord fähig wären. Sie sagt ja außerdem nicht offen, dass sie ihn hätte ermorden können, sondern nur, dass sie ihren Mann in der Hitze des Gefechts hätte umbringen können. Das ist nicht dasselbe.«

Tigist drückte über ihrem Avocadosaft eine Zitronenscheibe aus.

»Ich will nicht darüber spekulieren, was geschehen sein kann. Man kann doch immer viele Muster finden, die glaubwürdig wirken. In Wirklichkeit gibt es nur ein Muster. Nur eine Kette, die zu dem Schuss auf Salomon führt. Ich will einfach die Glieder dieser Kette finden. Ich versuche, nicht so viel zu glauben, solange ich so wenig weiß.«

Sie schaute Monika fragend an.

»Hört sich das verwirrend an?«

Monika schüttelte den Kopf.

»Überhaupt nicht. Ich wünschte, ich könnte mehr so sein wie du. Ich verbeiße mich oft im Suchen nach Geschichten, die mich dann in die Irre führen. Egal. Hören wir auf zu raten, was passiert sein kann, und konzentrieren wir uns auf die Suche nach Theo. Ist mir nur recht. Glaubst du, wir müssen damit rechnen, dass er gefährlich ist? Bewaffnet?«

»Damit müssen wir doch immer rechnen. So arbeite jedenfalls ich.«

Monika nickte.

Sie konnte ja nicht einmal ein Luftgewehr schwenken.

Vor Mariams Haus hatte sich eine kleine Gruppe von Neugierigen unter dem obligatorischen Wellblechtor angesammelt, das jetzt einen Spaltbreit geöffnet war.

Monika und Tigist wechselten einen »nein, sag jetzt bloß nicht, dass wir zu spät kommen«-Blick und sprangen aus dem Wagen. Vom Grundstück her hörten sie aufgebrachte Stimmen, der Klang schwappte über die hohe Mauer zu den vielen offenen Ohren.

Das hier war gar nicht gut.

Sie liefen auf das Tor zu. Dahinter sahen sie zwei junge Kollegen, einen Mann mittleren Alters in einem eleganten Anzug und vier schlecht gekleidete Frauen unterschiedlichen Alters. Die Polizisten schrien den älteren Mann an, die Frauen schrien die Polizisten an. Ein kleiner schwarzer Hund beteiligte sich an der Sache und kläffte aus Leibeskräften.

Der Fahrer, der sich bisher sehr zurückhaltend verhalten hatte, zeigte jetzt ein Gespür für gutes Timing: Das Tor knirschte, wurde geöffnet, und der massive Streifenwagen fuhr hindurch. FEDERAL POLICE.

Jetzt hatten sie sich vorgestellt.

Sofort verstummte der ganze Lärm.

Monika kam sich plötzlich zwei Nummern größer vor. Sogar Tigist wirkte gewichtig und respektheischend. Interessant, was ein paar Requisiten doch ausmachen können.

Die jungen Polizisten musterten sie misstrauisch. In Monikas Augen sahen sie herzzerreißend unerfahren und verwirrt aus. Der ältere Mann wirkte erleichtert, für ihn war vielleicht alles angenehmer als die Szene, die soeben hinter ihm lag. Die vier Frauen hatten einander gepackt, als seien sie auf frischer Tat ertappt worden und müssten jetzt einfach mit dem Schlimmsten rechnen. Der kleine Hund wedelte vorsichtig mit dem Schwanz – er schien begriffen zu haben, dass soeben von irgendwoher zwei Wesen von extrem hohem Rang aufgetaucht waren. Dann legte er sich auf die Seite und zeigte sich ganz besonders unterwürfig, sicherheitshalber vermutlich.

Die jungen Polizisten wären seinem Beispiel offenbar gern gefolgt, aber am Ende fasste die eine junge Frau sich ein Herz. Es war eine junge Frau, die aussah, als könnte sie ihren Kollegen selbst mit einer auf den Rücken gefesselten Hand zu Boden ringen.

»Inspektor, wir haben erfahren, dass angeblich ein junger Mann, nach dem gefahndet wird, gestern in diesem Haus hier gesehen worden ist. Deshalb sind wir hier.«

»Habt ihr ihn gesehen?«, fragte Tigist.

Sofort ging das Geschrei wieder los. Die vier Frauen wollten sich alle gleichzeitig Gehör verschaffen.

Tigists Hände flogen in die Luft, sie ergriff wie eine Dirigentin das Kommando. Ihre Handflächen schienen die Schallwellen zu bremsen, und als sie langsam und schrittweise die Hände sinken ließ, senkte sich auch der Lärmpegel. Am Ende war alles still.

Die beiden jungen Kollegen schauten erstaunt zu. Monika konnte fast sehen, wie ihnen ein Licht aufging: zwei Personen können vier andere nicht überschreien. Deshalb bringt es nichts, zurückzubrüllen. Man muss eine andere Strategie finden.

Auf diese Weise ist es möglich, einen Beruf zu erlernen.

Tigist lächelte die jungen Frauen freundlich an.

»Wir wollen mit euch allen sprechen. Später. Mit einer nach der anderen. Dann kommen alle zu Wort.« Sie wandte sich wieder den jungen Kollegen zu. »Also?«

»Wir waren eben gekommen. Alle waren schrecklich aufgeregt, als wir gefragt haben, und dann sind Sie aufgetaucht …«

»Wisst ihr, wer euch darüber informiert hat, dass Theo hier war?«

»Danach haben wir eben gefragt. Und da fingen alle an zu schreien. Es muss doch jemand hier aus dem Haus gewesen sein.«

»Hat kein Kollege mit dem Informanten gesprochen?«

»Es war keine Person, es war ein Brief ohne Absender. Gestern aufgegeben.«

»Habt ihr den Brief bei euch?«

Das hatten sie nicht. Nach dem spektakulären Verschwinden hatte ihr Chef viele Tipps von Menschen erhalten, die Theo, Mariam oder beide gesehen haben wollten. Alle Tipps waren verfolgt worden, hatten bisher aber kein Ergebnis erbracht. Nach und nach liefen die Tipps dann viel spärlicher ein, aber er hatte die Suche nicht aufgegeben.

»Hat es diesmal gestimmt?« Die jungen Polizisten waren plötzlich wieder obenauf. »War er wirklich hier?«

Tigist nickte.

»Diesmal war es wohl richtig. Jetzt müsst ihr das Tor bewachen. Gibt es hier noch einen anderen Ausweg?«

Die jungen Kollegen wechselten einen Blick. Sie hatten vergessen, das in Erfahrung zu bringen.

Tigist sah den älteren Mann fragend an, und der schüttelte den Kopf.

Monika sah die Mauer an. Die war über zwei Meter hoch und bedeckt mit Glassplittern, die ein Mosaik zu bilden schienen, das einem plötzlichen Wutausbruch zum Opfer gefallen war. Wenn diese Glassplitter sich um das ganze Grundstück zogen, konnte niemand hier herein oder hinaus.

Wenn Theo noch hier war, dann hatten sie ihn jetzt.

Tigist hatte das Kommando über die jungen Kollegen an sich übernommen.

»Einer von euch bleibt hier. Niemand geht hinaus, niemand kommt herein. Der andere dreht eine Runde an der Mauer vorbei und stellt fest, ob es Türen, Leitern, Stellen ohne Glasscherben gibt.«

Die beiden nickten erleichtert. Das waren Aufgaben, bei denen sie nichts falsch machen konnten.

Der ältere Mann entpuppte sich als Mariams Bruder. Er wohnte im Haus und arbeitete dienstags zu Hause. Er hatte im Garten einen schrecklichen Lärm gehört, war hingestürzt und auf zwei Polizisten in heftigem Streit mit seinem Personal getroffen. Dann waren Tigist und Monika aufgetaucht.

Er sah ehrlich verblüfft aus, als Tigist fragte, ob er wisse, dass Theo wieder in Addis Abeba sei. Er wirkte noch verblüffter, als er hörte, dass Halleluja Theo die Schlüssel zu diesem Haus gegeben hatte.

»Hierher? Er will hierherkommen?«

»Er war gestern Vormittag bei Halleluja. Die Frage ist also, ob er hier gewesen ist. Oder ob er noch immer hier ist.«

Die junge Polizistin kam zurück und berichtete, dass es keinen anderen Weg vom Grundstück gab als durch das Tor.

»Gut. Dann soll der Fahrer das Tor bewachen. Und du durchsuchst jetzt mit deinem Kollegen das Grundstück, alle Schuppen, Vorratskammer, die Zimmer der Angestellten. Alles, nur das Haus an sich nicht.«

Mariams Bruder saß stumm und still da. Monika musste sich davon überzeugen, dass er noch immer atmete. Das tat er. Der besorgte Ausdruck in seinem runden Gesicht schien chronisch zu sein.

»Hat Theo sich bei Ihnen gemeldet?«

Die Falten vertieften sich, er schüttelte den Kopf.

Das stimmte jedenfalls mit Hallelujas Aussage überein – Theo hatte ins Haus gehen wollen, wenn sein Onkel nicht zu Hause wäre.

»Wer war gestern Mittag hier im Haus?«

»Das weiß ich nicht. Ich nicht. Ierusalem, die Köchin, ist dann immer hier, außer wenn sie einkaufen geht. Ihre Helferin ist auch meistens hier. Der Gärtner. Der Zabagna. Ich weiß nicht, wir müssen nachfragen.«

Sie waren inzwischen ins Haus und in das Wohnzimmer gegangen und saßen auf einem kleinen Samtsofa. Mariams Bruder hatte auf der Kante des dazugehörigen Sessels Platz genommen.

Tigist änderte das Thema.

»Theo wollte offenbar herkommen, in dieses Haus. Er

hatte die Schlüssel bei sich. Haben Sie irgendeine Vorstellung, was er hier gesucht hat?«

Wieder ein Kopfschütteln.

Ein lauter Schrei von der Rückseite des Hauses ließ sie auffahren. Weitere Stimmen mischten sich ein, und ein junger Mann leistete lauthals Widerstand.

Gleich darauf wurde an den Türrahmen geklopft, und die beiden jungen Kollegen schleppten einen schmächtigen Jungen herein. Sein Hemd war hochgeglitten, er war barfuß und wand sich so wütend, als sei er noch immer nicht davon überzeugt, dass die Polizisten stärker waren als er.

»Das da«, sagte Mariams Bruder resigniert, »ist nicht Theo. Das ist Efraim. Ierusalems jüngster Sohn. Was macht der hier?«

Monika seufzte.

»Dürfen wir mal seine Unterarme sehen?«

Der junge Polizist streifte die Ärmel über die dünnen Arme des Jungen. Keine Narben.

»Das ist der Falsche. Lasst ihn los.«

Die Polizisten sahen enttäuscht aus, der Junge stürzte aus dem Zimmer, als hänge sein Leben davon ab, dass er hier so schnell wie möglich verschwand.

»Ich habe Ierusalem doch gesagt, dass sie ihre Kinder nicht mitbringen soll«, klagte Mariams Bruder. »Ich begreife nicht, warum die Leute nie tun können, was ihnen befohlen wird.«

Er war offenbar um einiges älter als Mariam, schätzte Monika. Und er hatte etwas Sanftes und Zögerliches, das sie genau verstehen ließ, warum die Leute nicht das taten, was er ihnen befahl. Wenn es ein Gegenstück zu natürlicher Autorität gab, dann war er dafür das Paradebeispiel. Ganz anders als der Hauswirtschaftslehrer am Gymnasium Tallhöjden ... Monika riss sich wütend zusammen.

»Jetzt wollen wir mit Ierusalem reden«, sagte Tigist.

Ierusalem kam erhobenen Hauptes und mit energischen Schritten herein. Sie war eine Frau, die in einer mit widerspenstigen jungen Männern besetzten Schulklasse für Ordnung sorgen könnte und die nicht zuließ, dass irgendwer ihr zu nahe kam. Ihre schwarzen Haare wiesen einige kleidsame graue Einsprengsel auf, ihr Blick war fest und wach.

Sie teilte mit, sie habe Theo nicht gesehen, und wenn sie ihn doch gesehen hätte, hätte sie ihn niemals verraten. Letzteres sagte sie mit einem trotzigen Blick hinüber zu Tigist und Monika.

Sie war zwischen fünf und sieben Uhr einkaufen gewesen – zwischen elf und eins, übersetzte Monika. Wenn Theo im Haus gewesen war, dann während dieser Zeit. Man konnte sich nicht hineinschleichen, ohne von der Küche aus gesehen zu werden, und die Hunde bellten, sowie jemand kam. Der alte Hund kannte Theo, also hätte er sicher vor Freude geheult. Der jüngere kannte ihn nicht, er hätte ganz normal gebellt, wenn Theo aufgetaucht wäre.

Tigist nickte.

»Und wer war im Haus, als Sie einkaufen waren?«

Ierusalem zuckte mit den Schultern.

»Das weiß ich nicht. Ich war doch nicht hier.«

Mariams Bruder versuchte, sich Respekt zu verschaffen.

»Ihr habt das Haus doch hoffentlich nicht ganz unbewacht gelassen? Der Zabagna muss schließlich hier gewesen sein?«

Ihm kam ein Gedanke, und er fügte zögernd hinzu:

»Der Zabagna. Wo steckt der übrigens?« Der Gedanke entwickelte sich langsam, langsam. »Der hat mir gestern Abend nicht aufgemacht, das war eins von den Mädchen. War er nicht hier? Ist er jetzt nicht hier?«

Ierusalem sah ihn an, wie eine Mutter ein ungewöhnlich begriffsstutziges Kind ansieht.

»Er ist weg.«

»Weg? Aber warum hat mir niemand etwas gesagt? Warum wird mir niemals etwas mitgeteilt?«

Wieder dieser quengelige, ichbezogene Tonfall. Und natürlich hörte niemand auf ihn.

Tigist erhob sich ungeduldig.

»Eins nach dem anderen. Sie, Ierusalem, waren einkaufen. Allein?«

»Sara war bei mir, eine von den Aushilfen.«

»Und die andere?«

»Die war hier. Sie hat geschlafen. Als Sara und ich nach Hause kamen, mussten wir lange klopfen, bis sie wach wurde. Der Zabagna war verschwunden.«

»Und er ist nicht zurückgekommen?«

Ierusalem schüttelte den Kopf.

Tigist fasste zusammen:

»Um fünf Uhr war der Zabagna hier, und ihr hattet Theo nicht gesehen. Um sieben Uhr war der Zabagna verschwunden, und seither hat er nichts von sich hören lassen. Macht er so was häufiger?«

Ierusalem nickte und sagte: »Das kommt vor«, während Mariams Bruder den Kopf schüttelte und sagte: »Niemals.«

Nun wurde wieder an den Türrahmen geklopft. Es waren die jungen Kollegen, die wissen wollten, was sie jetzt tun sollten.

»Mit allen sprechen, die gestern hier waren. Stellt fest, was sie zwischen fünf und sieben gemacht haben, und fragt, was sie über den Zabagna wissen.«

Tigist setzte sich wieder.

»Wir glauben, dass Theo hier war. Man kommt nur durch das Tor hier herein, und also muss der Zabagna ihn hereingelassen haben.«

Ierusalem, Mariams Bruder und Monika nickten. Bisher war alles einfach.

»Theo hatte den Hausschlüssel – wir können also annehmen, dass er reingegangen ist. Haben Sie gesehen, ob im Haus etwas fehlt, ob etwas nicht an seiner üblichen Stelle liegt, ob etwas Neues hinzugekommen ist?«

Niemandem fiel etwas ein. Mariams Bruder sah sich im Zimmer um, als habe er vorher vergessen, nachzuschauen.

»Können wir uns das Haus ansehen?«

Das war die Art von rhetorischer Frage, die Daga in Stockholm auch immer stellte. Ein als freundliche Bitte verkleideter Befehl.

Mariams Bruder führte sie durch drei ziemlich kleine Zimmer. Zwei Schlafzimmer, von denen eins als Abstellkammer benutzt wurde. Ein Esszimmer.

Keine Spur von Theo. Die fanden sie erst, als die Tür zu Mariams Schlafzimmer aufgeschlossen wurde. Boden, Tagesdecke und Computer waren von Staub bedeckt. Große Fußspuren führten von der Tür zu einem Kleiderschrank und wieder zurück.

Tigist und Monika schauten gleichzeitig nach unten, Ierusalems Schuhgröße war 36 oder 37. Mariams Bruder trug glänzende schwarze Schuhe. 39, tippte Monika.

Wer immer zu Mariams Kleiderschrank gegangen war, hatte Schuhgröße 42 oder 43.

Das war noch etwas, das sie über Theo hätte wissen müssen. Seine Schuhgröße.

Tigist zog eine kleine Kamera aus der Tasche und machte einige Aufnahmen der Fußspuren.

»Wissen Sie, was in dem Kleiderschrank liegt?«

»Kleider. Sie hat ja nichts mitgenommen.«

Wie zur Bestätigung dieser Aussage flog eine kleine Motte vorbei.

Mariams Bruder wollte sich offenbar dafür rechtfertigen, dass dieses Zimmer so verkommen war.

»Ich dachte die ganze Zeit, sie könnte jeden Moment zurückkehren ... ich habe das Zimmer abgeschlossen ... war besorgt wegen des Computers ....«

»Es war also niemand im Zimmer?«

»Niemand.«

»Außer dem, der diese Fußspuren im Staub hinterlassen hat. Vermutlich Theo.«

»Ich begreife nicht, warum Halleluja mich nicht angerufen hat!«, schimpfte Mariams Bruder.

»Wir würden das Zimmer gern richtig durchsuchen. Sie können draußen warten.« Tigist schloss die Tür.

Sie fingen mit dem Kleiderschrank an. Theo war geradewegs dorthin gegangen. Er hatte genau gewusst, wo er suchen musste.

Der Schrank roch muffig, als sie die Tür öffneten, und einige weitere Motten flogen heraus. Im Schrank lagen ordentlich gestapelte Kleidungsstücke. Wenn Theo herumgewühlt hatte, hatte er alles wieder aufgeräumt.

»Was versteckt man in einem Kleiderschrank?«

Monika überlegte.

»Nur haltbare Dinge. Nichts wirklich Wertvolles, denn ein Dieb würde hier doch zuallererst suchen. Also weder Schmuck noch Geld.«

Tigist legte jetzt Wäsche und Blusen ordentlich auf das verstaubte Bett.

»Lach nicht, ich suche nicht nach etwas, das schon verschwunden ist. Ich suche nach Spuren davon, was Theo geholt hat. Er scheint den ganzen Weg von Schweden hergekommen zu sein, um etwas zu holen, zu finden oder etwas in diesem Kleiderschrank zu machen. Und das ist ihm offenbar gelungen, denn er hat einfach kehrtgemacht und ist wieder verschwunden.«

Sie betastete die Unterseiten der Fächer.

Monika sah sich inzwischen den Schreibtisch an.

»Weißt du, der sieht genauso aus wie ihr Schreibtisch in

Stockholm. Computer mit großem Schirm. Dicke Bücher mit komplizierten Titeln.«

»Wir haben hier alles durchgesehen, nachdem Mariam verschwunden war. Die Festplatte war fast leer.«

Monika zog die einzige kleine Schublade aus dem Schreibtisch und schaute hinein.

»Sieh mal hier!«

Sie reichte Tigist eine längliche weiße Karte. Dort stand in großen, fließenden Buchstaben:

Mariam!
Mariam! Mariam! Mariam! Mariam!
Dein
S. A.
PS. Das ist ein Bild meines Inneren in diesem Augenblick. Iss mit mir zu Mittag oder zu Abend oder was immer du willst!

Monika drehte die Karte um und musterte die Rückseite. Die war leer.

»S. A. Kann die wohl von Salomon sein?«

»Wir wissen, dass sie von Salomon ist.«

»Der war ja offenbar ein Romantiker. Was für eine schöne Karte.«

Tigists Hände drehten Monika die Handflächen zu, ließen sie dann sinken. Abwehrend.

»Massenproduktion, glaub mir. In der Stadt wimmelt es nur so von Frauen, die ähnliche Karten bekommen haben.«

Monika sah Tigist skeptisch an.

»Hast du so eine schlechte Meinung von Männern?«

»Vor schönen billigen Worten in Wort und Schrift sollte man sich hüten.«

Monika warf Tigist einen fragenden Blick zu.

»Du wärst auf Salomon also nicht reingefallen?«

»Doch, das bin ich sogar wie alle anderen. Es ist ewig her, damals ging ich abends noch tanzen. Er schickte mir einen Zettel, ungefähr wie diesen hier. Aber mir schrieb er, er sei mehrere Abende hintereinander gekommen, nur um mich zu sehen. Ich bewegte mich anmutiger als alle, die er jemals gesehen habe. Und ich müsse am nächsten Tag unbedingt mit ihm zu Mittag essen.«

Monika starrte sie an.

»Das soll doch wohl nicht heißen, dass du ... dass ihr ... ich meine ...«

Tigist lachte ihr entwaffnendstes Lächeln.

»Doch, das soll es heißen. Dass ich, dass wir ... in seiner Wohnung endeten, einer seiner Wohnungen, die er für Frauen wie mich reserviert hatte. Solche, die nicht gesehen werden sollen. Es war eng und ziemlich schmutzig. Es war überhaupt nicht schön. Er war sicher enttäuscht. Das war ich auch, wenn ich die Wahrheit sagen soll. Man sollte doch meinen, dass Männer, die so viele Frauen haben, davon etwas lernten. Nein, gib mir einen Mann, der lange mit einer Frau gelebt hat, die er liebt, dann zeige ich dir einen, der weiß, wie man es macht.«

»Aber ... ist es denn kein seltsames Gefühl, den Mord an einem Mann aufzuklären, den du ... so gut gekannt hast«, endete Monika lahm.

»Durchaus nicht. Den haben doch viele von uns auf diese Weise gekannt.«

»Aber konntest du ihn denn gar nicht leiden?«

»Warum hätte ich das tun sollen? Er hat ja nur von sich geredet.«

»Warum bist du mit ihm gegangen?«

Tigist überraschte sie mit ihrer Antwort:

»Aus Neugier.« Sie zuckte mit den Schultern. »Ich war jung und wusste es nicht besser. Er sagte immer, das Ding in seiner Hose sei legendär. Aber in Wirklichkeit hatte er da das Gleiche wie alle anderen, nur vielleicht ein bisschen schlaffer ...«

Tigist kicherte bei dieser Erinnerung. »Er war langweilig, eitel und ichbezogen.«

»Hat es dich überrascht, dass er erschossen worden ist?«

»Natürlich hat mich das überrascht, auch wenn Salomon ein Mann mit vielen Feinden war ...«

Ihre Stimme verstummte, sie verlor sich einen Moment in Gedanken, dann rief sie:

»Und wer kommt schon auf die Idee, im Foyer des Hilton mitten in einer Menschenmenge jemanden zu erschießen?«

Monika hatte keine Antwort.

»Wir haben nach eifersüchtigen Ehemännern gesucht. Wir haben nach Menschen gesucht, denen Salomons Reportagen geschadet hatten. Wir haben vor allem nach Mariam und Theo gesucht. Wir haben nichts gefunden. Nichts.«

Sie schlug auf das Bett. Eine kleine Staubwolke wirbelte in die abgestandene Luft hoch.

»Aber das war damals. Jetzt ist jetzt. Jetzt werden wir Theo finden.«

Monika fragte sich, wie das passieren sollte. Soviel sie sehen konnte, war die Spur schon wieder am Ende. Sie wussten nicht, was Theo gesucht und vermutlich gefunden hatte. Sie wussten nicht, wo er jetzt war.

Tigist schien das keine Sorgen zu machen. Ganz anders als die Gesichter, die sie im Wohnzimmer vorfanden. Die jungen Polizisten traten von einem Fuß auf den anderen und schienen sich gar nicht wohl in ihrer Haut zu fühlen.

»Also, was den Zabagna angeht ... der muss Theo gestern hineingelassen haben ...«

»Ja?«

»Er ist verschwunden. Seit Ierusalem und Sara gestern um fünf zum Einkaufen gegangen sind, hat ihn niemand mehr gesehen.«

»Das wissen wir bereits«, sagte Tigist ungeduldig.

»Er wohnt in Debre Zeit.«

Nach einer kleinen Pause fügte der junge Polizist hinzu:

»Er hat ein Haus gleich am ... am See ...«

Er wand sich, konnte den Satz nicht beenden.

»An welchem See?« Tigists Geduld schien jetzt wirklich am Ende.

Das Schweigen im Zimmer war so total, dass von draußen eine Menge kleiner Geräusche zu hören war. Eine Henne rief nach ihren Küken, ein Wagen fuhr in der Nachbarschaft an, irgendjemand sagte auf dem Hinterhof leise etwas.

Mariams Bruder saß steif und unbehaglich auf dem Sofa. Ierusalem wandte sich mit undurchdringlicher Miene ab. Die beiden jungen Mädchen hielten einander fest an den Händen.

Plötzlich weiteten Tigists Augen sich, als sehe sie etwas Bedrohliches, das für die anderen unsichtbar war.

»Nicht ... doch nicht an *dem* See?«

Mariams Bruder nickte düster.

»Doch.«

»Wohnt er da?«

»Er ist dort aufgewachsen. Er kennt alle. Alle.«

Monika bekam es mit der Angst zu tun, sie wusste jedoch nicht, warum. Angst steckt an, etwas hatte den anderen Furcht eingejagt, und ihr eigenes Herz schlug jetzt schneller.

Tigist fragte ungläubig:

»Wie konnten Sie so jemanden einstellen?«

Die Antwort kam von Ierusalem:

»Mariam sieht das nicht so eng. Sie sagt, das sei alles nur alter Aberglaube.«

Mariams Bruder nickte langsam, wie um zu sagen, so unvorsichtig sei seine Schwester eben. So naiv.

»Und Sie glauben, dass er nach Debre Zeit zurückgefahren ist?«, fragte Tigist.

Vier Köpfe nickten in unregelmäßigem Takt, und Ierusalem sagte leise:

»Er fährt oft hin. An bestimmten Tagen muss man opfern, dann ist er immer da.«

»Warum hat mir das niemand erzählt?« Mariams Bruder wollte sich energisch anhören, klang aber nur ängstlich.

Tigist antwortete überraschend:

»Das sehen Sie doch selbst – die haben Angst.«

Die Frauen nickten verlegen. So war das.

Monika versuchte zu verstehen. Der Zabagna verschwand immer wieder von seiner Arbeit. Niemand wagte, seinen Arbeitgeber zu informieren. Die Tatsache, dass er am Ufer eines Sees lebte, den niemand auch nur mit Namen nannte, machte Angst, sogar bei Tigist. Unbegreiflich.

Was sie verstehen konnte, war, dass der Zabagna Theo getroffen haben musste. Dass er seither nicht wiedergesehen worden war. Dass das nicht so bedrohlich sein musste, wie es aussehen konnte – der Zabagna war offenbar jemand, der häufiger verschwand. Oder der jedenfalls nach Hause zu seinem See fuhr, wenn er bei der Arbeit sein müsste.

Es war immerhin klar, wen sie jetzt suchen mussten. Der Zabagna wusste vielleicht, was Theo aus Mariams Schlafzimmer geholt hatte und wo dieser steckte, vielleicht waren sie zusammen.

»Hat er Telefon in Debre Zeit?«, fragte Tigist.

Das hatte er nicht. Sie wandte sich an Monika.

»Wir müssen wohl nach Debre Zeit fahren und ihn dort suchen. Wir brauchen nur eine Stunde für die Fahrt.«

Tigist notierte Namen und Adresse des Zabagna und fragte nach einem Foto.

Mariams Bruder fasste die Frage als Befehl auf. Er schien salutieren zu wollen, entschied sich im letzten Moment aber dagegen. Er lief aus dem Zimmer und kehrte gleich darauf mit einem Foto zurück, das er Tigist mit einer Verbeugung überreichte.

Monika beugte sich über Tigists Schulter.

Dort war das Tor, das der Zabagna öffnen und schließen sollte. Daran lehnte ein Mann mittleren Alters, als ob es ihm gehörte. Er schaute mit einem dunklen Auge in die Kamera. Sein zweites Auge leuchtete in seinem dunklen, neutralen Gesicht milchweiß.

Man brauchte nicht abergläubisch zu sein, um sich unangenehm berührt zu fühlen.

Tigist packte den Stier bei den Hörnern.

»Was ist mit seinem Auge passiert?«

Ierusalem antwortete leise:

»Dr. Mariam sagt, das sei eine Krankheit. Er selbst sagt, er habe ein Auge, mit dem er diese Welt, und eines, mit dem er die andere Welt sehen kann.«

Sie schauderte zusammen. Monika konnte sehen, wie die Angst ihr über die Haut lief wie eine kleine Welle aus Gänsehaut. Ierusalem schien jedenfalls mehr an die Erklärung des Zabagna zu glauben als an die von Mariam.

Debre Zeit

Im Wagen, auf dem Weg nach Debre Zeit, häuften sich die Fragen in Monikas Kopf. Die, die sie zuerst äußerte, bezog sich auf Zabagnas ganz allgemein.

»Was bewachen alle diese Zabagnas? Braucht ihr wirklich einen Wächter für jedes Haus? Zwei Nachbarn könnten sich doch einen teilen, wenn der nur einige Male am Tag ein Tor öffnen muss.«

Tigist hob die Augenbrauen.

»Aber dann wäre doch die Hälfte aller Zabagnas arbeitslos und könnte ihren Kindern nichts zu essen geben. Warum sollen die Reichen nicht teilen?«

Monika kam sich vor, als ob sie sich an einer extremen Yogaposition versuchte.

»Soll das heißen, dass die Leute einen Zabagna bezahlen, den sie eigentlich gar nicht brauchen, nur damit er versorgt ist?«

»Gott will, dass wir an andere denken, nicht nur an uns selbst.«

Sie schwiegen eine Weile. Dann sagte Monika:

»In Schweden hat fast niemand Dienstboten.«

»Woher wisst ihr dann, was in den Familien geredet wird?«

»Das wissen wir nicht. Wir fragen. Die Leute lügen.«

Tigist überlegte und fragte dann:

»Wer putzt und kocht?«

»Das tun wir selbst.«

Jetzt schien Tigist gewaltig mit ihren vielen Fragen zu ringen. Am Ende wollte sie wissen:

»Warum wollen die Reichen bei euch den Armen die Arbeit wegnehmen?«

Die Yogastellung wurde noch schwieriger.

»Wir teilen auf andere Weise. Wir bezahlen dem Staat Geld, und der gibt es dann denen, die keine Arbeit haben.«

»Ohne dass sie arbeiten?«

Die Yogastellung wurde unmöglich.

»Das ist zu kompliziert, um es zu erklären.«

Tigist nickte. Das konnte sie verstehen.

Sie schwiegen eine Weile. Dann fragte Monika:

»Was hat es auf sich mit diesem See, an dem der Zabagna wohnt?«

Tigist runzelte die Stirn, ihre Hände hoben sich zu einer abwehrenden Bewegung.

»Du wirst lachen, es hängt mit unserem Volksglauben zusammen ...«

»Bei Mariams Bruder hat niemand gelacht. Stattdessen hatten alle Angst.«

Tigist nickte.

»Es gibt einen See in Debre Zeit – einen tiefen See, der unten in einem Berg liegt. Einem Vulkan.«

»Einem gefährlichen Vulkan?«

»Der Vulkan ist nicht gefährlich, aber in dem See, der anders ist als andere Seen, soll es einen Geist geben.«

Wieder der Zusammenstoß der Kulturen. Wenn sich jetzt auch noch Geister in die Ermittlung einmischten, dann würde Monika wirklich nicht wissen, wie sie sich verhalten sollte.

»Dieser Geist«, fügte Tigist hinzu, »ist unerhört stark, er ist einer der wenigen, die die Christianisierung des Landes überlebt haben. Er besaß eine solche Kraft, dass er nicht aus dem See vertrieben werden konnte.«

»Hat er einen Namen?«

»Wir sprechen diesen Namen nicht gern aus. Aber er bedeutet so ungefähr ›der, dessen Arme und Beine abgerissen worden sind‹.«

Wie mochte ein Körper aussehen, dessen Arme und Beine abgerissen worden waren? Monika wollte nicht daran denken. Seltsam, dass Tigist so besorgt wirkte, obwohl doch an der dünnen Kette um ihren Hals ein Goldkreuz hing.

»Das klingt richtig unheimlich.«

Tigist nickte.

»Es ist auch unheimlich. Der Geist ist stark, und der Zabagna scheint ihn gut zu kennen.«

Wie um sich zu entschuldigen, fügte sie hinzu:

»Sogar Haile Selassie, der alte Kaiser, wollte mit dem Geist auf gutem Fuß stehen. Er war ein echter Politiker.«

Was hatten gute Beziehungen zu einem Geist mit Politik zu tun? In dem Moment, in dem die Frage auftauchte, wusste Monika auch schon die Antwort. Wer eine gute Beziehung zu einem mächtigen Geist hat, wird beschützt. Es wäre sicher schwierig, einen besseren Alliierten zu finden. Das sah sie ja schon daran, wie der Zabagna es geschafft hatte, seinen Mitangestellten Angst einzujagen.

Endlich lag die Stadt hinter ihnen. Die Landschaft war von Kühen und Menschen geprägt, und in den Dörfern, die sie passierten, hingen Waren am Straßenrand – Obst, Körbe, Gebäck, Textilien.

Monika fragte, was Tigist vorhatte, wenn sie ihr Ziel erreichten.

»Wir müssen mit dem Zabagna sprechen, auch wenn seine Kraft zu Hause, am See, noch viel stärker ist.«

Was soll eine schwedische Polizistin zu einer solchen Bemerkung sagen? Monika glaubte nicht einmal an Gott, außer als Herrschaftskonstrukt der Gesellschaft. Böse Geister lagen so weit jenseits ihres Horizonts, dass sie sich nicht vorstellen konnte, wovor Tigist und die anderen sich fürchteten.

»Was kann dieser Geist ausrichten?«

»Alles. Er sehnt sich nach unversehrten, gesunden Körpern, da sein eigener so verstümmelt ist. Er verursacht Krankheit, er nimmt Leben. Er kann auch denen, die auf seiner Seite stehen, Macht schenken.«

»Wenn er dem Zabagna Macht geschenkt hat, warum ist der noch immer Zabagna?«

Tigist sah sie erschrocken an. Ihre Hände machten kleine zum Schweigen mahnende Bewegungen.

»Sprich nicht auf diese Weise über ihn, man weiß nie ...«

Das hier konnte Monika einfach nicht verstehen. Sie wechselte das Thema.

»Tigist?«

Als Antwort gab es einen ängstlichen Blick.

»Ich habe eine ganz andere Frage. Eine, die mit Theo zu tun hat.«

Tigist sah genauso erleichtert aus, wie Monika gehofft hatte.

»Wenn Theo Salomon erschossen hat, meinst du, das spricht dafür, dass er auch den Jungen in Schweden erstochen haben kann? Oder umgekehrt – wenn wir nun feststellen, dass er Juri umgebracht hat, würde ihn das in Salomons Fall verdächtiger machen?«

Tigist runzelte die Stirn und konzentrierte sich.

»Es ist trotz allem ungewöhnlich, dass die Leute sich gegenseitig umbringen. Die meisten von uns haben da eine Sperre. Egal, wie sehr wir jemandem auch den Tod wünschen, wir stoßen ihn trotzdem nicht die Treppe hinunter oder vor einen Zug. Aber wer diesen Schritt einmal gemacht hat, ohne erwischt zu werden und ohne große Probleme mit sich selbst bekommen zu haben, der hat sicher keine Schwierigkeiten damit, es wieder zu tun. Das ist das Schlimme an Mördern.«

»Betrachtest du Theo also als Doppelmörder oder als einen, der gar kein Mörder ist?«

Tigist lachte.

»Jetzt greifst du den Problemen wieder vor. Zuerst finden wir ihn. Dann sprechen wir mit ihm. Danach fangen wir an, uns ein Bild zu machen.«

Aber Monika musste sich einfach ihre Gedanken machen. Sie glaubte an eine Art menschlicher Homöopathie. Wir hinterlassen Spuren bei allen, die uns begegnen, und diese Spuren verraten etwas darüber, wer wir sind. Sie war Theo noch nie begegnet. Sie kannte nur die Eindrücke, die er bei denen hinterlassen hatte, die mit ihm in Kontakt gekommen waren. Also bei Vivi, der Schulschwester, seiner Mutter, seinen Lehrern. Die Spuren, die Theo hinterlassen hatte, waren entweder Angst oder Besorgnis.

In Debre Zeit verlangsamte der Fahrer sein Tempo. Jetzt mussten sie sich durchfragen. Er hielt an und rief einem jungen Mann hinterher, der um sein Leben zu rennen schien. Nach kurzem Überlegen ging ihm wohl auf, dass das keine gute Idee wäre, und er kam widerwillig näher. Sein Blick jagte in alle Richtungen, wie bei einem in Panik geratenen Polizeipferd, dachte Monika.

Er wisse nichts, sagte er. Er habe nie von dem Zabagna gehört, die Adresse sei ihm unbekannt. Der Fahrer glaubte ihm nicht und fragte noch einmal mit lauter Stimme, aber das Ergebnis blieb dasselbe.

Mehr war nicht nötig, um eine kleine Menschenmenge anzulocken. Eine ältere Frau trat hervor und kam mit energischen Schritten auf den Streifenwagen zu. Sie trug ein dünnes Tuch über Kopf und Schultern und schaute Monika an. Sie schob ihr runzliges Gesicht, so weit sie konnte, durch das halboffene Autofenster.

»Bist du aus Schweden?«

Monika zweifelte endgültig an ihrem Verstand. Was die Frau sagte, klang schwedisch. Es klang schonisch, aber die Stimme stammte von einer kleinen alten Frau, die in Monikas Augen aussah wie alle anderen kleinen äthiopischen Großmütter.

»Ich heiße Lottie. Sprichst du Schwedisch?«

Diesmal war kein Irrtum möglich, die kleine Dame sprach Schwedisch, und zwar wie eine, die im südlichen Schweden geboren und aufgewachsen ist.

Sie lachte glücklich. Sicher klappte hier nicht zum ersten Mal einer Schwedin das Kinn herunter.

»Ich habe bei mehreren schwedischen Familien als Kindermädchen gearbeitet«, sagte Lottie jetzt mit zufriedener Miene. »Sprachen sind mir immer leichtgefallen.«

Monika suchte nach Worten und sagte nur:

»Hallo, Lottie.«

Jetzt hatte sich hinter Lottie eine kleine Gruppe von Neugierigen versammelt.

»Weißt du«, fügte Lottie hinzu, vielleicht vor allem für ihr Publikum. »Hier in Debre Zeit gab es einen Fliegerhorst mit vielen schwedischen Familien. Hier haben Hunderte von Schweden gewohnt. Ich spreche ungeheuer gut Schwedisch, nicht wahr?«

Monika konnte nur nicken. Tigist schaltete sich ein.

»Was sagt sie? Was ist das für eine Sprache?«

»Schwedisch. Makelloses Schwedisch.«

Die kleine alte Frau sprach offenbar auch Englisch, denn sie nickte zufrieden.

Monika lächelte Lottie an und bat den Fahrer um den Zettel mit dem Namen des Zabagna. Der war in Fidäl geschrieben, deshalb konnte sie den Zettel nur ausstrecken.

»Lottie, kannst du uns helfen? Wir suchen diesen Mann. Weißt du, wo er wohnt?«

Lottie warf einen kurzen Blick auf den Zettel.

»Das wissen alle. Es ist nicht weit. Denkt daran, dass ihr ganz laut an sein Tor klopfen müsst.«

Sie erklärte dem Fahrer dem Weg und winkte, als das Auto sich in Bewegung setzte.

»Auf Wiedersehen. Viel Glück … Möge Gott euch beschützen!«

Tigist schaute Monika misstrauisch an.

»Was hat sie gesagt?«

»Sie hat uns Glück gewünscht.«

»Okay. Ich dachte nur, dass du ein bisschen komisch aussiehst …«

Monika gab keine Antwort. Sicher war es normal, ein

Gespräch mit einer kleinen Erwähnung Gottes abzuschließen – doch brauchten sie auch seinen Schutz, wenn sie dem Zabagna gegenübertraten?

Sie waren auf einen holprigen kleinen Weg abgebogen, der steil nach unten und dann steil nach oben führte. Der Wagen schlängelte sich langsam an Gärten vorbei, die von Wellblech umgeben waren.

Endlich hielt der Fahrer vor einem namenlosen Tor.

Tigist schaute Monika an. Monika schaute Tigist an. Der Fahrer ging auf die andere Straßenseite.

Endlich trat Monika vor und klopfte an das Blechtor. Es klang nicht überzeugend, deshalb hämmerte sie mehrmals mit der Faust. Beim letzten Mal schlug sie in die Luft, denn das Tor war von innen geöffnet worden. Sie wich unfreiwillig zurück, als der Mann einen raschen Schritt auf sie zutrat. Er hatte eine graue Mähne und erwiderte ihren Blick mit einem blinden, milchweißen Auge in einem wütenden dunklen Gesicht.

Sie hörte, wie Tigist hinter ihr nach Luft schnappte.

Das hier war nichts Neues. Im Laufe der Jahre hatten viele versucht, ihr Angst einzujagen. Aber dazu war mehr vonnöten als ein ungewöhnliches Aussehen und gute Beziehungen zu Geistern, egal, wie böse diese sein mochten.

Sie trat einen Schritt vor und sagte auf Schwedisch:

»Hör mal gut zu, du alter Mistkerl – mir machst du keine Angst, wenn du so herumspringst. Und vor deinem Auge fürchte ich mich auch nicht.« Auf Englisch fügte sie hinzu: »Wir sind von der Polizei. Wir wollen mit dir sprechen – drinnen.«

Der Zabagna holte Luft, blinzelte, hob die Hände und sagte auf Englisch:

»Heute ist Korit stark. Sehr stark.«

Tigist keuchte wieder auf. Monika hörte, dass sie jetzt rasch und flach atmete, und brüllte auf Schwedisch:

»Und versuch bloß nicht, meiner Kollegin so eine Scheißangst einzujagen. Aus dem Weg, du Betrüger.«

Sie versuchte, sich an dem Zabagna vorbeizudrängen. Sie hoffte, dass das nicht verboten war. Sie hoffte, Tigist würde es wagen, ihr zu folgen.

»Korit wird außer sich sein.« Als das Monika nicht aufhalten konnte, erhöhte er das Gebot: »Außer sich vor Wut.«

»Komm, Tigist. Jetzt gehen wir rein.«

Tigist zögerte. Der Zabagna versuchte, sie mit seinem dunklen, sehenden Auge aufzuhalten: Bleib, wo du bist. Monika versuchte, ruhig und gelassen auszusehen: Komm jetzt endlich.

Aber Tigist konnte ihre Blicke nicht von dem Zabagna losreißen, sie war von seinem Auge gefesselt.

Monika musste umkehren, zwischen die beiden treten, Tigist an der Hand fassen und sie nach vorn drehen.

»Komm jetzt. Jetzt gehen wir zu Theo.«

Sie musste Tigist mehr oder weniger durch das Tor zerren.

Dort blieben sie stehen. Sie sahen die schlichte Hütte mit dem Wellblechdach kaum. Sie bemerkten nicht den Baum mit den ungewöhnlichen Blumen auf den nackten Zweigen. Denn nur einige Meter vor ihnen öffnete sich ein mächtiger Krater, und darunter lag das Maar, so grau wie der Berg, der sich darum erhob.

Man brauchte nicht an böse Geister zu glauben, um diesen Anblick unheimlich zu finden. Das Wasser lag so still da, dass es tot zu sein schien. Monika spürte, wie Tigist zusammenschauderte.

Verdammt. Dem See war das gelungen, was der Zabagna nicht geschafft hatte. Die stumme Oberfläche nahm all ihre Aufmerksamkeit in Anspruch, und sie konnte sich nicht richtig umsehen. Sie wusste nicht, wo der Zabagna war. Sie wusste nicht, ob Tigist ihre Waffe bereithielt.

Sie blickte sich um.

Der Zabagna stand noch immer am Tor. Tigist sah wie gelähmt aus, und ihre Arme hingen hilflos nach unten. Das Haus sah mit den vorgeschlagenen Blenden und der verschlossenen Tür abweisend und geheimnisvoll aus.

Und darin konnte sich wirklich jeder und alles befinden.

Sie drehte sich zu dem Zabagna um und versuchte, sich ganz sorglos anzuhören.

»Wir suchen Theo. Ist der hier?«

Keine Antwort.

»Wir wollen nur mit ihm sprechen.«

Noch immer keine Antwort.

Plötzlich wurde die Haustür aufgestoßen. Ein junger Mann stürzte heraus, rannte um das Haus und verschwand über den Kraterrand.

Monika, Tigist und der Zabagna stürzten hinterher und schauten nach unten. Die Felswand fiel steil ab. Hier und da klammerten sich einzelne Gewächse an Spalten und zwischen lockeren Steinen an.

Unter ihnen jagte der junge Mann, bei dem es sich um Theo handelte, den Hang hinab. Monika sah, dass er etwa zehn Meter unter ihnen ein wenig abflachte, um dann fast lotrecht zum Wasser hin abzufallen. Auf diesem Absatz konnte ein Mensch ohne Höhenangst um die Kraterwand gehen. Wenn Theo ein Stück weiter hochkletterte, könnte er die Straße erreichen und verschwinden.

Aber bisher glitt er nur rascher und rascher nach unten.

»Ganz ruhig, Theo«, rief sie.

Vor der Polizei zu fliehen war gefährlich. Sie hatte noch nie einen jungen Autodieb dazu gebracht, vor Angst gegen einen Betonpfeiler zu krachen. Sie hatte noch nie einen Verdächtigen vor einen LKW gejagt, der nicht mehr anhalten konnte. Vielleicht hatte sie dabei mehr Glück als Verstand gehabt, aber sie wollte diese Bilanz jetzt nicht verändern.

Aber Theo kannte keine Ruhe. Er schaute nach oben, wurde schneller.

Dann erreichte er endlich den kleinen Absatz. Er versuchte zu bremsen, lehnte sich gegen die Felswand, aber der Stein unter seinen Füßen war von Kies bedeckt. Er fand keinen festen Halt, er versuchte, sich aufzurichten, um das Gleichgewicht zurückzugewinnen, aber seine Füße waren schon auf dem Weg zum Wasser. Er kippte zur Seite. Monika und Tigist hörten den Knall, mit dem sein Hinterkopf gegen die Felsen schlug.

Danach, nach einem überraschend langen Moment, hörten sie das Platschen, als er auf das Wasser auftraf. Eine kleine Gruppe grauer Vögel, die Monika noch nie gesehen hatte, flog vom Wasserspiegel auf.

Verdammt.

Monika hielt Ausschau nach seinem Kopf. Hoffentlich tauchte der bald wieder auf. Hoffentlich konnte er zum Rand des Sees schwimmen, hoffentlich könnten sie ihn zu fassen bekommen.

Tigist hatte ihren Arm gepackt. Ihre Stimme klang dünn und jämmerlich vor Angst.

»Der Geist wird ihn niemals wieder loslassen.«

Monika machte sich keine Sorgen wegen des Geistes, ihr Problem war, dass nicht Theos Kopf an die Oberfläche kam, sondern sein Rücken.

»Tigist, hilf mir. Wir müssen ihn rausholen.«

Monika kletterte dem ersten kleinen Absatz entgegen. Sie wünschte, sie hätte ein Seil, einen Hosenträger, irgendeine Sicherung. Dann hörte sie auf zu denken. Ihre Füße suchten Halt, ihre Finger tasteten sich in Spalten, in denen sie Halt fand. Sie wusste nicht, wie lange sie für den Abstieg brauchte, nur, dass es zu lange zu dauern schien.

Sie schaute nach unten. Dort schwamm Theo, noch immer bewegungslos, mit dem Gesicht nach unten. Sie würde ihn niemals rechtzeitig erreichen.

Falls sie nicht tauchte. Falls sie nicht aus der Höhe auf den unbekannten grauen Wasserspiegel sprang, unter dem sich einfach alles verstecken konnte. Was hatte der Vulkanologe Lasse noch gesagt? Dass die Maare fast bodenlos tief seien. Dass die Felswände steil nach unten ragten.

Um sie herum war es totenstill. Das Wasser um Theo herum rührte sich nicht.

Sie streifte Rock und Schuhe ab, nahm Anlauf, um so weit wie möglich im Wasser zu landen – und sprang.

Während sie dem Maar entgegenfiel, stellte sie sich Felsen gleich unter dem Wasserspiegel vor. Felsen, die ihren Kopf durchbohren könnten, ihr das Genick brechen. Und sie glaubte, ein schönes, dunkles Gesicht zu sehen, das ihr sehnsüchtig entgegensah, und einen Männerkörper ohne Arme und Beine. Das machte ihr größere Angst als die Steine.

Aber es war zu spät zur Reue.

Und dann war das Wasser über ihr und um sie herum. Es fühlte sich an wie ganz normales Wasser. Es gab keine Felsen, keinen Boden, sie sank und sank, dann schwamm sie mit kraftvollen Zügen aufwärts, die plötzlich an Kraft verloren. Sie konnte kaum die Arme heben. Ihre Lunge schien kurz vor dem Bersten zu sein.

Sie hatte die dünne Luft vergessen. Sie versuchte, sich aufwärts zum Licht zu kämpfen, sie sah Theo wie einen dunklen Schatten über sich. Aber sie konnte das Wasser nicht verdrängen, und sie musste atmen. Selbst ein tiefer Atemzug im Wasser wäre besser als der sprengende Schmerz in ihrer Brust.

Ein einziger tiefer Atemzug. Nur einer, danach würde sie den Atem wieder anhalten können. Ihr Brustkorb brannte, der Schmerz war unerträglich, sie musste atmen, egal, ob mit oder ohne Luft. Das durfte sie nicht denken, aber nun wurde ihr schwarz vor Augen.

Vielleicht musste sie jetzt sterben. Vielleicht gab es hier unten ein trauriges Gesicht, das sich über ihr Kommen freuen würde. Möglicherweise sah er ihren Körper schon erwartungsvoll an, ihren unversehrten, vollständigen Körper, der bald ihm gehören würde. Sie wollte nicht sterben.

Das Bild ihres eigenen bleichen Leichnams im Wasser gab ihr die zusätzliche Kraft, die sie brauchte, um sich abzustoßen, einen letzten verzweifelten Schwimmzug zu machen und den Kopf aus dem Wasser zu strecken.

Noch nie war ihr Luft so segensreich vorgekommen.

Sie atmete mit tiefen, röchelnden, schmerzhaften Zügen.

Als Arme und Beine ihr wieder gehorchten, schwamm sie zu Theo und drehte ihn um. Er bewegte sich nicht, atmete nicht.

Sie hielt trotzdem sein Gesicht über Wasser. Vor allem musste sie ihn ans Ufer schaffen. Wo war Tigist? Sie schaute auf und sah, dass jemand ein Seil mit Knoten heruntergeworfen hatte. Der Zabagna war auf dem Weg zu ihnen, geschmeidig und gewandt kletterte er die Felswand hinab, und unter dem einen Arm hielt er ein braun gesprenkeltes Huhn, das lautstark protestierte.

War er Freund oder Feind? Hatte sie vielleicht gegen ein entsetzliches Tabu verstoßen, als sie in den See des Geistes gesprungen war?

Jetzt war immerhin Verstärkung unterwegs. Hinter dem Zabagna kletterte auch Tigist nach unten. Beim Zabagna sah das ganz leicht aus, Tigist dagegen schien am Seil herabzugleiten.

Ein plötzlicher Schmerz im Bein hätte Monika Theo fast aus dem Griff verlieren lassen.

Lasse hatte sich geirrt. Die Felswand fiel hier nicht steil

nach unten ab. Monika war mit dem Bein gegen eine Felskante gestoßen, die einige Meter in das dunkle Wasser hineinragte.

Die Vorstellung, was passiert wäre, wenn sie auf diese Kante aufgetroffen wäre, drängte sich auf, aber sie schob sie beiseite. Sie versuchte, auf den glatten und schrägen Fels zu steigen. Sie rutschte ab, machte noch einen Versuch, und am Ende stand sie, keuchend und zitternd, mit Theo wie einem toten Gewicht in den Armen da.

Ihr Bein schien zu bluten.

»Monika!«

Das war Tigist, sie war unten angekommen, sie streckte eine Hand aus, sie zog Monika und Theo zu sich hin.

Der Zabagna war in die Hocke gegangen und kehrte ihnen den Rücken zu. Das Huhn protestierte noch immer, sein Gegacker warf Echos.

Tigist packte Theo und hob ihn hoch, Monika schob an, und am Ende hatten sie ihn aus dem Wasser geschafft. Er lag auf der Seite auf einem flacheren Teil des Felsens, sie mussten ihn festhalten, damit er nicht wieder hinunterkullerte. Aus seinem Mund und seiner Nase lief Wasser. Monika hatte soeben angefangen, nach einem Puls zu suchen, als das Huhn plötzlich verstummte. Zugleich hustete Theo und spuckte eine überraschende Menge Wasser aus. Sein Atem kam stockend in Gang.

Der Zabagna warf den kopflosen Rumpf der Henne ins Wasser.

»Ein Leben für ein Leben. Jetzt wird er für eine Weile zufrieden sein. Aber wir müssen machen, dass wir nach oben kommen.«

Monika schaute den schwimmenden Hühnerleichnam an, dessen Flügel noch immer ohne höheren Befehl zuckten. Sie sah Theo an, den Zabagna, Tigist.

Es war besser, keine Fragen zu stellen.

Zwanzig Minuten später saßen sie im dunklen Haus des Zabagna. Theo hatte eine Beule am Hinterkopf und klapperte mit den Zähnen, aber das Atmen machte ihm keine Probleme. Er hatte Ähnlichkeit mit seinem Vetter, sah aber nicht so unzufrieden aus, und unter seinem linken Arm zog sich eine glänzende Narbe vom Ellbogen bis zum Handgelenk. Das reichte als Ausweis. Monika hatte sich wirklich das Schienbein aufgeschrammt, aber es blutete jetzt nicht mehr. Sie und Theo waren in dicke weiße Decken gewickelt und hielten Becher mit heißem Tee in den Händen.

Wie auf eine schweigende Übereinkunft hin hatten sie Salomon, Juri, den Schrank in Mariams Haus oder Theos Abneigung gegen Vernehmungen bisher nicht erwähnt.

Der Tod hinterlässt immer eine Stille, eine kleine Zeit für die Wiederanpassung ans Leben. Monika und Theo sahen sich mit neuen alten Augen um. Eine Katze schaute herein, sie erschien ihnen als gestreiftes kleines Wunder.

Der Zabagna hatte sich in eine Zimmerecke zurückgezogen. Sein weißes Auge funkelte in der Dunkelheit – er behielt sie im Blick. Tigist schaute immer wieder unruhig zu ihm hinüber, wie zu einem großen, aggressiven und unberechenbaren Hund.

Sie hatte sich strategisch zwischen Theo und die Tür gesetzt. Es sah zwar aus, als ob Theo sich so bald überhaupt nicht wieder bewegen würde, aber man konnte ja niemals ganz sicher sein.

Am Ende sagte er eintönig:

»Ich habe Salomon erschossen. Warum habt ihr mich nicht einfach ertrinken lassen?«

Monika hatte schon längst aufgehört, mit Dankbarkeit zu rechnen, aber diesmal hätte sie ein kleines Dankeschön ja doch für angebracht gehalten. Sie musste jedoch ehrlich zugeben, dass sie ebenso an sich wie an Theo gedacht hatte, als sie ins Wasser gesprungen war. Sie hatte gewusst, dass sie nicht einfach stehen bleiben und zusehen könnte, wie er vor ihren Augen ertrank.

Tigist hob die Hände, bremste ihn.

»Halt! Du fängst am falschen Ende an, Theo. Ich will hier keine Geständnisse hören. Wir kriegen so viele Geständnisse, dass wir damit den Boden düngen könnten. Zuerst will ich wissen, was du aus dem Schrank deiner Mutter geholt hast.«

Theo schaute überrascht auf. Sein Geständnis hatte nicht die erwartete Wirkung gehabt, und die Antwort kam rasch, unüberlegt.

»Ihre Sicherheits-CD.«

Gute Arbeit, Tigist, dachte Monika.

»Wir haben ihr Zimmer durchsucht, ohne die zu finden. Wo war sie?«

»Ein Schrankfach hat einen doppelten Boden. Da hat sie sie immer versteckt.«

»Woher wusstest du das?«

»Das hat sie mir gezeigt. Sie wollte, dass ich das wusste, für den Fall, dass etwas passierte.«

Tigists Stimme wurde weicher.

»Für den Fall ihres Todes, meinst du?«

Er nickte.

»Aber sie war doch jung, gesund ...«

»Sie war Ärztin. Sie hatte ab und zu erzählt, wie schnell und unerwartet das passieren kann ... außerdem waren zwei andere Röntgenärzte ermordet worden.«

»Das hat sie dir erzählt?«

Theo schüttelte den Kopf, hörte dann aber plötzlich damit auf und schloss die Augen. Als er sie wieder öffnete, sagte er:

»Nein. Aber ich wusste es trotzdem.«

Angesichts von Tigists fragendem Blick fügte er hinzu:

»Ich habe gehört, wie sie mit ihrem Chef darüber gesprochen hat. Er und seine Frau waren zum Essen bei uns, das war, unmittelbar bevor wir nach Schweden fliehen mussten. Ich konnte das nicht überhören, sie waren draußen im Garten, gleich unter meinem offenen Fenster. Sie sprachen über die Ägypter und darüber, wie sie die Leute ermorden ließen.«

Tigist griff sich an die Stirn.

»Was für Ägypter? Willst du mich hier zum Narren halten, Theo?«

Diesmal verkniff er sich das Kopfschütteln. Er sah sie nur mit einem Blick an, der sagte, wie sinnlos es sei, mit jemandem zu sprechen, der einem doch nicht glaubte.

Tigists Hände erstarrten mitten in einer Bewegung, unsicher, wohin sie nun ihren Weg nehmen sollten. Sie fragte ungläubig:

»Hat Mariam geglaubt, sie könnte von Ägyptern ermordet werden?«

»Ich weiß nicht. Ich weiß es doch nicht ...«

»Hast du sie nicht gefragt?«

Er klang plötzlich viel jünger.

»Sie verstehen das nicht. Über solche Dinge konnte ich mit ihr nicht reden. Es gab so vieles, was ich niemals fragen konnte. So vieles, das ich nie erfahren habe.«

Tigists Stimme klang jetzt warm, sanft, gefährlich für den, der befragt wurde, fand Monika.

»Musstest du deshalb herkommen? Hast du gehofft, dass du Antworten auf deine Fragen bekommen würdest, wenn du sehen könntest, woran deine Mutter gearbeitet hat, als Salomon erschossen wurde?«

Theo nickte zaghaft.

Sie macht es sich leicht, denkt Monika. Was für Suggestivfragen!

»Warum war das plötzlich so wichtig?«

»Ein Junge, den ich gekannt habe, war in Stockholm ermordet worden. Die Polizei wollte mit mir sprechen. Sie hätten sicher entdeckt, wer ich bin, wer meine Mutter ist. Ich wusste nicht, was ich machen sollte. Alles war nur noch Chaos. Ich dachte, ich würde verrückt. Es gab so viel, was ich nicht wusste.«

Überaus praktisch, dachte Monika. Angenommen, Theo hat Juri erstochen. In dem Fall hat er die Erklärung für seine Flucht gratis bekommen. Wollte nur wissen, was sein Mütterchen so getrieben hat. Klar doch.

Tigist fragte:

»Und weißt du jetzt, was du wissen wolltest?«

Theo nickte unglücklich und schaute zum Bett hinüber, wo sich ein eleganter Laptop von der übrigen eher bescheidenen Einrichtung abhob.

Monika stand auf und holte den Laptop. Sie öffnete ihn und landete mitten in einer Datei. Theo hatte es sehr eilig gehabt.

Sie las laut:

»... sie ist zugleich ein Opfer der modernen zynischen Ausbeutung Afrikas. Abends und an den Wochenenden arbeitet sie für einen reichen Amerikaner ... ein ägyptisches Konsortium vermittelt die Kontakte ...«

Sie schaute Tigist an.

»Hier haben wir's! – ›Ein ägyptisches Konsortium vermittelt die Kontakte und bereichert sich an der Arbeit der Äthiopierinnen. Die Patienten in den USA glauben, der berühmte Professor Paterson habe ihre Röntgenbilder beurteilt. Da irren sie sich. Nicht er erklärt sie für gesund oder findet ihre Tumore. Sondern Professor GebreSelassie. Professor GebreSelassie ist eine schweigende Mitläuferin bei diesem verwerflichen Schachern mit menschlichen Ressourcen. Diese Geschäfte sind außerdem illegal. Professor Paterson gibt ihre Beurteilungen als seine eigenen aus, und

Professor GebreSelassie bezahlt keine Steuern für das Geld, das auf ein geheimes Bankkonto geschleust wird ...‹«

Sie verstummte.

»Theo – was ist das hier?«

»Das hat Salomon geschrieben. Er wollte eine Sendung über sie machen. Sie wollte nicht. Sie fürchtet sich sonst vor nichts, aber da ist sie in Panik geraten.«

Er versuchte, tief durchzuatmen, fing aber an zu husten. Als der Husten sich gelegt hatte, keuchte er:

»Deshalb habe ich ihn erschossen.«

Tigist stand auf, packte Theo und zog ihn zur Tür. Monika sprang auf und lief hinterher. Der Zabagna, deutlich beunruhigt, schloss sich an.

Draußen kniffen sie im Sonnenlicht die Augen zusammen. Tigist stellte sich breitbeinig, die Hände in die Seiten gestemmt, vor den ein wenig schwankenden Theo hin.

»Du hast also eine Waffe ins Hilton geschmuggelt und Salomon erschossen?«

»Ja. Das ist nicht so schwierig, wenn man sich da auskennt. Ich bin durch die Hintertür gegangen.«

»Woher hattest du die Waffe?«

»Vom Mercato.«

»Woher genau?«

»Weiß nicht. Von einem Typen aus dem Norden, der stand einfach auf der Straße.«

»Wann genau hast du sie gekauft?«

»An dem Tag eben.«

»Und wenn ich sage, dass du den ganzen Tag in der Schule warst?«

»Dann irren Sie sich.«

»Wenn ich sage, dass ich mit deiner Lehrerin gesprochen habe und dass sie versichert, dass du seit Viertel nach zehn in der Schule warst, was sagst du dann?«

»Dass sie lügt.«

Und nun schnappte Monika nach Luft, denn Tigist zog ihre Waffe. Sie hob sie langsam und zielte damit auf Theo.

Theo war überhaupt in keinem vernehmungsfähigen Zustand, das wusste Monika. Bisher hatte sie keinen Einspruch erhoben, aber wenn Tigist ihn bedrohen wollte, dann musste sie eingreifen.

Ehe sie etwas sagen konnte, drehte Tigist die Pistole um und reichte sie Theo.

»Hier. Nimm die.«

Theo wich zurück. Tigist folgte.

»Nimm die Pistole, Theo.«

Vor Monikas entsetzten Augen griff Theo unsicher zur Pistole.

»Jetzt schieß auf den Busch da hinten. Der befindet sich in geringerer Entfernung von dir als Salomon damals. Zeig mir, wie du es gemacht hast.«

Theo schaute die Pistole in seiner Hand an, als habe er so einen Gegenstand noch nie gesehen.

»Schießen, Theo! Schießen!«

Er hob zögernd die Waffe. Die Mündung zeigte auf den Busch, auf den Boden, wieder auf den Busch, auf das Nachbarhaus. Nichts passierte.

Tigist trat vor und riss die Pistole wieder an sich.

»Theo«, brüllte sie. »Ich kenne dich besser, als du dich selbst kennst. Ich habe mit all deinen Freunden gesprochen, mit all deinen Lehrern, mit deinen Verwandten und Nachbarn. Viele, viele Stunden lang. Ich weiß, dass du mit einer Pistole nicht umgehen kannst. Also erzähl mir nicht, du hättest Salomon erschossen. Das warst du nicht.«

Sie drehte sich zu Monika um.

»Keine Angst, ich hab die Munition rausgenommen.«

Sie schob das Magazin wieder hinein und steckte die Waffe ins Holster.

»Also vergeude hier nicht weiter unsere Zeit, Theo. Ich will wissen, was du im Hilton gesehen hast. Monika will wissen, was in Stockholm passiert ist. Du hast uns die Sache bisher schwer gemacht. Jetzt zeig endlich ein bisschen Reue, die uns weiterführt. Was hast du im Hotel gesehen?«

Wenn ein Schock Menschen dazu bringt, die Wahrheit zu sagen, dann konnten sie Theo jetzt wohl glauben. Er sagte:

»Die Pistole.«

»Sehr gut. Du hast die Pistole gesehen. Wo?«

Seine Stimme senkte sich zu einem angestrengten Flüstern.

»Sie ließ eine Pistole fallen. Die lag einfach da auf dem Boden, zwischen uns. Ich trat sie weg. Ich habe nicht einmal darüber nachgedacht, ich wollte sie nur los sein.«

»Wer hat sie fallen lassen?«

Sein Blick schien einen letzten Ausweg zu suchen, aber keinen zu finden. Also kam die Antwort, leise, resigniert:

»Mariam. Meine Mutter.«

Monika erstarrte. Mariam, die zierliche, schweigsame Mariam hatte ihren Liebhaber erschossen. Und dieser Mord hatte zu dem Mord in Stockholm geführt. Auf irgendeine Weise.

Sie schaute den jungen Mann an, der jetzt bedenklich schwankte. Ein Hauch von Mitgefühl lief wie schwacher elektrischer Strom durch ihr Inneres. Theo hatte gesehen, wie seine Mutter ihren Liebhaber erschoss. Den Liebhaber, der sie bedroht hatte. Das hörte sich an wie ein Albtraum höheren Kalibers und erklärte eine ganze Menge. Die Flucht. Das Schweigen.

Theo geriet aus dem Gleichgewicht und ließ sich auf den Boden fallen. Tigist hielt ihn nicht davon ab.

»Theo, denk nach. Hast du gesehen, wie sie die Pistole

losgelassen hat, oder hast du die erst auf dem Boden entdeckt?«

»Weiß nicht mehr.«

Monika juckte es in den Fingern. Das hier war ihr Fall, es hätte auch ihre Vernehmung sein müssen. Aber Juri war wieder ins Hintertreffen geraten, diesmal durch Salomons dramatischen Tod. Ihre Fragen mussten unausgesprochen bleiben, sie war hier ja nur ein Gast.

Theo saß in sich zusammengesunken auf dem Boden. Tigist hatte ihm sein großes Geheimnis entlockt, jetzt gab es nichts mehr zu tun für ihn. Und das Atmen schien ihm zusehends schwererzufallen.

Monika versuchte, sich an das zu erinnern, was sie über Ertrinken gehört hatte. Jemand, der fast ertrunken wäre, konnte sich danach doch überaus elend fühlen. Bestimmt brauchte Theo einen Arzt.

Auch Tigist sah jetzt besorgt aus.

»Jetzt fahren wir zurück nach Addis«, sagte sie. »Wir müssen mit Mariams Chef im Krankenhaus sprechen. Dieser Mistkerl hat kein Wort über irgendwelche Ägypter gesagt, als ich nach Mariams Verschwinden mit ihm gesprochen habe. Außerdem sieht Theo so aus, als ob er einen Arzt brauchte.«

Das war nicht übertrieben. Theos Atemzüge schienen immer kürzer zu werden, und das Aufstehen fiel ihm schwer. In Schweden hätte Monika jetzt einen Rettungswagen geholt.

Sie nahmen ihn sicherheitshalber zwischen sich auf den Rücksitz. Er sah zwar nicht so aus, als ob er Fluchtgedanken hegte, aber das konnte sich ja rasch ändern. Der Fahrer jagte in Richtung Addis los, als ob Korit sie verfolgte und ihre einzige Hoffnung auf Entkommen in der Geschwindigkeit läge.

Tigist rief inzwischen im Krankenhaus an. Sie schien immer weiter durchgestellt zu werden, bis sie endlich an jemanden geriet, mit dem sie dann sprach, zuerst freundlich, dann wütend, danach wieder freundlich.

»Er erwartet uns.«

Theo saß mit geschlossenen Augen ganz still zwischen ihnen. Er atmete mühsam, aber regelmäßig. Monikas Fragen mussten noch einige Zeit warten.

Inzwischen versuchte sie, das zusammenzufassen, was sie gehört hatte.

Theo hatte versucht, die Schuld für einen Mord auf sich zu nehmen, den er wohl kaum begangen haben konnte. Tigists Methoden waren überraschend, aber effektiv gewesen. Theo schien davon überzeugt zu sein, dass Mariam Salomon erschossen hatte, aber wie passten die Ägypter ins Bild? Gab es die überhaupt wirklich, oder hatte Salomon übertrieben, um seine verkaufsträchtige Reportage zusammenzubauen?

Theos Lippen wurden jetzt dunkler – vermutlich war er unter seinem dunklen Teint blau angelaufen. Kämpfte er mit dem Ersticken, obwohl sie von so viel Sauerstoff umgeben waren?

Jetzt wusste sie es wieder. Sekundäres Ertrinken heißt es, wenn die Lunge vom Wasser beschädigt worden ist und immer schlechter arbeitet.

Der unerwartete Tod schlägt gerade dann zu, wenn die Gefahr vorüber zu sein scheint.

Tigist sagte so leise, dass es kaum zu hören war:

»Das ist Korit. Die, die in seiner Nähe waren, lässt er nicht mehr los.«

Theos mühsame Atemzüge machten ein Gespräch unmöglich, es war unmöglich, etwas anderes zu tun, als Einatmen, Ausatmen, Einatmen zu verfolgen.

Monikas Fragen mussten immer weiter warten.

Der Fahrer beschleunigte noch weiter. Menschen und

Tiere wichen ängstlich dem Fahrzeug aus, sie hinterließen schweißnasse Autofahrer, die sich bekreuzigten und Gott für ihr Überleben dankten.

Als sie sich dem Krankenhaus näherten, rief Tigist wieder dort an. Sie sah Theo an, beantwortete Fragen, fühlte ihm den Puls.

»Wir müssen in die Notaufnahme, sie erwarten uns schon.«

Wieder in Addis Abeba

Das Tikkur-Anbessa-Krankenhaus sah aus wie alle Krankenhäuser. Eine Ansammlung von Gebäuden, in denen es von Kranken nur so wimmelte. Wie viele Krankenhäuser ein Land auch bauen mochte, der Bedarf schien das Angebot immer zu übersteigen. Als sie vor der Notaufnahme bremsten, kamen zwei Männer in weißen Kitteln herausgestürzt.

Der ältere stellte sich als Professor Menelik vor. Das also war Mariams Chef. Mariam sah einen nervösen Mann von vielleicht fünfzig. Er war groß, trug eine gut geschnittene graue Flanellhose, glänzende schwarze Schuhe von mindestens Größe 45 und einen blendend weißen Kittel. Er hatte einen alten Rollstuhl und einen jungen Arzt mitgebracht, dessen weißer Kittel seit der letzten Wäsche allerhand mitgemacht hatte.

»Schön, dich wiederzusehen, Theo!«, sagte Professor Menelik, als er half, Theos schlaffen Körper in den Rollstuhl zu sitzen. »Was muss ich da hören? Warst du in schlechter Gesellschaft baden? Yonas wird sich jetzt um dich kümmern – wollen mal sehen, wie dein Schädel unter dieser rekordgroßen Beule aussieht und was deine Lunge so sagt. Ein bisschen Sauerstoff wird dir sicher guttun. Alles ist schon vorbereitet. Wie geht es übrigens deiner Mutter?«

Er bekam keine Antwort und sagte nun zu Tigist und Monika:

»Der Chef unserer Intensivstation wird sich um ihn kümmern. Das wird schon gutgehen. Machen Sie sich erst mal keine Sorgen.«

Das klang überhaupt nicht vertrauenserweckend, fand Monika.

Dr. Yonas entfernte sich jetzt mit Theo. Monika wäre gern mitgegangen. Sie hätte misstrauisch jede Krankenschwester gemustert, die Theo eine Nadel durch die Haut stach. Sie hätte jeden Arzt angestarrt, der irgendein unbekanntes Medikament verschrieb, um es in Theos Körper zu spritzen.

Stattdessen hob sie den Rucksack hoch. Den konnte sie immerhin verteidigen. Rasch sah sie hinein. Dort lagen der Laptop, einige zusammengeknüllte Kleidungsstücke, ein Pass und eine Brieftasche.

»Willkommen im Tikkur-Anbessa-Krankenhaus. Das bedeutet der Schwarze Löwe.«

Der Professor hatte sich ihr zugewandt, sie sollte jetzt offenbar als wichtiger Gast behandelt werden. Wenn sie die Wahl gehabt hätte, wäre sie lieber eine Weile in Ruhe gelassen worden.

Sie war Korit und der toten Oberfläche des Maars entgegengesprungen. Sie hatte Theo heraufgeholt, obwohl ihre Lunge purer Schmerz gewesen war. Sie hatte gesehen, wie Tigist vor einem erschöpften Zeugen die Waffe gezogen hatte, und Kilometer um Kilometer dicht neben einem jungen Mann gesessen, dem das Atmen immer schwerer fiel.

Und jetzt wurde von ihr Interesse für schwarze Löwen erwartet. Sie blätterte eilig in ihrem gedanklichen Archiv zum Thema Löwen, Tiger und andere Katzentiere. Dort gab es schwarze Panther, weiße Tiger, aber keine schwarzen Löwen.

»Ein schwarzer Löwe«, sagte sie müde. »So einen hab ich noch nie gesehen, nicht einmal auf einem Bild.«

Professor Menelik lächelte strahlend.

»Der wird Ihnen auch nicht begegnen. Unsere Löwen haben schwarze Mähnen, aber ansonsten sind sie goldgelb wie alle anderen. Der schwarze Löwe ist unser Wappentier. Das Krankenhaus ist in den sechziger Jahren gebaut worden, unter Kaiser Haile Selassie. Als wir nach der kommunistischen Revolution ein neues System bekamen, brauchten wir unseren Namen nicht zu ändern, anders als zum Beispiel Prinzessin Tsehais Kinderkrankenhaus. Als das marxistische Regime dann gestürzt wurde, konnte das Krankenhaus seinen Namen weiterhin behalten, anders als Häuser, die nach Lenin oder Marx benannt worden waren.«

Er führte sie in ein Arbeitszimmer, das mit Löwenbildern dekoriert war, etliche hatten schwarze Mähnen. Er machte es sich hinter seinem Schreibtisch bequem.

»Nehmen Sie Platz, nehmen Sie Platz! Alle wissen, dass die Wiege der Menschheit in Äthiopien gestanden hat. Aber nicht ebenso viele wissen, dass auch der Löwe hier das Licht der Welt erblickt hat. Und zusammen sind sie dann ins südlichere Afrika weitergewandert.«

Tigist sagte ungeduldig:

»Hören Sie auf. Wir sind nicht hergekommen, um über Löwen zu sprechen. Wir sind hier, um uns über Dr. Mariam zu unterhalten. Wir sind hier, um über den erschossenen Salomon zu reden. Wir sind hier, um über die Ägypter zu sprechen.«

Der Professor rutschte in seinem Sessel hin und her, als sei dieser plötzlich unbequem geworden.

»Dieselben Ägypter«, sagte Tigist ärgerlich, »über die ich

bei meinem letzten Besuch hier kein einziges Wort vernommen habe.«

Er schlug die Augen nieder. Er schaute sehnsüchtig die Tür an. Das hier war ein Gespräch, das er nicht führen wollte. Das verhieß nicht Gutes.

Tigist streckte die Hände aus, Handfläche neben Handfläche, und richtete die Fingerspitzen auf ihn.

»Wir wissen jetzt, dass Dr. Mariam nebenbei für eine ägyptische Firma gearbeitet hat. Theo hat gehört, wie Sie und Dr. Mariam über Ägypter gesprochen haben, die Röntgenärzte ermorden. Erste Frage: Sind das dieselben Ägypter?«

Der Professor sah unglücklich aus. Er nickte und fuhr mit der Hand über einen kleinen Bronzelöwen, als könne er ihn damit in ein majestätisches, ausgewachsenes Tier verwandeln, das Monika und Tigist dann verschlingen würde.

»Aber wieso haben Sie uns das verschwiegen – Sie mussten doch wissen, dass das wichtig sein könnte!«

Der Professor zog einige Papiere aus seiner Schreibtischschublade und hielt sie Tigist hin.

Monika und Tigist lasen gemeinsam.

Es waren Ausdrucke aus allerlei Netzzeitschriften. Bei allen ging es um tote Röntgenärzte. Sie stammten aus Pakistan, Kolumbien, Weißrussland und Botswana. Die Ärzte waren in ihren Diensträumen erwürgt worden, und jemand, der Mörder vermutlich, hatte die Leichen mit Dollarnoten bestreut. Täter waren nie gefunden worden.

Tigist und Monika wechselten einen verdutzten Blick. Bizarr. Gelinde gesagt.

Professor Menelik ließ sie fertig lesen. Dann sagte er langsam:

»Ich hatte Angst. Es tut mir leid, aber ich habe nicht gewagt, etwas zu sagen.«

Tigist sah aus, als habe sie schon viele um einiges überzeugendere Ausflüchte gehört.

»Ein Röntgenarzt in Pakistan wird ermordet, und deshalb trauen Sie sich in Addis Abeba nicht, mit der Polizei zu reden?«

Der Professor sah unglücklich aus, nickte aber.

»Ich verstehe ja, dass das seltsam klingen mag …«

»Seltsam? Das klingt verrückt. Es würde kriminell klingen, wenn es nicht so unwahrscheinlich wäre.«

Die Pause, die nun folgte, war spannungsgeladen, aber am Ende ließ Tigist sich wieder in ihren Sessel sinken.

»Na gut. Erklären Sie es uns. Von Anfang an.«

»Ehe ich weiterspreche, möchte ich fragen, ob Sie wissen, ob Mariam noch lebt. Ich habe jeden Tag an sie gedacht, seit sie und Theo verschwunden sind. Ich habe gehofft, dass ihr nichts passiert ist. Jetzt haben Sie Theo gefunden, aber was ist mit ihr?«

Monika konnte Tigists Gedanken fast sehen – es ist Sache der Polizei, Fragen zu stellen. Wird er ein besserer oder schlechterer Zeuge, wenn er erfährt, dass sie noch lebt? Könnte das für irgendjemanden irgendeine Gefahr bedeuten?

Langsam senkte sich die Waagschale, und sie sagte:

»Mariam lebt, und es geht ihr gut. Sie ist außer Landes.«

Die Augen des Professors liefen plötzlich über, und er zog ein großes, tadellos gebügeltes Stofftaschentuch hervor. Er wischte sich die Tränen ab, bat um Entschuldigung und sagte, Mariam sei für ihn wie eine Tochter gewesen, habe ihm so nahe gestanden. Er sei ja so froh.

Als er sich gefasst hatte, wandte er sich an Monika.

»Wenn ich berichten soll, was passiert ist, dann muss ich damit anfangen, dass unser Staat zu den ärmsten auf der Welt gehört. Entsprechend sind unsere Einkommen. Jedes kleine zusätzliche Einkommen ist deshalb sehr, sehr willkommen.«

Er fuhr fort, jetzt an sie beide gerichtet:

»Als Mariam aus Genf zurückkehrte, hatte sie ein gutes Angebot bekommen. Sie sollte nebenbei für eine Firma arbeiten, ein Konsortium, das ihr Röntgenbilder zur Beurteilung zusandte. Sie empfahl dann dieser Firma meine Frau, die ebenfalls sehr tüchtig ist. Meine Frau bekam als Test einen Stapel Bilder zur Beurteilung, dann wurde auch sie eingestellt. Das Geld, das meine Frau auf diese Weise verdiente, hat uns ein neues Auto und eine bessere Schule für unsere drei Kinder ermöglicht. Die Idee dahinter ist einfach: Die Ärzte aus reichen Ländern kaufen unsere Zeit, wir verkaufen unsere Kompetenz.«

»Und was bekommt die Firma? Reden wir jetzt von diesen Ägyptern?«

»Die Firma, die ihren Sitz in Alexandria hat, bekommt für jede Beurteilung eine Provision.«

Tigist und Monika nickten. Bisher stimmte alles mit dem überein, was sie bereits gehört hatten.

»Es kam uns so einfach und so sinnvoll vor, international zu arbeiten. Danach, als wir von den Morden hörten, wurde es plötzlich ausgesprochen unangenehm. Der ermordete Kollege aus Kolumbien soll gesagt haben, die ägyptische Firma behalte an die achtzig Prozent der Honorare, die die Amerikaner für seine Beurteilungen bezahlten. Er wollte besser entlohnt werden und schlug in einem allgemeinen Rundschreiben an Kollegen in Südamerika eine Boykottaktion vor – er wusste ja nicht, wer sonst für diese Firma arbeitet. Einige Wochen darauf war er tot. Ähnlich war es in Pakistan. Da hatten wir einen Kollegen, der einen Leserbrief an eine Fachzeitschrift geschrieben hatte. Er starb einige Wochen darauf unter haargenau den gleichen Umständen. Das war das, was Theo offenbar gehört hat. Mariam musste diese brenzlige Situation, in die sie da geraten war, mit Salomon diskutieren ...«

»Hatte sie große Angst?«

»Es ist offensichtlich, dass Sie sie nicht kennen. Sie ist niemand, der sich schnell fürchtet. Sie war wütend. Sie machte sich Sorgen um ihr Röntgenzentrum, aber Angst gab es bei ihr einfach nicht.«

Tigists Hände schienen etwas einfangen zu wollen, das vor ihr in der Luft hing – eine Idee vielleicht oder die Wahrheit.

»Uns war klar, dass Salomon von ihren Nebeneinnahmen wusste und dass er zutiefst schockiert war. Offenbar wollte er eine Sendung darüber machen, was er die neue Ausbeutung Afrikas nannte. Theo hatte jedenfalls registriert, dass Mariam in Panik geraten war, was bei ihr nur ganz selten vorkam. Wenn das, was Sie sagen, stimmt, dann hätte eine solche Reportage lebensgefährlich für sie sein können. Aber einige Tage später wurde dann ja Salomon erschossen.«

»Wissen Sie denn nicht, dass er gelogen hat?«, fragte der Professor leise.

»Gelogen? Inwiefern?«

»Dass er diese Informationen zufällig bei Mariam entdeckt hatte. Er beschäftigte sich schon seit Monaten damit, die Aktivitäten dieser Firma zu untersuchen. Er war ein ungewöhnlich rücksichtsloser Mensch. Ich weiß nicht, warum Frauen solche Männer nie durchschauen. Salomon brauchte Einblick in den Computer einer Röntgenärztin. Er entschied sich für Mariams. Ich weiß wirklich nicht, wer ihn erschossen hat, aber ich finde, diese Person hat uns allen einen Gefallen getan.«

»Aber woher konnte er wissen, dass sie für diese Ägypter arbeitete?«

»Das konnte er nicht sicher wissen, solange sie es ihm nicht erzählt oder er keinen Zugang zu ihrem Computer hatte. Aber er konnte feststellen, dass sie zusätzliche Einnahmen hatte, er brauchte sich ja nur darüber zu informieren, welche Schule Theo besuchte und welches Auto sie fuhr. Es gab keine große Auswahl, und nur eine einzige passende Ärztin war alleinstehend.«

Monika und Tigist wechselten einen Blick, und der Professor kommentierte:

»Das habe ich doch gesagt. Ein wirklich ungeheuer unsympathischer Mensch.«

Sie schwiegen eine Weile. Dann musste Monika einfach fragen:

»War denn etwas Wahres an seinen Behauptungen? Warum konnte diese Zusammenarbeit nicht offen ablaufen, ohne Vermittler? Das wäre für alle doch besser gewesen. Abgesehen vielleicht von dieser ägyptischen Firma.«

Sie begriff plötzlich, wie seinen Studierenden zumute sein musste, wenn sie etwas ungewöhnlich schlecht Durchdachtes sagten. Der Professor antwortete säuerlich:

»Können Sie sich vorstellen, wie Patienten in den USA reagieren, wenn sie erführen, dass nicht ihr vertrauenswürdiger Doktor zu Hause über ihren Bildern geschwitzt hat? Sondern dass stattdessen eine wildfremde Afrikanerin in einem Land, von dem sie noch nie gehört haben, diagnostiziert, ob sie einen Tumor haben oder nicht? Damit wäre diese Einkommensquelle versiegt, darauf können Sie sich verlassen. Und wer hätte davon etwas? Niemand.«

Monika konnte sich die Frage nicht verkneifen, ob es den Professor nicht störe, dass seine Frau und Mariam mit so geringem Verdienst arbeiteten.

»Nach unseren Maßstäben wird diese Arbeit nicht schlecht bezahlt«, antwortete er mit ernster Miene. »Sie müssen davon ausgehen, was man hier oder dort für das Geld bekommen kann.«

Er schaute aus dem Fenster. Das Krankenhaus wurde um einen weiteren Anbau vergrößert. Ein Strom von Frauen schleppte Ziegelsteine ein baufälliges Gerüst hoch.

»Die Frauen, die da draußen arbeiten«, sagte er leise, »verdienen pro Tag ungefähr einen US-Dollar. Das dürfen Sie nicht vergessen.«

Monika trat ans Fenster. Kleine, schmächtige Frauen in langen Röcken und Kitteln und mit billigen Plastikschuhen an den Füßen mühten sich mit den schweren Steinen nach oben. Ein Dollar. Sieben Kronen. Und nicht in der Stunde, sondern für die harte Arbeit eines ganzen Tages. Doch, das änderte die Perspektive.

Tigist, für die das alles keine Neuigkeit war, rieb sich die gerunzelte Stirn.

»Wussten viele, dass Salomon eine Reportage über diese Röntgenärzte plante?«

»Darüber habe ich sehr viel nachgedacht. Er war nicht gerade raffiniert, als er hier war. Er stellte ziemlich offene Fragen. Ich antwortete, dass ich nichts wüsste, aber das glaubte er mir wohl nicht. Wenn er so weitergemacht hat, kann es kein großes Geheimnis gewesen sein. – Mariam hat mich um Rat gefragt, als sie aus Genf zurückkam. Sollte sie das Angebot annehmen, auch wenn es in der Grauzone lag? Ich fand, sie sollte es machen, um ihre Kompetenz beizubehalten. Man muss kontinuierlich mit dieser Materie arbeiten, wenn man in der Spitzenklasse bleiben will. Ich wollte natürlich auch, dass sie ein wenig dazuverdiente. Ich war so froh, als sie zurückkam. Ich war so froh darüber, dass sie ein Röntgenzentrum aufbauen wollte. Ich war außerdem dankbar, als auch meine Frau diese Chance erhielt. Ich hatte doch keine Ahnung, dass es für irgendjemanden gefährlich werden könnte.«

Tigist wirkte noch immer nicht überzeugt.

»Sie glauben also, dass diese ägyptische Firma ihre Arbeitskräfte einfach umbringen lässt? Was haben sie davon?«

»Schweigen. Verstehen Sie, ich habe nicht gewagt, etwas

zu sagen, als Salomon hier war. Es gibt viele tüchtige Röntgenärzte – sie können es sich leisten, einige einzubüßen.«

»Das klingt aber trotzdem ziemlich weit hergeholt.«

»Wieso denn? Auch wenn der Kollege in Kolumbien sich geirrt hatte und die Ägypter nur fünfzig Prozent kassieren, verdienen sie enorme Summen. Leicht verdientes, ungefährliches Geld. Jeden Tag werden Menschen für sehr viel weniger umgebracht.«

Professor Meneliks Telefon klingelte.

Das war Dr. Yonas, erklärte er nach kurzem Gespräch. Unter der Beule war Theos Schädel unversehrt, aber seine Lunge hatte einen Wasserschaden davongetragen. Er musste über Nacht im Krankenhaus bleiben. Er wurde behandelt, und es ging ihm schon besser. Alles würde sich finden.

Monika deutete das so, dass Theo wieder gesund werden würde. Dass er Korit in dem bodenlosen See zurückgelassen hatte, wo der Geist zu Hause war, und sie ihn nicht in einen zu frühen und entsetzlichen Tod gejagt hatte. Die Erleichterung wärmte sie und gab ihr neue Energie.

Der Professor sah ebenfalls erleichtert aus. Langsam glaubte Monika ihm. Dieser Mann wollte offenbar nur Theos Bestes. Tigist lächelte zum ersten Mal. Ihre Hände trafen in einem glücklichen Klatschen aufeinander.

»Was für gute Nachrichten!«

Sie nutzte die gute Stimmung, um den Professor zu überrumpeln.

»Wissen Sie, dass Theo glaubt, Mariam habe Salomon erschossen?«

»Der arme Junge! Aber ich kann ihn verstehen, ich habe selbst auch in diesen Bahnen gedacht. Mariam ist willensstark, verwöhnt und ungeheuer ehrgeizig. Sie ist außerdem bei allem tüchtig, auch beim Schießen. Ich glaube schon, dass sie dazu in der Lage gewesen wäre. Ich glaube aber nicht, dass sie ihn vor so vielen Zeugen erschossen hätte, wo sie das doch auch in aller Ruhe an einem viel geeigneteren Ort hätte erledigen können.«

»Falls sie nicht wollte, dass alle genau so dächten.«

»Aber warum dann die Flucht? Wenn sie ihn erschossen hätte, dann doch, um ihre Arbeit weitermachen und ihr Röntgenzentrum in Gang bringen zu können.«

»Oder um ihr Leben zu retten, und das ist ihr ja gelungen. Aber wenn sie es nicht war, wer war es dann?«

»Wenn ich raten soll, dann glaube ich, dass die Ägypter hinter allen Morden stecken, auch hinter dem an Salomon. Sie heuern Profis an, die gute Arbeit leisten. Das erklärt, warum die Täter nicht gefasst worden sind.«

»Aber woher sollten die Ägypter wissen, dass Salomon sie entlarven wollte?«

»Salomon arbeitete, wie gesagt, schon seit Monaten an dieser Reportage. Er war durchaus nicht so gerissen, wie er glaubte. Er muss eine breite Spur hinterlassen haben …«

Tigist kniff die Augen zusammen, und ihre Hände kamen abrupt zur Ruhe.

»Alle, die für die Firma gearbeitet haben, profitierten davon, dass Salomons Reportage niemals fertig wurde, nicht wahr?«

Er nickte unglücklich.

»Sie und Ihre Frau, zum Beispiel. Sie haben mit Mariam darüber gesprochen, wie Salomon gestoppt werden könnte, am Abend, bevor er ermordet wurde.«

Der Professor machte ein entsetztes Gesicht.

»Wir haben nicht davon gesprochen, ihn zu ermorden. Glauben Sie etwa, ich hätte gewollt, dass Mariam ihn umbringt?«

»Vielleicht nicht, aber sein Tod kam Ihnen gelegen.«

»Überaus gelegen. Aber wir haben doch Mariam verloren, und ich verstehe noch immer nicht, warum. Wissen Sie, ob sie zurückkehren wird?«

»Wohl kaum, solange sie hier unter Mordverdacht steht. Wir würden sie direkt festnehmen. Uns würde nichts anderes übrig bleiben.«

Tigist sprang auf.

»Nein, jetzt wollen wir Ihre Zeit nicht länger beanspruchen. Wo ist Theo?«

»Auf der Intensivstation. Wieso?«

»Ich habe einen Kollegen herbestellt, um ihn im Auge zu behalten. Er wartet sicher schon. Wir wollen kein Risiko eingehen, Theo ist ein wichtiger Zeuge für uns beide.«

»Das ist nicht nötig. Ich habe eine Schwester bereitgestellt, die die ganze Zeit bei ihm sein wird.«

»Er bekommt Polizeischutz. So was entscheiden wir.«

Und ganz richtig stand vor Professor Meneliks Tür ein junger Polizist in frisch gebügelter Uniform. Die Anweisungen für ihn waren unmissverständlich: Theo durfte das Krankenhaus nicht verlassen, und niemand durfte Fragen stellen, die nichts mit seiner Behandlung zu tun hatten.

Monika hörte, wie Tigist aufatmete, als sie Professor Menelik und den Polizisten auf dem Gang verschwinden sahen.

Langsam gingen sie auf das bewachte Krankenhaustor zu. Monikas Bein schmerzte, und die Muskeln schienen zu glauben, ihre Pflicht für diesen Tag getan zu haben. Sie hatte das Gefühl, sich auf den unregelmäßigen Bordstein setzen und einschlafen zu können.

Tigist hatte dem Fahrer freigegeben, deshalb stiegen sie in einen Minibus, der zu Monikas Hotel fuhr. Sie mussten über diesen Tag sprechen.

Im Bus schmiegte sich ein kleines Mädchen mit schmalem, hellbraunem Gesicht an seine Mutter. Die Kleine riss ihre großen Augen auf, als sie Monika entdeckte. Nach kurzem Nachdenken sagte sie mit lauter Stimme etwas, das den ganzen Bus lachen ließ. Tigist, die ebenso herzlich lachte wie die anderen, übersetzte:

»Sie hat gesagt: Guck mal, Mama. Ein Film!«

Die Kleine starrte Monika, die nichts verstand, weiterhin an.

»Sie hat Ausländer bisher nur im Film gesehen«, erklärte Tigist und fügte hinzu: »Aber ihre Mama hat ihr erklärt, dass du wirklich ein richtiger Mensch bist.«

Danke, dachte Monika. Und plötzlich lächelte die Kleine sie strahlend an, ein wärmendes zahnloses sechs Jahre altes Lächeln, das sich im Bus verbreitete und die Erschöpfung in ihre Schranken verwies.

Bald saßen Monika und Tigist wieder auf der Hotelterrasse. Jetzt wurden die Schatten über der Stadt dunkler und tiefer, weil die Sonne hinter den Bergen versank. Für Monika sah der Sonnenuntergang aus wie im Zeitraffer, das war offenbar noch einer der kleinen Unterschiede, die die Tage hier so ganz fremd erscheinen ließen.

Monika dachte laut:

»Wenn Professor Menelik«, fing sie an, »oder die Ägypter jemanden angeheuert haben, der abgedrückt hat – wer ist dann schuldig? Der Auftraggeber oder der, der schießt? Oder warum nicht Nikolai Makarow, der die Pistole entwickelt hat?«

Tigist wusste nicht, ob sie Monika ernst nehmen sollte.

»So kannst du das ja wohl nicht formulieren. Wenn er nicht mit einer Makarow erschossen worden wäre, wäre er mit einer anderen Waffe umgelegt worden.«

»Und wenn nicht gerade dieser Berufskiller ihn erschossen hätte, hätte einer seiner Kollegen das übernommen.«

Nach einer kleinen Weile sagte Tigist:

»Weißt du, wie viele automatische Kalaschnikowwaffen es gibt?«

Monika hatte keine Ahnung.

»Siebzig Millionen.«

Während Monika versuchte, sich siebzig Millionen Waffen vorzustellen, fügte Tigist hinzu:

»Nimm jetzt an, dass mit jeder ein Mensch getötet worden ist. Dann trägt Michail Kalaschnikow die Verantwortung für siebzig Millionen Tote. Was sagst du dazu?«

»Nichts. Man kann in keinem Mordfall ermitteln, wenn man zugleich an Millionen von Toten denkt, an Dutzende von Millionen. Jetzt denken wir nur an meinen Juri und deinen Salomon. Zwei einfache Morde, die aufgeklärt werden müssen. Jetzt hole ich einen Pullover und Theos Laptop, und dann sehen wir weiter.«

Ungefähr eine Stunde später ließen sie sich zurücksinken, schalteten den Laptop aus und bestellten etwas zu essen. Mariams Sicherheitskopie hatte bestätigt, was sie bereits über sie, ihre Arbeit und Salomons Reportage gewusst hatten. Der Boden unter ihren Füßen kam ihnen jetzt richtig fest vor.

Während Tigist und Monika auf das Essen warteten, ging Professor Menelik auf die Intensivstation, wo Theo in einem Bett saß, von dem die Farbe abblätterte. Er hatte eine Sauerstoffmaske über Nase und Mund, und sein Blick schien durch die kahle Wand auf die kargen Felder hinauszuwandern.

Eine junge Krankenschwester saß neben ihm und blätterte zerstreut in einer Zeitschrift mit Horoskop und Kontaktanzeigen. Sie hatte Pech mit ihrem Kittel gehabt, er war mindestens eine Nummer zu klein.

Auf der anderen Seite des Bettes saß der junge Polizist, dessen Kleider so neu aussahen, dass er wie eine frisch ausgepackte Actionpuppe wirkte.

»Machen Sie doch eine wohlverdiente kleine Pause, Schwester«, sagte Menelik freundlich. Er übernahm ihren

Stuhl und zog ihn näher ans Bett heran. Dann fragte er den Polizisten:

»Kann ich auch Sie ermuntern, eine kleine Pause zu machen? Ich kann ja auf Theo aufpassen.«

Der Polizist schaute ihn mit festem Blick an.

»Das geht nicht, Professor Menelik. Das geht leider überhaupt nicht. Es ist sogar strafbar, mich dazu aufzufordern, ich gehe also davon aus, dass ich mich verhört habe.«

»Dann bleiben Sie sitzen. Ich will Theo nur fragen, wo seine Mutter sich aufhält …«

»Das geht leider auch nicht. Er darf nur die Fragen der Polizei beantworten, ich bitte vielmals um Entschuldigung …«

Professor Menelik kehrte mit schweren Schritten in sein Arbeitszimmer zurück.

Als das Essen serviert wurde, merkten Monika und Tigist erst, wie hungrig sie waren. Eine Weile aßen sie schweigend, dann sagte Tigist nachdenklich:

»Was sollen wir glauben? Mariam erschießt Salomon, rechnet aber nicht damit, dass Theo sieht, wie sie die Waffe fallen lässt. Sie flieht, weil sie nicht glaubt, dass Theo bei der Vernehmung dichthalten kann. Sie will nicht, dass er gegen sie aussagen muss. Sie will nicht im Gefängnis enden.«

Monika gab ihr die Schüssel zurück.

»Oder es war so, wie Professor Menelik glaubt. Ein Berufskiller bringt Salomon zum Schweigen. Mariam sieht, wie Theo die Pistole verschwinden lässt, und glaubt, dass er Salomon erschossen hat. Dann fliehen sie, um Theo in Sicherheit zu bringen.«

»Es muss eins von beiden sein. Wir haben jeden Stein umgedreht, als es passiert war. Wir haben mit betrogenen Ehemännern und ehemaligen Geschäftspartnern von Salomon gesprochen, mit allen, die wir finden konnten, aber das hat alles nichts gebracht.«

Tigist jagte mit der Gabel ein Stück Möhre. Am Ende verlor sie die Geduld und wollte wütend die Möhre aufspießen, aber die glitt weg und landete auf dem Boden. Tigist ließ sich zurücksinken und seufzte.

»Ab und zu läuft es einfach nicht. Man kann machen, was man will, aber es läuft nicht.«

»Sag das nicht. Mariam ist doch in Stockholm. Da können wir mit ihr reden.«

»Aber sie wird einfach stumm bleiben. Warum sollte sie jetzt ein Geständnis ablegen?«

»Weil wir viel mehr wissen, wir können viel bessere Fragen stellen.«

»Die Gefahr, in der Mariam schwebt, wenn sie erzählt, was sie über diese ägyptische Firma weiß, besteht jedenfalls noch immer, sie kann in Schweden ebenso gut ermordet werden wie irgendwo sonst.«

»Tigist, wie viele Leute wissen, dass Mariam am Leben ist und wo sie wohnt?«

Tigist überlegte.

»Fast niemand. Sie hat sich sehr gut verstecken können – anderer Name, anderes Land, weit weg. Glaubst du, dass sie in Gefahr schweben könnte?«

Monika kam eine eisige Erinnerung an Mariams Zimmer in Alby.

»Tigist ...?«

»Mmm?«

»Ich glaube, dass Mariam noch immer für diese Firma arbeitet. Sie hatte in ihrem Zimmer in Stockholm einen Computer mit einem Riesenschirm und Bücher, die ungeheuer technisch aussahen. Verdammt. Natürlich arbeitet sie von Stockholm aus weiter, deshalb haben sie und Theo auch keine finanziellen Probleme.«

»Heißt das, die Firma weiß, wo sie wohnt?«

»Vermutlich. Sie hat zwar sehr effizient dichtgehalten, aber jetzt wird alles wieder aufgewühlt werden. Und sie und ihre Arbeit werden im Mittelpunkt stehen.«

Falls … es gab viele Möglichkeiten.

Falls die Firma wirklich Menschen ermorden ließ. Es konnte sich doch auch um Trittbrettfahrermorde handeln – angenommen, dass der Kolumbianer, der offenbar der Erste gewesen war, aus ganz anderen Gründen ermordet worden war. Jemand, der Chanandrapuri hatte loswerden wollen, hatte ihn auf ähnliche Weise umgebracht. Und so weiter.

Falls die Ägypter wissen konnten, dass Mariam bald gezwungen sein würde, über ihre Arbeit und Salomons Reportage zu sprechen.

Falls die Firma in Alexandria überall lauschende Ohren hatte, in Addis Abeba und in Stockholm.

Brauchte Mariam Schutz? Vielleicht. Könnte sie den bekommen? Kaum aus den Gründen, die sie bisher vorbringen konnten. Monika sah Daga vor sich:

»Aber besteht schon eine konkrete Bedrohung?«

»Nein …«

»Vor wem muss sie beschützt werden?«

»Vor einem Konsortium in Alexandria, das offenbar Menschen ermorden lässt, vor allem Röntgenärzte, mit denen sie nicht zufrieden sind.«

»Was hast du für Beweise?«

»Eigentlich noch keine, aber …«

Nein, das würde nicht gehen.

Besorgt schweigen sie eine Weile. In solchen Momenten war es schwer, bei der Polizei zu sein. Sie machten sich Sorgen um Mariam, hatten aber keine konkreten Beweise, keine überzeugenden Tatsachen.

Tigists Gedanken wanderten in eine andere, weniger frustrierende Richtung.

»Monika?«

»Mmm?«

»Als du im Wasser verschwunden bist, im *See*, hast du da unten etwas gesehen?«

Monika wollte zuerst nein sagen. Dann wollte sie sagen, sie habe Theo von unten gesehen, seinen halboffenen Mund und seine hervorquellenden offenen Augen. Am Ende sagte sie die Wahrheit, die, nach der Tigist gefragt hatte: »Er war schön. Schön und voller Sehnsucht.«

Und danach zweifelte sie an ihrem Verstand.

Als sie endlich im Bett lag, konnte sie nicht einschlafen, obwohl sie müde war.

Theo und Mariam. Mariam und Theo. In was für einen lebensgefährlichen Strudel waren sie da geraten? Sollte sie wirklich an Ägypter glauben, die ihre Handlanger durch die Welt schickten, damit das nötige Stillschweigen über ihre lohnenden Geschäfte bewahrt bliebe?

Es wäre angenehmer, nicht an sie zu glauben. Nicht das sehen zu müssen, was im Verborgenen geschieht, mitten unter uns.

Verdammt.

Monika wusste sehr gut, dass Killer in Schweden tätig waren, wie in allen anderen Ländern auch. Wenn die Firma in Alexandria Mariam als Sicherheitsrisiko einstufte, gab es nichts, was Monika dagegen unternehmen könnte.

Sie merkte, dass der Schlaf näher rückte. Bereitwillig entglitt sie dem wachen Zustand, und dort im Grenzland erwartete sie ein unendlich trauriges, unendlich schönes Gesicht. Es wollte etwas von ihr, und sie musste näher kommen, um es zu hören.

Sie fuhr hoch und war dankbar, weil der Vulkansee sich in sicherer Entfernung befand.

Dann kam wirklich der Schlaf.

»Tja, Monika.«

Mittwochmorgen. Diese Worte erreichten sie per Satellit, und doch schienen sie dicht neben ihrem Ohr gesprochen worden zu sein.

»Tolles Band, was du da geschickt hast, bei der Arbeit sieht man ja nicht oft so tolle Mädels.«

»Tja, Hasse. Ich hoffe, die Mädels haben dich nicht so abgelenkt, dass du dich nicht mehr auf das Übrige konzentrieren konntest.«

»Keine Gefahr. Die haben mich nur angespornt.«

Als Monika keine Antwort gab, fügte er hinzu:

»Es war übrigens auch so interessant. Es ist dir vielleicht nicht aufgefallen, aber in diesem Hotelfoyer war es nicht ganz dunkel. Das sah nur so aus, weil der Scheinwerfer so stark war. Die, die in der Rezeption arbeiteten, hatten kleine Lampen, die zwar nach unten gerichtet waren, aber die trotzdem ein wenig Licht verbreiteten. Und es gab eine Vitrine mit Schmuck und Punktbeleuchtung, vermutlich über Faseroptik, die …«

»Hör auf! Weißt du, was dieses Gespräch kostet? Erzähl mir die Details, wenn ich wieder in Stockholm bin, wenn das sein muss. Jetzt will ich nur wissen, ob du etwas sehen konntest.«

»Nicht so ungeduldig. Ich versuche nur, dir ein bisschen Hintergrundwissen zu vermitteln, damit du verstehst, was wir gemacht haben.«

»Ich weiß schon, was ihr gemacht habt. Ihr habt euer gesamtes beeindruckendes Wissen und eure teure Ausrüstung eingesetzt, um festzustellen, ob das Video mehr zeigt, als wir schon gesehen haben. Und tut es das?«

»Und ich hab gedacht, dass das Tempo in Afrika gelassen und menschenfreundlich ist. Du hörst dich ja genauso gehetzt an wie alle anderen Leute, die hier anrufen und die Antwort am liebsten schon gestern gehabt hätten … Doch, wie gesagt, es gab etliche andere Lichtquellen. Und ich will gar kein Wort über Lichtempfindlichkeit, Kameraeinstellung oder reflektiertes Licht verlieren.«

»Hasse«, brachte Monika verbissen heraus. »Ich rufe aus Äthiopien an. Ich muss dieses Gespräch vermutlich aus eigener Tasche bezahlen. Es hat sicher schon einige hundert Kröten gekostet. Sag … einfach … ob … etwas … zu … sehen … war.«

»Ja.«

»Ja?«

»Ja, da war etwas zu sehen. Es war sogar jemand zu sehen. Es ist möglich, drei Silhouetten an der Stelle zu erkennen, von der aus der Schuss gefallen ist. Die Waffe hatte offenbar einen Schalldämpfer, aber in dem Moment, wo der Schuss fällt, leuchtet sie auf. Es wäre schön, wenn wir sehen könnten, wer schießt, aber das ist unmöglich. Nach dem Schuss bleiben zwei stehen, der dritte zieht sich rasch zurück, geradeaus nach hinten. Er, denn der Größe nach scheint es ein Mann zu sein, bewegt sich geschmeidig. Jung oder durchtrainiert, möchte ich meinen.«

»Kann man sehen, wohin er verschwunden ist?«

»Nein. Aber ich sehe, dass er sich keiner der anderen Gruppen um die Bühne herum anschließt.«

»Hasse?«

»Ja?«

»Du bist der Beste.«

»Das weiß ich doch. Und du hast noch nicht alles gehört. Nur weil du es bist, habe ich auch den Ton überprüft. Ich habe verschiedene Filter ausprobiert, habe jede Menge Hochfrequenztöne weggenommen und dann etwas gehört, das dich vielleicht interessiert.«

»Nämlich?«

»Ich bin fast sicher, dass ich einen Fahrstuhl höre oder etwas, das klingt wie ein Fahrstuhl und das sich einige

Sekunden nach dem Schuss in Bewegung setzt. Hilft dir das?«

»Hasse?«

Monika lächelte und hoffte, dass das zu hören war.

»Ja?«

»Wenn ich wieder zu Hause bin, lade ich dich zu dem bestmöglichen Essen ein.«

Auch Hasse schien zu lächeln, dort auf der anderen Erdhälfte, als er antwortete:

»Hoffentlich kommst du bald. Ich hab jetzt schon Hunger.«

Sie hatte gerade ihr Telefon ausgeschaltet, als ein Streifenwagen vor dem Hotel hielt und Tigist ausstieg.

Monika hatte sich inzwischen an die eine, dann die zweite und dann die dritte Umarmung gewöhnt, die erledigt werden musste, ehe sie etwas sagen konnte. Aber jetzt brachte Tigist sofort ihre guten Neuigkeiten heraus:

»Ich war im Krankenhaus. Es geht Theo viel besser, er kann schon heute Nachmittag entlassen werden.«

»Wunderbar. Ich habe auch Neuigkeiten. Stell dir vor: Unser Techniker sagt, dass drei Personen an der Stelle standen, von der aus der Schuss abgegeben worden ist. Einer von ihnen, offenbar ein ziemlich großer Mann, verschwindet rückwärts, die beiden anderen bleiben stehen.«

»Rückwärts?« Tigist hob die Hände. »Warum ist er nicht einfach an eine andere Stelle vor der Bühne gegangen? Warum kann das nicht einer von denen sein, deren Namen ich mit so großer Mühe herausbekommen habe? Zum Beispiel An Cho Tsi aus Vancouver, Kanada? Oder Mikkel Asbjörnsen aus Pisa, Italien? Oder Mohammed Khaled aus Göteborg, Schweden?«

»Weil die Welt gegen die Polizei ist«, sagte Monika tiefernst. »Und es ein Riesenkomplott gibt, und das sorgt dafür, dass wir nur Pech haben.«

»Oder weil die Verbrecher klüger sind als wir«, schlug Tigist mit ebenso tiefem Ernst vor. »Weil sie mehr zu gewinnen haben, wenn sie uns entgehen, als wir, wenn wir sie festnehmen. Niemand ist doch so blöd, einfach in die Kamera zu glotzen, wenn er gerade jemanden erschossen hat.«

»Wenn er nicht versucht zu bluffen«, sagte Monika. »Und wir wissen noch immer nicht, ob unser Unbekannter Salomon erschossen hat.«

Tigist nickte langsam. »Angenommen, das war einfach jemand vom Hotelpersonal. Jemand, der die schönen Mädchen oder Salomon sehen wollte – der war doch ungeheuer populär. Als Salomon erschossen wurde, stürzte der Mann, wer immer er gewesen sein mag, dahin zurück, wo er die ganze Zeit hätte sein sollen. Danach hat er bei der Vernehmung vielleicht nichts gesagt, weil er nicht zugeben wollte, dass er seinem Job ferngeblieben war. Und dann war es eben doch Mariam, die Salomon erschossen hat.«

Sie überlegte.

»Hinten, in der Richtung, in die er verschwunden ist, gibt es zwei Banken, etliche kleine Läden, die Büros von zwei Fluggesellschaften, ein Reisebüro. Die meisten davon hatten geöffnet. Wir haben mit allen Angestellten gesprochen. Niemand hat etwas gehört oder gesehen.«

»Dafür gibt es sicher eine Erklärung. Unser Techniker hat auch den Ton überprüft. Er glaubt, dass einige Sekunden nach dem Schuss ein Fahrstuhl zu hören war.«

»Wie kann er das hören? Da war doch solcher Lärm.«

»Ich weiß es nicht genau, aber er hat etwas auf dem Computer eingestellt … war da ein Fahrstuhl in der Nähe?«

»Es gibt zwei. Genau hinter Theo und Mariam. Ich hatte schon daran gedacht, aber wir hätten auf dem Video gesehen, wenn jemand sie benutzt hätte – sie sind doch innen beleuchtet.«

»Falls nicht jemand die Lampen manipuliert hat.«

»Das habe ich noch am selben Abend überprüft. Das Licht in beiden Fahrstühlen funktionierte.«

»Wenn nicht jemand ein oder zwei Glühbirnen herausgedreht, Salomon erschossen und sie dann wieder eingedreht hat.«

Tigist ballte entschlossen die Fäuste.

»Das wäre möglich gewesen. Er steigt aus dem dunklen Fahrstuhl, tritt vor, erschießt Salomon, lässt die Waffe fallen, geht zurück in den Fahrstuhl und verschwindet oben im Hotel.«

»Aber wie hätte er wissen können, dass im Foyer kein Licht brennen würde?«

»Die Techniker waren schon den ganzen Nachmittag da und testeten Licht und Ton. Wenn er im Foyer war, muss er das fast zwangsläufig mitbekommen haben.«

Als sie Monikas skeptischen Blick sah, fügte sie hinzu:

»Ich weiß, man sollte das nicht meinen, nach dem, was wir gesehen haben. Aber jeder, der an dem Nachmittag im Foyer war, muss begriffen haben, was sie vorhatten. Und dass Salomon moderieren sollte, hatte großes Aufsehen erregt, es war also kein Geheimnis, dass er dort war.«

Sie tauschten einen stummen Blick.

Wenn nun eine gut vorbereitete Person aus dem dunklen Fahrstuhl gestiegen war, einen Schuss abgegeben hatte, dann wieder in den Fahrstuhl gegangen und oben im Hotel verschwunden war.

Wenn dieser Mann seine vor Ort besorgte Einwegwaffe einfach hatte fallen lassen.

Wenn Theo und Mariam die Pistole gesehen hatten, als die Lichter wieder angingen.

Wenn Theo davon ausgegangen war, dass Mariam Salomon erschossen hatte. Wenn Mariam davon ausgegangen war, dass Theo Salomon erschossen hatte.

Dann wirkte vieles verständlich. Die Flucht. Das Schweigen. Die Lügen.

Eine Mutter, die ihren Sohn beschützte, ein Sohn, der seine Mutter beschützte. Tigist ließ sich in einen Sessel sinken und sah ungewöhnlich resigniert aus.

»Wenn wir Computer und Techniker zur Hilfe gehabt hätten, dann wären wir ebenso effektiv wie ihr. Dann wäre dieser Fall bereits aufgeklärt.«

Monika sah Tigist überrascht an.

»Glaubst du?«

»Ja. Für euch muss das doch leicht sein.«

Sie sah so niedergeschlagen aus, dass Monika die Wahrheit aussprach.

»Wir klären gar nicht so viele von unseren Fällen auf. Vor allem, weil wir so wenige sind.«

Tigist überlegte eine Weile.

»Aber ihr habt viele Computer.«

Monika nickte. Die hatten sie.

»Ihr solltet vielleicht einige Computer verkaufen und mehr Leute einstellen.«

»Das Problem bei uns ist, dass Polizisten teuer sind und Computer billig. Bei euch scheint es umgekehrt zu sein. Egal wie, gut ist das alles nicht. Es ist die reine Hölle, bei der Polizei zu sein.«

Tigist lachte.

»Ja, was für eine Hölle. Aber man will sie ja doch nicht gegen eine andere Hölle eintauschen. Glaub mir, Tänzerin zu sein ist schlimmer.« Sie legte Monika den Arm um die Schultern. »Wir können in ein paar Stunden jedenfalls Theo abholen, dann kannst du endlich mit ihm sprechen.«

»Zuerst muss ich meine Chefin in Stockholm anrufen und fragen, was sich da tut. Es war ein langes Wochenende, vermutlich ist also gar nichts passiert.«

Das sollte sich als Irrtum erweisen. Als Monika endlich

Daga erwischte, tauschten sie einige extrem kostspielige Begrüßungsfloskeln aus. Dann berichtete Monika, dass sie Theo gefunden habe, aber noch nicht sehr viel mit ihm habe sprechen können, da er im Krankenhaus liege. Dass sie damit rechne, ihn während des Nachmittags vernehmen zu können. Daga deutete vorsichtig an, dass das vielleicht keine so große Rolle mehr spiele. Ein Vater aus der Klasse habe sich am Sonntag gestellt. Und zwar der Vater einer Mitschülerin namens Matilda, eines Mädchens, dem es in Juris Gesellschaft übel ergangen sei. Der Vater habe die Beherrschung verloren und sei mit einem Messer hinter Juri hergerannt. Es sei kein Mord gewesen, wohl auch kein Totschlag, sondern eher fahrlässige Tötung, so sah der reuevolle Vater das. Bosse, der offenbar wieder gesund war, nahm gerade die erste Vernehmung vor. Theo schien mit der ganzen Sache nichts zu tun gehabt zu haben.

Ach. Dann könne sie ja gleich wieder nach Hause fahren.

»Schlechte Nachrichten?«, fragte Tigist.

»Nein, doch, sieht aus, als sei mein Mord in Stockholm aufgeklärt. Jedenfalls hat jemand gestanden.«

Monika schauderte es, als sie an das Bild von Matilda dachte, das auf Bosses Bildschirm aufgetaucht war. Es war eine wichtigere Spur gewesen, als sie erkannt hatten. Jetzt im Nachhinein konnte sie nicht verstehen, warum sie nicht sofort mit Matilda und ihrer Familie gesprochen hatten. Vermutlich, weil das Bild einfach zu widerlich gewesen war. Vielleicht, weil niemand den Eltern oder dem Opfer so ein Bild zeigen mag und weil sie es nicht geschafft hatten mit ihren zwei halben Stellen.

Tigist nahm ihre Hand und zog sie in die Gegenwart zurück. Monika merkte, dass sie an diese Berührungen noch immer nicht gewöhnt war.

»Dann fahren wir zurück zum Revier, wenn dir das recht

ist. Danach können wir zusammen Mittag essen, ehe wir Theo holen. Er soll so gegen halb zwei entlassen werden. Wir müssen fragen, ob er noch andere gesehen hat, die in Mariams Nähe standen.«

Monika nahm dieses Angebot dankbar an. Sie hatte plötzlich frei. War überflüssig. Niemand in Stockholm fragte noch nach Theos Zeugenaussage, jetzt gehörte er nur Tigist und ihrer Ermittlung. Nach ihm war gefahndet worden, das fiel Monika plötzlich ein, und sie hätte gern gewusst, was jetzt aus ihm werden sollte.

Sie hatte Tigist zu ihm geführt. Sie hatte berichtet, dass er wieder in Addis war. Sie hatte ihn aus dem Vulkansee gefischt, damit er seine Aussage machen konnte.

Er selbst hätte den Tod vorgezogen.

Was hatte sie eigentlich gemacht? Ein unbehagliches Verantwortungsgefühl sagte ihr, dass sie gehandelt hatte, ohne nachzudenken. Dass sie sich von Tigists langsamer Art und ihren hypnotischen Händen hatte verführen lassen und Theo jetzt viele Jahre Gefängnis riskierte, wegen – ja, weshalb? Beihilfe zum Mord, vielleicht? Hatten er und Mariam den Mord vielleicht gemeinsam geplant und ausgeführt? Flucht vor der Polizei – war das strafbar?

Als sie Tigists Büro betraten, hatte Monika wirklich Angst davor, was sie hier angerichtet hatte. Es war ein schwacher Trost, dass sie das doch alles nicht hatte voraussehen können.

Auf dem Schreibtisch lag ein Zettel. Tigist, die Monikas Stimmung nicht zu bemerken schien, sagte munter:

»Jetzt lernst du meinen Chef kennen. Komm.«

Tigists Chef hieß Ibrahim. Er war klein, glatzköpfig, freundlich und freudestrahlend. Er hatte soeben Entwicklungshilfegelder für ein Projekt erhalten, und jetzt musste nur noch ein winziges Detail geklärt werden.

»Wir haben alle Forderungen erfüllt, bis auf eine – zu der

Gruppe, die das Projekt leiten soll, muss eine Frau gehören, die sich vor allem um die jungen Polizistinnen kümmern soll. Sie muss Englisch sprechen, und deshalb musst du das übernehmen, Tigist.« Er schob ihr ein Papier zum Unterschreiben hin. Sie nahm es und las aufmerksam.

»Wenn ich das nicht unterschreibe, dann verliert die Abteilung siebenundfünfzigtausend Dollar, stimmt das?«

Ibrahim sah verlegen aus, und sein Lächeln verlor sich ein wenig.

»So kann man das auch sehen.«

»Das bedeutetet, dass ich in diesem Zusammenhang eine überaus wertvolle Person bin. Es wird nicht reichen, dass hier mein Name steht. Sie werden mich sehen wollen. Sie werden erwarten, dass ich bei den Besprechungen anwesend bin und dass ich die Unterlagen lese. Das wird sehr viel zusätzliche Arbeit bedeuten.«

Auf alle diese Gedanken schien Ibrahim noch nicht gekommen zu sein.

»Das alles wird eine große Belastung für mich sein«, sagte Tigist. »Ich glaube, ich brauche eine Gehaltserhöhung, wenn das gutgehen soll. Eine Gehaltserhöhung, die dieser Summe entspricht.«

Jetzt war Ibrahims Lächeln verschwunden.

»Das geht doch nicht.«

»Betrachte es als einen Fall von Angebot und Nachfrage«, sagte Tigist freundlich. »Du brauchst eine Polizistin, die gut Englisch spricht. Wir sind nicht sehr viele, deshalb steigt der Preis.«

Ibrahim versuchte, Tigist strafend anzustarren, aber sie starrte nur zurück, unangefochten wie eine Tänzerin, die schon lange immun gegen Männerblicke ist.

Ibrahim sah Monika fast resigniert an.

»Es muss schön für euch in Schweden sein, selber entscheiden zu können. Aber so ist es eben – wer Geld hat, macht, was er will, wer fremder Leute Geld benutzt, muss sich fügen.«

Rasch fügte er hinzu:

»Es ist nicht so, dass wir uns über dieses Geld nicht freuen. Wir sind überaus dankbar, auch Ihrem freigebigen Land. Und du, Tigist, kannst sicher eine besondere Projektentlohnung bekommen, so können wir das Problem lösen.«

Tigist strahlte wie die Menschen überall, wenn sie eine Gehaltserhöhung bekommen. Ibrahim lächelte zurück und fragte:

»Wie geht es übrigens mit dem Jungen, der den Liebhaber seiner Mutter erschossen und dann in Stockholm jemanden erstochen hat?«

Tigist antwortete wie aus der Pistole geschossen:

»Leider haben wir ihn nicht gefunden. Vielleicht war es falscher Alarm. Wir haben bei der Schwester seiner Mutter nach ihm gesucht. Und in dem Haus bei der britischen Botschaft, wo er gewohnt hat. Wir haben seinen Vetter gefunden. Wir haben den Sohn der Köchin gefunden. Wir waren sogar in Debre Zeit. Da haben wir einen Jungen gefunden, der in den See gefallen ist.«

Ibrahim machte ein entsetztes Gesicht.

»Doch nicht in den *See?*«

»Doch.«

»Und dann?«

Tigist schauderte es.

»Wir haben ihn herausgefischt. Er schien tot zu sein, aber ein Mann, der dort wohnt, hat ein Huhn geopfert, und da ist er wieder zum Leben erwacht.«

Ibrahim fuhr sich über den kahlen Schädel, als könne er dadurch Ordnung in seine Gedanken bringen. Dann wandte er sich an Monika.

»Es tut mir wirklich leid, dass wir Ihnen nicht helfen

können. Wir sind vielleicht nicht so effizient wie ihr in Europa …«

Monika fiel ihm rasch ins Wort:

»Inspektor Tigist war ungeheuer effizient – und eine viel bessere Partnerin als mein engster Kollege in Stockholm, das können Sie mir glauben. Ich bin sehr zufrieden. Wirklich zufrieden. Es ist möglich, dass der Junge, den ich suche, noch in Schweden ist, wir wussten ja nicht sicher, ob wirklich er hergeflogen ist.«

Ibrahim sah erleichtert aus und stimmte zu. So konnte es sein, so war es sicher. Er hoffte, dass sie ihn in Schweden finden würde, er hoffte, sie bald wiederzusehen, er wünschte ihr alles Gute.

Vor der Tür packte Tigist Monikas Arm und zog sie rasch in Richtung Ausgang. Monika wollte fragen, wohin sie gingen, doch Tigist legte einen Finger an ihre Lippen – offenbar würden sie später über alles sprechen.

Erst, als sie in einem menschenleeren kleinen Café saßen und jede von ihnen einen Macchiato bestellt hatte, sagte Tigist:

»Monika! Du musst Theo mit zurück nach Schweden nehmen.«

Als Monika keine Antwort gab, fügte sie hinzu:

»Hier ist er wegen des Mordes an Salomon schon verurteilt. Von den Zeitungen. Ich kann nicht beweisen, dass ich recht habe, aber ich weiß hier …«, ihre Hände legten sich sanft auf ihr Herz, »dass der Junge unschuldig ist. Aber wer weiß, was passieren wird, wenn der Staatsanwalt stark ist und der Verteidiger schwach? Wer weiß, was passieren wird, wenn Ibrahim eine Pressekonferenz abhält und Theo der Einzige ist, den wir zur Verantwortung ziehen können? Es ist besser, dass wir ihn nicht finden konnten.«

Monika schwieg.

»Wir haben ihn nicht gefunden?«

»Er war nicht hier.«

»Aber der Zabagna, der Fahrer, alle im Krankenhaus ...«

»Der Zabagna wird dichthalten, das hat er doch die ganze Zeit getan. Der Fahrer weiß nicht, wen wir transportiert haben – er kann es erraten, aber das ist nicht dasselbe, wie es zu wissen. Es gibt viele, viele, die gern seinen Posten hätten. Er wird schweigen. Im Krankenhaus ist Professor Menelik wohl der Einzige, der Theo persönlich kennt. Aber wir fahren jetzt deine Sachen holen, dann lesen wir Theo auf und fahren direkt zum Flughafen.«

»Aber«, meinte Monika vorsichtig, »irgendwann muss es doch herauskommen ... wir können doch nicht so einfach die Geschichte umschreiben?«

»Natürlich können wir das. Die Politiker machen es die ganze Zeit, warum sollen die ein Monopol haben?«

Sie fuhren mit einem kleinen Taxi zu dem Hotel, wo Monika rasch auscheckte, während das Taxi wartete. Dann ging es weiter zum Krankenhaus.

»Monika, wir werden darum ersuchen, mit Mariam sprechen zu können, so, wie du das bei Theo gemacht hast. Dann werden wir sehen, was passiert. Vielleicht darf ich zu euch kommen wie du zu uns. Inzwischen kannst du mir doch Mariams CD geben – die wird uns eine Weile beschäftigen. Ich kann sagen, dass wir sie bei der Suche nach Theo gefunden haben.«

Sie drehte sich zum Taxifahrer und fragte gereizt:

»Können Sie nicht ein bisschen schneller fahren?«

Das konnte er nicht. Für Monika war es ein Mysterium, dass er überhaupt vorwärtskam. Es war ein altes, ramponiertes Auto, und die Originalteile waren schon längst in der Minderzahl.

»Haben wir es so eilig?«, fragte Monika.

»Ibrahim ist nicht dumm. Vorhin war er zerstreut, weil so viel Geld unterwegs ist. Aber wenn er anfängt nachzudenken, wird er sich sicher Fragen stellen ... und das wäre nicht gut. Je schneller ihr wegkommt, desto besser.«

Im Krankenhaus fanden sie einen schweigsamen, blassen Theo auf wackligen Beinen. Er hatte Pflaster in der Armbeuge, wo er am Tropf gehangen hatte, und er antwortete nicht, als sie ihn ansprachen.

Professor Menelik sah sie skeptisch an, als er erklärte, die akute Krise sei vorbei und Theos Atmung habe sich stabilisiert.

Am Vortag hatten sie ein gemeinsames Ziel gehabt – Theo die bestmögliche Pflege zu verschaffen. Jetzt war alles anders. Theo wurde gesucht. Jetzt wäre er zuerst Häftling, dann erst Patient. Der Professor hätte keine Macht mehr über ihn. Das war sicher ungewohnt, nahm Monika an. Ungewohnt und unangenehm, und gerade bei Theo war diese Ohnmacht bestimmt besonders beängstigend und ärgerlich.

Tigist starrte den Professor an.

»Dieser junge Mann sieht Mariams Sohn Theo ziemlich ähnlich, nicht wahr?«

Die Augen des Professors leuchteten auf, er hob die Hände und musterte Theo forschend.

»Na ja ... ich weiß ja nicht. Gleiches Alter, gleiche Größe. Aber verwechseln könnte man sie nicht, nicht direkt.«

Jetzt sah er plötzlich geradezu glücklich aus.

»Wir tragen ihn als unidentifizierten jungen Mann von ca. zwanzig ein. Das gibt dann ein kleines Buchführungsproblem, das ist alles. In ungefähr einer Woche muss er sich die Lunge röntgen lassen, nur sicherheitshalber.«

Und dann konnten Monika und Theo mit dem Pass von Theos Vetter einige Stunden darauf vom Flughafen Bole über Kairo nach Stockholm fliegen.

»Ihr müsst die erste Maschine nehmen«, hatte Tigist gesagt, die zu wissen schien, dass ihr Vorsprung nicht sehr groß war. Als glaube sie, ein Wagen voller bewaffneter Kollegen habe bereits das Hauptquartier verlassen und steuere den Flughafen an. Aber sie konnten die Sicherheitskontrollen problemlos passieren. Sie hatten beim Einchecken mit Männern, die in ihren weißen, bodenlangen Hemden aussahen wie Sternsinger, und ihren verschleierten Frauen Schlange gestanden. Bei der Passkontrolle hatte Monikas Herz fast ausgesetzt, während der Beamte in seinem Glaskasten sich bei Theos Pass sehr viel Zeit ließ, bis er ihn dann einfach zurückgab und sie durchwinkte. Danach waren sie in der Abflughalle ruhelos hin und her gewandert, bis Theo nicht mehr gekonnt hatte. Monika hatte die ganze Zeit darauf gewartet, dass ein kleines Einsatzkommando angestürzt käme oder dass einer der bewaffneten Sicherheitsleute nach einem Telefonanruf losstürmte und sie und Theo festnähme.

Denn sie verhalf jemandem, für den ein Haftbefehl bestand, zur Flucht. Anders ließ sich das einfach nicht darstellen. Das war überall verboten, und sie konnte nicht die Unwissende spielen, wenn sie erwischt würden.

Aber alles ging gut. Theo folgte ihr stumm und willenlos, als spiele nichts mehr eine Rolle. Seine Lunge befand sich sicher auf dem Weg der Besserung, aber wie mochte es mit seinem Herzen aussehen, fragte sie sich. Was, wenn sie nun doch die Verantwortung für eine Verletzung bei diesem jungen Menschen trug, die nie mehr richtig ausheilen würde?

Nach ungefähr einer halben Stunde in der Luft befreite Theo sie aus dieser Unruhe, indem er tonlos fragte:

»Was geschieht jetzt?«

Monika war so erleichtert, dass sie ihn fast umarmt hätte.

»Ich weiß nicht so recht. Wir müssen zuerst mit deiner Mutter sprechen.«

Dann fügte sie vorsichtig hinzu:

»Theo, hast du dir jemals überlegt, dass deine Mutter vielleicht glaubt, dass du Salomon erschossen hast?«

Theo schaute auf.

»Ich?«

»Tigist ist von deiner Unschuld überzeugt. Du glaubst, dass deine Mutter ihn erschossen hat. Aber es könnte auch jemand anders gewesen sein, jemand, der hinter euch stand, jemand, der danach zurückgewichen ist, nach hinten verschwand. Jemand, der nie gefunden worden ist.«

Theo richtete sich im Flugzeugsessel gerade auf. Monika hoffte, er werde jetzt nicht sofort sagen, ja, wo Sie das schon sagen, da habe tatsächlich hinter ihm eine verdächtige Person gestanden. Aber das sagte er nicht.

»Ich weiß nicht mehr, woran ich mich erinnere und was ich ... geträumt habe. Ich habe so viel geträumt, ich hatte solche Angst ...«

Er sah sie an, als werde vor seinen Augen die Welt neu gestaltet, und fügte hinzu:

»Und wenn jemand anders Salomon erschossen hat, dann können wir doch wieder nach Hause fahren. Ich kann Abitur machen. Meine Mutter kann ihr Zentrum im Krankenhaus eröffnen.«

»Das geht nur, wenn wir Beweise vorlegen können. Denk nach, Theo, denk nach! Wir haben das Video gesehen, wir wissen, dass jemand hinter dir und Mariam gestanden hat. Du hättest eine Hand ausstrecken und ihn berühren können. Kannst du dich an irgendetwas erinnern? Seine Kleidung, sein Gesicht, egal was!«

»Ich habe mich nicht umgesehen – ich hatte nur Augen für Salomon!«

Er sank in sich zusammen und schlug die Hände vors Gesicht.

»Ich weiß es nicht, ich weiß es nicht ...«

»Es kommt nicht nur auf dich an, Theo. Wir haben noch andere Fäden, an denen wir ziehen können«, log Monika so halbherzig, dass es ihrer Stimme anzuhören war. »Aber ab und zu kann eine kleine Erinnerung erst später auftauchen. Und wenn das passiert, dann will ich es wissen. Sofort.«

Sie glaubte, seine Gedanken lesen zu können. Er hatte sich mehr aufgeladen, als er tragen konnte, und jetzt war er davon überzeugt, dass es doch noch zu wenig gewesen war.

Monika beobachtete so was nicht zum ersten Mal. Sie hatte es bei dem Zehnjährigen gesehen, dessen betrunkene Mutter von der Polizei in eine Entzugsklinik gebracht worden war, obwohl das Kind alles getan hatte, um zu Hause zu helfen. Bei der Sechzehnjährigen, deren kleine Schwester sich erhängt hatte, obwohl die große Schwester alles aufgegeben hatte, um ihr zu helfen.

Sie fragte nach seinem ersten Flug nach Stockholm, um ihn auf andere Gedanken zu bringen. Und er fing an zu erzählen, erst langsam und zögernd, dann immer schneller. Er legte den Kopf in den Nacken, kniff die Augen zu, erzählte aber weiter über alles, was geschehen war. Er sprach über sich und sein Leben, über Stockholm und Addis Abeba, über den Abend in der Tagesstätte und die Miss-Wahl im Hilton. Wörter, magische Wörter, die läutern und heilen, sprudelten nur so aus ihm heraus. Nach und nach wurde er dann langsamer, er war kurz vor dem Einschlafen, aber einzelne Wörter tropften noch immer heraus, immer undeutlicher.

Sie fragte sich, warum schlafende Menschen jünger aussehen und wie der attraktive Hauswirtschaftslehrer im Schlaf wohl aussehen mochte. Nein, daran wollte sie jetzt nicht denken. Sie wollte ihre Gedanken organisieren, das überdenken, was Theo erzählt hatte, und was sie tun sollte, wenn sie ihr Ziel erreicht hätte.

In Schweden würde Theo ein Zeuge wie alle anderen sein. Sie konnte ihn zu nichts zwingen. Er würde sicher nach Hause fahren wollen, und sie würde ihn nicht daran hindern können. Er würde mit Mariam sprechen, aber auch daran konnte sie nichts ändern. Offiziell wusste sie ja nichts über den Verdacht, der gegen Mariam bestand. Offiziell wusste sie nicht, dass Mariam mit falschen Papieren eingereist war.

Früh genug würde ein Fax von der äthiopischen Polizei einlaufen und die Frage zur Sprache gebracht werden, und sie würden sich der bürokratischen Seite der Situation stellen müssen.

Das unbürokratische Problem machte ihr größere Sorgen. Bestand irgendein Risiko, dass Mariam die Reihe der ermordeten Röntgenärzte noch verlängern würde? Und was könnte Monika in diesem Fall unternehmen, um das zu verhindern?

Am Ende begnügte sie sich damit, Theo zu bitten, er möge Mariam zur Vorsicht mahnen.

»Du solltest ihr ganz genau erzählen, was passiert ist. Was die Polizei in Äthiopien weiß. Welchen Verdacht sie hat. Bitte sie, auf der Hut zu sein und uns sofort anzurufen, wenn irgendetwas passiert.«

Das klang wenig hilfreich. Sag piep, wenn jemand dich umbringen will.

»Hier hast du meine Durchwahl und meine Mobilnummer.«

Das war ein wenig besser, aber viel war es auch nicht.

Theo rief Mariam an, sowie die Telefone wieder eingeschaltet werden durften. Sie meldete sich, bisher war ihr also noch nichts passiert.

Theo fuhr mit einem Taxi nach Alby, Mariam wollte es bezahlen. Monika fuhr geradewegs zum Revier, mit dem bohrenden Gefühl, nicht genug getan zu haben.

Polizeirevier, Kungsholmen

Die Stimmen waren schon vom Gang her zu hören. Bosse schrie, sie hätten ihre Arbeit ja wohl rechtzeitig erledigen können, Daga sagte, er solle sich beruhigen oder den Raum verlassen. Offenbar entschied er sich für die erste Möglichkeit, denn es wurde still, und er blieb im Zimmer.

Monika klopfte an und ging hinein.

Bosses Gesicht war rot angelaufen, seine Haare sahen aus, als ständen sie unter Strom. Er schwenkte einige dicht beschriebene Blätter und sagte, ohne Monika zu begrüßen:

»So sind die verdammten Gerichtsmediziner. Jetzt erst haben sie Juri obduziert. Erst jetzt!«

Monika konnte nicht fragen, was bei der Obduktion herausgekommen sei, denn schon schrie er weiter:

»Die haben zwei verdammte Einstichkanäle gefunden. Zwei! Eine Hautverletzung, die genau mit dem Messer übereinstimmt, aber das ist zweimal in seinen Rücken gebohrt worden, behaupten sie. Robert, Matildas Vater, hat Juri einmal verletzt und wurde dann niedergeschlagen. Sagt er. Was ergibt das für einen Sinn, verdammt noch mal? Scheiße, der Typ hat doch schon gestanden!«

»Hat er irgendeine Erklärung dafür, dass auf dem Messer keine Fingerabdrücke waren?«, fragte Monika.

Bosse fuhr herum, als ob er sie niederschlagen wollte.

»Es gibt nicht überall Scheißfingerabdrücke.«

»Aber meistens gibt es welche auf einem Messer, das jemandem in den Rücken gebohrt worden ist. Falls man sie nicht abwischt, und das kann man ja nicht, wenn man k.o. geschlagen worden ist. Trug er Handschuhe?«

»Hallo, Monika«, sagte Daga eilig. »Schön, dass du wieder da bist. So, wie du aussiehst, war die Reise offenbar ein Erfolg. Ja, wie du hörst, ist die Sache nicht so klar und einfach, wie ich bei unserem Telefongespräch geglaubt habe.«

Bosse, der immer noch außer sich vor Wut war, drehte sich zu Daga herum:

»Nicht so klar und einfach! Wir stehen wieder am Ausgangspunkt, wenn wir diesem Bericht glauben. Die Wunde im Schulterblatt, die Robert zugegeben hat, hat nur geringen Schaden angerichtet. Danach ist ihm das Messer noch einmal in den Leib gerammt worden, und diesmal genau ins Herz. Das klingt doch total krank!«

Monika sagte zu Daga:

»Ich habe einen Vorschlag, wie wir vom Ausgangspunkt ein paar Straßen weiterkommen können. Dieser Vorschlag beruht auf einem langen Gespräch, das ich mit Theo über den Freitagabend geführt habe.«

Daga sah sie dankbar an, Bosse glotzte wütend, aber beide hörten zu.

»Wir brauchen den Freund der Psychologin, den Motorradfahrer. Theo sagt, dass er dort war, gleich beim Dickicht, aber Theo weiß nicht genau, wann das war. Dann müssen wir mit Farida sprechen, einer Schülerin aus der Klasse, die das Fest nicht besuchen durfte, die aber offenbar trotzdem hingeschlichen ist.«

Sie sah Daga zögernd an.

»Ich habe Theo nach Hause geschickt. Ich dachte doch, alles sei geklärt. Ich rufe ihn an und bitte ihn her, damit wir eine richtige Vernehmung mit ihm durchführen können.«

Monika wählte die Nummer der Schulpsychologin, die

sich jetzt ebenso verängstigt anhörte wie bei ihrem Gespräch in der Schule. Damals hatte Monika Louise für außergewöhnlich schreckhaft gehalten. Eine plausiblere Erklärung war vielleicht, dass Louise Grund hatte, so verängstigt zu sein, wie sie klang.

Die Gedanken lösten einander rasch ab, in schneller Folge. Plötzlich hatten sie ihr normales hohes Tempo erreicht. Wie lange hatte Monika schon nicht mehr so funktioniert? Daran konnte sie sich nicht erinnern. Aber jetzt hatte ihre Sperre sich endlich gelöst. Noch nie hatte sie in einem offenen Wagen, einem Tuch um die Haare und einer großen Sonnenbrille die Geschwindigkeitsbegrenzungen überschritten. Nie hatte sie auf Skiern einen Abfahrtslauf hingelegt. Aber so ungefähr musste sich das anfühlen. Sie dachte als Polizistin, sie hörte und horchte als Polizistin, sie begriff als Polizistin, und es ging schnell!

Sie merkte nichts von ihrer fast schlaflosen Nacht. Endlich lief die Ermittlung heiß, gab Energie ab. Die Ereignisse waren in Bewegung. Sie wusste das aus Erfahrung, ungefähr so wie Krankenhauspersonal wissen kann, dass ein Patient sterben wird, ohne genau sagen zu können, wieso sie das wissen.

Kaj arbeitete gerade in der Nähe. Vorbeizukommen sei kein Problem, in einer halben Stunde vielleicht?

Während Monika wartete, fing sie an, die Papiere zu lesen, die Bosse hingeworfen hatte, ehe er aus dem Raum gestürzt war. Dabei handelte es sich um das überraschende Obduktionsprotokoll und um Juris Krankenbericht, den die Gerichtsmedizin kopiert hatte.

Es war eine seltsame Lektüre. Sie hatten zwei Stichkanäle gefunden, aber nur eine Einstichstelle in Juris Körper. Zuerst hatte das Messer seine Haut durchschnitten. Dann hatte es das dünne Subkutanfett passiert, einen dicken Muskel angekratzt und war mit der Spitze im Schulterblatt stecken geblieben. Das war der erste Weg des Messers durch Juris Körper.

Dann war es offenbar vom Knochen gelöst und aus dem Muskel, der ziemlich geblutet hatte, herausgezogen worden. Danach hatte es einen neuen, viel gefährlicheren Weg genommen. Es war am Rand des Schulterblattes vorbeigeglitten, hatte sich zwischen zwei Rippen gedrängt, hatte die kleinen Muskeln zerschnitten, die eine Rippe mit der anderen verbanden. Es hatte zuerst den Lungenbeutel durchstochen, dann den Lungenflügel und endlich einen tiefen Einschnitt in Juris großes, durchtrainiertes Herz vorgenommen.

Eine so seltsame Stichverletzung hatte Monika noch nie gesehen.

Der erste Teil war nicht schwer zu verstehen. Matildas Vater Robert hatte gestanden. Er hatte Juri das Messer in den Rücken gerammt. Danach war er niedergeschlagen worden. Später war er dicht neben Juris Leichnam zu sich gekommen.

Amnesie … dieses Wort tauchte wie von selbst in ihrem Gehirn auf. Gedächtnisverlust.

Verflixt. Vermutlich war es wirklich so einfach.

Es kam nicht so selten vor, dass jemand nach einem Schlag – einem Schädeltrauma, wie es im Krankenhausjargon hieß – einen Gedächtnisverlust erlitt. Monika war vielen Menschen begegnet, die sich nicht an den Verkehrsunfall erinnern konnten, bei dem ihr Wagen zerquetscht worden war, oder daran, was passiert war, ehe sie ohne Brieftasche, aber mit einer schmerzenden Beule am Hinterkopf in einem Torweg aufgewacht waren.

Bosse hätte sich nicht so aufzuregen brauchen, bestimmt hatte er trotzdem seinen Täter.

Monika versuchte, sich diese Szene vorzustellen.

Zuerst bohrt Matildas Vater Juri das Messer in den Rücken.

Dann schlägt Juri auf den Vater ein, verliert das Gleichgewicht, fällt auf den Bauch. Der Vater ist noch immer außer sich vor Wut, er zieht das Messer heraus und sticht noch einmal zu. Diesmal trifft er zufällig die schmale Spalte zwischen den Knochen, und Juri stirbt. Danach verliert der Vater das Bewusstsein. Als er wieder zu sich kommt, kann er sich an den zweiten Stich nicht erinnern. Er weiß auch nicht mehr, dass er seine Fingerabdrücke abgewischt hat.

Nein, das klang nicht überzeugend.

Während sie versuchte, sich eine bessere Erklärung zu überlegen, rief die Rezeption an, Kaj wartete unten. Bosse war noch immer nicht wieder da, deshalb musste sie das Gespräch selbst führen. Sie gingen in Monikas kleines Arbeitszimmer.

Monikas erster Eindruck von Kaj war Kraft. Kraft in einem geschmeidigen Körper. Das konnte ja ein Vorteil sein, wenn man jemanden erstechen wollte, der gut im Thaiboxen war. So weit ließ sie ihre Gedanken abschweifen, dann rief sie sich zur Ordnung. Bis auf weiteres war Kaj ein Zeuge wie alle anderen.

»Ein Schüler, mit dem wir gesprochen haben, sagt aus, dass in der Nähe der Tagesstätte ein großes silberfarbenes Motorrad stand, ehe Juri gefunden wurde. Ein Jemand in schwarzer und silberner Motorradkluft wanderte bei dem Wäldchen auf und ab.«

Monika musterte Kajs Lockenpracht.

»Dieser Mann hatte den Helm abgenommen, er hatte lange Locken. Waren Sie das?«

Kaj nickte sorglos, als hätte Monika ihn gefragt, ob seine Adresse stimmte.

»Aber warum haben Sie sich nicht bei uns gemeldet?«

»Warum hätte ich das tun sollen? Erstens habe ich kein Vertrauen zu euch. Ihr könntet doch glauben, ich hätte den kleinen Mistkerl umgebracht, und ich kann nicht beweisen, dass ich ihn nicht einmal gesehen habe. Zweitens würde ich dem Mörder gern einen Blumenstrauß schicken. Für mich gibt es nicht sehr viel Grau – die Dinge sind entweder weiß oder schwarz, und Juri war verdammt noch mal so schwarz, wie das überhaupt nur möglich ist.«

»Was für eine Beziehung hatten Sie zu ihm?«

»Gar keine. Ich habe doch schon gesagt, dass ich ihn niemals gesehen habe. Aber er hat Louise schikaniert. Er hat alle schikaniert, die schwächer oder netter waren als er. Solche Menschen haben doch keine Daseinsberechtigung.«

»Wer weiß«, sagte Monika leise, »was in fünf oder zehn oder zwanzig Jahren aus Juri geworden wäre.«

»Ein teurer Dauergast im Knast. Kommen Sie mir bloß nicht mit diesem Sozialgefasel.«

Monika seufzte. Aber es war nicht ihre Aufgabe, die Ansichten anderer zu bewerten. Sie musste sich wieder der Aufgabe widmen, die hier zu erledigen war.

»Sie waren also beim Dickicht. Wissen Sie, wie spät es war?«

»Keine Ahnung, Ich habe eine Weile gewartet, ehe ich Louise angerufen und gefragt habe, ob sie mit nach Hause kommen wollte.«

»Warum sind Sie hingefahren?«

»Ich war neugierig darauf, was diese Jugendlichen so machten. Louise hat so oft von ihnen erzählt, also wollte ich mir selbst einen Eindruck verschaffen. Da führte ein kleiner Weg vorbei, und ich habe einfach mal vorbeigeschaut.«

»Und was haben Sie gesehen?«

»Einen besoffenen Vater.«

Kaj schüttelte den Kopf.

»Da wird davon gefaselt, dass die Kinder nicht trinken sollen, und dann liegen die Eltern zugedröhnt im Gebüsch. Widerlich!«

»Wie sah dieser Vater aus?«

»Schüttere Haare, rot angelaufen, Brille. Dünn. Hässlich.«

»Sie haben nicht nachgesehen, ob es ihm schlecht ging?«

Kaj musterte sie belustigt.

»Das habe ich nicht. Vielleicht hätte ich es getan, wenn ich Krankenschwester oder Polizist wäre oder einen anderen Beruf hätte, in dem man sich hilfsbereit zeigen muss. Ich bin aber Börsenmakler. Ich falle in Ohnmacht, wenn ich Blut, Wunden und Erbrochenes sehe, und finde Betrunkene abstoßend. Deshalb, nein, ich bin gar nicht auf die Idee gekommen, ihn mir genauer anzusehen. Ich bin zu meiner Mühle zurückgekehrt und eine Weile durch die Gegend gefahren, und dann habe ich Louise angerufen.«

Wohin bist du gefahren, dachte Monika. Wie schnell? Wir können das herausfinden, die Zeit messen. »Eine Weile durch die Gegend gefahren« gibt es bei uns nicht. Aber für den Moment ließ sie ihm diese Antwort durchgehen und fragte stattdessen:

»Überwachen Sie sie häufiger?«

Kaj hob die Augenbrauen.

»Ach, Sie haben doch ein wenig Temperament. Überwachen ist ein so belastetes Wort. Ich denke eigentlich, dass ich auf sie aufpasse. Damit ihr nichts passiert.«

Monika ließ eine Weile ihr Schweigen sprechen, dann fragte sie:

»Haben Sie dort andere Leute gesehen, in der Nähe des Dickichts?«

»Einen dunkelhäutigen Jungen, der aus der Tagesstätte kam, aber er ging in die andere Richtung. Ein Mädchen mit Schleier oder Kopftuch oder wie das heißt, das lief hin und her und sah einsam aus.«

Das stimmte mit Theos Aussage überein. Fragt den Typen auf dem Motorrad, hatte er verschlafen gesagt, fragt Farida.

Monika zog das Klassenfoto hervor. Farida Moussawi saß in der Mitte einer Reihe, sie lächelte freundlich, und ihre Haare waren bedeckt. Sie zeigte Kaj das Foto.

»War sie das?«

»Keine Ahnung. Die sehen doch alle gleich aus.«

Kaj starrte Monika an, wie um sie herauszufordern oder um ihr einen klugen und überraschenden Spruch zu entlocken.

Monika begnügte sich mit dieser Antwort, dieses Gespräch sei jetzt beendet, danke für Ihre Hilfe, wir melden uns noch wegen einer offiziellen Vernehmung.

Als Kaj gegangen war, rief sie Derek an, den Professor der Gerichtsmedizin.

»Derek, wie lange kann man mit einem Messer im Rücken durch die Gegend laufen?«

»Hallo, Monnicka! Eine ganze Weile, wenn das im Schulterblatt steckt – das wolltest du doch sicher wissen. Das ist nicht gefährlich. Es ist unbequem, es kann schrecklich wehtun, es sieht reichlich dramatisch aus, aber ansonsten kann man ganz normal weiterleben.«

Er lachte ein wenig über diesen Scherz und fügte hinzu:

»Es kann sein, dass man erst nach einer Weile begreift, was passiert ist. Wie lange das dauert, hängt davon ab, wie nüchtern oder angetrunken man ist. Der Stich selbst wird oft nur wie ein Stoß in den Rücken registriert.«

»Kann man jemanden niederschlagen, wenn man ein Messer im Schulterblatt stecken hat?«

»Das hat Bosse auch gefragt. Natürlich kann man. Vor allem, wenn man Rechtshänder ist und das Messer im linken Schulterblatt steckt. Wie läuft es bei euch?«

»Es geht vorwärts, danke, vorwärts.«

Monikas Gedanken jonglierten mit den neuen Informationen, die sie Kaj verdankte, sie probierte aus, wie sie in das bereits Bekannte eingepasst werden konnten.

Szenario eins war, dass Kaj die Wahrheit sagte. Und dann hatte Juri zuerst Matildas Vater niedergeschlagen und war mit dem Messer im Rücken losgelaufen. Sie konnte sich das eigentlich nicht vorstellen. Was macht ein Mensch, dem ein Messer im Rücken steckt? Einen Krankenwagen herbeirufen? Die Polizei alarmieren? Das hatte Juri nicht getan. Wird er vielleicht von Panik überwältigt und stürzt davon? Aber wenn ja, wohin? Und wie ist es zu erklären, dass er danach im Dickicht tot aufgefunden worden ist?

Während Juri verschwunden ist, schaut Kaj ins Gebüsch und sieht den bewusstlosen Vater. Farida und Theo sehen Kaj. Niemand sieht Juri.

Szenario zwei setzt voraus, dass Kaj lügt. Dass Kaj Juri und Matildas Vater gefunden und vielleicht das vollendet hat, was Matildas Vater nicht ganz gelungen war. Vielleicht hat Kaj das Messer aus Juris Rücken gezogen und noch einmal zugestochen, mit größerer Präzision. Aber dann müsste Juris Rücken zwei Wunden aufweisen, eine für jeden Stich. Außerdem ist es schwierig, richtig zu treffen, ein Stich in den Rücken landet fast immer an den Rippen. Und schließlich, nüchterne Börsenmakler erstechen gewöhnlich keine Leute, die sie nie zuvor gesehen haben.

In dieser Kette fehlten noch immer zu viele Glieder. Der nächste Schritt musste der sein, den Theo vorgeschlagen hatte: mit Farida zu sprechen.

Monika musste einige Gespräche führen, um sich Faridas Mobilnummer zu besorgen. Farida meldete sich sofort.

»Hallo?«
»Farida Moussawi?«
»Wer ist da?«
»Die Polizei.«
Das Gespräch wurde unterbrochen.

Monika wartete einige Minuten, dann machte sie den nächsten Versuch. Farida sollte Zeit haben, um zu der Erkenntnis zu kommen, dass es doch klüger sei, mit der Polizei zu sprechen, wenn die anrief.

»Hallo?«

»Farida, wir müssen mit dir über den Abend sprechen, an dem Juri ermordet worden ist.«

Sie hörte, wie Farida aufkeuchte. Ehe sie behaupten konnte, gar nicht dort gewesen zu sein, fügte Monika hinzu:

»Farida, ich weiß, dass du nicht auf dieses Fest gehen durftest. Ich weiß, dass du dich nicht traust, deiner Familie zu erzählen, dass du trotzdem dort warst. Nicht auf dem Fest, sondern draußen. Ich weiß, dass du in der Nähe des kleinen Dickichts warst, in dem Juri gefunden worden ist.«

Monika dachte an Tigist und fügte hinzu:

»Farida, du hättest dich bei uns melden müssen. Du weißt sicher, dass es ein Vergehen ist, der Polizei Informationen vorzuenthalten. Aber wir werden das vergessen, wenn du uns einfach erzählst, was du an dem Abend gehört und gesehen hast.«

»Müssen Sie das meiner Familie sagen?«

»Vermutlich nicht«, sagte Monika, obwohl sie wusste, dass sie sich hier auf gefährlichem Boden bewegte. »Nicht, wenn es nicht unbedingt nötig ist.«

Farida schwieg eine Weile. Monika hoffte, dass sie nickte.

»Ich habe nichts gesehen.«

»Hast du vielleicht ein Motorrad gesehen, hast du vielleicht Theo gesehen?«

Erneutes Schweigen, vermutlich ein Nicken.

»Wenn wir das hier per Telefon machen wollen, dann musst du mit mir sprechen. Hast du eine Person in Motorradkluft gesehen?«

»Was?«

»In Lederkleidung, wie ein Overall, wie Leute sie eben anhaben, wenn sie Motorrad fahren.«

»Den habe ich gesehen. Er hat ins Gebüsch geschaut.«

»Du meinst, da, wo später Juri gefunden worden ist?«

»Ja, er hat geschaut, dann ist er gegangen.«

»Er ist nicht hineingegangen?«

»Nein.«

»Hätte er Juri erstechen können, während du ihn gesehen hast?«

»Nein. Ich hab ihn die ganze Zeit gesehen, Sie wissen schon.«

»Bist du da sicher?«

»Ja.«

»Hast du noch andere gesehen?«

»Nein. Niemand.«

»Farida, wir müssen zusammen hingehen, du und ich. Du musst mir zeigen, wo du warst und wie du gegangen bist. Dann kannst du dich vielleicht leichter erinnern. Auf irgendeine Weise ist Juri doch ins Gebüsch zurückgelaufen.«

»Ich hab nichts gesehen, aber ich hab was gehört.«

»Was denn?«

»Sie wissen schon, ich wollte sehen, was sie auf dem Spielplatz machten. Dann hab ich Theo gesehen. Wir haben hallo gesagt, ich hab gesagt, dass er mich nicht verraten dürfte. Dann bin ich zurückgegangen, und dann hab ich Stimmen von innen gehört, aus den Bäumen heraus.«

»Was hast du gehört?«

»Ich dachte, die knutschen, wissen Sie, deshalb durfte ich doch nicht auf das Fest. Jetzt weiß ich aber nicht mehr ...«

Sie klang bedrückt, so, als habe sie sich darüber schon viele Gedanken gemacht.

»Erzähl, Farida, erzähl genau, was du gehört hast.«

»Sie sagte: ›Leg dich hin, dann kümmere ich mich um dich.‹ Ich dachte, die knutschen, und da bin ich wieder gegangen.«

Jetzt schien Farida mit den Tränen zu kämpfen.

»Bist du ganz sicher, dass sie das gesagt hat?«

Farida schluchzte auf.

»Ja. Leg dich hin, hat sie gesagt … hat sie Juri umgebracht? Wie konnte sie das tun, der war doch stark, wissen Sie, wahnsinnig stark …«

Monika sah es vor sich. Die Stimme, die durch das Dickicht drang. Farida konnte sehr dicht dabei gewesen sein, trotzdem aber unsichtbar. Und was wäre passiert, wenn die Person mit dem Messer Farida gesehen hätte? Ihr schauderte.

»Farida! Denk genau nach. Bist du ganz sicher, dass es eine Frau war?«

»Ja …«

»Hast du die Stimme erkannt?«

»Nein. Die war leise, wissen Sie, leise.«

»Danke, Farida. Das reicht für den Moment. Du solltest das jemandem erzählen, der dir ein bisschen helfen kann.«

»Der Schulpsychologin«, wollte sie schon sagen, aber dann fiel ihr ein, dass das eine schlechte Idee wäre. »Kannst du mit deiner Mutter sprechen, oder hast du eine große Schwester oder eine Verwandte, zu der du Vertrauen hast?«

Farida schluchzte wieder auf und murmelte etwas von einer Tante.

Jede Ermittlung hat ihre Opfer, dachte Monika – Menschen, denen die Arbeit der Polizei schadet, die ins Unglück geraten, obwohl sie unschuldig sind. Sie hatte das unangenehme Gefühl, dass Farida gerade so ein Opfer war.

Sie ließ sich im Sessel zurücksinken und schloss die Augen.

Konnte die Kette solche unvorhergesehenen Glieder aufweisen?

Hatte jemand Juri gefunden, ihn mit dem Messer im Rücken gefunden und ihn dann dazu gebracht, ins Gebüsch zurückzukehren und sich auf den unebenen Boden zu legen?

Hatte diese Person den Messergriff gepackt, die Messerspitze vom Schulterblatt gelöst und dann in aller Ruhe gezielt, während Juri auf dem Boden lag? Hatte diese Person das Messer mit aller Kraft hineinstoßen können, ohne dass Juri sich losgerissen hatte?

Dann fiel es ihr ein. Er hatte ja bäuchlings und mit den Armen unter dem Kopf dagelegen.

War er so zurechtgelegt worden, mit für die Verteidigung unbrauchbaren Armen, von einer Frau, die mit leiser Stimme gesagt hatte: »Leg dich hin, ich kümmere mich um dich«?

Sie kam der Lösung näher, das spürte sie. Sie kam sich vor wie die Regisseurin eines Theaterstücks. Sie probierte ein Szenario nach dem anderen aus und näherte sich einer zusammenhängenden Erzählung. Aber die Hauptrolle wurde weiterhin von einer Schattengestalt gespielt.

Sie hoffte inständig, dass Bosse nicht auftauchen und sie in ihrer Konzentration stören würde.

Als sie mit ihren Gedanken nicht weiterkam, las sie die restlichen Unterlagen, die die Gerichtsmedizin geschickt hatte.

Ein Name aus einem Krankenbericht löste in ihrem Gehirn eine kleine Suchaktion aus. Auf diesen Namen war sie doch schon einmal gestoßen?

Als ihr einfiel, wo, legte sie den Ausdruck auf den Tisch.

Helenas Großmutter. Die Frau, an die sie als »Helenas Großmutter« dachte, hatte einen Namen – sie hieß Greta Wallin.

Greta Wallin hatte am Freitag, Juris letztem Lebenstag, eine Eintragung in einen Krankenbericht vorgenommen. Sie hatte ihn darüber informiert, dass er möglicherweise HIV-positiv war.

Das klang nach einem argen Dilemma – wie geht eine Großmutter in einer solchen Situation mit dem Freund ihrer Enkelin um?

Warum hatte sie den Freund ihrer Enkelin überhaupt vorgelassen? Und warum war der Freund in einer Situation, in der die meisten möglichst anonym sein wollen, zu einer Bekannten gegangen?

Es gab nur zwei akzeptable Antworten – die eine war, dass Juri und Greta sich so gut verstanden, dass sie sich zu dieser Vorgehensweise entschieden hatten. Die andere war, dass Greta Juri nie zuvor begegnet war.

Monika las den Krankenbericht. Unter »derzeitige Beziehungen« stand: keine.

Das hätte Greta nicht geschrieben, wenn sie gewusst hätte, dass Helena und Juri ein Paar waren.

Monika kniff die Augen zusammen, während ihre Gedanken sich immer mehr beschleunigten.

Greta Wallin hatte ihre Enkelin adoptiert, die kleine Helena, deren Mutter an Hepatitis gestorben war.

Greta Wallin hatte das Fest frühzeitig verlassen.

Monikas Herz schlug immer schneller, als könne die Jagd jeden Moment beginnen. Sie hatte vielleicht das Glied gefunden, das die Kette zusammenbinden könnte, die verschiedenen Teile dieses Falles.

Sie versuchte es:

Juri stellt fest, dass ihm ein Messer im Rücken steckt. Er läuft los, er braucht Hilfe. Er stößt auf eine Frau, die er zuletzt in einem weißen Kittel im Krankenhaus gesehen hat. Würde er ihr Vertrauen schenken? Würde er mit ihr zurück ins Dickicht gehen? Würde er sich vertrauensvoll auf den

Boden legen, betrogen wie das Einhorn mit dem Kopf im Schoß der Jungfrau?

Ich werde mich um dich kümmern ... will man nicht gerade diese Worte hören, wenn die Not am größten ist, und kann sie größer sein, als wenn man ein Messer im Rücken hat?

Hatte Greta improvisiert? Hatte sie seine Hand genommen und ihn ins Dickicht geführt, wo niemand sie sehen konnte? Hatte sie ihr Knie gegen seinen Rücken gestemmt und das Messer gelöst? Hatte sie dann mit geübten Fingern die richtige Stelle gesucht, das Messer verdreht und ihr Gewicht genutzt, um es tief in seinen Körper zu bohren? Dann war sie ein gewaltiges Risiko eingegangen. Sie hätte jeden Moment entdeckt werden können.

Sie musste an diesem Abend Helena und Juri zusammen gesehen haben. Reichte das, um einen Mord zu begehen? Monika wusste, wie unbeantwortbar diese Frage war. Manchmal reichte ein zu provozierender Blick, manchmal eine Handvoll Geld.

Ihre Gedanken wanderten zu Greta Wallin zurück.

Konnte Greta in diesem Moment für einen anderen Menschen eine Gefahr darstellen? Nein.

Bestand irgendein Risiko, dass sie floh? Nein.

Dann reichte es, sie am nächsten Tag zur Vernehmung zu bitten, genauer gesagt, sie jetzt anzurufen und sie für den nächsten Tag, den Freitag, herzubestellen.

Das war kein Problem, sie war zu Hause. Monika erklärte, sie hätte noch einige Fragen, und sie verabredeten sich für neun Uhr.

Monika lächelte vor sich hin. Ein hypothetisches Szenario war wie ein Samenkatalog – die Wirklichkeit fiel nur selten aus wie erwartet. Es würde sehr, sehr spannend sein zu hören, was Greta zu sagen hatte.

Derweil saß der blauäugige Mörder mit scheinbar braunen Augen in der U-Bahn. Er hatte sich den Stockholmer Stadtplan genau angesehen und wusste, dass die U-Bahn nicht nur unter der Erde verlief, sondern auch unter dem Wasser. Das wirkte unnatürlich, und er fühlte sich gar nicht wohl in seiner Haut.

Aber jetzt wollte er sich in Alby umsehen.

Lagman Lekares väg, das war eine Adresse. Diesmal waren ihm keine detaillierten Anweisungen mit auf den Weg gegeben worden, er sollte nach eigener Einschätzung vorgehen. Das schätzte er. Was ihm nicht gefiel, war, dass alles schnell gehen musste. Schnell bedeutete oft schlecht, in seiner Welt wie in den meisten anderen.

Er musste sehen, was er tun konnte. Er wusste, wo sie wohnte, aber nicht, wie sie aussah. Er hatte keine Schusswaffe. Die kaufte er immer vor Ort, und hier war er noch nicht dazu gekommen, aber meistens war auch keine nötig.

Er hoffte, dass die U-Bahn den enormen Wassermassen standhalten könnte, die von oben auf sie drückten.

Die U-Bahn schaukelte hin und her, sie war abgenutzt und nicht gerade sauber, was seine Meinung über die so genannte westliche Welt bestätigte – die war zweifelsohne auf dem absteigenden Ast.

Später am Donnerstag

In einem der Reihenhäuser oberhalb des Wäldchens, in dem Juri gefunden worden war, saß Greta, Helenas Großmutter, an ihrem Küchentisch. Noch immer hielt sie das Telefon in der Hand, als ob das etwas ändern würde. Als ob der Anruf der Polizei ungeschehen gemacht werden könnte.

Als Helena kam, hatte Greta noch immer nicht mit Kochen angefangen. Es fiel ihr immer schwerer, je mehr Zeit verging, und das überraschte sie. Am Tag danach, am Samstag, hatte sie sich so stark, so leicht, so unüberwindlich gefühlt. Sie war die Frau, die eine zweite Chance erhalten und sie genutzt hatte. Sie hatte Mitch nicht stoppen können. Den langen, mageren Junkie Mitch, der ihre Cassie mit der Hepatitis infiziert hatte, die sie das Leben gekostet hatte. Bei Juri hatte sie ihre Sache besser gemacht. Das Schicksal schien ihre Begegnung vorbereitet zu haben, als wolle es für das letzte Mal um Nachsicht bitten.

Als erlaube das Schicksal nicht, dass ein Mensch zweimal so hart getroffen werde. Sie hatte Cassie verloren, die mit fünfzehn Jahren ein schlaksiges, frisch gereiftes Blumenkind mit einer wilden braunen Mähne und indischen Kleidern mit kleinen Spiegeln und Stickereien gewesen war. Die mit fünfzehn so sehr in Mitch verliebt war, dass sie fast geglüht hatte. Und Mitch mit seinen langen Beinen in engen Jeans, mit seinem offenen Gesicht und seinen Besorgnis erregenden Gewohnheiten hatte sie umgebracht, so sicher, als hätte er eine Pistole hervorgezogen und abgedrückt.

Danach hatten die Gedanken ihr keine Ruhe gelassen. Warum hatte sie nicht nein gesagt? Weil Cassie nicht auf sie gehört hätte. Weil sie selbst auch nicht auf die Idee gekommen war, dass er krank sein könnte. Sie hatte mit ihm gegessen, er war einige Male mit ihnen aufs Land gefahren. Sie hatte gedacht, es sei doch schön, wenn bei der ersten Beziehung Liebe im Spiel sei, und es würde schon bald vorbei sein.

Danach träumte sie von allem, was sie hätte tun können. Mit Cassie in ein anderes Land gehen, weit weg. Ein ernstes Wort mit Mitch sprechen, Auskunft über seinen gesundheitlichen Zustand verlangen, ihn über Schutz vor Ansteckung aufklären. Oder ihn ganz einfach auslöschen. Ihn erschießen, ihn erwürgen, ihn in hohem Tempo mit dem Auto überfahren.

Aus diesen Träumen schreckte sie erhitzt und schweißnass zwischen verworrenen Laken auf, bedrückt von einer Schuld, die ihr die Luft aus der Lunge presste und das Atmen fast unmöglich machte.

Denn im wirklichen Leben hatte sie nichts unternommen. Sie hatte Cassie von dem großen Durchbruch reden lassen, der bevorstand. Mitch würde so reich sein, dass er ihr alles geben könnte, was sie sich wünschte, so reich, dass sie ein großes Haus mit Kindern haben könnte. Sie hatte die beiden loswandern lassen, eng umschlungen, ein reizendes Paar. Sie hatte Cassie zuerst schwanger und dann krank werden lassen. Cassie war gestorben, als Helena knapp zwei Jahre alt gewesen war, Mitch ungefähr ein Jahr darauf.

Diesmal, bei Helena, hatte sie diesen Fehler nicht gemacht.

Jetzt saß sie in ihrer Küche und begriff nicht, warum sie es nicht über sich brachte zu kochen, warum sie nicht schlafen konnte. Begriff die Unruhe nicht, die Panik.

Sie hatte nicht damit gerechnet, dass sie bereuen und dass sie Schuldgefühle oder Trauer empfinden würde. Nichts konnte wichtiger sein als Helenas Leben. Sie hatte nur das getan, was getan werden musste.

Dennoch saß sie bewegungslos an ihrem Küchentisch. Sie hatte sich am Montag seltsam zittrig gefühlt, zu zittrig, um arbeiten zu können, und seither war sie zu Hause geblieben. Um sich zu beruhigen, um sich zu sammeln, aber alles wurde nur immer noch schlimmer.

Und jetzt war Helena zu Hause. Sie betrat eine Küche, die inzwischen schon seltsam roch.

»Helena, du weißt, dass ich versucht habe, mich um Cassie zu kümmern. Das ist mir nicht gelungen.«

»Mmm.«

»Ich habe auch nach besten Kräften versucht, mich um dich zu kümmern.«

»Bei mir ist dir das richtig gut gelungen ... dein Kopf sieht so seltsam aus, der hängt irgendwie ...«

Helenas Großmutter setzte sich mühsam gerade.

»Weißt du, Helena, es ist schwer, viel zu schwer, die Verantwortung für einen anderen Menschen zu tragen. Es geht nicht, egal, was man auch tut ...«

Helena verhielt sich wie immer, wenn sie nicht so recht wusste, was ihre Großmutter sagen wollte. Sie legte ihr die Arme um den Hals, küsste sie auf die Wange und sagte:

»Ich liebe dich.«

Das half sonst immer, aber diesmal reagierte Greta nicht.

Helena musterte besorgt die ungewaschenen Haare ihrer Großmutter, den von Krümeln und ungeöffneter Post übersäten Küchentisch. Es war unbegreiflich, aber sie konnte nichts daran ändern, deshalb gab sie Greta noch einen Kuss, dann schmierte sie sich einige Brote, da es sonst offenbar nichts zu essen gab, und ging auf ihr Zimmer.

Greta war plötzlich wieder in der Vergangenheit. Als sie versucht hatte, mit einem Gott zu verhandeln, an den sie nicht glaubte. Während sie auf die Mitteilung wartete, ob auch Helena mit Cassies Hepatitis infiziert sei, hatte sie immer wieder gemurmelt: Mach, dass sie gesund ist, dann werde ich alles für sie tun.

Mach, dass sie gesund ist, dann werde ich sie konfirmieren lassen.

Mach, dass dieses bleiche, kahlköpfige Menschenkind, das hier schläft, als sei die Zukunft licht, ohne Ansteckung davongekommen ist.

Gib ihr ein langes Leben, Gott, lass sie zu einer erwachsenen Frau heranwachsen. Und Helena war gesund gewesen.

Aber jetzt konnte Greta nicht mehr.

Damals hatte sie gedacht, Gott wäre die höchste Instanz, an die man sich wenden konnte, wenn es sonst nichts mehr gab. Aber jetzt war Gott verschwunden, verbraucht, diesmal gab es keine höhere Instanz, die sie anrufen konnte.

Einige Stunden darauf weckte sie Helena, indem sie ihr sanft über die Wange strich.

»Helena ... kannst du dich daran erinnern, als deine Mutter Cassie sehr krank war, zum Schluss?«

Helena konnte sich nicht daran erinnern, aber sie hatte diese Geschichte so oft gehört, dass sie ihr vorkam wie ein schönes Gutenachtmärchen.

»Weißt du noch, dass sie gesagt hat, die Engel riefen nach ihr?«

Helena lächelte schlaftrunken und sagte: »Die Engel riefen sie, weil sie wollten, dass sie zu ihnen kam.«

»Weiß du, ich habe die Engel auch rufen hören. Hörst du sie, Helena?«

Helena lauschte ein wenig und sagte verschlafen:

»Ich höre keine Engel.«

Dann fügte sie ängstlich und ein wenig wacher hinzu:

»Jedenfalls glaube ich das nicht. Vielleicht ein bisschen. Ganz leise.«

Und als sie begriffen hatte, was von ihr erwartet wurde, sagte sie noch: »Ja, jetzt höre ich sie. Sie singen – wunderschön.«

Ihre Großmutter sah sie an. Ihre Wangen waren eingesunken, das fiel Helena jetzt auf, und sahen seltsam aus. Es war unangenehm, es war, als sei ein anderer Mensch in den Körper der Großmutter eingezogen und schaue aus roten, schwer zu deutenden Augen heraus.

»Rufen sie dich, Helena? Wollen sie, dass du zu ihnen kommst?«

Jetzt kannte sie jedenfalls die richtige Antwort. Sie sah

ihre Großmutter mit ernster Miene an und sagte voller Überzeugung:

»Ja, das tun sie. Sie wollen, dass ich auch zu ihnen komme.«

Ihre Belohnung lag darin, dass das Gesicht der Großmutter vor Erleichterung ganz glatt wurde.

»Ich hole dir eine Tasse warmen Kakao, dann kannst du besser wieder einschlafen.«

Mariam klingelte derweil bei dem Nachbarn aus dem oberen Stockwerk. Seine Tür war extrem verstärkt, und dahinter bellten und heulten die Hunde.

»Still! Verdammt noch mal – haltet endlich die Schnauzen!«

Ein Hund kläffte noch einmal und verstummte dann. Der andere setzte zu dem leisen, intensiven Knurren an, das sich wie ein Aufwärmen vor dem nächsten Ausbruch anhörte.

»Johnny, ich bin's, Mariam. Und jetzt brauche ich Hilfe.«

Sie hatte mindestens einen Gefallen gut, seit damals, als sie sich um einen übel zugerichteten Kumpel von Johnny gekümmert hatte. Er hatte nicht gefragt, woher sie ihre Kenntnisse hatte, und sie hatte nicht gefragt, worum es bei dem Streit gegangen war. Seit damals hatten sie eine gute, wenn auch begrenzte nachbarliche Beziehung. Er öffnete die Tür einen vorsichtigen Spalt. Die Hunde pressten ihre stumpfen Nasen an die kleine Öffnung: Wer ist da? Was passiert? Sie keuchten und kläfften.

»Glaubst du, ich könnte deine Hunde für einige Tage ausleihen?«

Die Hunde kratzten auf dem Dielenboden, sie sprangen auf der Stelle hin und her, versuchten, sich durch den schmalen Spalt zu pressen.

»Warte.«

Dann verschwand zuerst die eine, dann die andere Nase, und schließlich Johnny selbst. Nach einer Weile war er wieder da und öffnete die Tür.

»Besser, du kommst rein.«

Mariam hatte keine Ahnung, wie ein Schwede mit unregelmäßigen Arbeitszeiten, viel Besuch und zwei bissigen Wachhunden wohl wohnen mochte. Deshalb überraschte es sie auch nicht, dass die Wohnung sauber und aufgeräumt war, sparsam eingerichtet mit weißen Ledersofas und schweren Glastischen.

Die Hunde heulten in einem anderen Zimmer und warfen ihre schweren Leiber gegen die Tür. Die klang, als ob sie bald nachgeben würde.

Johnny sah Mariam besorgt an.

»Erwartest du ungebetene Gäste?«

Mariam dachte an ihre toten Kollegen, und ihr schauderte.

»Das kannst du wohl sagen.«

»Und du glaubst, jemand wird zu dir nach Hause kommen?«

»Ich bin nicht sicher, aber hier bin ich doch zu finden.«

Johnny nickte und überlegte für einen Moment.

»Die Hunde kann ich dir nicht geben, die gehorchen nur mir. Aber ich habe eine Idee, warte einen Moment.«

Er kam mit einem abgegriffenen Karton zurück und reichte ihn Mariam.

»Nimm das hier, das müsste reichen. Ich zeige dir, wie das funktioniert.«

Helena saß aufrecht in ihrem schmalen Bett. Sie drückte ihren kuscheligen Eisbären an sich, aber das half nicht so gut wie sonst.

Die Sache wurde auch nicht besser, als Greta mit zwei

dampfenden Bechern zurückkam. Helena erkannte sie, sie waren alt und mit verblichenen Schlümpfen bedruckt.

»Das waren Cassies Lieblingsbecher«, erklärte Greta viel zu laut. »Cassie hätte gewollt, dass wir jetzt daraus trinken.«

Helena wich im Bett zurück. Greta, die sonst immer so gut roch, füllte das Zimmer mit einem scharfen Gestank. Ihre rot unterlaufenen Augen sahen wild und fremd aus, als sie Helena den Becher hinhielt.

»Trink, Herzchen, trink aus.«

Helena, die immer tat, was ihr geheißen, trank einen Schluck Kakao, hielt aber mitten in der Bewegung inne.

Es schmeckte nicht gut. Es war zu süß und zugleich zu bitter. Sie wollte schon protestieren, aber Gretas Gesicht war zu nah, ihre kleinen roten Augen waren so beängstigend, dass Helena zum ersten Mal seit langer Zeit beschloss, nicht zu gehorchen. Sie presste die Lippen zusammen, hob den Becher und schluckte.

Das war ein Trick, den sie von einer magersüchtigen Klassenkameradin gelernt hatte. Sie schluckte wieder. Das war schwer, ihr Mund war vor Schreck wie ausgedörrt.

Greta konnte sonst nie an der Nase herumgeführt werden, aber die neue Greta mit den kleinen roten Augen gab sich damit zufrieden, was sie sah. Sie griff zu ihrem eigenen Becher, kniff die Augen zusammen und leerte ihn in einem einzigen langen, mühsamen Zug.

Helena goss ihren Kakao in eine halbleere Chipstüte, die sie zwischen das Bett und die Wand gesteckt hatte.

»Jetzt«, sagte Greta mit funkelnden Augen. »Jetzt werden wir bald alle drei wieder zusammen sein.« Sie nahm Helenas leeren Becher und ging mit seltsamen schweren Schritten zur Tür.

Am Ende schlief Helena ein, im Sitzen und an die Wand gelehnt. Als sie einige Stunden später erwachte, schaute sie lange in die Dunkelheit. Greta, die für sie ihr ganzes Leben lang Geborgenheit bedeutet hatte, war verschwunden und hatte eine unendliche Bedrohung hinterlassen. Helena wagte kaum zu atmen – plötzlich war das Vertraute unberechenbar. Plötzlich gab es nirgendwo noch Sicherheit.

Als sie endlich wagte, sich hinzulegen, lag Greta regungslos auf dem Küchenboden.

Sie war wieder verschwunden, und diesmal blieb ihre Hülle verlassen zurück.

Einige Minuten später rief Helena bei Matildas Eltern an. Sie weinte so sehr, dass Matildas Mutter Marie kaum hören konnte, was sie immer wieder sagte:

»Ich habe keine Engel gehört. Nicht richtig.«

Freitagvormittag

Zehn Uhr war eine gute Zeit, um ein Haus zu betreten. Die meisten, die arbeiteten oder zur Schule gingen, waren schon unterwegs. Zurückgeblieben waren frischgebackene Mütter, Arbeitslose, Freiberufler, Teenager, die verschlafen hatten, und der ein oder andere Lohnarbeiter mit Gleitzeit. Er brauchte meistens nicht lange zu warten, und wenn sie kamen, waren sie oft allein, was bedeutete, dass er nur selten auf Widerstand traf, wenn er ein Haus betrat. Die, die ihn eingelassen hatten, gingen meistens mit einem unangenehmen Gefühl im Bauch weiter, weil es nicht richtig gewesen war, und mit der noch unangenehmeren Überzeugung, dass es nicht angemessen gewesen wäre, ihm den Eintritt zu verwehren.

Jetzt stand er in seiner unauffälligen Kleidung vor der Haustür und wartete.

GebreSelassie.

Er würde sehen, was sich machen ließe. Er wusste nichts über ihre Gewohnheiten, aber wenn sie zum Beispiel die Tür öffnete, um hinauszugehen, könnte er die Gelegenheit nutzen und eintreten.

Die Menschen sind meistens sehr langsam. Sie öffnen ihre Wohnungstür, lassen sie halboffen stehen, während sie sich davon überzeugen, dass sie ihre Schlüssel, ihr Telefon, ihre Brieftasche haben. Dann gehen sie los, ziehen die Schlüssel hervor, schließen ab. In dieser Zeit kann ein tüchtiger Sprinter hundert Meter hinter sich bringen, ein tüchtiger Profi kann mit einer passenden Waffe hervortreten, zum Beispiel seinen Händen, und die Person wieder in die Wohnung zurückdrängen. Danach braucht er nur die Tür zuzuziehen und seinen Auftrag in aller Ruhe auszuführen.

Eine andere Möglichkeit wäre, ihr zu folgen, wenn sie ging. Zu improvisieren, die Gelegenheit ergreifen, wenn sie sich bot. Das klang aber gerade an diesem Tag nicht so verlockend, und er fragte sich, ob es ein Zeichen dafür sein könnte, dass er alt wurde.

Er konnte natürlich auch ins Haus gehen, wenn die Tür verschlossen war. Der Nachteil war, dass es entweder sehr lange dauern oder sehr laut sein würde.

Aber im Moment standen noch alle Wege offen. Es würde vielleicht nicht mehr heute geschehen, aber er würde sehen, welche Möglichkeiten bestanden.

Jetzt war durch das verschmutzte Glas im Türfenster im Treppenhaus jemand zu sehen. Die Tür wurde von einem schlaksigen jungen Mann aufgestoßen, bei dem es sich durchaus um einen Äthiopier handeln konnte. Der blauäugige Mörder trat vor und fing die Tür, ehe sie ins Schloss fallen konnte. Es überraschte ihn, dass der junge Mann ihn erstaunt ansah, als habe er ihn wiedererkannt, denn das war doch unmöglich.

Sein eigenes Gesicht war ganz ruhig und zeigte nicht, dass er die Reaktion des anderen registriert hatte. Er ging einfach weiter, mit der Autorität seiner Größe und seiner Körpersprache. Wenn er sich umgedreht hätte, hätte er gesehen, dass der junge Mann regungslos einige Meter von der Tür entfernt stehen blieb.

Langsam stieg er die schmale Treppe hoch. Die Stufen waren aus einer Art Steinimitat von schlechter Qualität. Sie waren dunkelgrau mit kleinen helleren Flecken und in der Mitte bereits eingetreten, obwohl das Haus einen Fahrstuhl besaß.

Er ging vorbei an den Wohnungstüren, vier auf jeder Etage. Er hätte sich überall in Europa befinden können, denn die Namen klangen wie ein Komitee der UNO. Honkanen. Drusic. Nilsson. Özcan. Anddevich. Singh. Erdogan. Warunprapa & Shinawatra. Viele waren handgeschrieben, auf kleine, zufällige Zettel, die zeigten, wie kurzfristig die Mietverträge waren.

Im vierten, zweitobersten Stock, fand er sie: GebreSelassie H.

H? Hätte das nicht M heißen müssen? Es spielte sicher keine Rolle, aber er sah sicherheitshalber nach, ob es im obersten Stock eine GebreSelassie M. gab. Die gab es nicht. Es gab dagegen einen Björnsson J., dessen Hunde seine leisen Schritte gehört hatten. Sie kläfften und lärmten hinter der glücklicherweise solide gesicherten Tür. Björnsson passte gut auf seine Ware auf. Er kehrte rasch in den unteren Stock zurück. Er blieb vor ihrer Tür stehen, lauschte, hörte nichts, sah sich das Schloss an.

Die Leute waren ja so dumm.

Im Zwischenraum zwischen Tür und Rahmen, wo das Sicherheitsschloss saß, war nichts zu sehen.

Die Tür war nicht abgeschlossen.

Er stieg wieder die Treppe hoch und blieb auf dem Absatz neben dem Fahrstuhlschacht stehen. Dort konnte er in aller Ruhe überlegen, ohne entdeckt zu werden.

In seinem normalen Leben leuchtete eine unverschlossene Tür wütend rot. Hier stimmte etwas nicht. Überhaupt nicht.

Außerhalb seiner Welt, und er wusste, dass er sich im Moment außerhalb dieser Welt befand, war eine unverschlossene Tür einfach nur eine unverschlossene Tür.

Hinter dieser Tür gab es eine Röntgenärztin. Noch eine übermütige Ärztin, die glaubte, ihr Beruf beschütze sie dermaßen vor den Gefahren des Lebens, dass sie nicht einmal ihre Tür abzuschließen brauchte. Warum hätte sie auch etwas anderes glauben sollen?

Weil etwas passiert sein musste. Etwas musste den Kunden in Alexandria veranlasst haben, ein weiteres Mal viel Geld für Schweigen zu bezahlen. Deshalb hätte diese Tür verschlossen sein müssen.

Es war schwer, die Lage zu beurteilen. Sollte er hineingehen oder nicht?

Dafür sprachen sein Beruf, sein Alter, die Tatsache, dass es schön sein würde, die Sache hinter sich zu haben und nach Hause fahren zu können.

Dagegen sprach, dass es einfach zu leicht war, und das Wissen, dass wir selten etwas geschenkt bekommen.

Der Fahrstuhl wurde unten im Parterre in Bewegung gesetzt, er wartete ab, der Fahrstuhl fuhr vorbei und hielt einen Stock höher. Die Hunde fingen an zu bellen, das Bellen ging in Geheul über, als jemand energisch an eine Tür klopfte, vermutlich an Björnssons.

Eine Männerstimme schrie etwas, das er nicht verstehen konnte, eine Briefschlitzklappe klirrte, und dann fuhr der Fahrstuhl wieder nach unten.

Inzwischen hatte er seinen Entschluss gefasst.

Er ging nach unten zu der unverschlossenen Tür.

Als Monika sich am Telefon meldete, hörte sie zuerst gar nichts. Es knackte, es rauschte, dann waren tiefe, rasche, gehetzte Atemzüge zu hören. Sie verschwanden, es knallte. Wer immer da anrief, hatte das Telefon fallen lassen.

»Hallo? Wer ist das?«

Die Atemzüge waren wieder da. Hatte hier jemand das sagenhafte Pech, bei der Polizei zu landen, als er versuchte, sich seine eigene kleine Sexleitung einzurichten?

Aber dann hörte sie ein Schluchzen und dann noch eins.

»Hier ist Monika. Mit wem spreche ich?«

Die Stimme zitterte dermaßen, dass sie kaum ein Wort verstehen konnte.

»H – hier ist Theo.«

Jetzt hörte sie, dass es Panik war, sonst nichts, was seinen Atem hetzte.

»E-er ist hier. Ich g-glaube, d-dass er h-hier ist.«

»Wer?«

»D-der, der h-hinter uns ...«

Er konnte nicht weitersprechen, er hörte sich an wie ein Achthundertmeterläufer, der soeben ins Ziel gesprintet war, er konnte nicht gleichzeitig atmen und sprechen.

Monikas Atem tat es ihm jetzt nach, es machte ihr Angst, ihm zuzuhören, Angst vor ihren eigenen Gedanken.

»Bist du zu Hause, Theo? In Alby?«

»J-jaaa ...«

»Versuch, ein bisschen langsamer zu atmen, wenn du kannst.«

»K-krieg k-keine Luft ...«

»Die Luft reicht, das verspreche ich dir. Atme mit mir. Ein ... aus ... ein ... aus ... ein ... aus ... so, ja. Mach weiter so, das ist gut. Ein ... aus ... ein ... aus ... Weiter so ...«

Bosse sah sie an und schüttelte den Kopf. Monika wandte sich ab.

»So, Theo, das klingt schon besser. Kannst du jetzt erzählen, was passiert ist?«

»E-er ist hier. D-der, der in Addis w-war. Im H-haus.«

»Wo bist du selbst?«

»D-draußen.«

»Woher weißt du, dass er es ist?«

»Der Ge-geruch. Das ist ders-selbe.«

»Weiteratmen, Theo. Langsam. Ein ... aus ... ein ... aus ... So, ja.«

»Er ist an mir v-vorbei ins H-haus gegangen, dann ist m-mir plötzlich eingef-fallen, dass es so ger-rochen hat, als S-salomon erschossen w-worden ist. Ich hatte das vergessen, jetzt w-weiß ich es wieder ...«

»Wann ist das passiert, Theo?«

»E-eben. Aber ich h-hatte Probleme mit dem Telefon ...«

»Theo, bleib genau da, wo du bist. Geh nirgendwo hin. Ich schicke ein paar Kollegen. Ich rufe dich wieder an.«

Monika knallte den Hörer auf die Gabel. Ihr Herz hämmerte. Sie wollte nicht an Theo denken, einsam und voller Panik vor einem Haus, in dem ein überaus gefährlicher Mann es möglicherweise auf seine Mutter abgesehen hatte.

Ein Geruch hatte seine Erinnerung aktiviert. Ein Geruch hatte ihn in den schicksalhaften Augenblick im Hilton versetzt, als jemand ganz in seiner Nähe abgedrückt und Salomon erschossen hatte.

Sollte sie glauben, dass es derselbe war? Es konnte genauso gut jemand mit dem gleichen Rasierwasser sein, dem gleichen Weichspülmittel, den gleichen Gewürzen im Essen. Theo hatte nicht gesehen, wer im Hilton hinter ihm gestanden hatte, und jetzt war er erschöpft, verwirrt und sicher schreckhafter als sonst.

Sie versuchte, die Perspektive zu wechseln.

Die Firma in Alexandria verdiente sehr viel Geld. Das war nur möglich, solange diese Geschäfte geheim gehalten wurden, solange die Patienten nicht wussten, was aus ihren Röntgenbildern wurde. Das bedeutete, dass das Schweigen einen Preis hatte, einen hohen Preis. So weit befand Monika sich auf festem Boden.

Das teuer erkaufte Schweigen hatte sich über alles gesenkt, als Salomon tot und Mariam verschwunden waren. Tigist und ihre Kollegen hatten nichts über Mariams Nebenverdienste oder Salomons geplante Reportage gewusst.

Jetzt war die Geschichte in Addis Abeba wieder aufgewühlt worden. Eine Messerstecherei vor einer Tagesstätte in Stockholm hatte eine Kette von Ereignissen ausgelöst, die das notwendige Schweigen gefährdete. Juris Tod hatte Tigist zu Mariam und Theo geführt, und die Ermittlungen in Addis Abeba hatten ein neues Tempo gewonnen. Bestimmt würde die Reportage, die Salomon niemals hatte beenden können, jetzt von jemand anderem zu Ende gebracht werden. Aber das setzte voraus, dass Mariam am Leben war und ihre Aussage machen konnte. Und wenn das stimmte, bedeutete Mariam jetzt für die Firma eine ebenso große Bedrohung wie vor ihr Salomon.

Das klang noch immer ziemlich dünn und spekulativ, aber ihr Bauchgefühl sagte ihr, dass sie auf der richtigen Spur war.

Dieses Gefühl konnte die Kollegen in der Einsatzzentrale jedoch nicht beeindrucken.

»Hat irgendjemand gesagt, dass sie ihr etwas tun wollen?«, wurde gefragt.

»Berufskiller machen das normalerweise nicht«, antwortete sie und versuchte, ihre Unruhe zu erklären.

Die Kollegen wollten wissen, ob sie eine Ahnung davon hätte, wie viele Anrufe bei ihnen eingingen und wie wenig Einsatzwagen sie hätten. Sie konnten aufgrund eines so vagen Verdachts niemanden nach Alby schicken. Und da es nicht so schrecklich akut zu sein schien, meinten sie, könne sie wohl selbst hinfahren.

Monika versetzte einem unschuldigen Stuhlbein einen Tritt. Es ist die Hölle, zu wissen, dass man recht hat, wenn die anderen sich nicht davon überzeugen lassen.

Sie wandte sich an Bosse, der ihrem vergeblichen Versuch, die Kollegen auf Trab zu bringen, mit gelangweilter Miene zugehört hatte. Er hatte die Augenbrauen gehoben, als sie auf das Stuhlbein losgegangen war.

»Die wollen einfach keinen Wagen nach Alby schicken. Wir müssen selbst hinfahren, jetzt, sofort. Das war Theo, er ist außer sich vor Angst. Er glaubt, einen Mann erkannt zu haben, der in Äthiopien jemanden erschossen hat.«

Bosse schüttelte den Kopf.

»Das geht nicht. Ich will heute zwei Stunden Gleitzeit beanspruchen. Es ist zehn, ich gehe jetzt.«

»Du willst gehen? Das kannst du nicht. Ich kann da doch nicht allein hinfahren.«

»Ich werde zu Hause gebraucht.«

»Hier wirst du mehr gebraucht. Das Heim muss ein paar Stunden warten können.«

»Nein. Das Heim kann nicht warten. Das Zuhause hat schon viel zu oft warten müssen.«

»Das kann doch wohl nicht dein Ernst sein. Mariam schwebt vielleicht in Lebensgefahr.«

»Heute ist es Mariam, morgen ist jemand anders ebenso gefährdet. Ich habe meine Stunden hier hinter mir. Für den restlichen Tag habe ich andere Pläne. Du musst jemand anders mitnehmen. Wenn du niemanden findest, musst du eben versuchen, den Justizminister oder einen anderen Politiker tätig werden zu lassen, einen von denen, die die Art von Ambition hier in diesem Haus festgelegt haben. Ich gehe jetzt.«

In diesem Moment wurde energisch an die Tür geklopft. Monika machte auf und stand sich selbst gegenüber. Fast.

Die Frau, die sie verdutzt anstarrte, war so groß wie sie, hatte das gleiche, ein wenig platte Gesicht, die gleichen dünnen blonden Haare.

Bosse rief:

»Hallo! Ich komme schon, ich bin auf dem Sprung!«

Die Ähnlichkeit mit Monika war rein äußerlich. Die Frau hatte eine hohe, mädchenhafte Stimme.

»Bosse, was ist hier los? Das will ich jetzt wissen. Warum gibt es immer Ärger, wenn du nach Hause kommen sollst?«

»Hier ist gar nichts los. Ich komme jetzt.«

»Behaupte nicht, es sei nichts los. Begreifst du nicht, wie mühsam das ist?«

Monika schaute in zwei Augen, die weder richtig grün noch richtig blau waren, genau wie ihre eigenen. Sie wusste, dass es keinen Sinn hatte, sich in Familienstreitigkeiten einzumischen, das hier musste doch Bosses Frau oder Exfrau sein, aber sie sagte:

»Ich kann das sagen. Möglicherweise ist in Alby ein Berufskiller im Einsatz. Wir müssen hinfahren, aber Bosse möchte lieber nach Hause.«

»Was soll das heißen, Bosse? Willst du einfach abhauen und deine arme Kollegin sich selbst überlassen?«

Sie starrte Bosse vorwurfsvoll an, und der brüllte:

»Aber Herrgott, Mensch, jetzt entscheide dich! Zuerst willst du dich scheiden lassen, weil ich zu viel arbeite. Du willst das alleinige Sorgerecht für die Kinder, weil ich nie zu Hause bin, wenn du glaubst, dass ich zu Hause sein sollte. Jetzt mache ich rechtzeitig Feierabend, aber das ist dir auch wieder nicht recht.«

»Aber hier geht es doch um ein Menschenleben, Bosse!«

»Und was glaubst du, worum es geht, wenn ich Überstunden mache? Poker spielen? Zeitung lesen?«

Monika schaute fasziniert Bosses Augen an. Der Druck in seinem Kopf schien sich dermaßen gesteigert zu haben, dass seine Augäpfel herausgepresst wurden, als könne sein Kopf jeden Moment explodieren.

Seine Frau, oder seine Exfrau, sagte verärgert:

»Und reg dich doch nicht so auf. Dann kriegst du am Ende eine Gehirnblutung, und was hättest du davon?«

»Ja, verdammt, dann fahren wir eben!« Er schien nun endgültig die Kontrolle über seine Lautstärke verloren zu haben. Er griff zu seiner Jacke und lief zur Tür.

Sie hatten schon ein Stück vom Flur hinter sich gebracht, als die Frau hinter ihnen herrief:

»Ich werde den Kindern erzählen, dass du ein Menschenleben retten musst! Sie werden so stolz sein!«

Monika gab sich alle Mühe, um Bosse nicht mit einem Blick zu bedenken, der zu viel sagte.

Er war verheiratet oder verheiratet gewesen mit einer Frau, die bei einem Monika-Pedersen-Ähnlichkeitswettbewerb den ersten Preis hätte gewinnen können. Kein Wunder, dass ihm die Zusammenarbeit schwergefallen war. Aber ein erwachsener Mann muss doch zwischen Ehefrau und Arbeitskollegin unterscheiden können, egal, wie ähnlich sich beide sehen mögen.

Sie brachte es nicht einmal über sich, sich darüber zu ärgern, dass er die Wagenschlüssel an sich riss, als vermute er, sie wolle ihm dabei zuvorkommen.

Er fuhr konzentriert, schnell, mit Blaulicht und Sirene, und sie sprachen beide kein einziges Wort. Er hatte sie immerhin ernst genommen, das war doch schon mal ein Grund zur Freude. Ein anderer Grund dafür war, dass sie beide ihre Dienstwaffen bei sich hatten. Monika hatte ihre an jedem einzelnen Tag in Addis Abeba vermisst.

Alby

Der blauäugige Mörder öffnete die Tür und betrat vorsichtig die Diele. Aus einem Zimmer auf der rechten Seite war das Klappern einer Tastatur zu hören.

Er ging langsam weiter, warf einen Blick in das Zimmer.

»Bleib, wo du bist, die Arme ausgestreckt.« Die Stimme kam von hinten, das Zimmer vor ihm war leer, das Klappern kam aus dem Lautsprecher des Computers. Er hatte sich in die Falle locken lassen, aber das war jetzt nicht wichtig. Wichtig war es, eine Lösung zu finden, die, die es in jedem Dilemma gab.

Er stand stocksteif da, wagte nicht, sich umzusehen.

»Umdrehen, langsam.«

Er tat, wie ihm geheißen. Er wurde nie nervös, wenn er in eine Klemme geriet, er konzentrierte sich dann nur noch mehr. Ab und zu hatte er das Gefühl, dann besonders intensiv zu leben.

Und jetzt war es also wieder so weit.

Ganz hinten in der Diele, mit dem Licht im Rücken, stand eine schmale Frau mit einer Waffe. Einer Taser, wie er bemerkte, was gut und schlecht zugleich war. Gut, weil die Waffe nicht tödlich war. Schlecht, weil sie ihre Wirkung tat, egal, wo sie traf. Kleine Widerhaken bohrten sich in Haut oder Kleidung, und ein starker elektrischer Strom schaltete die Muskeln aus. Er würde hilflos in Embryostellung zu Boden gehen. »Es ist, wie einen Blitz in der Hand zu halten«, hatte in der Werbebroschüre gestanden.

Sie stand ganz still da, die Waffe zitterte nicht. Das hier konnte kompliziert werden. Er überlegte, ob er sich mit einem Sprung aus der Wohnung retten könnte, aber die Tür hinter ihm war jetzt geschlossen. Er würde es nicht schaffen, vorausgesetzt, dass sie sich traute, abzudrücken. Das war noch ein Problem bei der Taser, wer damit schoss, hatte weniger Hemmungen als bei einer richtigen Waffe. Die Frau sah außerdem seltsam gelassen aus.

Dass sie gelassen war, war gut. In einer solchen Lage fürchtete er sich vor allem vor unbedachten, gefühlsgetriebenen Impulshandlungen, wie zum Beispiel, rasch abzudrücken, ohne sicher zu wissen, auf wen man schoss.

Jetzt würde er auf Worte zurückgreifen. Worte, die befreiten. Er fing an, seinen Rückzug zu planen.

Er durfte es nicht zu eilig haben. Sie musste die Initiative ergreifen können. Sie musste sich für die Überlegene halten, sie durfte den Ton angeben. Er wartete ruhig und mit ausgestreckten Armen. Wartete darauf, dass sie anfing, mit ihm zu sprechen.

Die Stimme, die er jetzt hörte, war eine herrische Stimme. Eine Stimme, die daran gewöhnt war, dass man ihr zuhörte. Sie sprach Englisch, auf Gedeih oder Verderb.

»Jetzt will ich wissen, was hier vor sich geht. Wer sind Sie, und was wollen Sie hier?«

»Es ist schwer zu sprechen, wenn eine Waffe auf einen gerichtet wird. Wenn Sie die sinken lassen, können wir reden. Sonst nicht.«

Sie ließ die Waffe nicht sinken, sie maß ihn nur mit kaltem, abschätzigem Blick, und plötzlich verkrampfte sich alles in ihm. Plötzlich erkannte er die Gefahr, dass sein Atem und sein Herzschlag durcheinandergerieten, es wurde jetzt schwer, bewegungslos dazustehen.

Plötzlich ging ihm auf, mit wem er hier redete.

»Sie waren das«, brachte er heraus. »Sie haben diesen Journalisten in Addis erschossen.«

Mariam sagte nichts, sie zielte nur weiter auf ihn, angespannt, aber aufmerksam.

Seine nächste Bemerkung kam von Herzen oder von einem anderen Ort ohne Zensur.

»Wie kann ein Mensch wie Sie so etwas tun?«

»Was für eine blöde Frage! Glauben Sie, nur Ihresgleichen können anderen das Leben nehmen? Glauben Sie, dafür ist eine besondere Sorte Mut nötig, eine besondere Art von Stärke? Sie schmeicheln sich selbst. Sie schmeicheln dem, was Sie vielleicht als Ihren Beruf bezeichnen. Denn Sie sind doch angeheuert worden, um meinen Tod herbeizuführen?«

Die Worte. Wo waren seine Worte geblieben? Jetzt brauchte er sie, jetzt musste er Gewalt über dieses bizarre Gespräch gewinnen, aber die Worte entglitten ihm. Ihm kam ein schleichendes, gefährliches Gefühl von Ohnmacht, davon, dass Widerstand sich nicht lohne.

»Glauben Sie nicht, dass ich Sie nicht umbringen würde«, sagte sie ruhig. »Glauben Sie nicht, dass ich das nicht könnte. Es wäre so leicht zu erklären. Das hier würde überall als Notwehr durchgehen. Aber ich habe andere Pläne.«

Ihr Gesicht war im Gegenlicht kaum zu sehen, er hätte gern gewusst, ob sie wirklich so unberührt war, wie sie sich anhörte. Es war wichtig für ihn, dass sie sich fürchtete, denn dann begeht man Fehler. Aber ihre Stimme war fest.

»Sie werden nicht sterben. Sie kehren in das System zurück, aus dem Sie ausgebrochen sind. Sie gehen hinein, und ich gehe hinaus. Sie werden von einem Richter verurteilt werden, der sich an die Gesetze hält. Sie bekommen einen Verteidiger und ein Gefängnissystem, das Sie schützt und Ihnen drei Mahlzeiten pro Tag gewährt. Die Presseleute werden Sie sich vornehmen und sich die Leckerbissen aus Ihrer Geschichte herauspicken – langsam und gründlich. Und danach wird kein Mensch mehr glauben, ich hätte Salomon erschossen.«

Er versuchte, sich gelassen anzuhören, selbstsicher.

»Es gibt keine Beweise. Es stimmt, dass ich dort war, dass ich ihn stoppen sollte, aber ich wollte das später erledigen. Allein. Das kommt mir passender vor. Ihnen kam es passender vor, ihn an einem Ort zu erschießen, wo es von Menschen nur so wimmelte, wo Sie in der Menge verschwinden konnten. Sie können mich nicht beschuldigen.«

»Aber sicher kann ich das. Sie vergessen Kolumbien und Pakistan und Botswana. Ihre Auftraggeber hätten lokale Kräfte anheuern sollen, statt einen Spezialisten wie Sie durch die Gegend zu schicken. Und alle werden mir glauben, nicht Ihnen, denn so ist die Welt nun einmal. Sie werden mich reinwaschen, egal, wie sehr Sie protestieren.«

Er hatte das Gefühl, in einem Fahrstuhl zu stehen, einem, der so rasch sank, dass er fast den Boden unter den Füßen verlor. Das hier konnte sein letzter Auftrag sein. Er konnte sehr gut für einen Mord im Gefängnis landen, mit dem er nichts zu tun gehabt hatte. Es war schon Ironie des Schicksals, dass ihm gerade ein anscheinend so einfacher Mord zum Verhängnis werden könnte. Denn sie hatte recht. Wieder überkam ihn Panik. Wenn die verschiedenen Polizeibehörden mit dem Puzzlespiel angefangen hatten, wenn sie wussten, wie er aussah und für wen er arbeitete, dann war Schluss mit einer erfolgreichen Karriere.

Er musste etwas unternehmen. Und zwar ganz schnell.

Theo hatte den Kopf zwischen die Knie gesteckt, als Johnny mit seinen Hunden herauskam, die nie gelernt hatten, an der Leine zu laufen – sie strebten wie Schlittenhunde dem Rasen zu, wo sie pissen konnten, ohne sich die Pfoten nass zu machen. Ihre Brustkästen waren breit, ihre klobigen Körper beherbergten enorme Kräfte.

Der größere Hund war eine junge kaffeebraune Hündin mit hellen Augen und beigefarbener Nase und Lippen. Nur Zähne und Augäpfel hoben sich blendend weiß davon ab. Der kleinere Hund war ein schwarzweißer Rüde mit einem zerfetzten Ohr und einem abgeknickten Schwanz.

»Wie sieht's aus, Theo?«

Johnnny stand unter Strom, er tänzelte auf der Stelle, wie zu irgendeiner inneren Musik. Es plätscherte, als die Hunde sich entleerten.

»Geht's dir nicht gut?«

Johnny ging neben Theo in die Hocke. Die Hunde kamen zurück, keuchten Theo heiß in den Nacken. Er senkte den Kopf noch ein wenig mehr. Er hatte gesehen, wie ihre Gesichter sich zusammenzogen, wenn sie ihre unverhältnismäßig großen Zähne zeigten.

Aber mehr als ohnehin schon konnte er sich gar nicht mehr fürchten, und deshalb blieb er einfach sitzen, mit Gedanken und Gefühlen in einem einzigen unbezwinglichen Chaos.

Johnny dachte plötzlich an Mariams Besuch vom Vorabend. Er fragte besorgt:

»O Scheiße, ist er da?«

Theo schaute auf. Woher konnte Johnny das wissen?

Er nickte stumm.

Johnny packte seinen Arm und grinste.

»Aber dann müssen wir doch zu ihr nach oben gehen. Sehen, wie das läuft. O Scheiße, der wird jetzt ganz schön Prügel beziehen!«

Theo schaute in Johnnys Augen, deren Pupillen sich so geweitet hatten, dass die Augen fast schwarz aussahen. Johnny hatte recht. Sie mussten nach oben gehen, er musste versuchen, Mariam zu helfen. Die Polizei war noch nicht gekommen, er hatte nach ihnen Ausschau gehalten, seit er sein Telefon ausgeschaltet hatte, und seitdem wartete er schon eine schmerzhafte Unendlichkeit. Sie kamen nicht. Sie würden niemals kommen.

Johnny dagegen war da.

Sie gingen zurück zum Haus. Die Hunde leisteten passiven Widerstand, und Johnny musste sie fast in den Eingang, in den Fahrstuhl schleppen.

Theo zögerte, er wollte nicht mit den krokodilähnlichen Hunden im Fahrstuhl eingesperrt sein, aber er wusste, dass er es nicht schaffen würde, die Treppen hochzugehen.

Er musste sich damit begnügen, die Wand anzustarren und so zu tun, als höre er ihren Atem nicht, als nehme er ihren warmen Geruch nicht wahr. Er musste so tun, als wisse er nicht, dass die Hunde ihn in der engen Kabine in Fetzen reißen könnten. Er musste sich auf Johnny verlassen, der überhaupt nicht zuverlässig war.

Johnny summte jetzt tonlos ein Lied vor sich hin, er schien den Fahrstuhl zu langsam zu finden. Da war Theo ganz seiner Meinung.

Im vierten Stock stiegen sie aus.

Es war nichts zu hören, nicht das geringste Geräusch. Theo fragt sich schon, ob er sich geirrt haben könnte, ob einfach sein Gehirn ausgesetzt habe. Ob der Mann im Eingang einfach ein Nachbar gewesen sein könnte, ein Gast, irgendwer.

Dann sah er, dass die Hunde erstarrten. Der Rüde beschnupperte den Türspalt, die kurzen Haare in seinem Rücken sträubten sich langsam, bis sie fast senkrecht standen. Theo wusste nicht, was das bedeutete, ging aber davon aus, dass es nichts Angenehmes war.

Johnny nickte, seine starren langen Haare fielen ihm vors Gesicht.

»Ja, da drinnen läuft irgendwas. Hast du den Schlüssel?«

Theo reichte ihm den Schlüssel, Johnny versuchte, aufzuschließen, stellte fest, dass die Tür nicht abgeschlossen war, und riss sie sperrangelweit auf.

Theo sah einen großen Mann, der in der Tür zu Mariams Schlafzimmer lehnte. Er sah hinten in der Diele Mariams Umrisse – er sah, dass sie etwas in der Hand hielt, das wie eine Pistole aussah. Nicht noch einmal! Die Beine gaben unter ihm nach, und er ging zu Boden.

Johnny ließ die Hunde los, und die jagten mit aufgeregtem Gebell in die Diele.

Die helle Hündin peilte Mariam an, wurde immer schneller und warf ihren muskulösen Körper gegen Mariams Gesicht.

Inzwischen hatte der Rüde seine Zähne in die Wade des fremden Mannes geschlagen.

Mariam stürzte unter dem Gewicht der Hündin, ihr Griff um die Taser wurde fester, die mit Widerhaken versehenen Metallteilchen schossen los. Das eine grub sich in den kompakten, blanken Hodensack des Rüden, der andere in seinen fleischigen Oberschenkel, und der Hund zuckte lautlos zusammen. Die Muskelzuckungen sorgten zuerst dafür, dass seine Kiefer sich noch fester um ihre Beute schlossen, dann ließen sie los. Das war der Moment, auf den der blauäugige Mörder gewartet hatte. Er hinkte auf die Tür zu – der Schmerz machte ihm nicht sonderlich viel aus. Zum Glück hatte der Hund seine Hose nicht weiter zerfetzt, es gab nur ein Loch an der Stelle, wo die Zähne sich durch den Stoff gebohrt hatten. Dahinter schien ein Teil der Wadenmuskeln lose zu hängen.

Er hinkte vorbei an dem Hundebesitzer mit den erweiterten Pupillen, der fasziniert die Verwüstung anstarrte und immer wieder »saugeil« sagte. Er verzichtete darauf, den Mann niederzuschlagen, um keine Zeit zu verlieren. Er lief vorbei an dem jungen Äthiopier, der noch immer auf dem Dielenboden saß. Er warf einen Blick zurück in die Wohnung. Dort schien der Hund, der eben sein Bein losgelassen hatte, wieder zum Leben zu erwachen, er schaute sich verwirrt um und würde bald für die nächste Runde bereit sein. Und dort lag Mariam unter dem größeren Hund.

Ihm blieb jetzt nur die Flucht.

Er lief die Treppen hinunter. Sein Bein blutete, aber darum würde er sich später kümmern.

Als er zwei Treppen hinter sich gebracht hatte, hörte er, wie jemand oder mehrere nach oben kamen. Er wurde langsamer und versuchte, so unberührt auszusehen wie möglich. Aber sein Gesicht erwies sich angesichts von zwei Polizisten mit gezogener Waffe als wirkungslos.

Monika und Bosse sahen eine Blutspur, frisch und leuchtend rot auf der grauen Treppe, eine Blutspur, die bei einem Mann endete, der etwas über mittelgroß war, einem Mann, der nicht weiter auffiel. Einem Mann wie tausend andere, an dem sie vermutlich vorbeigerannt wären, wenn die Spur nicht auf so dramatische Weise zu seinem blutenden Bein geführt hätte.

Dort, auf der schmalen Treppe, wurde aus Monika und Bosse zum ersten Mal ein Paar. Sie hatten vier Hände, mit denen sie arbeiten konnten, zwei Körper, vier Beine. Sie brauchten einander nicht anzusehen, um zu wissen, was sie zu tun hatten. Sie wurden von etwas gelenkt, das größer war als sie selbst, sie waren Polizisten, gute und tüchtige Polizisten, die ihre Arbeit machten. Sie deckten einander, halfen einander, standen einander nicht im Weg. Sie schienen einer einstudierten Choreographie zu folgen, die damit endete, dass der Mann mit dem blutenden Bein stumm und ausdruckslos an der Wand lehnte. Bosse ließ seine Hände über Schultern und Seiten des Mannes wandern, an der Außenseite der Beine nach unten, an der Innenseite wieder nach oben. Er betastete den flachen Bauch und den Brustkorb mit einer schweifenden, geübten Bewegung.

»Nichts.«

In seinen Taschen fanden sie nur Geld und eine Wäscheleine in einer nicht geöffneten Verpackung.

Diesmal erhielt ihre Bitte bei der Einsatzzentrale höchste Priorität.

Eine Viertelstunde später hatten Monika, Bosse, Mariam und Theo sich auf Mariams Wohnzimmersofa sinken lassen. Johnny hatte durch das Fenster den Streifenwagen gesehen, seine illegale Taser an sich genommen und in überraschendem Tempo seine Hunde davongezerrt. Der Rüde wackelte auf zitternden Beinen und weiterhin verwirrter Miene davon. Die Hündin, die Mariam in ihrer Wiedersehensfreude umgeworfen hatte, hatte mit wild wedelndem Schwanz weggehoben werden müssen. Ihre große, raue Zunge hatte Mariam von allem Make-up befreit. Mariam und die Hündin hatten einander immer schon gut leiden können.

Jetzt saßen sie da in verdutztem, verwirrtem Schweigen. Das Adrenalin hatte sich zurückgezogen und hatte sie erschöpft und matt zurückgelassen. Ein Krankenwagen hatte den blauäugigen Mörder geholt, die Polizei war in ihren Bus gesprungen und zum nächsten Einsatz weitergesaust. Monika und Bosse sollten Mariam und Theo zu einer richtigen Vernehmung auf das Revier bringen, aber sie kamen einfach nicht los, sie saßen unschlüssig da und sahen sich an wie die Überlebenden einer entsetzlichen Katastrophe.

Am Ende sagte Mariam:

»Kinder zu haben ist wie mit dem Herzen außerhalb des Körpers zu leben.«

Sie legte Theo die Hand auf die Wange.

»Hast du wirklich geglaubt, ich hätte kaltblütig einen Menschen erschossen?«

Er schaute ihr in die Augen. Sie hielt seinem Blick stand, als er sagte:

»Beschwer dich nicht, du hast das ja auch von mir geglaubt. Ich habe immer gewusst, dass dir alles zuzutrauen ist. Einfach alles.« Er sah verwundert aus. »Du hast geglaubt, ich hätte Salomon erschossen. Deinetwegen. Du hast alles aufgegeben, was dir wichtig war. Meinetwegen.«

»Du bist mein Herz, wirklich. Ohne dich könnte ich nicht mehr sein. Aber jetzt ist es vorbei.«

»Das alles war also unnötig. Wir hätten auch gleich zu Hause bleiben können.«

Mariam lächelte leicht.

Seine Erinnerungen wurden bereits umgeformt, und das war gut so. Er hatte schon vergessen, dass er gesehen hatte, wie die Waffe aus ihrer Hand gefallen war. Er fing jetzt an, die Panik zu vergessen, die Polizei. Mariam wusste, dass er bei einem Verhör nicht hätte schweigen können. Ein anderes Kind vielleicht, aber nicht Theo.

Sie lächelte, damit er nicht die Szene vor sich sah, die zu verhindern der Grund für ihre Flucht gewesen war: einen Theo, der gezwungen war, seine eigene Mutter zu verraten, dessen Aussage sie in den Tod schickte. Sie lächelte, weil sie eine Welt aufgebaut hatte, an die alle glauben würden.

Sie sagte freundlich:

»Es steht nicht fest, ob sie jemals den Mann gefunden hätten, der Salomon erschossen hat, und ob sie uns geglaubt hätten. Und ich hätte einige Stunden oder Tage später das nächste Opfer sein können. Hier waren wir sicher – fast jedenfalls.«

Sie küsste Theo auf die Wange.

»Jetzt haben sie ihn jedenfalls. Jetzt fahren wir nach Hause, und ich werde dafür sorgen, dass wir für das Krankenhaus eine MRI-Kamera bekommen. Dass das Zentrum endlich eröffnet werden kann.«

Theo fügte hinzu:

»Und ich werde Abitur machen. Nicht das schwedische, sondern das äthiopische.«

Es war seltsam. Sie hatte ihm nicht die Kindheit schenken können, die sie sich für ihn gewünscht hatte. Sie hatte ihn nicht so beschützen können, wie sie sich das gewünscht hatte. Aber trotzdem stand er vor ihr, fast unversehrt an

Leib und Seele. Nicht schlecht! Und natürlich lief er mit einem Teil ihres Herzens unter seiner glatten Haut umher, aber in ihrem eigenen Körper gab es auch noch einen großen Teil dieses Herzens. Sie hatte noch ein Herz, mit dem sie kämpfen, mit dem sie unterrichten, mit dem sie vielleicht sogar lieben konnte.

In ihrer Tasche steckte der Brief an Mikael, den sie schon so oft neu geschrieben hatte. Wenn er kam, falls er kam, würde sie ihm Kaffee einschenken und mit ihm sprechen. Und dann musste das Schicksal, das unvorhersagbare Schicksal, den Rest erledigen.

Liebe war schwer, aber sie war schon immer eine gute Problemlöserin gewesen. Man musste tun, was man eben tun musste. Und die Wahrheit hatte sie immer schon für überschätzt gehalten.

Als Monika auf die Wache zurückkam, klingelte ihr Telefon. Eine tiefe Stimme sagte: »Hallo Monika«, und etwas in ihr wurde weich und büßte seine Konturen ein.

»Ich wollte nur sagen, dass ich über deine Frage nach Helena nachgedacht habe. Hab mich also mit ihr hingesetzt und mir angehört, was sie zu sagen hatte. Das war nützlich und erschreckend. Ich wünschte, ich wäre von selbst auf die Idee gekommen. Wir werden uns von jetzt an besser um sie kümmern. Armes Kind.«

Als Monika keine Antwort gab, fügte er hinzu:

»Und dann wollte ich fragen, ob du mit mir essen gehen magst. Bald.«

EPILOG

Ein halbes Jahr später sah Louise entsetzt den Brief an, den sie soeben gelesen hatte.

»Kaj? Da hat jemand meine Unterschrift gefälscht.«

»Ja, und ziemlich gut, wenn ich das sagen darf.«

»Herrgott! Du hast nicht nur meine Unterschrift gefälscht, sondern auch die des Rektors.«

»Damit bin ich nicht ganz so zufrieden, aber sie geht. Du lässt ja immer Briefe von ihm hier herumliegen.«

Louise sah Kaj aus Augen an, die fast rund wurden.

»Aber was hast du getan?«

»Groß gedacht statt nur kleinkariert.«

Kaj nahm die Papiere aus Louises gelähmter Hand und fing an zu blättern.

»Hier steht, dass dir als Projektleiterin und dem Rektor als Rektor von der EU Geld für ein dreijähriges pädagogisches Projekt gewährt wird. Dreihundertfünfzigtausend Euro. Über drei Millionen Kronen. Pro Jahr. Für drei Jahre.« Kaj strahlte sie an. »Bitte sehr.«

»Neun Millionen … Kaj, das wird niemals gehen.«

»Ob es geht oder nicht, hängt jetzt von dir ab. Es wird gehen. Ich glaube an dich. Ich liebe dich.«

Und das Essen wurde kalt, vergessen auf dem Küchentisch, während Louise und Kaj in der Wohnung eine weitere Stelle fanden, wo sie die Möbel auf kreative Weise benutzen konnten – Louise war so leicht, und Kaj war so stark.

Am nächsten Morgen musste Louise dem Rektor hinterherlaufen, um mit ihm sprechen zu können.

»Jaja, das hat es ja schon früher gegeben, Unterricht nur für Mädchen. Das Problem war dann doch immer, dass es so ungeheuer laut in der Klasse zugeht, wenn nur noch Jungen übrig sind.«

Nach einigen weiteren Schritten sah er zu seiner Überraschung, dass sie noch immer da war.

»Und außerdem haben wir für so was doch derzeit kein Geld …«

»Meine Idee läuft auf das Gegenteil hinaus. Und das Geld habe ich.«

Das magische Wort brachte ihn dazu, langsamer zu gehen.

»Ich schlage vor, die Jungen aus der Klasse zu nehmen. Aber nicht alle, nur die, die es nicht lassen können, die Mädchen zu belästigen.«

»Und wo sollen die dann hin? Die können sich doch nicht auf dem Gang herumdrücken. Da verbringen sie ja ohnehin schon die meiste Zeit.«

»Und schikanieren die Mädchen dort, ich weiß. Nein, jetzt bekommen sie ihre eigene Klasse, in die sie gehen müssen, bis sie gelernt haben, worum es geht. Wir werden drei Jungenklassen einrichten. Die Jungen haben dann Pause, wenn sonst niemand Pause hat, sie essen zu anderen Zeiten. Die Mädchen brauchen nicht mehr die Verantwortung für das Benehmen der Jungen zu übernehmen. Wenn die Jungen begriffen haben, wo die Grenzen verlaufen, werden sie in eine normale Klasse zurückversetzt. Wenn das nicht funktioniert, ja, dann müssen sie wieder in die Jungenklasse.«

Der Rektor war stehen geblieben. Er sah Louise fast mitleidig an.

»Träumen ist ja so leicht. Und was glaubst du, was der ganze Spaß kosten würde?«

»An die drei Millionen. Pro Jahr. Wir haben von der EU die Mittel, um es auszuprobieren und das Projekt danach auszuwerten.«

Der Rektor stand jetzt ganz still da.

»Haben wir uns um EU-Gelder beworben?«, fragte er unsicher.

»Ich habe eine kleine Abkürzung eingeschlagen und den Antrag selbst geschrieben ... ich weiß ja, wie viel du zu tun hast, ich wollte dich nicht mit mehr belasten.«

Ehe er über das Gehörte nachdenken konnte, fügte Louise hinzu:

»Das Lokalfernsehen will morgen hier eine Reportage drehen, und die Morgenzeitungen wollen dich ebenfalls interviewen.«

Der Rektor schwankte unsicher hin und her. Das hier ging zu schnell. Er fing einen seiner chaotischen Gedanken ein und fragte:

»Verstößt das denn gegen kein Gesetz, man darf doch Kinder nicht so einfach ... »

»Aber es ist absolut im Sinne der Kinderkonvention. Da steht ausdrücklich, in Paragraph 37, dass Kinder keiner erniedrigenden Behandlung ausgesetzt werden dürfen. Ich bin davon ausgegangen, dass es verletzend und unmenschlich ist, sich in einer Umgebung aufhalten zu müssen, wo andere deinen Körper begrabschen.«

Der Rektor schwankte nun ein wenig optimistischer hin und her. Sie hatte natürlich recht. Aber das Problem war so groß, dass alle es beiseitegeschoben hatten.

Er sah Louise mit neuem Respekt an.

»Neun Millionen Kronen?«

»Neun Millionen. Über drei Jahre verteilt.«

»Und die Lokalnachrichten wollen uns morgen interviewen?«

»Sie wollen uns morgen interviewen. Und ich als Projektleiterin brauche ein größeres Büro. Ich dachte, ich könnte das Zimmer neben dem Pausenraum nehmen, das mit den zwei Fenstern.«

Und der Rektor, der zu seiner Position gekommen war, weil er immer schon gemerkt hatte, woher der Wind wehte, lächelte zufrieden.

»Du hast natürlich recht. Das alles stimmt doch mit meinem Bestreben überein, die Schule für alle Schüler und Schülerinnen zu einem guten Aufenthaltsort zu machen. Gut gemacht. Gut gemacht. Phantastische Mitarbeiterin. Und natürlich brauchst du ein größeres Büro. Neun Millionen. Neun Millionen!«

Eine Gesellschaft, dachte er mit plötzlicher und ganz ungewohnter Klarheit, eine Gesellschaft kann niemals besser sein als die Summe aller Anstrengungen ihrer Bürger.

Er lächelte glücklich.

DANK

Ich habe gesehen, wie das Tikkur-Anbessa-Krankenhaus in den sechziger Jahren in Addis Abeba vor meinem Schlafzimmerfenster heranwuchs, als ich fast fünf Jahre mit meiner Familie dort wohnte. Ich bin ungeheuer dankbar für diese Jahre. Ohne sie, wie man sagt, hätte dieses Buch niemals geschrieben werden können.

Ich danke Berhanu Kebebe, dem äthiopischen Botschafter in Schweden von 2002 bis 2006, der so viele Türen für mich geöffnet hat. Ich danke auch dem Botschaftssekretär Daniel Teshome und seiner Frau Beza Shewandagne sowie dem zweiten Sekretär Nebiat Getachew und seiner Frau Samrawit Araya. Alle haben mein Verständnis für Äthiopien vertieft und mir bei meiner Anstrengung geholfen, Amharisch zu lernen.

Ich danke Commissioner Workneh Gebeyehu von der äthiopischen Bundespolizei, der das Unmögliche geschafft hat: mir freien Zutritt zur äthiopischen Polizei zu verschaffen, ohne Bedingungen oder Einschränkungen. Chief Inspector Birke WoldeGabriel und Inspector Tenaye Getahun haben zahllose Fragen beantwortet und mich auf Polizeirevieren und in Ausbildungszentren herumgeführt.

Ich danke Commander Fikre WoldeGebriel, Constable Aberu Mergia und Assistant Inspector Atsede Wordofo, die mit mir über die Arbeit bei der Polizei gesprochen haben.

Ich danke Dr. Mirak Tilahun, die mir den Alltag einer Radiologin in Äthiopien geschildert hat. Ich danke Teferra Ghedamu über Schilderungen der Arbeit beim äthiopischen Fernsehen.

Bei der schwedischen Polizei war mir Lars Richter ein überaus wertvoller Helfer. Für alle Fehler und Missverständnisse bin ich allein verantwortlich.

Meine Hauptfiguren halten sich nicht immer an die Vorschriften, was nicht als Vorwurf mangelhafter Professionalität bei der schwedischen oder äthiopischen Polizei gedeutet werden darf. Zu den wichtigen Voraussetzungen bei jedem Beruf gehört die Fähigkeit, flexibel zu arbeiten, und Flexibilität ist etwas, wovon Monika Pedersen und ihre äthiopische Kollegin Tigist HaileGaebriel etwas verstehen.

Ich danke allen Patienten und Patientinnen, die mir im Laufe der Jahre ihre teilweise entsetzlichen traumatischen Erlebnisse aus der Schulzeit geschildert haben.

Ich danke Dr. Berit Astridsdotter Svensson, die großzügig ihr gerichtsmedizinisches Wissen mit mir geteilt hat.

Ich danke Niclas Salomonsson, der nicht nur ein wunderbarer Agent ist, sondern mir auch brauchbare Kommentare geliefert hat, z. B., dass ein geplanter Mord einfach zu langweilig ist.

Ich danke Anna Kåver für unschätzbare Unterstützung und Freundschaft und Dr. Eva Andersson für ihre Fähigkeit, noch in den düstersten Situationen Hoffnung und Güte zu finden. Johanne Hildebrandt hat mir Geister und Vulkane nähergebracht.

Ich danke meinen Söhnen Gustav, Carl und Hjalmar, die mir geholfen haben, das Leben der Teenager in Stockholm zu beschreiben – teilweise, weil sie in dieser Welt leben, teilweise, weil sie das von mir Geschriebene kritisch gesichtet haben. Carl hat mir vor allem die Dinge verständlich gemacht, die sich auf Schlägereien und Waffen beziehen.

Und nicht zuletzt gilt mein Dank Eva Fallenius, Anders Sjöqvist und Karin Strandberg von Forum, die dazu beigetragen haben, dass aus der Idee ein Manuskript und aus dem Manuskript ein Buch wurde.

Harlan Coben bei Goldmann

Mehr Informationen unter www.goldmann-verlag.de

Stephen Booth bei Goldmann

Mehr Informationen unter www.goldmann-verlag.de

GOLDMANN

Einen Überblick über unser lieferbares Programm
sowie weitere Informationen zu unseren Titeln und
Autoren finden Sie im Internet unter:

www.goldmann-verlag.de

Monat für Monat interessante und fesselnde
Taschenbuch-Bestseller

Literatur deutschsprachiger und internationaler Autoren
∞
Unterhaltung, Kriminalromane, Thriller,
Historische Romane und Fantasy-Literatur
∞
Klassiker mit Anmerkungen, Anthologien
und Lesebücher
∞
Aktuelle Sachbücher und Ratgeber
∞
Bücher zu Politik, Gesellschaft, Naturwissenschaft
und Umwelt
∞
Alles aus den Bereichen Esoterik, ganzheitliches Heilen
und Psychologie

Die ganze Welt des Taschenbuchs
Goldmann Verlag • Neumarkter Straße 28 • 81673 München